Sandra Andrés Belenguer

La llave de Blake

dNX

Rosellón, 186, 5º- 4ª, 08008-Barcelona, España
Tel (34) 930 000 865
e-mail: info@dnxlibros.com
www.delnuevoextremo.com

Diseño de cubierta: Luz de la Mora
Corrección: Maite Colom

Primera edición: marzo de 2020

ISBN 978-84-121396-1-7
Depósito legal: B 4446-2020

Impreso en España - *Printed in Spain*

"¡Qué importa la pérdida del campo de batalla!
Aún no está perdido todo.
Conservando todavía una voluntad inflexible,
una sed insaciable de venganza, un odio inmortal
y un valor que no cederá ni se someterá jamás,
¿puede decirse que estamos subyugados?"

El Paraíso perdido, John Milton

"Nuestra existencia no es más que el cortocircuito
de luz entre dos eternidades de oscuridad."

Vladimir Nabokov

PRÓLOGO

12 de agosto, 1827.

La tormenta golpeaba Londres con su puño de agua aquella asfixiante noche de verano.

Los truenos retumbaban en cada callejuela, cada arteria de la urbe, revistiéndola de un eco rugiente al que siempre seguía un súbito fogonazo de luz. El relámpago acudía solícito a la llamada del aguacero.

No tardaron en formarse riachuelos sobre las pedregosas calles, empapadas del sonido restallante de los carruajes y los cascos de los caballos.

El color de la ceniza negra teñía el cielo.

Solo existía algo, en aquel mismo momento y en la misma ciudad, que se pudiera comparar a aquella siniestra y majestuosa atmósfera creada por los elementos.

Un cuadro.

Una obra de arte cuyo creador se obstinaba en concluir cuanto antes en la penumbra de su habitación.

Londres entera parecía respirar acorde con el agitado aliento del artista.

El bastidor de madera se hallaba en el centro de la estancia, sosteniendo un lienzo imprimado días atrás. No solía ser su método habitual de trabajo, pero era consciente de que, a ojos del mundo, tendría más valor. Más sentido. Más trascendencia.

Él, que siempre había preferido el grabado, se veía obligado a acceder a aquel chantaje artístico si quería que aquella pintura traspasase el sello de locura y desprestigio de su propio nombre. Ninguno de sus coetáneos creía en una sola de sus palabras. Ni siquiera cuando tenía diez años su madre había aceptado el hecho de que su pequeño hubiera sido testigo de cómo diversos ángeles posaban sus áureos pies sobre un árbol frente a sus ojos de niño. Y siempre recibía miradas desaprobatorias al afirmar, ante sus escasos amigos, que su arte era inspirado por célebres personajes ya fallecidos, y que estos le ayudaban a encontrar la sabiduría día tras día.

¿Cómo podría entonces hacer comprender a aquella humanidad excluyente y ridiculizadora que su fin estaba más cerca de lo que nadie imaginaba?

Su mano izquierda sostenía la paleta de colores; la diestra se movía sobre el lienzo presa de un nervioso frenesí. William Blake sabía que aquella sería su última creación.

Sentía la enfermedad devorarle por dentro. En su imaginación, notaba millones de pequeños parásitos avanzar desde lo más profundo de su ser hasta el exterior, amarilleando su piel cuarteada, mordisqueando sus tejidos y tiñendo sus ojos… Esos ojos que en otro tiempo albergaron una mirada curiosa, y poderosamente penetrante.

Su vida se extinguía al igual que las numerosas velas diseminadas por su habitación.

Sin embargo, su cerebro se mantenía tan lúcido como cuando era joven, dispuesto a librar una última batalla.

—¿William?

No escuchó la voz de su mujer, Catherine, al otro lado de la puerta cerrada con llave, ni tampoco sus esfuerzos por abrirla. El cuadro mantenía cautivos todos sus sentidos.

—¡William, déjame entrar!

El tono había cambiado. Ahora sonaba teñido por la inquietud.

Palpitaciones de silencio como respuesta.

—Dios mío, debo avisar al doctor Phillips…

Blake, con movimientos precisos, impregnó de nuevo su paleta con la pintura que aún quedaba en el mortero. Una combinación de aceite de linaza y pigmentos negro humo y marfil.

No existía en el mundo una tonalidad apropiada para lo que él estaba plasmando en el lienzo. Por esa razón mezclaba, diluía, experimentaba… aun sabiendo que no tenía tiempo para ninguna clase de ensayo.

Reanudó sus esfuerzos por delinear los contornos, marcar los detalles…

Sus pupilas se redujeron poco a poco hasta parecer puntas de alfiler.

Había traspasado el límite de la realidad y todo cuanto le rodeaba se diluía en torno suyo como los pigmentos entre las resinas que utilizaba.

No podía respirar. Sus exhalaciones se habían reducido a asfixiantes jadeos.

Gruesas gotas de sudor se deslizaban por su frente y recorrían sus mejillas hasta precipitarse al suelo. Todo su cuerpo ardía consumido por un fuego creador, una ardiente necesidad de plasmar aquello que únicamente su subconsciente veía. Pero esa fiebre también poseía un tenebroso poder destructor. Un poder que atravesaba los confines de todo lo conocido para adentrarse en un universo oculto para la mayoría de los hombres.

Y, de repente, su mente explosionó en miles de vibrantes partículas.

El corazón aceleró sus latidos y todo su cuerpo comenzó a estremecerse con cada pulsación.

Fue entonces cuando detuvo sus movimientos. Dejó sus manos inertes. La paleta y el pincel cayeron al suelo.

Aguzó el oído.

Había escuchado algo...

Un sonido tan leve, y al mismo tiempo tan distintivo que creyó ser presa de sus propios delirios.

Era el llanto de un niño.

Parpadeó antes de entrecerrar los ojos y clavar la mirada en un punto concreto del cuadro. Hubiera jurado que los sollozos emergían de allí. Pulsantes y desgarradores, cobrando mayor fuerza a cada instante.

Giró su cuerpo y vislumbró su habitación con expresión de asombro.

Todo había cambiado, estaba seguro.

La titilante luz de las velas seguía imperturbable, y sin embargo... las sombras ganaban terreno convirtiendo la estancia en un microcosmos negro, denso, infinito.

Percibió un hálito helado, una especie de lengua invisible y gélida que le acariciaba la nuca. Incluso notó un cosquilleo en su canoso cabello, como si, a sus espaldas, unos pequeños dedos de esqueleto trataran de llevárselo consigo.

Blake tragó saliva.

El bombeo de su corazón se había tornado tan rápido que cada latido le aguijoneaba el pecho.

Algo se movió entre las sombras. Miró en derredor suyo y comprobó que la negrura se convulsionaba para gestar unas figuras informes.

La idea de escapar atravesó su mente, pero sus piernas no le obedecieron. Tendría que ser forzoso testigo de lo que allí iba a acontecer.

Creía haberse acostumbrado a toda una vida de visiones e imágenes proféticas... y aun así, intuía que en aquella ocasión todo sería diferente.

El llanto del niño fue engullido por un silencio sobrenatural. Casi tangible.

Los ojos amarillentos de Blake recorrieron la estancia con pavor hasta detenerse en una siniestra silueta que ya había adoptado una forma definitiva. Vio cómo avanzaba hacia él y dejó escapar un gemido al percatarse de quién se trataba.

La figura se movía a gatas y sus largas uñas arañaban el suelo.

Una pestilencia hedionda invadió cada partícula de aire.

No era un animal. Sino un ser humano.

Su cabello rojizo descendía hasta mimetizarse con su desaliñada barba que rozaba la superficie de la habitación con un desagradable seseo.

La luz de las velas se reflejaba en sus ojos estrábicos y la mueca doliente de su boca, que rezumaba una viscosa saliva. Aquel cuerpo desnudo se mostraba lívido, sucio y peludo; una alimaña hecha hombre que se arrastraba en un mutismo inquietante.

Los labios se Blake se tensaron en un gesto de terror.

—No puede ser... —musitó con un hilo de voz—. "Nabucodonosor"...

Aquella imagen, mitad hombre, mitad bestia, que ahora se dirigía hacia él, era una de sus creaciones. Años atrás había querido plasmar el símbolo de la depravación, la culpa y el deshonor. Y el mítico rey de Babilonia, célebre por sus hazañas, pero también por su crueldad, se convirtió en el personaje escogido para dar rienda suelta a un alegoría que muy pocos supieron entender.

A su derecha, las sombras vomitaron otra oscura silueta que poco a poco comenzó a conformarse. Su contorno se tornó sinuoso y en su superficie se dibujaron miles de escamas amarillas y carmesíes, como una acuarela de ardientes colores.

Cuando aquel engendro se alzó sobre su propio cuerpo de anillos concéntricos, una última excrecencia nació de su extremo hasta transformarse en la cabeza afilada y dentuda de un dragón.

Blake dio instintivamente un paso atrás.

En su cerebro resonó el nombre de uno de sus cuadros.

"El pacto con la serpiente."

Podía reconocer al animal que tenía ante sus ojos y que le observaba con la mirada ponzoñosa de quien sabe que su presa se halla bajo su dominio.

Sus propias manos le habían dado vida en una de sus pinturas recreando el bíblico pasaje de la traición de Adán y Eva. En su obra, la serpiente se erguía con majestuosidad envuelta en un halo de luz que la convertía en el eje central de la imagen.

Ahora, parecía haber sido regurgitada por el mismo Infierno.

El reptil abrió la boca; la lengua bífida tembló entre los dientes antes de precipitarse sobre el artista.

Con un movimiento certero, rodeó sus piernas y aferró su cuerpo con tal fuerza que le hizo caer al suelo, inmovilizándole por completo.

Nabucodonosor, junto a él, emitía unas espasmódicas carcajadas mientras la serpiente afianzaba su abrazo letal.

Blake quiso gritar, pedir ayuda a su esposa. Pero ya era demasiado tarde. Sus cuerdas vocales se habían petrificado, al igual que su capacidad de reacción.

¿Era aquella otra de sus visiones?

Imposible.

Demasiado real, demasiado palpable.

Ninguna otra de sus alucinaciones había tenido el poder de tocarle. Siempre había dado por hecho que existía una ley no escrita, y sin embargo igualmente lícita, por la que jamás sufriría ningún daño. El más allá podía mostrarle sus misterios, pero nunca poniendo en riesgo su propia existencia.

Entonces ¿por qué aquellos seres producto de su mente habían cobrado vida con el único propósito de atormentar la suya?

"¿Por qué?"

La serpiente y la bestia humana habían abierto sus fauces dispuestas a clavar los incisivos en su rostro, cuando de repente se detuvieron como si obedecieran a una orden no pronunciada.

La estancia entera pareció estremecerse. Fue un instante disfrazado de eternidad, una fracción de segundo fugaz, pero definitiva. Una convulsión repentina y paradójicamente inmensa.

Blake, con lágrimas de horror aflorando en los ojos, distinguió una nueva figura avanzar frente a él.

Sus pasos retumbaban en la estancia con un ruido sordo, semejante al eco de los truenos que aún seguían sonando en el exterior.

Un terror sobrehumano punzó el pecho de Blake cuando la tenue luminosidad de las velas le reveló a un nuevo monstruo. Su corazón se transformó en polilla y lo sintió aletear a tientas por el interior de su tórax hasta obstruir su garganta.

—Eres tú... —murmuró el pintor con voz estrangulada.

Ante sí, el cuerpo hercúleo de un hombre desprovisto de ropajes.

Sus músculos se hallaban en tensión absoluta, cubiertos por una sutil pátina de sudor que les confería un aspecto brillante, colosal.

De su coxis emergía una larga cola reptiliana que se balanceaba hipnóticamente con cada uno de sus movimientos.

Alzó sus brazos y entre ellos se extendieron unas enormes alas membranosas que se agitaron como si estuvieran a punto de alzar el vuelo.

Un titán en el mundo terreno. Un dios pagano y atrozmente sublime.

Blake temía alzar la mirada y encontrarse con el rostro de aquella aberración de la que también era el creador. El miedo a descubrir su semblante era más poderoso que el miedo a la muerte. Él mismo lo había dibujado de espaldas, sin desvelar una faz que debía mantenerse oculta al mundo para siempre. Una faz terrible, en la que se aglutinaría, como un único símbolo, todo el mal de la humanidad.

El silencio hasta aquel momento reinante fue rasgado por un súbito murmullo que aumentaba en un estridente crescendo. William Blake podía escuchar su nombre pronunciado por un conglomerado de voces desconocidas que parecían cercarle en un torbellino de pesadilla.

No pudo evitarlo. La curiosidad innata en el ser humano le obligó a mirar al monstruo.

Lo primero que vio fueron dos cuernos retorcidos asentados en su frente.

El engendro ladeó la cabeza mostrando, ante el resplandor de las velas, numerosos ojos circulares que giraban sobre sí mismos en direcciones diferentes. Un camaleón deforme. Desprovisto de nariz, podía escucharse su respiración pausada y profunda junto a un sonido similar al zumbido de cientos de moscas.

El gran orificio que hacía las veces de boca, se abrió en una desdentada mueca y Blake vislumbró en su garganta diversas caras amalgamadas en un caos dantesco. Hombres, mujeres y niños eran quienes gritaban su nombre desde aquellas profundidades, agitándose con horrible frenesí.

—Así que has venido a por mí, *dragón rojo…*

La voz sosegada de Blake rasgó su propio miedo.

Era consciente del destino que iba a sufrir. La muerte no significaba nada. Solo el mensaje que había creado era importante. Debía sobrevivir a la tempestad del tiempo y a la incomprensión humana hasta que llegara el momento oportuno. Y llegaría, no albergaba ninguna duda.

Por un instante deslizó la vista hacia el cuadro en el que había estado trabajando y esbozó una triste sonrisa.

El gran dragón agitó sus alas de murciélago y se abalanzó sobre él rasgando su pecho de un solo zarpazo.

Acto seguido, una intensa oscuridad lo invadió todo…

La puerta se abrió finalmente con gran estrépito. El pomo roto colgaba en un extremo.

—¡Dios mío, William!

Catherine corrió hacia su marido y se acuclilló a su lado.

—¡No, no, no…!

Un hombre enjuto y de aspecto blanquecino entró en la estancia, se aproximó al cuerpo de Blake y le tomó el pulso con deliberada calma. Acto seguido, comprobó el color amarillento de sus escleróticas.

—Señora... su marido ha fallecido. El avance de la ictericia ha sido sumamente rápido, me temo.

Catherine rompió a llorar mientras acariciaba el rostro de Blake con temblorosa ternura.

El rictus del pintor era extrañamente tranquilo.

El doctor Phillips alzó la vista y la clavó en el cuadro que se hallaba junto a él.

La tormenta había amainado en el exterior y solo se percibía el leve sonido de la lluvia arañando los cristales.

—Era tan bueno… —balbuceó la señora Blake entre hipos—, pero nadie le creía, nadie. ¡Nos dejaron solos, como si fuéramos peor que unos animales! No teníamos una triste libra para comer, y él seguía pintando, pintando…Quería ayudar al mundo, decía… ¿Por qué el mundo no le ayudó a él?

El médico no escuchaba. Estaba absorto en el lienzo y en lo que sobre su superficie se hallaba plasmado.

Un castillo.

Una construcción de aspecto abigarrado y aterrador, con altas torres alzándose hacia el cielo como afilados cuchillos.

Toda la imagen estaba coloreada en tonos oscuros, dando a entender lo sombrío del lugar representado. Sin embargo, el doctor Phillips se fijó en unas salpicaduras de un tono diferente. Un tono que contrastaba con el resto de la paleta cromática.

Se agachó junto a Blake y comprobó su camisa blanca, cada pliegue de sus chorreras, el pantalón, los puños y las palmas de las manos únicamente manchadas por los pigmentos negros...

Catherine le observaba con un gesto híbrido, entre el asombro y la confusión.

—¿Qué ocurre, doctor?

Phillips torció los labios y volvió a erguirse.

—Su marido parece haber tenido una muerte serena, como si se hubiera ido en paz...Y por añadidura sus ropas están prácticamente limpias...Tan solo algunos restos oscuros que encajan con la sustancia que se halla en el mortero de mezclas...

Ella negó con la cabeza.

—¿Y... eso significa...?

El médico hizo un ademán silenciador con la mano derecha.

—No obstante, hay algo que me inquieta.

Se volvió hacia el cuadro y con la yema de los dedos tomó una muestra de aquellas motas que tanto habían llamado su atención. La friccionó entre el índice y el pulgar.

Después, aspiró su olor y contrajo los músculos faciales.

—Doctor... —murmuró Catherine—, es pintura, estaba trabajando en ese cuadro y...

—Esto —la interrumpió él—, no se trata de ninguna clase de pigmento como los que su marido solía utilizar.

La mujer parpadeó, confundida.

—No le entiendo...

—Señora, lo que se halla salpicado por todo el cuadro... Es sangre.

1

En la actualidad.

Notó el miedo aleteando en sus venas al salir del campus universitario.

El trémulo aire de la noche se hallaba impregnado de diminutos diamantes de agua helada. Un pequeño entreacto entre la lluvia y la nieve que le obligó a alzarse la bufanda anudada en el cuello.

Se dio la vuelta un instante y se fijó en el arco principal del edificio como si temiera salir de un enclave sagrado. La triple vidriera central asentada entre dos esbeltos pináculos, componía el marco que daba la bienvenida al estudiante y profesorado en forma de letras góticas:

University of Manchester

Al girarse de nuevo vio Oxford Road extenderse ante él, solitaria y amenazadora.

Le hubiera sido imposible contar en cuántas ocasiones había cruzado aquella calle y sin embargo, desde hacía unos días, cada vez le resultaba más peligroso atravesarla para llegar a su casa.

La universidad era su guardiana, su protectora. Se sentía a salvo entre sus muros. Pero también podía convertirse en una prisión de cristal. Y aquella combinación odiada y amada a partes iguales, le obligaba a permanecer en su interior hasta perder la noción del tiempo.

Siempre era el celador quien daba tres golpecitos en su despacho y, desde fuera, le avisaba muy cortésmente que tendría que continuar corrigiendo exámenes al día siguiente. Era entonces cuando el catedrático de Historia del Arte, Peter White, despertaba de su estado de concentración, recogía sus cosas y, tras echar un último pero angustioso vistazo a su lugar de trabajo, cerraba la puerta no sin antes cerciorarse dos veces de que había ajustado el seguro.

Hacía años que White se había ganado el respeto de los demás catedráticos. Su profesionalidad, los premios otorgados a su trabajo y a su labor en la defensa del arte, constituían su más que admirada carta de presentación; una trayectoria impecable de la que se enorgullecía.

Bastaron unas semanas para perder aquel estatus que todos, incluido él, creían perenne.

Ya no permitía que nadie entrara en su despacho. No aceptaba la revisión personal de exámenes o doctorados, no se reunía en la sala de profesores ni charlaba amigablemente con sus estudiantes a la salida de sus clases. Evitaba asistir a eventos públicos y su presencia en las aulas se asemejaba a la de una sombra, un traslúcido espectro de lo que una vez fue.

Sus alumnos pensaban que era la simple excentricidad propia de un profesor. Sus compañeros que la trágica muerte de su mujer hacía un par de años había acabado por transformar su carácter llevándolo hacia terrenos más huraños.

Peter White sintió cómo un copo de nieve se posaba en sus pestañas y salió de su ensimismamiento.

Sujetó con fuerza su maletín y comenzó a caminar.

Oxford Road era una interminable serpiente asfaltada. Comercios cerrados, la estación cercana envuelta en el silencio, ningún coche atravesando la carretera, ni un alma en las aceras.

White, que había aprendido a huir de la gente, ahora temía enfrentarse a la calle desierta.

Sabía que si mantenía los ojos fijos en aquella ausencia de vida, los nervios le devorarían por dentro.

El viento, tapizado de nieve, arreció sus embestidas y, con cada una de ellas, el profesor creía estar seguro de oír algo… Un sonido acechante, murmullos ininteligibles, tal vez, o quizás el esbozo de unos gemidos ahogados…

Intentó serenarse. Solo se trataba de la tensión acumulada, de las horas y horas sin descanso, o del café amargo de la facultad.

Fue entonces cuando una nueva ráfaga le hizo detenerse abruptamente.

El corazón golpeaba contra sus costillas en un ritmo salvaje. Hubiera podido jurar que, en aquellos segundos, el viento se había granulado de dedos invisibles. Cientos de gélidos dedos que habían rozado todo su cuerpo, tocado su pelo, palpado su rostro, tanteado su pecho, pulsado cada articulación de sus manos…

Expulsó con inquietud el aire contenido en sus pulmones y lo vio convertirse en una espectral nube de vaho.

Se humedeció el labio superior y comenzó a caminar con más determinación.

Sus pasos se torcieron hacia Gartside Gardens, un atajo conocido. Atravesando sus parterres de hierba y caminos de gravilla, llegaría a casa mucho antes.

Eligió la senda principal que dividía el parque en dos mitades casi simétricas.

Los árboles que le flanqueaban el camino se mostraban macilentos a la luz procedente de la hilera de farolas.

Peter White contuvo de nuevo el aliento. Escuchó. ¿Se oían pasos tras de sí?

Era difícil saberlo porque los árboles se azotaban entre ellos con cada golpe de viento.

Dio un giro rápido de talones y sus ojos se toparon con el camino ya recorrido.

Nada. Nadie.

Bajó la mirada.

Su sombra en la grava, a sus pies, se le antojó la de un extraño. Poseía sus mismas medidas, permanecía inmóvil igual que él... Y sin embargo...

Movió el brazo izquierdo sin dejar de sujetar su maletín y su oscura réplica lo imitó.

Ladeó la cabeza; su negro *alter ego* la ladeó a su vez. El profesor se permitió esbozar una sonrisa ante lo ridículo de sus pensamientos previos.

De pronto, hasta él llegó la melodía de una canción suave y rítmica.

I spy with my little eyes something beginning with s...

Su corazón pareció detenerse.

Los copos de nieve se quedaron suspendidos en el aire, el viento ya no sacudía los árboles con sus embestidas... El parque se había convertido en un espacio temporalmente muerto.

It's a spider in my bed...

Aquella voz infantil tan dulce, de tono inocente y puro, le provocó un golpe de adrenalina que se transformó en náuseas.

¿De dónde procedía aquella canción de cuna? ¿Quién la interpretaba?

Peter White rastreó las tinieblas con un reflejo de terror en la mirada.

I spy with my little eyes something beginning with d…

El profesor dio un tembloroso paso atrás. Pero su sombra no le obedeció.

Aquella silueta que compartía sus formas permaneció quieta sobre el camino.

It's the darkness around me…

La cabeza de su doble se alzó, como si hubiera vislumbrado algo que se aproximara.

Peter emuló sus movimientos. Sin embargo, en el cielo no se distinguía otra cosa que la negritud de la noche nublada.

I spy with my little eyes something beginning with f…

Súbitamente, la sombra de un cuervo se posó a los pies de la suya propia. Podía distinguirse su pico puntiagudo, sus patas, su forma tan característica.

La piel del profesor se erizó al percatarse de que el pájaro al que debería pertenecer aquella sombra, no existía en su parte de la realidad.

It's the fear I feel…

El animal giró su cabeza y abrió el pico, emitiendo un graznido insonoro.

A su muda llamada, cientos de cuervos surgieron de la oscuridad hasta adentrarse en la perfilada luz de las farolas. Sin un solo titubeo, invocados por un poder incomprensible, se precipitaron sobre la sombra del profesor White que comenzó a retorcerse entre terroríficos aspavientos.

Come, come and make me free…

Peter era incapaz de apartar la mirada de aquella imagen dantesca donde su otro yo era brutalmente picoteado por la turba de aves carroñeras. Podía ver sus picos hundirse en su carne, ensañarse con su semblante, desgarrarle la piel.

Su cerebro dio una última orden a sus piernas y el profesor se lanzó a correr con todas sus fuerzas.

La nieve, hasta ahora ingrávida, volvió a caer con normalidad y el viento inició de nuevo sus acometidas.

No quería mirar atrás. Salió de Gartside Gardens con el aliento entrecortado y sintiendo los latidos pulsar cada recodo de su ser.

Al ver su casa, un edificio de dos plantas que se distinguía del resto de viviendas por su color rojizo, emitió una breve risa nerviosa. Lo había conseguido. Estaba a salvo.

Sus manos temblaron al introducir las llaves.

—¿Papá?

Distinguió la voz somnolienta de su hija al tiempo que una luz se encendía en el piso superior.

—Vuelves a llegar muy tarde. Te he guardado un poco de cena en el microondas…

Peter White subió las escaleras de dos en dos y la vio asomada entre las jambas de su dormitorio. La expresión serena de la joven se transformó al ver a su padre.

—¿Qué ha…?

—Rachel, no salgas de tu habitación. Pase lo que pase, oigas lo que oigas, no salgas, ¿de acuerdo?

—Pero, papá…

—¡Cierra la puerta y no salgas! ¿Me has entendido?

Rachel asintió con los ojos muy abiertos y obedeció a su padre.

Éste se dirigió a su dormitorio y tras depositar el maletín en el suelo, cerca del armario, se sentó en la cama. Cubrió su rostro con las manos y respiró hondo, intentando calmarse.

Desconocía cuánto tiempo había permanecido así cuando un sonido le hizo fijar su vista en la ventana.

Un cuervo se había posado en el alféizar. Sus brillantes ojillos negros le observaban de hito en hito.

Los músculos de Peter se tensaron. Hombre y animal mantuvieron un duelo de miradas durante unos instantes. Como si se hubiera cansado de su escrutinio, el ave extendió las alas y echó a volar perdiéndose en la noche invernal.

La nieve prosiguió con su precipitada danza ante los ojos aterrados del profesor que no consiguieron apartarse de la ventana hasta el amanecer.

2

La habitación olía a flor de Iris, el perfume favorito de su madre.

Rachel permanecía inmóvil sin saber muy bien si debía dar otro paso o aguardar donde se hallaba, en completo silencio.

El sol tibio de la tarde inundaba la estancia y su luminosidad le confería el aspecto de una ilusión efímera.

La luz se reflejaba en el pelo rubio de su madre arrancándole destellos áureos. Parecía un ángel.

La joven parpadeó con un atisbo de temor anidando en su interior.

Aquella imagen era como una pompa de jabón. Podía quebrarse en cualquier momento y dejar paso al vacío.

Su madre estaba frente a ella, con aquel vestido de flores que tanto le gustaba y la paleta de colores en la mano derecha. Su semblante oscilaba entre la concentración y la felicidad. El arte era su pasión y Rachel se enorgullecía de sus cuadros.

Desde que era niña solía sentarse a su lado mientras ella pintaba. Los paisajes creados por sus manos ocultaban diminutos secretos: el rostro de un duende disfrazado entre las hojas de los árboles, unos ojos felinos en un misterioso resquicio oscuro, o tal vez una sirena camuflada en las aguas de un mar dorado más allá de un puente sombrío. Rachel jugaba a encontrarlos y siempre le preguntaba con curiosidad los trucos para elaborar aquellos lienzos llenos de un realismo casi mágico.

Su madre sonreía y sus ojos azules brillaban con entusiasmo al explicarle a su pequeña que la realidad por sí sola no bastaba. Tenía que mirar el mundo con otros ojos.

Rachel fruncía el ceño sin entenderla muy bien, pero deseosa de que le permitiera dar el último toque, como si quisiera que aquellos cuadros también albergaran algo de ella. Impregnaba su dedo meñique en pintura y lo presionaba junto a la firma de su madre.

Sin embargo, en aquella ocasión Rachel no se sentó a su lado, no quiso contemplar el cuadro, ni sintió alegría al verla. Derramaba tristeza por todos los poros de su piel.

Finalmente decidió avanzar.

Su madre se percató de su silenciosa presencia y se levantó del taburete extendiendo los brazos para recibirla entre ellos.

Rachel, al ver la dulzura de su sonrisa, sintió cómo la aflicción se agolpaba en la garganta y negó con la cabeza.

—Mamá… No me dejes sola.

—No lo haré.

Su voz, cálida y serena, logró que las lágrimas rebasasen la prisión de sus ojos.

—Sabes que no es cierto —respondió con voz trémula—. Te irás, desaparecerás, no podré volver a verte, ni a abrazarte, ni a escucharte…

La sonrisa de su madre no se desvaneció. Dio un paso hacia su hija y la abrazó mientras ésta lloraba con la mejilla apoyada en su pecho.

—Dime al menos que no sufrirás —balbuceó entre sollozos—, dime que allí adonde vayas nos seguirás queriendo, dime que me lo harás saber…

Su madre le susurró al oído:

—Cariño… Recuerda: *cerca, trova.*

No

Rachel asintió antes de murmurar como en un súbito trance:

No quiero

—Mamá… ¿qué sientes en la eternidad de la noche…?

No quiero soñar

Pero no obtuvo respuesta.

—No quiero soñar. Al menos no con ella.

Su amigo Andrew desvió la mirada desde su ordenador hacia Rachel. Nada había cambiado en aquellos inexpresivos ojos grises semiocultos bajo una capa de maquillaje negro. Su voz ya no manifestaba el tono tembloroso con el que solía relatarle sus pesadillas y aun así, Andrew sabía que el interior de la joven bullía por explotar en llanto.

—Piensa de otro modo —contestó él—. Puedes verla cada noche, como si la tuvieras todavía contigo y nada hubiera ocurrido. Lo comentamos una vez en nuestro programa: los que ya no están nos visitan en sueños y tal vez sea uno de los pocos medios que poseen para volver con nosotros…

Rachel tamborileó sobre la mesa con sus finos dedos. El brillo de sus uñas esmaltadas en negro contrastaba con la palidez de su piel.

—Aun así es…demasiado doloroso. Me despierto con los músculos atenazados y el corazón martilleándome en el pecho. Una parte de mí se siente feliz por tener la sensación de que no he perdido a mi madre del todo y otra… solo quiere gritar por haber regresado a la realidad. Odio soñar, en serio.

Andrew se mantuvo unos instantes en silencio, observando a su amiga.

Desde que su madre falleciera en un accidente hacía casi dos años, todo en ella había cambiado. Y esa capa de tristeza también se traslucía en su exterior.

Se había cortado aquella preciosa melena oscura que llegaba a rozar su cintura; ahora lucía un estilo *garçon* con un mechón azul en el flequillo.

Los vestidos en tonos pastel fueron poco a poco reemplazados por las camisetas y faldas negras. Tampoco quedaba rastro de sus botines o sandalias; siempre caminaba con unas botas de cuero que parecían quedarle un número más grandes.

—Además —añadió la joven—, no son sueños normales. Mi madre me repite una y otra vez las palabras *cerca trova.* Ya sé que ella me las decía a veces, pero aquí pierden todo su significado… ¿Y por qué yo le pregunto esa estúpida frase final?

—¿*Cerca trova*?

Rachel asintió mientras jugueteaba con su colgante de forma circular.

—Sí, en latín significa "busca y encontrarás". Se refería a los *tesoros* ocultos en sus cuadros. Así los llamaba. A mí me gustaba encontrarlos cuando era pequeña, como si fuera un juego. Si te fijabas bien en los paisajes que ella pintaba, podías ver hadas, diminutos ojos que te miraban de soslayo, un trasgo, una mariposa en cuyas alas se hallaba escrito un mensaje… Mis padres decían que los grandes pintores también escondían secretos en sus obras… Y tenían razón.

El sonido de un nuevo mensaje hizo que Andrew desviara parcialmente su atención de nuevo hacia el ordenador.

—No te preocupes —dijo mientras tecleaba—, solo es tu subconsciente. No he leído a Freud, ni pienso hacerlo, pero sé que nuestro cerebro debe ser un caos de imágenes y sensaciones. Muchas de ellas se quedan ancladas en los archivos más profundos de nuestra memoria y aparecen en los sueños cuando menos lo esperas. Tú misma acabas de mencionar que tu madre repetía esas palabras cuando eras pequeña. Tu inconsciente las ha almacenado y es ahora cuando surgen, nada más.

La mirada de Rachel se posó también en la pantalla, pero su mente flotaba muy lejos de allí.

Tal vez había viajado hasta la noche en que les llamaron a su padre y a ella por teléfono para comunicarles que su madre había sufrido un accidente en su viaje a Glasgow. Tal vez se había detenido en aquellos angustiosos días de hospital en los que no quiso separarse ni un solo segundo de ella. O quizás estuviese reviviendo una y otra vez aquel instante en que los pálidos labios de su madre exhalaron su último aliento.

Todos los recuerdos de aquellos días y de los meses que vinieron después se fundían en su cabeza en un crisol difícil de olvidar. Y controlar.

Andrew tenía razón. El cerebro recogía cada momento y lo regurgitaba cuando Rachel menos lo esperaba.

Su padre fue su gran apoyo, pero ella ya no volvió a ser la misma. Algo en su interior se fragmentó para siempre y ambos llegaron muy pronto a ser conscientes de ello.

Incluso cuando accedió a ir a un psicólogo, supo que estaba perdiendo el tiempo.

Nada de lo que aquel hombre le aconsejaba tenía sentido ni solucionaba aquel dolor alojado en su pecho. Recordar los buenos momentos vividos con su madre únicamente conseguía que la sensación de ausencia se acentuara todavía más; decir que el tiempo lo curaría todo, solo se traducía en una pulsante ansiedad; simular hablar con ella era lamentablemente eso, una simulación que no lograba acallar el verdadero deseo de escuchar de nuevo su voz; contemplar las fotografías donde su madre aparecía sonriente y llena de vida, constituían un trago amargo que casi nunca estaba dispuesta a repetir… Un largo etcétera de recomendaciones y pautas que lejos de ayudarle, le sumieron en un profundo malestar.

Rachel sabía que una parte esencial de ella misma se había desvanecido junto a su madre. No podría recuperarla nunca.

El día que lo asumió, decidió realizar una metamorfosis interna y externa. La tristeza y la rabia engulleron al resto de sus emociones y el color negro se convirtió en una costumbre en su vestuario.

Poco a poco, su nueva faceta solitaria y silenciosa fue calando entre sus amigos y compañeros de instituto. La pena inicial dio paso a los murmullos y estos, a la exclusión.

Ya no creía en nada. Ni en nadie. Su fe se convirtió en un punto lejano, imperceptible.

Y aun así, de repente, sin pretenderlo, nació una pequeña luz entre las tinieblas, una estrella remota.

Meses más tarde pensaría que el hecho de encontrar en el trastero una caja con los libros que su madre solía leer cuando era joven, había sido una señal del destino.

Entre aquellos ejemplares, una saga llamó su atención. Parecían ser parte de unos fascículos antiguos cuyas cubiertas oscuras albergaban un título que sería el comienzo de un nuevo camino a seguir.

Lo inexplicado

Sin saber muy bien por qué, hojeó sus páginas y en ellas halló una tibia y reconfortante esperanza.

Aquellos libros relataban casos extraños y paranormales. Viajes astrales, ritos ancestrales, civilizaciones jamás vistas, la existencia de seres mitológicos, los arcanos más secretos de la humanidad... y testimonios de personas que afirmaban tener contacto con el más allá.

Devoró cada artículo con una pasión que ya creía haber perdido.

En aquellas narraciones, se detallaban sucesos inimaginables: encuentros entre familiares y fallecidos que no tenían explicación aparente; niños que podían hablar con sus abuelos días después de su muerte; animales que sentían la presencia de sus dueños aun cuando estos hacía años que ya habían dejado de existir; jóvenes autores que afirmaban obtener su inspiración de poetas ya desaparecidos... Y cada relato contaba con la presencia escrita de afamados científicos que debatían acerca de la posibilidad real de aquellos milagros.

A Rachel no le importó saber si los hechos estaban contrastados o bien eran producto de mentes tan afligidas como la suya. Volvía a tener algo a lo que aferrarse con todas sus fuerzas.

Todavía conservaba aquellos seis volúmenes en su habitación, convertidos en una especie de talismán.

Desde entonces no había dejado de investigar, de documentarse, de alimentar el creciente anhelo de que su madre podría no haber desaparecido por completo.

Al comenzar el último curso en el instituto, convenció al claustro de profesores para que le permitieran desarrollar un proyecto entre los alumnos: un programa de radio donde poder hablar del mundo paranormal sin tabúes ni prejuicios permitiendo que fueran los estudiantes quienes intervinieran haciendo sus propias preguntas.

La propuesta no encajó demasiado bien al principio. Pero los rumores acerca de un proyecto dedicado a los grandes misterios que separaban la vida de la muerte fueron corriendo como la pólvora entre el alumnado y la expectación pronto se convirtió en demanda.

Finalmente, los jefes de estudios dieron su beneplácito y le permitieron llevar a cabo su programa en la sala de informática una vez a la semana.

Los problemas surgieron el primer día de grabación. Las aplicaciones de aquellos ordenadores eran muy básicas y su conexión a Internet casi inexistente.

Rachel estuvo a punto de desistir, pero el destino, o quizá la suerte, volvió a llamar a su puerta. Literalmente.

—¿Puedo pasar?

Andrew no necesitó una respuesta para entrar. Se sentó a su lado y sonrió mientras depositaba sobre la mesa su portátil personal. Sus pícaros ojos castaños se posaron en los suyos.

—Pensé que necesitarías que te echaran una mano. Los ordenadores de este instituto son del Pleistoceno. Cuenta conmigo. Me apunto.

Rachel no tardó en reconocerle. Era un estudiante de su mismo curso, aunque perteneciente a otra clase. Su fama de genio informático le precedía.

En él no solo descubrió a un amigo honesto e inteligente, sino también a alguien con quien poder compartir un proyecto que al cuarto mes de su nacimiento ya contaba con más de cinco mil oyentes.

Fue idea de Andrew colgar los programas ya grabados en un blog junto a vídeos y fotografías que los estudiantes les enviaban. Los podcasts comenzaron a ser escuchados desde otros puntos del país y el número de visitantes crecía semana a semana.

—Tenemos más de treinta mensajes de oyentes que quieren participar —la voz de su amigo le devolvió a la realidad—, ¡pero el orden de entrada es ley! Janet desde Liverpool será la primera. Ella ya está en línea. ¿Preparada?

Rachel se colocó los auriculares y acarició el micrófono antes de sonreír.

—¿Qué tal funciona hoy *Phantom*?

Así habían bautizado al programa creado por Andrew para recibir videollamadas en tiempo real.

"Skype es como un trenecito a vapor comparado con esto, Rachel. Confía en mí", le había dicho semanas atrás.

—*Phantom* listo y a la espera, Miss Midnight.

La joven hizo un divertido mohín al escuchar su apodo radiofónico.

—Entonces —respondió—, adelante.

Su amigo se frotó las manos con satisfacción y tecleó de nuevo.

—Vamos allá. Tres, dos, uno… ¡grabando!

Rachel cerró los ojos unos segundos antes de hablar. Al abrirlos, Andrew distinguió en su mirada el brillo de ilusión que le caracterizaba cada vez que iniciaban un nuevo programa. La joven alegre y espontánea que una vez fue, volvía a refulgir ante el micrófono.

Su voz se fundió con una melodía atrayente, cuyo ritmo simulaba los latidos del corazón.

—Hola, amigos de lo paranormal. Todos los días ocurren hechos extraños a nuestro alrededor. Hechos que ponen en entredicho lo que la ciencia trata de afirmar y que suponen un reto para nuestras mentes, preparadas para lo cotidiano. Es en este programa donde la vida más aburrida se quita su antifaz y nos permite ver lo que se oculta detrás. No dudéis en adentraros y cruzar los límites que separan esta realidad de la siguiente. Sed nuestros compañeros en este mundo de misterios. Sed los protagonistas. Bienvenidos a un nuevo programa. Bienvenidos a *Lo Inexplicado.*

Rachel no le había mencionado a su amigo el homenaje a los libros de su madre que conllevaba aquel título. Existían ciertos detalles de su vida que prefería mantener en secreto. Eran su propio tesoro.

—El programa de hoy será absolutamente vuestro, como prometemos hacerlo una vez al mes. Nos centraremos en las experiencias y dudas que nos hacéis llegar a través del email: loinexplicadoradio@gmail.com. Gracias a todos por vuestro apoyo y vuestra pasión por lo paranormal. —La música inició un decrescendo antes de que Andrew la cambiase para dar paso a unas sutiles campanillas. Su tonalidad parecía formar parte de una siniestra nana—. Damos paso ya a la primera videollamada que podréis ver colgada en el blog a lo largo de la semana. Y ya lo sabéis, todo es posible, abrid vuestras mentes y dejaos llevar…

Andrew hizo un gesto afirmativo antes de activar *Phantom.*

Una chica de melena rubia apareció en la pantalla. Su rostro aniñado contrastaba con sus labios color carmesí y un piercing en la nariz. Rachel distinguió unas palabras doradas en su sudadera: *Let the dream begin.*

—¿Hola? —preguntó la joven mirando directamente al objetivo de su *webcam.*

—Janet, ¿verdad? —La voz de Rachel sonó serena, afable—. Buenas tardes desde *Lo Inexplicado.*

—¡Miss Midnight! —exclamó la invitada con evidente alegría—. Es genial estar en tu programa, lo he escuchado desde que comenzó y es una pasada, yo..., de verdad, gracias por dejarme participar.

Rachel asintió, consciente de que Janet también la estaba observando gracias a la eficacia de *Phantom.*

—Gracias a ti por querer contarnos tu historia. Te escuchamos, ¿cuál ha sido tu experiencia?

Janet se removió inquieta en su silla mientras se mordía la uña de su dedo índice.

—Verás..., mis padres, mi hermano y yo nos mudamos a Liverpool hace unos seis meses. A mí no me gustó la nueva casa desde el principio, como si fuera la protagonista de una de esas películas de serie B que presiente algo raro... Por supuesto mi familia no notaba nada especial, pero al cabo de unos días yo sí.

—¿Qué era lo que percibías? —preguntó Rachel animándole a continuar.

—Cuando me acostaba por la noche... escuchaba ruidos extraños. No sabría cómo describirlos. Era como si alguien caminara arrastrando los pies por el pasillo y, al mismo tiempo, se uniera el llanto de una mujer...

Janet tragó saliva.

—El caso es que mi familia no me hacía demasiado caso cuando se lo contaba... Sobre todo, mi padre. Decía que eran los nervios por el cambio de ciudad, de amigos, de instituto... Nadie me creía.

Rachel frunció el ceño. Aquellas palabras habían activado una reciente preocupación que albergaba desde hacía semanas y cuyos visos de realidad se habían confirmado la pasada noche.

Su padre se comportaba de un modo muy extraño últimamente. Nunca había sido una persona maniática ni huraña y él mismo procuraba día a día que ella misma no cayera en el pozo sin fondo en el que se estaba dejando ahogar de forma autodestructiva.

Luchaba por hacerle reír, por mantener una vida lo más estable posible tras el fallecimiento de su madre, por hacer regresar a su antigua hija que ahora se había cobijado bajo el manto de la tristeza.

Y de repente... todo cambió tras un inesperado viaje en septiembre. En aquella ocasión no permitió que Rachel le acompañara ni fue lo suficientemente claro en especificar adónde iba.

"Se me requiere para recabar documentación destinada a un nuevo proyecto en la universidad... Solo serán unos días, lo prometo."

Su padre sabía de la aversión de su hija hacia los largos trayectos realizados en coche y, aun así, estuvo más de una semana en un lugar desconocido para ella.

Cada vez que sonaba el móvil, Rachel notaba un fuerte golpe de adrenalina recorrer su cuerpo. Su mente proyectaba cientos de posibles tragedias acechando a la única familia que le quedaba. No tenía hermanos y su único tío vivía en Estados Unidos. No podía perder también a su padre. Se sentía incapaz de asumir otro golpe de la vida.

Sin embargo, cuando el profesor White regresó, Rachel intuyó de inmediato que algo en él había cambiado. No supo definirlo, pero era consciente de que su expresión no era la misma de siempre. Sus conversaciones cariñosas dejaron paso a los silencios más incómodos; sus ausencias se alargaron cada vez más; sus muestras de afecto desaparecieron casi por completo.

Y el colofón había tenido lugar la noche anterior. Rachel se había acostumbrado a que su padre regresara muy tarde a casa. Entendía que, por alguna razón, ahora su trabajo en la universidad reclamaba casi todo su tiempo. Quizás estuviera investigando un nuevo hallazgo artístico, o tal vez hubieran dejado en sus manos un proyecto realmente importante, tal y como él le había afirmado.

Entre padre e hija nunca habían existido secretos, pero ese mismo mutismo hizo que ella procurara no preguntarle. Comprendía que ambos se hallaban en un bucle de tensos silencios… y ninguno daba el primer paso para salir de ellos.

Jamás le había visto tan nervioso como la pasada medianoche. ¿Por qué le había gritado de aquella forma? ¿Por qué le había ordenado encerrarse en su habitación? ¿Por qué su rostro mostraba una expresión tan aterrada? ¿Le había ocurrido algo? ¿Qué le estaba ocultando? ¿Ya no confiaba en ella?

—Así que… decidí poner mi cámara de vídeo digital en mi habitación, que era donde siempre se iniciaban aquellos sonidos. —La voz de Janet le arrancó de sus pensamientos. Rachel parpadeó, intentando regresar al presente—. En el aparato hay un modo "infrarrojo", ¿sabes a lo que me refiero, verdad? La puse a grabar por las noches…

—¿Y descubriste algo?

La joven cabeceó en señal afirmativa.

—Al principio, no. Me angustiaba un poco pensar que mi padre podría tener razón, pero yo sabía muy bien lo que escuchaba y temía estar volviéndome loca. Al final, conseguí algo que creo que merece la pena. Tengo el vídeo guardado en el ordenador, deberías verlo. Lo malo es que el archivo pesa demasiado…

Rachel miró significativamente a Andrew antes de contestar.

—Sin problema. Envíalo y nosotros lo recibiremos al instante.

Un solo clic y *Phantom* cumplió su cometido abriendo la grabación rápidamente.

La imagen estaba capturada desde una posible estantería frente a la cama donde dormía Janet.

Los colores oscuros y verdosos que había captado la cámara de visión nocturna no impedían ver cada detalle de la habitación con total nitidez: libros apilados encima de un escritorio, tres peluches en la mesita de noche, un póster de Queen, un atrapasueños, una silla con varias camisetas sobre su respaldo…

Phantom había mejorado la calidad de la grabación de forma automática y la reproducía sin ningún tipo de interrupción.

La joven dormía plácidamente y no existía señal alguna de movimiento.

Al cabo de cuarenta segundos, Rachel y Andrew sintieron un escalofrío: una pequeña esfera de luz se había generado desde la esquina izquierda del dormitorio. Atravesó la estancia con celeridad y se desvaneció sin dejar rastro.

—Espera —anunció Janet—. Ocurre de nuevo dentro de un minuto.

Rachel permaneció atenta a la pantalla mientras hacía una señal a su amigo.

Cuando la nueva esfera apareció sobrevolando el techo, Andrew congeló la imagen y la grabación avanzó a cámara lenta.

El diminuto haz de luz se dirigió hacia la joven dormida, hizo un giro sobre ella y desapareció.

—Eso es todo —suspiró Janet.

—Y es bastante, créeme —afirmó Rachel, consciente de que el vídeo no estaba adulterado con ninguna clase de efecto—. Estamos ante un par de orbes.

—¿Orbes? ¿Qué son? ¿Hay algún peligro con ellos?

—Muchos afirman que solo son partículas de polvo o insectos captados por la cámara... Está claro que no es tu caso. Los orbes no son peligrosos en sí mismos. En el mundo paranormal, se dice que son básicamente energía.

Janet volvió a morderse el dedo índice.

—No lo entiendo...

—La energía está en cada uno de nosotros. Nuestros impulsos, cuando nos movemos, cuando pensamos... La vida es energía. Y, a veces, parte de ella sobrevive al morir, incluso si el cuerpo, es decir, la vasija receptora, ya no está...

—¿Es... como el alma?

Los labios de Rachel se curvaron en un levísimo amago de sonrisa.

—Algunas religiones dirían que sí.

—Pero ¿tú lo crees?

—No existe un Cielo o un Infierno —aseveró—. Creo que hay un segundo plano, un universo paralelo, un lugar distinto a éste en tiempo y espacio al que va a parar esa energía que se desprende cuando ya no estamos. Y creo también que al morir no perdemos nuestra consciencia del todo... —la voz de Rachel pareció temblar unos instantes—, y que esos orbes son la prueba de que existen personas que se niegan a abandonar esta realidad, por las causas que sean.

Rachel bajó la vista, intentando no mostrar en su rostro la vorágine en la que se había convertido su mente.

No podía contar en cuántas ocasiones ella también había colocado su cámara para filmar cada recodo de su casa, intentando en vano tener una única señal de su madre.

Hizo todo cuanto aquellos libros explicaban para obtener un indicio del más allá: poner una vela blanca en cada puerta, escritura automática, conectar la radio en los canales sin frecuencia...

Nada.

—Lo malo es que recabé información en el vecindario por mi cuenta —intervino Janet visiblemente nerviosa—, y mi casa tiene una historia terrible. Si esos orbes son de verdad energía de personas ya fallecidas... no voy a poder dormir tranquila nunca más.

—¿Qué averiguaste?

La joven retorcía un mechón de su melena con ansiedad.

—Parece ser que hace unos diez años aquí vivía una mujer. Los vecinos dicen que una noche entró un hombre a robar, ella le sorprendió y... ya puedes adivinar lo que sucedió...

—Entiendo... Eso, además, explicaría los ruidos nocturnos...

—¿Y qué hago ahora? Mi familia no me cree y comienzo a tener miedo...

Rachel siempre temía aquellas preguntas. Ella solo ofrecía respuestas para dar información y conocimiento. No era una especialista ni mucho menos una médium. Los fascículos de su madre advertían que no debías enfrentarte a lo desconocido sin ayuda. Y ella no sería la primera en transgredir esa norma.

Cuando habló, procuró sonar convincente.

—Si esos orbes no te han molestado hasta ahora, no te inquietes. No se trata de un *poltergeist.* Los sonidos que escuchas cada noche solo son el reflejo de lo que ocurrió en tu casa. Como si se hubiera quedado impregnada del recuerdo de aquella fatídica noche.

”Tranquila, estoy segura de que no tienes nada de lo que preocuparte. Pero… ya sabes, debes permanecer siempre atenta…

El semblante de Janet se relajó mientras asentía.

—Gracias, Miss Midnight… La verdad es que tiene sentido.

—Espero haber resuelto tus dudas… ¡Por favor, mantennos informados si ocurre algo nuevo!

—¡Claro que sí!

—Y nos has mostrado un vídeo muy revelador, soy yo quien te da las gracias por confiar en este programa.

Janet se despidió enviándole un beso con la palma de la mano justo antes de que *Phantom* cerrara la conexión.

Andrew pulsó una tecla y la grabación se detuvo.

—¡Ha sido un caso fantástico! —exclamó eufórico—. ¡No me negarás que nuestros oyentes nos traen historias y pruebas cada vez más interesantes!

Rachel se recostó sobre su asiento y observó sonriente a su amigo, que no paraba de revisar el vídeo de los orbes.

—¿Te acuerdas de la primera semana que comenzamos? Me ofreciste tu ayuda para manejar los ordenadores, pero me confesaste que no creías mucho en estas cosas… ¡Y mírate ahora!

Andrew carraspeó con fingida exageración.

—Ya sabes —contestó animado—, siempre hay un loco que sigue al primer loco…

Rachel se fijó en la hora que marcaba la pantalla y estiró los brazos con evidente cansancio.

—Ya son las siete. Esta "loca" se va a tomar una Coca-Cola antes de seguir grabando y espera que su "loco" preferido la acompañe.

Su amigo recibió aquella broma con agrado. Rachel casi nunca manifestaba su buen humor y desde que la conocía, sus sonrisas solían ser muy escasas.

—No me negaré a semejante invitación —respondió entre risas.

Se fueron de la sala dejando el ordenador encendido.

Ninguno de los dos pudo ver cómo la pantalla comenzaba a parpadear dejando paso a la silueta de un rostro cuyos oscuros rasgos se desdibujaban entre píxeles. Únicamente se distinguió un brillo dorado en su ojo izquierdo que destelló segundos antes de que el ordenador se apagase, y con él todas las luces del instituto.

3

—Cariño, ¿estás seguro de que Rachel lo comprende?

La niña escuchó la pregunta desde el salón, donde su padre le había mostrado diapositivas de diversas obras de arte. Le explicaba sus secretos, sus trucos pictóricos, los símbolos ocultos que solo podían ser interpretados por aquellos que sintieran verdadero amor por el arte.

Su madre le había llamado con un gesto cómplice para que se reuniera con ella en la cocina.

Rachel caminó de puntillas hasta detenerse tras la puerta entreabierta.

—¡Por supuesto que sí! Ha sido ella quien ha insistido en que le hable de los misterios de *La Mona Lisa (La Gioconda)* o de *La Libertad guiando al pueblo*…

—Peter… Solo tiene siete años… —La voz de su madre sonó casi imperceptible.

—Siete años con un coeficiente que supera al de todos sus compañeros. Al menos eso nos ha dicho su tutor, ¿no? —Tras un inciso, Peter prosiguió—: Katty, cielo, nuestra hija siente la sana curiosidad de una niña de su edad, pero en lugar de preguntar por qué el cielo es azul o de dónde vienen los niños, se interesa por el arte, ¡y me parece muy bien, qué caray!

Rachel, todavía escondida, reprimió una carcajada. Su padre tenía razón. Le apasionaba más conocer el significado de un cuadro o una escultura que mirar embobada los dibujos animados, como solían hacer la mayoría de sus amigos. No entendía muy bien por qué, pero no quería negarse a sí misma la emoción que sentía al descubrir que en los ojos de *La Gioconda* existía un mensaje cifrado, o que en *La madonna de Saint Giovannino* el autor había dibujado un ovni.

Existían tantos enigmas sin resolver, tantas preguntas sobre la humanidad que muchos artistas habían plasmado en sus creaciones... y una vida no bastaba para dar respuesta a todas ellas.

Rachel adoraba la sensación de hallarse frente a un gran misterio y querer comprenderlo. Era algo innato en ella, parte de su ser.

Sus padres le animaban compartiendo sus propios conocimientos e inventándose juegos donde la pequeña debía encontrar determinadas pistas y mensajes escondidos en los bocetos que su madre creaba o en copias de cuadros famosos que su padre diseminaba por toda la casa.

A la niña no le importaba el premio final, sino la sensación de aventura que conllevaba el juego en sí, la emocionante felicidad de saber que había resuelto cada una de las claves que sus padres le habían propuesto.

—Está bien —respondió finalmente Katty en tono jovial—. Supongo que lo llevará en los genes.

Rachel corrió de nuevo hacia el salón y se sentó en el sofá. Cuando su padre salió de la cocina, exhibió una amplia sonrisa de triunfo.

—Bien, ¿por dónde íbamos, Rachyl?

La niña aplaudió, complacida. Le encantaba que su padre la llamara con aquel diminutivo.

—Ibas a explicarme por qué Velázquez se pintó a sí mismo en *Las meninas* y, luego, a decirme por qué el *David* de Miguel Ángel tiene la cabeza y las manos tan grandes…

Peter White palmeó cariñosamente la rodilla de su pequeña y tomó el mando, dando paso a otra diapositiva.

Negro

El corazón de Rachel palpitó con fuerza al saber que nuevos enigmas estaban a punto de serle revelados.

Negro contra

Y éstos no conformaban un juego donde el premio eran unas golosinas o entradas para el cine.

Negro contra blanco.

Eran parte de las vidas de muchos hombres y mujeres que, al igual que ella, alguna vez sintieron la llamada del arte en sus venas.

Negro contra blanco. Así era el contraste entre Rachel y las níveas paredes de los pasillos que conducían al aula XIII del pabellón de Historia del Arte en la Universidad de Manchester.

Los estudiantes la miraban de reojo mientras se dirigían a sus respectivas clases, aunque muchos de ellos ya sabían quién era.

La hija del profesor White nunca pasaba desapercibida.

Su abrigo, minifalda, jersey, medias y botas negras le conferían el aspecto de un espectro atormentado. Un espíritu capaz de petrificar a cualquiera que se atreviera a fijarse en sus ojos grises, cuya mirada era un abismo donde nadie quería asomarse.

Rachel caminaba con determinación, llevando al hombro la mochila donde portaba su pequeño ordenador portátil. No era tan efectivo como el de Andrew, pero solo lo utilizaba para sus propios apuntes y archivos personales.

Aquella mañana no tenía instituto. Según parecía, el apagón sufrido la tarde anterior y que había interrumpido la grabación de su programa, mantenía en jaque a los técnicos y electricistas que se afanaban para que el centro volviera a reanudar sus clases. Nadie entendía qué había sucedido, pero para Rachel era una suerte. Gracias a aquel suceso, podía acudir a la universidad sin estar haciendo novillos.

Le gustaba asistir como oyente a las clases de su padre siempre que podía, pero desde que éste comenzara a comportarse como un extraño, ya no se sentía con ánimos para compartir la misma aula con él. No comprendía aquel distanciamiento y mucho menos su súbito carácter evasivo, pero tampoco se atrevía a indagar más en ello, pues solo recibía respuestas inconcretas y evidentes elusiones de la verdad.

Sin embargo, no quería abandonar sus escapadas a la universidad. Su necesidad de conocimiento únicamente se saciaba allí y, aunque en más de una ocasión le costó una reprimenda por parte del director del instituto, no estaba dispuesta a renunciar a aquellos paréntesis de sabiduría.

Cuando llegó al aula número XIII se coló junto al resto de estudiantes.

Escogió un asiento situado en el lateral derecho, al lado de los ventanales, y miró a través de ellos. Seguía nevando. Los copos caían con deliberada lentitud y Rachel pensó que Manchester entera no era sino una gran bola de cristal; una mano etérea la había agitado, y la nieve se arremolinaba en torno a los edificios y sus habitantes. Un hermoso juguete en posesión de un niño.

Se quitó el abrigo y depositó el portátil sobre la mesa.

Su colgante brillaba en el pecho, como una lágrima redonda y dorada que se hubiera prendido sobre su jersey.

Al cabo de unos minutos, el profesor Joseph Emery hizo acto de presencia. Caminó hasta su mesa central con velocidad, como si hubiera llegado tarde.

—Buenos días, señoritas y caballeros —exclamó—. Tenemos una hora y media por delante, aprovechémosla bien. Por cierto, espero que estén estudiando ya nuestro examen posnavideño. Yo que ustedes prepararía bien el temario antes de las fiestas...

El profesor hizo un inciso con tintes teatrales y Rachel intuyó que estaba a punto de conectar aquel preámbulo con un ejemplo de lo que explicaría a continuación.

No se equivocaba.

—...O bien, intentaría hacerme con un amuleto. Ya saben, consigan una pata de conejo, un Nazar u Ojo turco, un símbolo de Ankh, una herradura, un Hamsa... Lo necesario para aprobar el temido examen. Porque además... estoy seguro de que todos ustedes son capaces de explicar el origen de los amuletos, ¿me equivoco?

Así que la clase de aquel día no iba a estar dedicada a la vida amorosa de Courbet, o a las excentricidades de Picasso. Iba a centrarse en la Antigüedad. Pero, ¿con qué objetivo? ¿Cómo podían estar los amuletos unidos con el arte?

Rachel ladeó la cabeza y se fijó en el señor Emery.

Su pelo rubio, sus ojos azules y su carisma, todavía lograban arrancar murmullos entre su alumnado femenino, aunque él ya tuviera cincuenta y un años. Siempre vestía unos tirantes a juego con una anticuada pajarita. En ocasiones decía con un guiño que no quería desentonar con el carácter arcaico del contenido de sus clases.

Era un buen amigo de su padre y ella los recordaba siempre juntos, compañeros inseparables de profesión. Misma edad, misma afición por su trabajo, misma forma amena y vivaz de impartir las clases.

Su madre solía decir que ambos eran un clon del profesor Keating, el protagonista de la película *El club de los poetas muertos.* Sus clases eran las más solicitadas; su entusiasmo contagiaba al alumnado y cada tarde se generaban largas filas para entrar en sus despachos. Una exclamación exultante de White o Emery, y en cuestión de segundos se habían ganado la confianza de los estudiantes para todo el curso.

—¿Y bien? ¡No veo manos alzadas! ¿Significa eso que mis queridos alumnos desconocen de dónde surgen los amuletos?

Una voz rasgó el silencio posterior a la pregunta.

—Son un invento egipcio para atraer las fuerzas de la divinidad sobre la tierra.

El profesor dirigió una expresión satisfecha hacia Rachel.

—Vaya, señorita, no me defrauda usted… No obstante, ¿cree que puede concretar a quién se atribuye su invención?

La joven respondió sin titubear:

—A Thot, el dios de la sabiduría, la escritura y la magia.

Emery esbozó una sonrisa mientras continuaba con aquella especie de duelo entre catedrático y alumna.

—¿Quién fue su equivalente en la antigua Grecia? ¿Quién continuó su legado para con la humanidad?

—Hermes. A veces se dice que también es Trismegisto, de quien nacen todas las leyendas alquímicas y cientos de enigmas que solo los iniciados en sus secretos pueden entender.

Joseph Emery cabeceó de forma afirmativa, pero su sonrisa había desaparecido.

—Y bien, Rachel White, ¿cómo anexiona usted a Thot, Hermes y sus talismanes… con el arte?

Rachel frunció los labios. El amigo de su padre, a quien conocía desde que era una niña, estaba poniéndole a prueba una vez más.

A su alrededor, los alumnos les observaban con curiosidad. No era la primera vez que aquella muchacha de pálida piel y ojos exageradamente maquillados en negro daba muestras de conocer muchas de las incógnitas que planteaba su profesor. Sabían que tenía diecisiete años y que ni siquiera debería estar asistiendo a aquellas clases y, aun así, sentían cierto respeto hacia ella y el misterio que emanaba sin ser consciente.

—No… no lo sé… —Rachel odiaba no tener respuestas a todas las preguntas. Su mente estaba sedienta, siempre ávida de nueva información, de retos a los que enfrentarse.

Emery desvió su mirada de ella para deslizarla hasta los ventanales.

—El mundo es un amuleto en sí, queridos alumnos… Tan solo tenéis que fijaros bien.

Una joven pelirroja le interrumpió con suavidad.

—¿El mundo? ¿A qué se refiere, señor Emery?

—Ah, señorita Lynch, son muchos los arcanos que nos rodean. Y nosotros, ¡pobre mortales!, solo conocemos unos pocos. —Tras una estudiada pausa, añadió—: ¿Cuántos de ustedes han estado en París?

Casi todos alzaron la mano.

—Entonces habrán visitado sus magníficos monumentos. Sin embargo, los han visto desde la perspectiva de un mero turista. ¡Hay que mirar la realidad con otros ojos!

Rachel se estremeció. Aquellas eran las mismas palabras con las que su madre señalaba los secretos de sus cuadros.

—Veamos —prosiguió Emery—, seguro que recuerdan el Obelisco de Ramsés II en la conocida Plaza de la Concordia, por ejemplo. ¿Qué les parece si lo unimos a los emblemáticos edificios que preceden a la iglesia de la Madeleine, incluyendo a ésta en la ecuación? Forman, a vista de pájaro, un perfecto croquis de un templo egipcio. Pirámides, efigies, fuentes, pilonos, obeliscos... ¡Son amuletos, símbolos del dios Thot, o Hermes! No en vano Napoleón fue un miembro de la masonería hermética más clandestina de su época...

Rachel parpadeó con estupor. Aplaudía mentalmente aquellas revelaciones y anhelaba saber más.

—¿Y qué me dicen de Stonehenge? —declaró el profesor con vivaces aspavientos—. ¿De Chartres con su Virgen negra y su laberinto telúrico? ¿O de otro obelisco, símbolo inequívocamente pagano, en el centro de la Plaza San Pedro, en el Vaticano? ¡Todos conforman talismanes, queridos alumnos! ¡Y cada uno de ellos, a su vez, es arte!

Se generó un murmullo de aprobación y asombro que pronto fue silenciado por el señor Emery.

—Bien ahora que sus mentes se encuentran en el punto más álgido de concentración, les robaré un poco de su sabiduría estudiantil pidiéndoles que hagan un análisis artístico de la obra que voy a pasarles. Sí, esta vez hay fotocopias para todos. Quiero que la ubiquen concretando su época y generación; que recuerden a su autor y me detallen qué temas trata y cómo los transmite. Así mismo, les rogaría que me apuntasen sus posibles dificultades técnicas en el proceso de elaboración, atendiendo al trabajo de luces y sombras, colores, etc. Será... como un pequeño examen de prueba. Pero tranquilos, no corregiré este ejercicio. Al final de la clase, debatiremos vuestras respuestas.

Rachel encendió su portátil y abrió los archivos donde almacenaba todas sus revelaciones culturales. Aquella mañana Joseph Emery le había proporcionado sin quererlo otros misterios que investigar.

Al no ser oficialmente una alumna, no tenía por qué realizar el trabajo que les había pedido a los demás estudiantes, así que se concentró en plasmar todo cuanto había escuchado.

De repente una ventana emergente ocupó la pantalla al completo.

Rachel dio un leve respingo.

El fondo era negro, sin ningún tipo de imagen. En su margen izquierdo, un guion blanco parpadeaba de forma intermitente.

Pulso la tecla Esc, pero nada cambió.

—¿Qué...? —murmuró antes de sentir un nuevo sobresalto.

El diminuto guion se transformó en palabras.

Rápidas. Certeras.

HAL9000_ Hola, Rachel White. No apagues el ordenador. No hagas un movimiento que nos delate. Esta conversación puede interesarte. No obstante, eres tú quien decide si ponerle fin ahora o leer mi advertencia. Te aconsejo la segunda opción.

Rachel se sintió temporalmente paralizada. Supuso que aquello sería una broma de mal gusto y sin embargo...

existía una ambigua sensación de desconcierto que le impedía quedarse indiferente.

Contuvo unos instantes el aire en sus pulmones y lo expulsó poco a poco.

USUARIO_ ¿Quién eres?

La respuesta fue casi instantánea.

HAL9000_ Pregunta equivocada. Puedes tomar mi presencia como una ayuda. Aunque también podrías olvidarte de que esto está sucediendo. Sigues siendo tú quien elije.

Rachel curvó los labios en una media sonrisa. La conversación parecía extraída de una película de espías. O tal vez de *Matrix*.

USUARIO_ Si esto es un chat para ligar, publicidad o una broma pesada, no estoy interesada en ninguna de las tres cosas.

HAL9000_ Espero que las brillantes lecciones de Joseph Emery no hayan bloqueado tu capacidad para reaccionar y yo esté todavía a tiempo de captar tu completa atención.

Abrió la boca, perpleja.

Por un momento creyó que el aula entera se licuaba en torno suyo.

Era imposible. Fuera quien fuese la persona al otro lado de la pantalla, sabía dónde se encontraba.

"No puede ser —pensó—. ¿Quién sabe que estoy aquí?"

Nunca se lo había dicho a Andrew, ni a ninguno de sus compañeros de instituto. Y su padre quedaba descartado de aquella situación.

Miró a su alrededor.

El profesor Emery seguía repartiendo las fotocopias y respondiendo en voz baja las dudas de los alumnos. Nadie estaba reparando en ella.

HAL9000_ No, Rachel. No estoy en el aula XIII. Al menos, no físicamente. ¿Decepcionada? ¿O aliviada?

El repunte de un escalofrío se abrió paso entre hormigueos por su espalda.

USUARIO_ ¿Puedes verme?

HAL9000_ Vaya, pensé que eras más inteligente. Solo tienes que echar un vistazo al punto rojo encendido en la *webcam* que lleva incorporada tu portátil. Sí, veo tu cara de asombro a todo color.

Rachel intentó no mantener la vista fija en la cámara y permanecer serena.

¿Cómo no se había dado cuenta antes de que el piloto de la *webcam* estaba iluminado?

Era un hacker. Tenía que apagar el ordenador, tenía que terminar aquella conversación, tenía...

USUARIO_ Andrew, si eres tú, no tiene gracia.

HAL9000_ Sigues creyendo que esto no va en serio. Te informo de que tu amiguito informático está durmiendo plácidamente en su casa, gracias al día libre que os han dado en el instituto. Por supuesto, no pensarás que el apagón ha sido una casualidad... ¿o sí?

En aquel momento, Emery depositó la fotocopia correspondiente en su pupitre.

Rachel inclinó la pantalla del portátil a toda prisa.

El profesor esbozó una suave sonrisa mientras posaba una mano sobre su brazo izquierdo.

—Rachel, ¿cómo te encuentras? —preguntó en un susurro afectuoso.

Ella asintió y se encogió de hombros, procurando no mostrar ningún signo de nerviosismo.

—Bien, estoy bien, Joseph.

En privado, se dirigía a él con su nombre de pila. Había sido considerado parte de la familia desde que ella pudiera recordar.

Miró brevemente el folio junto al ordenador. La imagen que contenía era de *La Medusa* de Gericault.

Ver el cuadro le transmitió una sensación de angustia que se enroscó furiosa en su estómago.

Emery pareció percatarse de su expresión y señalando la fotocopia, apostilló:

—No es necesario que hagas el comentario de esta obra... Tengo el convencimiento de que ya conoces todo lo necesario sobre ella, ¿verdad?

El profesor estaba en lo cierto. El padre de Rachel le había hablado en muchas ocasiones de aquel lienzo.

La joven recordaba que el artista quiso mostrar al gran público la tragedia que supuso el naufragio de la fragata cuyo nombre conformaba el título de la composición. Los más de cien pasajeros que albergaba, hombres, mujeres y niños, estuvieron semanas a la deriva en una balsa construida apresuradamente. Hambre, deshidratación, histeria, canibalismo, locura...

De los ciento cuarenta y siete supervivientes iniciales, solo se salvaron quince.

Aquella historia verídica ocurrida a principios del siglo XIX siempre le había impresionado y, cada cierto tiempo, le pedía a su padre que volviera a relatarle cómo el pintor, que no llegaba a la treintena, había investigado el suceso a fondo, llegando incluso a visitar hospitales y morgues para ver el color y la textura de la piel de los agonizantes y poder plasmarlo en su creación.

Minutos antes, tal vez le hubiera atraído la idea de realizar también aquel pequeño examen y sin embargo, ahora, la sola visión del cuadro con aquellos cuerpos moribundos y el terror plasmado en cada semblante había incrementado su ansiedad.

—Por cierto —prosiguió Emery en voz baja—, ¿cómo está Peter?

Rachel, cuyas manos seguían sosteniendo la pantalla del portátil, rogó en silencio que Joseph regresara a su mesa central. Él ya sabía que su padre se encerraba en su despacho cada día y que salía solo cuando debía impartir forzosamente una clase; que había perdido su buen humor; que el rector ya le había llamado la atención en un par de ocasiones; que su prestigio estaba en entredicho; que su rostro reflejaba un problema real que no quería compartir con nadie, ni siquiera con su hija.

—Bueno... creo que está trabajando en un nuevo proyecto bastante importante y éste ocupa todo su tiempo —respondió al fin.

Emery mantuvo su sonrisa, pero Rachel fue consciente de que se había congelado en un rictus de preocupación.

—Lo sé —dijo, extrañamente lacónico—, dale un abrazo de mi parte. Y por favor, cuídate.

Cuando el profesor se giró, la joven volvió a abrir el ordenador.

El guion blanco seguía parpadeando, como si hubiera estado esperándola para continuar.

Rachel se humedeció los labios y comenzó a escribir.

USUARIO_ ¿Qué quieres?

Al cabo de unos segundos, la respuesta se generaba con celeridad frente a ella.

HAL9000_ Bingo. Pregunta correcta, Rachel. Mi misión, por denominarlo así, es advertirte del peligro que corréis tu padre y tú.

Rachel amagó un gesto de contradicción.

USUARIO_ Qué detalle. ¿Tu misión incluye revelarles a los interesados en qué consiste ese peligro o estoy suponiendo demasiado?

HAL9000_ Yo solo ofrezco información. Serás tú misma quien lo descubra en breve si esta conversación resulta infructuosa.

USUARIO_ Por ahora esa información que presumes tener sigue siendo un misterio, lo que no resulta muy convincente.

HAL9000_ Los datos de los que dispongo son bastante... especiales. Eres la persona exacta con quien debo compartirlos y, aun así, no sé si estás preparada.

Rachel tuvo una extraña sensación. Como si de repente estuviera perdiendo la última oportunidad de pertenecer al mundo tal y como lo conocía hasta aquel momento.

HAL9000_ ¿Lo estás?

Se mordió el labio inferior y respondió.

USUARIO_ Hace mucho que dejé de tenerle miedo a lo desconocido.

HAL9000_ Yo no estaría tan segura.

Tras unos instantes en los que el guion parpadeó, indeciso, una nueva frase apareció en la pantalla.

HAL9000_ Tu padre tiene en su poder un objeto capaz de desenterrar una antigua profecía entre el Bien y el Mal. Un objeto que lleva años deseando conseguir y del que ahora, seguramente, no sabe cómo deshacerse. Es el principio de todo, pero también su fin.

La joven sintió un cosquilleo en la punta de sus dedos.

USUARIO_ Dime, en el caso de que te creyera, ¿cómo sabes todo eso?

HAL9000_ No eres la única estudiosa de lo paranormal, Rachel White. Un objeto como el que tiene tu padre puede pasar desapercibido y perderse en la historia del tiempo durante años, quizá siglos...e, incluso así, dejar su huella. Y las huellas siempre pueden rastrearse...

Rachel se pasó una mano por la frente.

USUARIO_ ¿Qué profecía? ¿De qué objeto se trata?

HAL9000_ Un lienzo.

USUARIO_ Eso no es una novedad tan especial.

HAL9000_ No me tomes por ignorante. Sé que tu padre es catedrático de Historia del Arte, sé cuál es su despacho, los premios y galardones que ha ganado, e incluso sé por qué quiso adquirir la obra en cuestión. La pregunta que deberías hacerte es... ¿por qué esto último no lo sabes tú?

La joven había permanecido con las manos sobre el teclado, dispuesta a replicar. Y sin embargo, no tenía respuesta para aquella pregunta.

HAL9000_ Veo que te asaltan las dudas. Antes de despedirme, quiero que pienses en los silencios de tu padre, en el carácter taciturno que demuestra últimamente. ¿Por qué arriesgar su preciado puesto en la facultad y hacer tambalear su carrera, su reputación... y lo que es más importante, poner en peligro vuestras propias vidas? Pregúntale. No desistas en ese empeño por romper su mutismo. Intenta hallar las incógnitas por ti misma. Pero hazlo. Cuanto antes.

La pantalla que albergaba aquel chat clandestino desapareció para dejar paso a sus archivos personales.

Parpadeó con cierta desazón, como si tratase de salir de un mal sueño.

Su mirada recayó de nuevo en el interior del aula y en su profesor, que indicaba a los estudiantes que únicamente les quedaban cinco minutos para finalizar el trabajo.

Apagó el portátil y haciendo una señal de disculpa hacia Emery, salió con celeridad de la clase.

¿Y si aquel hacker tenía razón?

¿A qué clase de cuadro y profecía se refería?

—Es una locura —murmuró para sí misma mientras caminaba por los pasillos de la facultad.

En su cabeza resonaron unas palabras que su madre solía decirle:

"Van Gogh no estaba loco, cariño. Ni Dalí tampoco. A veces, la locura solo es un puente entre nuestra realidad y otra bien distinta, pero igual de trascendente".

Tenía que intentar averiguar qué estaba ocurriendo y su padre tenía todas las respuestas.

4

21 de octubre, 1827.

La luz espectral de la luna se colaba por el tragaluz, convocando las sombras a su alrededor. La negritud, al igual que cada noche, se dilataba en la estancia como una pupila.

El miedo le obligó a ahogar un gemido.

Conocía todos los recodos de aquella habitación; los diez pasos que separaban un muro de otro; la rugosidad de cada piedra; la aspereza del pequeño camastro de paja; las manchas mohosas salpicadas por doquier; el desagradable olor a excrementos.

Y aun así, al llegar la oscuridad total, su cuerpo comenzaba a tiritar y su estómago se convulsionaba con nuevas y angustiosas arcadas.

Observó el tragaluz apretando los dientes. Odiaba sus barrotes en forma de cruz que, con la luz matinal, se convertían en una siniestra silueta negra que iba barriendo el suelo, centímetro a centímetro.

Comenzó a caminar en círculos, presa de un pulsante frenesí. Podía notar, a través de sus pies descalzos, el frío de aquel suelo maldito.

Un grito murió antes de hacerse real en su garganta. Sabía lo que ocurriría si volvía a llorar. Solo el silencio le respondería. Y el silencio era un enemigo al que no se atrevía a hacer frente.

A veces hablaba, solo para escuchar el sonido de su propia voz. Pero los balbuceos que emitía le generaban un pavor hacia sí mismo difícil de desterrar.

Asustado, alzó la cabeza. El graznido de un cuervo sonó a lo lejos con un eco perturbador que pareció restallar en la estancia.

Se encogió sobre el camastro sin poder controlar el temblor que le sacudía.

Un nuevo sonido hizo que contuviera el aliento.

Escuchó con atención.

Débiles chillidos transgredieron el mutismo hasta convertirse en un rítmico rumor sordo. Unos ojillos rojos centellearon en la oscuridad.

Ratas. Seguramente estarían royendo la comida del día anterior que él había dejado intacta deliberadamente. Desconocía de dónde salían aquellos animales, pero allí estaban, como cada noche, dispuestos a devorar cualquier bocado.

Había aprendido a dejar siempre los restos para ellas y así no sentir en su propia carne sus voraces mordiscos. Pero desde hacía ya cuatro días no comía nada.

Su mente le atormentaba con extraños pensamientos y le susurraba palabras de muerte.

"Si desapareciera —pensaba— ya no estaría aquí, sería...libre. Si ya no abriese los ojos... viviría al fin. Y para vivir... hay que morir".

Por esa razón apartaba el sucio plato que cada noche le hacían llegar a través de la trampilla oculta en la puerta. No tenía ningún otro medio para cruzar la línea que separaba el mundo con la otra orilla. Dejar de comer era la única solución para dejar de existir.

Se abrazó a sí mismo.

No conocía lo que era una caricia, un beso o un abrazo, y sin embargo su cuerpo anhelaba el contacto físico. Cada milímetro de su piel suplicaba que lo tocasen. La soledad no podía compararse con el silencio, la oscuridad y las ratas. Era la ausencia de humanidad en su estado más puro. El vacío. La negación de ser persona.

En ocasiones creía que no podía ser real. Quizá ya hubiera muerto y solo fuera un espíritu atrapado en aquel siniestro lugar…

Bajo el haz de plata proyectado por la luna, sus ojos distinguieron una pequeña forma moverse lentamente sobre la superficie del camastro.

Alargó una mano y abrió la palma, permitiendo que el intruso caminara hasta detenerse en el centro de la misma.

Esbozó el espejismo de una trémula sonrisa.

Era una araña.

De patas alargadas y diminuto abdomen, avanzaba con sombría elegancia recorriendo cada uno de sus maltrechos dedos.

Al arácnido no parecía importarle el rastro de sangre coagulada que salpicaba sus uñas destrozadas. Incluso se detenía de vez en cuando, como si se supiera que ahí no corría peligro.

El eco de unos pasos que se aproximaban llegó hasta él, despertando todos sus sentidos.

Dejó con rapidez a la araña y se precipitó hacia la puerta de madera maciza.

Pegó la oreja contra ella, pero únicamente escuchó el frenético latir de su corazón.

Los pasos se detuvieron al otro lado. Un sonido chirriante les siguió y, tras éste, la trampilla se abrió para vomitar por su abertura un hediondo plato de comida todavía humeante.

La apartó con el pie sintiendo unas crecientes náuseas.

—El plato de ayer.

La orden sonó cortante y, sin embargo, pudo distinguir también cierto tono de temor.

No se movió.

—¡El plato!

Aunque estaba temblando, sus músculos no le obedecieron.

—Como quieras. Habrá más para las ratas.

Tras aquellas palabras, el sonido de los pasos se reanudó, pero en aquella ocasión sabía que ya no regresarían hasta la noche siguiente. O tal vez hasta dentro de dos o tres días.

Apretó los puños y abrió la boca.

—E-espera…

El eco se alejaba cada vez más.

—¡Espera… Espera…!

Aguzó el oído y comprobó que los pasos se habían detenido.

Tragó saliva con dificultad mientras percibía cómo sus ojos comenzaban a humedecerse.

—Quiero… quiero… salir…

Pensó que el silencio reinante era una clara señal de que su súplica tendría una respuesta favorable.

La realidad le abofeteó una vez más.

—Sabes perfectamente que hoy hay luna llena, monstruo. ¡No puedes salir de aquí jamás! ¡Y da gracias a que yo te llevo hasta el bosque las noches sin luna! ¡A fe mía, no sé por qué lo hago! Cualquier otro hubiera acabado contigo sin el más mínimo remordimiento. Sí... Algún día lo haré yo mismo... —Le escuchó reírse de forma aviesa—. Y lo que es más, ¡sería un héroe! ¿Me oyes? ¡El héroe que liberó a todos del engendro que nunca debió nacer!

Las lágrimas abrasaron sus mejillas.

—Pero... es... mi cumpleañ...

—¡No me importa, es más, no le importa a nadie! Todavía no sé cómo has aprendido siquiera a hablar, ni cómo conoces el día que naciste... Eres un monstruo, ¡el vástago del demonio! ¡No vuelvas a dirigirte a mí, no grites, no respires! Este lugar debería haber sido tu tumba y aún sigues vivo... ¿Quieres más pruebas de que solo puedes proceder del Infierno?

Tras unos instantes de tenso silencio, la voz volvió a resonar con siniestra calma.

—Quizá si no vengo a traerte tu asquerosa comida durante unas semanas aprendas que es mejor quedarse bien calladito... Puede que incluso me lleve una grata sorpresa cuando al regresar encuentre tu cuerpo consumido y destrozado por las ratas... Sí... eso estaría bien...

Los pasos se alejaron hasta disolverse en un mutismo helado.

—No...

Comenzó a golpear la puerta presa de una angustia irracional.

—¡No, no, no!

Arañó la superficie arrancando sus propias uñas, que quedaron prendidas a la madera como polillas muertas.

Un oscuro rastro de sangre fresca se unió a los ya existentes.

Lanzando un alarido de desesperación, se dejó caer al suelo mientras estallaba en llanto.

Nunca saldría de allí. Nunca sentiría la luz del sol en su rostro. Nunca alguien se atrevería a tocarle.

Moriría entre aquellos muros.

La idea de no comer más y abandonarse al destino se desvaneció de su mente.

El instinto de supervivencia era más poderoso. Quería vivir… ¡vivir!

De repente, una voz masculina fue gestándose de forma casi onírica en el interior de aquella prisión… Una voz hermosa, suave y timbrada que le llamaba como un padre llamaría a su hijo… y que, como cada noche, acudía en su auxilio.

—Thomas. Sabes que yo jamás te dejaré solo.

El niño sonrió con fervor al tiempo que sorbía sus lágrimas.

—Sí, maestro…

5

Abrió los ojos sobresaltada, percibiendo un conocido sudor frío perlar todo su cuerpo.

Sabía que los buenos sueños se habían refugiado para siempre en los recodos del tiempo. Y aun así no podía acostumbrarse a las pesadillas. Sentía sus oscuras garras de noche, y sus dedos húmedos arañar sus esperanzas de día.

Cuando las ilusiones mueren, una parte de nosotros mismos se marchita con ellas. Rachel comenzaba a ser consciente de ello.

Su habitación seguía en penumbra, por lo que imaginó que debía ser todavía muy temprano.

Tras incorporarse, encendió el móvil y se fijó en la hora. Las cinco menos cuarto de la mañana.

Suspiró con la huella de la pesadilla todavía ardiente en su cerebro.

Soñaba casi todas las noches con su madre. Ya hacía más de un año desde su fallecimiento y su subconsciente se obstinaba en mantener viva la tristeza a través de imágenes cada vez más surrealistas.

Nada funcionaba. Ni las infusiones, ni las pastillas para dormir más relajada. El miedo a cerrar los ojos y dejarse vencer por el sueño comenzaba a ser una angustiosa realidad.

Se pasó una mano por la frente antes de levantarse para beber un vaso de agua.

En la oscuridad, sus pies tropezaron con un objeto.

Sonrió al recordar que se trataba de la caja que había traído desde el trastero.

La tarde anterior había encontrado allí unos libros muy interesantes. Bajo el título de *Lo Inexplicado*, ofrecían toda clase de relatos y testimonios de personas que habían contactado con el más allá. Y lo que era más importante para ella: habían pertenecido a su madre.

Encendió la luz de su habitación y se dispuso a ojear más detenidamente el contenido de la caja.

Extrajo uno por uno aquellos voluminosos ejemplares y echó un último vistazo.

Al fondo, solo quedaba un pequeño cuaderno de color rojo que parecía aguardar a ser descubierto.

Parpadeó, confusa.

Nunca lo había visto antes.

Lo tomó entre sus manos con cuidado, como si alguien le susurrara que se trataba de algo que albergaba un valor incalculable.

Se sentó en su cama y abrió las páginas al azar.

Cuando leyó la primera línea, reprimió una exclamación de sorpresa.

"11 de julio, 1992.

"Querido diario,

"¡Le quiero! ¡Y él a mí!"

Se sentía incapaz de describir el cúmulo de sensaciones que aquel diario le había transmitido en tan solo unos instantes.

La primera fue una violenta sacudida en el estómago.

Aun a pesar de las pesadillas y la tristeza acumulada en su interior, le parecía que Katty, su madre, permanecía todavía junto a ella. Un ángel de la guarda que no la abandonaba y con quien nunca se sentía sola. Una presencia intangible que siempre la rodeaba estuviera donde estuviese.

Y cuando recibía un golpe de realidad, cuando los recuerdos del hospital y de los días posteriores se colaban en su cabeza y en su corazón, todo se desmoronaba.

Haber encontrado aquel diario era una prueba más de que su madre pertenecía al pasado.

Y sin embargo... Un amor insondable traspasó su pecho y le hizo querer saber más.

"11 de julio, 1992.

"Querido diario,

"¡Le quiero! ¡Y él a mí!

"Podría estar gritando estas dos frases el resto de mi vida. Solo son seis palabras, pero lo significan todo.

"¿Sabes una cosa? Aunque me considero una chica enamoradiza, nunca pensé en conocer a mi alma gemela tan pronto...

"Pero sé que estábamos destinados a encontrarnos.

"Peter... Estudia para ser profesor de Historia del Arte... Es bueno, cariñoso, simpático y tiene unos ojos grises que cambian a azulados según su estado de ánimo... Diario, ¿no te parece maravilloso?

"Todos merecemos ser felices alguna vez. Y hoy, que

él ha confesado amarme, puedo afirmar que yo lo soy por fin.

"Un mundo tan grande, tantas ciudades, tantas personas, un cosmos inimaginable… y el amor nos ha hecho coincidir."

Pasó la yema de sus dedos por aquellas líneas, de grafía redonda y cuidada y se estremeció al imaginar a su madre describiendo aquellos sentimientos hacía casi veinticinco años… Seguramente lo haría tumbada en la cama, como a ella le gustaba leer sus libros de misterio, con su melena rubia desplegándose en su espalda y esa sonrisa de pícara inocencia que siempre mostraba cuando besaba a su padre.

Pasó varias páginas hasta detenerse al final del cuaderno.

"23 de agosto, 1999.

"No puede existir nada tan puro como el amor que siente una madre hacia su hija.

"Mi niña… Me mira desde su cuna con sus preciosos ojos grises heredados de su padre y sé que daría mi vida por ella. Esa convicción será eterna y hace que la ame todavía más.

"Hace algunos años, pensaba que este mundo era gris. Caótico. Pero ahora sé que es el amor el que nos mueve. Que más allá de la oscuridad más profunda e insondable, existe una luz que nunca se apaga.

"Peter y mi hija son lo más preciado que tengo.

"Es este amor el que invade mi propio mundo… que ya es el nuestro."

Un nudo se instaló en su garganta.

No quería llorar de nuevo.

El dolor se arrastraba lentamente hacia su pecho. Jamás se desharía de aquella sensación de angustia. La portaría consigo como una injusta condena.

Unos golpes en la puerta de su dormitorio le arrancaron de sus pensamientos.

—Rachel, ¿estás despierta? He visto la luz de tu habitación encendida y…

—Sí, pasa, papá.

Cuando su padre entró, sus ojos se fijaron en el diario que Rachel todavía guardaba entre sus manos.

—Veo que lo has encontrado —dijo Peter sentándose a su lado.

Ella asintió.

—No sabía que tuviera uno. Es… precioso.

Su padre palmeó su rodilla como solía hacer cuando era pequeña.

—Tu madre te quería mucho…

La joven sonrió dejando escapar una lágrima que él secó mientras le acariciaba la mejilla.

—Y yo también, Rachel. Te quiero más que a nadie en este mundo. No estás sola, te prometo que siempre me tendrás junto a ti. Lo sabes, ¿verdad, Rachyl, cariño?

Tienes

Rachel, sin soltar el diario, abrazó a su padre en silencio.

Tienes que

Las palabras no eran necesarias para demostrar cuánto se necesitaban el uno al otro.

Tienes que hacerlo.

Seguían siendo una familia.

"Tienes que hacerlo", pensó mientras contemplaba la ciudad a través de la ventana del salón. "A papá le está ocurriendo algo extraño y solo él puede explicar qué es. No aceptes una negativa como respuesta. Haz lo que ese hacker te aconsejó: pregúntale hasta que te diga la verdad."

Manchester estaba cubierta bajo un delicado manto blanco que le otorgaba un aspecto fantasmagórico e irreal.

"Al menos ha dejado de nevar..."

Recordó cómo tras abandonar la clase de Emery se había dirigido directamente al despacho de su padre, pero nadie le abrió. Estaba cerrado con llave.

"Debí imaginarlo."

Solo podía hacer una cosa: esperar en casa hasta su regreso. Y eso no sucedería hasta bien entrada la noche.

Apoyó una mano sobre el frío cristal de la ventana como queriendo invocar la presencia de su padre. Sin embargo, la calle estaba desierta.

Por unos momentos, los pensamientos de su mente se disolvieron en un muro blanco al observar la luz intermitente de una farola.

Resopló mientras se dejaba caer en el sofá.

Tamborileó sus dedos en el reposabrazos, algo que siempre hacía cuando estaba nerviosa y sus ojos, involuntariamente, se deslizaron hacia una fotografía familiar enmarcada que meses atrás su padre había insistido en colocar en la mesa principal.

En la imagen estaban los tres, sonrientes y abrazados, en un viaje a Londres.

Su madre sostenía en su mano izquierda un *flyer* de un conocido musical y miraba a la cámara guiñando un ojo. Rachel estaba en el medio, con su melena recogida en una coleta y haciendo el símbolo de la victoria. Y su padre...

"Un momento."

La joven tomó la fotografía frunciendo el ceño.

Tocó la superficie con el dedo índice y abrió la boca en una mueca de estupor.

El rostro de su padre se hallaba deformado. Parecía que el objetivo hubiera hecho una instantánea de forma acelerada... cuyo resultado únicamente se mostrara en su semblante.

Rachel extrajo la fotografía del marco y la palpó, comprobando que no se había mojado o estropeado por algún descuido.

Su corazón comenzó a palpitar con frenesí.

Sin saber muy bien la razón y presa de un pulsante presentimiento, abrió el cajón situado bajo el televisor y extrajo uno de los muchos viejos álbumes de fotos que su padre guardaba con mimo.

Abrió el perteneciente a la época de noviazgo de sus padres.

La desazón se enroscó en su garganta.

En todas las imágenes los rasgos de Peter aparecían desfigurados.

Sintiendo cómo unos incipientes nervios se apoderaban de ella, escogió el álbum que atesoraba los recuerdos de su nacimiento.

Una exclamación ahogada emergió de sus labios al ver la primera instantánea.

La sonrisa de su madre era radiante mientras sostenía en su regazo a la recién nacida; Rachel, con los ojitos cerrados, dormía plácidamente; su padre, a su lado... carecía de rostro. Sus ojos, nariz, boca... todo era una amalgama licuada, borrosa.

—Dios mío... —musitó justo antes de escuchar el

característico sonido de las llaves del profesor al abrir la puerta.

Guardó rápidamente los álbumes y fue a su encuentro con el corazón contrito.

—Pensé que estarías dormida... —La voz de Peter White sonó cansada. Dio un beso a su hija en la frente y se dirigió al dormitorio para dejar su maletín.

—Te he esperado para cenar los dos juntos, papá. —Rachel intentó que su angustia no la delatase.

—No tengo mucha hambre...

Su hija le interrumpió con una sonrisa al tiempo que le conducía a la cocina.

—Hoy he preparado crema de calabaza, tu favorita. Siempre llegas muy tarde de trabajar y no tenemos tiempo para vernos...

Peter alzó los brazos en actitud resignada.

—De acuerdo, cielo, pero me iré temprano a dormir y tú deberías hacer lo mismo; mañana tienes instituto, ¿no?

—Sí —respondió ella mientras servía la crema—, me han llamado esta tarde para comunicarme que el problema del apagón ya está arreglado y que mañana hay clase de nuevo.

—Bien —murmuró su padre antes de probar la cena—. Está deliciosa, cariño.

—Bueno... y... eh... ¿cómo va todo en la universidad?

Peter no desvió la vista del plato.

—Mucho ajetreo... Ya sabes, clases, reuniones, tutorías... ¿Y tú? Cuéntame cómo te está yendo el curso... ¿Y Andrew?

—Todo genial, papá. Andrew, tan friki como siempre. —Sonrió—. Y no tienes que preocuparte por las notas...

En los últimos exámenes mi calificación más baja fue un notable en ciencias… —Y añadió en tono divertido—: Las ciencias son mi punto débil…

Peter le ofreció una sonrisa gastada.

Rachel se humedeció el labio inferior y le observó de soslayo.

—¿Y qué tal ese nuevo proyecto tan importante en el que estás trabajando?

La cuchara que sostenía su padre cayó de repente al suelo moteándolo de salpicaduras naranjas.

Rachel le sostuvo la mirada, esperando una respuesta.

—Va… perfectamente —dijo Peter de forma automática mientras recogía el cubierto.

Su hija insistió.

—¿Es… un estudio de una obra de arte antigua?

—Sí, algo así.

—¿Y qué es? ¿Un grabado? ¿Una escultura? ¿Un… lienzo?

Su padre se levantó de la silla e hizo ademán de salir de la cocina.

—Cariño, creo que me voy a descansar, ya te he comentado que no tengo hambre y estoy agotado…

—Papá, solo tengo curiosidad... Si es un lienzo me encantaría verlo y…

—¡¡No!!

Rachel dio un respingo al escuchar la exclamación airada de su padre. No obstante, le siguió hasta el salón sin darse por vencida. Aquella reacción era una prueba definitiva de que algo extraño estaba ocurriendo.

—Por favor, ¿qué te está pasando? —Le preguntó de forma directa—. ¡Siempre enfadado, siempre huyendo…! ¿Ya no confías en mí? ¡Sé que has comprado una obra de arte y tengo la sensación de que es la causante de que estés tan mal!

El profesor se volvió hacia la joven con una expresión crispada en su rostro.

—¿Quién te lo ha dicho? —Tras el silencio inicial de Rachel, volvió a gritar—. ¡¿Cómo lo sabes, maldita sea?!

Rachel sintió que algo estallaba en su interior al ver a su padre en aquel estado.

—Solo sé que la has adquirido… Pero no tengo ni idea de qué se trata. ¿La ocultas en tu despacho, no? ¡Por eso no quieres que entre ni yo… ni nadie! ¡Dime qué es, papá, por favor!

Peter se puso de nuevo el abrigo a toda prisa y se dirigió a la puerta principal.

—Papá… ¿Adónde vas?

Los ojos del profesor le devolvieron una mirada que rozaba la locura.

—Esto ha ido demasiado lejos. Dices que no confío en ti, pero eres tú quien no confía en mí. ¡Solo te pido una cosa, Rachel! No… ¡Te la ordeno! ¡Jamás pises mi despacho!

Tras espetar aquellas palabras, cerró de un portazo.

Rachel respiró hondo varias veces antes de precipitarse hacia la ventana del salón.

Vio a su padre caminar en dirección a la universidad de forma atropellada, dejando un nuevo surco de pasos en la nieve.

No pudo evitar sentir que tal vez había ido demasiado lejos. Aquel hacker podría haberle mentido, y ahora su padre y ella estaban más desunidos que nunca…

—Pero… —susurró para sí misma—, entonces ¿por qué ha reaccionado así? No lo hubiera hecho de no ser verdad…

Comenzó a retorcer entre los dedos el mechón azul de su flequillo mientras reflexionaba qué hacer a continuación. ¿Ir en busca de su padre? ¿Obligarle a regresar a casa?

Imposible. Sabía que cuando Peter tomaba una decisión, esta era firme hasta sus últimas consecuencias. Tal vez ella hubiera heredado la testarudez que ahora les había conducido a aquella situación.

—Lo siento, papá...

Sin pretenderlo, su vista se posó en la fotografía enmarcada.

Suspiró al tiempo que la tomaba en sus manos.

De repente, la dejó caer al suelo como si hubiera recibido una violenta descarga eléctrica. El cristal se rompió en cinco fragmentos irregulares que reflejaron su propio rostro, asustado y contraído.

En la instantánea, el semblante de su padre había desaparecido.

En su lugar, solo quedaba una oquedad cuyo contorno ennegrecido parecía haber sido consumido por un fuego invisible.

6

—Así que su *nick* era *Hal9000*... Muy curioso.

Andrew se rascó el mentón mientras mantenía la vista perdida en la pantalla de su portátil.

Habían quedado de nuevo en la sala de informática tras las clases para finalizar la grabación del programa de radio y Rachel no había podido evitar relatarle lo ocurrido el día anterior. Necesitaba desahogarse, contar con otro punto de vista. Y sabía que su amigo podría ayudarle. Andrew había rastreado la IP de aquellos mensajes buscando más información acerca del misterioso hacker, pero solo encontró un curioso galimatías digital: "IP protegido 99-9, ERROR, ERROR".

—¿Por qué lo dices? ¿Te suena de algo? —La joven golpeaba rítmicamente el suelo con el tacón de su bota derecha. Seguía preocupada por su padre, quien no había regresado a casa en toda la noche ni contestaba a sus llamadas. Y por la fotografía quemada, que solo lograba aumentar su intranquilidad.

Andrew le dedicó una sonrisa maliciosa.

—A ti también te sonaría si vieras más películas de culto de vez en cuando...

—No te hagas de rogar, esto va en serio.

—Está bien, está bien. Me refiero a *2001, una odisea en el espacio.*

La expresión de la joven reflejó su asombro.

—¿Qué tiene que ver una historia de ciencia ficción con el hombre que hackeó mi portátil?

—Un hombre... o quizás una mujer. Me has dicho que no recuerdas si reveló su género...

Ella se cruzó de brazos, meditabunda.

—No, la verdad es que no... Pero sigo sin entender su relación con esa película.

Andrew se removió en el asiento y chasqueó la lengua.

—Si fueras Sherlock Holmes, nunca solucionarías un caso —bromeó su amigo antes de iniciar su explicación—. *Hal9000* es el nombre de un superordenador de abordo encargado de controlar las funciones vitales de la nave espacial. Tiene una inteligencia artificial increíble que va cambiando su comportamiento conforme avanza la historia y...

—¿Su comportamiento? ¿Como si fuera una persona?

—No me interrumpas, Watson. Digamos que no está programado para dar respuestas dudosas, solo certeras... y, por lo tanto, quiere eliminar a aquellos que sí alberguen esas dudas... *Hal9000* lo ve y sabe todo, como un dios informático. Tiene el aspecto de un foco encendido siempre en rojo y... a los protagonistas les dio más de una complicación.

Los ojos de Rachel centellearon.

—Ahora lo entiendo. Por eso el hacker eligió ese apodo: significa que sabe y controla lo más esencial; en este caso, por qué mi padre compró esa misteriosa obra de arte y qué es en realidad…

Andrew asintió.

—Elemental. Está claro que a tu padre le ocurre algo extraño relacionado con un lienzo… Y que éste se encuentra en su despacho. Lo que no me creo es que ese cuadro albergue una profecía. En serio, me parece absurdo.

Rachel negó con la cabeza.

—¿Y tú eres el que comenzaba a estar entusiasmado con los testimonios de nuestro programa? —Sonrió—. Vamos, Sherlock, a estas alturas no podrás negar que existen ciertas cosas que escapan a la comprensión, a la ciencia…

Andrew se colocó los auriculares y le indicó que hiciera lo mismo.

—Hablando del programa, no te olvides de que esta tarde tenemos que finalizar el de esta semana. ¡No querrás defraudar a tus oyentes!

Rachel suspiró, afianzando su sonrisa.

—De acuerdo, déjame ver las pautas, creo que tenía que hablar de…

En aquel instante, un extraño sonido procedente del auricular restalló en sus tímpanos.

Una cacofonía concisa, breve. Y sin embargo, de un volumen elevadísimo.

Ambos se quitaron los cascos con rapidez.

—¿Qué… ha sido eso? —preguntó Rachel todavía aturdida—. ¿Un fallo del micrófono?

Andrew parecía no escucharle. Sus ojos se habían clavado en la pantalla del portátil.

—Andrew…

—Rachel, mira esto.

Su dedo señalaba los gráficos que *Phantom* capturaba de cualquier sonido, ya fueran sus voces o la música utilizada en el programa.

—Te aseguro —prosiguió Andrew— que no estaba grabando. Pero *Phantom* ha captado y recogido lo que acabamos de escuchar.

Tenía razón. En la secuencia gráfica se habían dibujado varios picos de intensidad.

—¿Qué es? —la duda de Rachel sonó ahogada.

Su amigo comenzó a teclear con celeridad.

—Dejemos que *Phantom* se encargue.

El programa informático fue limpiando ante ellos las diversas capas de sonidos hasta que en el gráfico solo permanecieron unas ondas de color verde.

Andrew palideció.

—Las líneas verdes significan que existe una voz, Rachel. Bajo todo ese caos que casi nos perfora los tímpanos... ¡hay una voz humana!

La joven procuró que su expresión no la traicionara.

—¿Sería posible que fuera...?

Él la interrumpió.

—Sí, podría ser una psicofonía. No tengo otra explicación. *Phantom* no estaba grabando, ni siquiera lo había activado. Pero... cuando el sonido ha aparecido, todo se ha conectado automáticamente para capturarlo. Lo raro es... ya sabes, las psicofonías suelen estar fuera del espectro audible. A veces casi ni se oyen, ¿eso es lo que dice la teoría, no? Y aquí... *Phantom* no ha subido los hertzios... No hay ruido, ni silencio, ni... Bueno, incluso lo hemos escuchado, como si fuera un grito o algo así.

Rachel frunció los labios.

—¿Y si fuera un error del programa?

—Imposible.

La joven inspiró profundamente antes de contestar.

—Vamos a escucharlo.

Su amigo la miró con la incertidumbre dibujada en su semblante.

La sala pareció contener sus latidos.

Cuando presionó Enter, hasta ellos llegó el rumor de un aliento trémulo. Instantes después, nació una palabra y tras ella, se deslizó a tientas una única frase.

—"La boca se está abriendo…"

Los dos se quedaron en silencio durante unos minutos, desconcertados.

—Ponlo de nuevo —rogó Rachel.

Y la voz, indudablemente masculina, pero irreconocible, volvió a repetir aquella cita inexplicable.

—"La boca se está abriendo…"

La grabación duraba exactamente seis segundos, pero el mensaje era nítido, casi tangible en aquella sala de ordenadores.

Rachel cerró los ojos.

En su esperanzada mente, había imaginado la voz de su madre. Una prueba final de que permanecía a su lado de algún modo.

No obstante, aquello demostraba que el universo alternativo que ella tanto había buscado por fin se le manifestaba. Ya no era simplemente la presentadora y testigo ajena de un programa de radio. Ahora una manifestación paranormal le había sucedido en primera persona.

Creía haber estado preparada para aquel momento durante mucho tiempo… Y sin embargo, no era así.

Una sensación de irrealidad se apoderó de todo su cuerpo. Le pareció que la sala estaba viva, emitiendo una vibración sorda, unos latidos casi imperceptibles.

—¿Rachel?

Parpadeó.

—Estoy bien, es solo que…

Andrew tomó su mano.

—Lo sé. Estabas buscando algo así desde hace años, ¿no?

Ella asintió lentamente, como si estuviera en trance.

—Pero no entiendo qué quiere decir —prosiguió su amigo—. ¿Se supone que es un mensaje para nosotros? ¿De quién y… por qué? Vaya, al final voy a tener que creer en estas cosas…

De pronto, todos los ordenadores de la sala se encendieron a la vez.

Andrew y Rachel se levantaron de sus asientos sintiendo que un escalofrío les recorría la espalda y les congelaba el estómago.

En cada una de las pantallas, comenzaron a escribirse unas letras de color rojo intenso que se multiplicaron sin parar.

La llave. La llave. La llave. La llave. La llave. La llave.
La llave. La llave. La llave.
La llave. La llave. La llave. La llave. La llave. La llave.
La llave. La llave. La llave.

Un chirriante sonido se extendió en el aire.

Rachel no se percató de que los monitores de cristal de los viejos ordenadores se estaban resquebrajando poco a poco.

Solo fue consciente del grito de Andrew antes de que éste la empujase al suelo cubriéndola con su cuerpo.

—¡¡Cuidado!!

Un segundo después, todas las pantallas estallaron al unísono en miles de diminutos fragmentos que volaron en un caos de cortantes partículas.

Andrew se mantuvo sobre ella durante unos segundos que les parecieron eternos.

Rachel sentía su corazón golpear con violencia sus costillas al tiempo que luchaba por respirar.

Cuando finalmente ambos se incorporaron, seguían abrazados, como si solo así el miedo que bullía en su interior pudiera remitir. Pero el miedo continuó lacerando cada fibra de su ser.

Rachel buscó los ojos de su amigo antes de romper el silencio con voz entrecortada.

—¿Todavía… sigues… sin creer, Andrew?

7

Joseph Emery se había quedado dormido sobre la mesa del despacho de su casa. Los trabajos de arte egipcio que debía corregir estaban apilados a su alrededor, la lamparilla encendida y el viejo reloj de plata a su lado, marcando cada segundo. Eran las ocho, hacía mucho que había anochecido.

Se despertó bruscamente, con la descorazonadora sensación de que algo iba mal.

Miró en torno suyo; los rescoldos del sueño embotaban todavía sus sentidos. Sin embargo, supo en el acto que la habitación no se encontraba igual que antes.

La ventana se había abierto de par en par y el gélido viento hacía revolotear las cortinas como si fueran siniestras mortajas blancas a merced de la noche. Muchos de los trabajos de sus alumnos habían alfombrado el suelo y el desorden se le antojó angustioso.

Tomó en sus manos el reloj y se percató de que la luz de la lamparilla estaba apagada.

Pulsó el interruptor, pero no sucedió nada.

Entrecerrando los ojos, intentó vislumbrar la hora. Una exclamación de asombro brotó de sus labios al comprobar que las agujas giraban en sentido contrario, deshaciendo los minutos en un movimiento rápido, enloquecedor.

Y de repente, el sonido de un lamento.

Un grito constante que parecía proceder del pasillo central.

Las manos de Emery temblaron al dejar de nuevo el reloj sobre la mesa.

Sabía que estaba solo. Su exmujer y su hijo vivían en Bristol, a cientos de kilómetros de allí.

Se levantó despacio, controlando cada inhalación de aire. Parecía que la casa estaba despierta, latiente… y notó la inconfundible sensación de que estaba siendo observado.

—¿Hola? ¿Hay alguien?

Estaba seguro de que en el pasillo se hallaba la respuesta.

Sus pasos se volvieron más y más trémulos conforme se aproximaba al umbral de la puerta.

Al asomarse, sintió cómo su corazón se paraba momentáneamente en su pecho.

Allí, en el oscuro pasillo, tal y como él había temido, gravitaba un hombre. Un hombre cuyos rasgos estaban marcados por el dolor más desgarrador.

Su rostro era el de un cadáver. Blanquecino, con la boca desencajada, torcida, abierta a un abismo negro, los ojos desorbitados, las pupilas lechosas.

Emery cayó de rodillas.

—Peter…

El espectro se aproximó hacia él sin rozar el suelo, flotando. Su terrible expresión no cambió ni un ápice.

Una voz gutural surgió de todas partes y el profesor creyó escucharla también en su cerebro.

—Joseph, el dragón rojo me ha encontrado…

El pecho de Emery se convulsionó en un violento sollozo de tristeza y miedo.

—Peter… —volvió a decir, balbuceante, derrotado por el miedo.

La boca deformada de aquel ser no se movió.

—Mi hija…

Iba acercándose a él poco a poco, como en una inquietante cámara lenta.

Emery adivinó el sonido agudo y repetitivo de un teléfono a lo lejos… Un sonido que martilleaba todos sus sentidos.

—Mi hija… Debe encontrar el Arbor Coeli… Tiene que… saber…

Los cuerpos de ambos hombres casi se tocaban.

—Se agota el tiempo, Joseph… El dragón rojo… Arbor Coeli… ¡La llave…!

El profesor Joseph Emery se despertó entre espasmos.

Aturdido, miró en derredor y descubrió que todo estaba en su lugar.

Con la respiración descontrolada, observó la ventana cerrada, la lamparilla encendida, los trabajos ordenados y el reloj de plata marcando los segundos con parsimoniosa monotonía.

"Ha sido un sueño…", pensó al tiempo que amagaba una sonrisa de alivio.

De pronto, el teléfono del salón comenzó a sonar.

Emery dio un respingo y se giró sobre los talones.

Se acarició la nuca con nerviosismo mientras avanzaba lentamente hacia la estancia donde la llamada se reiteraba sin cesar.

Sabía lo que ocurriría si contestaba.

Pero no tenía elección.

Descolgó el teléfono y se preparó para lo peor.

8

—¿A dónde vamos? —Andrew seguía a Rachel casi sin aliento. La joven corría delante de él. Su abrigo negro se agitaba con cada uno de sus pasos otorgándole, bajo la luz de las farolas, el aspecto de un hermoso fantasma.

—¡A la universidad! ¡Estoy segura de que todo lo que está pasando tiene relación con mi padre! ¡El hacker, las fotos distorsionadas, lo que acaba de suceder en la sala de ordenadores… todo! ¡Quiero… necesito respuestas!

Habían huido del instituto con el miedo todavía royendo sus entrañas.

No podían dar explicaciones a los profesores de cuanto había ocurrido, pero Rachel sabía que su padre sí podía dárselas a ella.

Necesitaba información. Y la necesitaba ya.

El gran arco central de la universidad parecía estar aguardando su llegada.

Varios focos internos teñían su piedra con un tono rojizo, como si en su centro alguien hubiese encendido una gran hoguera.

Rachel había visto aquella entrada en cientos de ocasiones. Y sin embargo, ahora le parecía que el edificio estaba vivo, deseando engullirles para no regurgitarles jamás.

Saludó al celador. Éste le confirmó que su padre había llegado la noche anterior y no había salido de su despacho.

Los corredores de la universidad perdían todo su encanto cuando se hallaban desiertos de estudiantes y profesores. El lugar poseía una atmósfera angustiosa en la que ambos amigos no se atrevían siquiera a respirar.

Rachel comprobó la hora en su móvil: las nueve menos cuarto.

Sus pasos resonaban en el parqué produciendo un eco sobrenatural.

—Aquí es —señaló Rachel—. Despacho número 6…

Un débil haz de luz se filtraba por la puerta iluminando una franja del suelo, señal inequívoca de que Peter White estaba en el interior.

Andrew fue el primero en aproximarse y llamar con los nudillos.

—¿Señor White?

Nadie contestó.

El miedo se arrastró turbulento a través de sus gargantas y todo a su alrededor se volvió tenebroso, fluvial.

Rachel lo intentó de nuevo.

—¡Papá, ábrenos, por favor!

—¿Y si le pedimos la llave maestra al celador? —preguntó Andrew.

Rachel negó con la cabeza.

—Si mi padre guarda ahí dentro algo tan importante como para no permitirme verlo, no creo que quiera que lo descubra el señor Atkins…

Su amigo extrajo de su mochila su cartera y de ésta, su tarjeta de identidad.

—¿Vas a hacer lo que creo que vas a hacer?

Rachel sintió un hormigueo en la punta de sus dedos.

—Si tienes una idea mejor…

Andrew introdujo la tarjeta por la ranura mientras asía el picaporte.

—El pestillo está bien encajado —murmuró—, tal vez si doy un pequeño giro a la derecha…

Cuando se produjo el sonido de un *clic*, Andrew hizo un gesto de satisfacción.

Rachel dudó unos instantes.

En aquel despacho se hallaban muchas respuestas, pero no sabía si alguna de ellas podría disipar el miedo que se había prendido en su pecho.

Nada les podría haber preparado para lo que vieron al empujar la puerta.

Rachel gritó con todas sus fuerzas al tiempo que Andrew trataba de sujetarla para que no entrase.

La estancia era un completo caos: cajones abiertos; archivos diseminados por doquier; el globo terráqueo que perteneció a su abuelo hecho añicos; el pequeño cofre donde su padre guardaba monedas del mundo, destrozado; la mesa de roble, fracturada en varios pedazos…

El suelo estaba marcado por unas extrañas pisadas negras. Como si el dueño de las mismas hubiera estado envuelto en llamas y sus rescoldos se hubieran adherido al parqué en aquel siniestro rastro de destrucción.

En el centro, presidiendo el terrible pandemónium, un bastidor sostenía los restos calcinados de un lienzo. Parecía haber sido quemado desde su mismo interior, dejando únicamente ilesos los márgenes, donde todavía habitaba un color ceniciento.

Bajo éste, un cuerpo sin vida.

Su rostro mostraba los rasgos del terror más absoluto en un rictus de alarido petrificado que tal vez nunca hubiera llegado a producirse.

—¡No mires! —suplicó Andrew—. ¡Llamaré a la policía! ¡Rachel, no mires! ¡¡Rachel!!

La vista de la joven había comenzado a nublarse. Sus piernas ya no le sostenían.

—Papá... Tu promesa...

Ni siquiera fue consciente de haber pronunciado aquellas palabras antes de perder el conocimiento en los brazos de su amigo.

9

Le gustaba el calor que emanaban las manos de sus padres cuando tomaban las suyas al pasear por el parque.

Adoraba sentirse protegida, amada.

Otros niños deseaban soltarse enseguida y correr delante de sus progenitores, tal vez con el deseo de parecer mayores o mostrar con orgullo infantil cierto grado de independencia.

Pero Rachel no.

Permanecía asida a sus manos, sonriente y cantarina, dando siempre pequeños saltitos, como en aquella mañana de principios de abril.

Todavía hacía frío y las gotas de lluvia de la noche anterior perlaban los árboles de Gartside Gardens.

Rachel lucía su abrigo favorito. Blanco, con arabescos rusos bordados en rojo. Solía decir que con él era como una princesa de un reino perdido.

Aquel día se sentía especialmente feliz. Un colgante relucía en su pecho. Era de oro, en forma de medalla redonda en cuyo interior se enmarcaba un diminuto árbol de nueve ramas.

Sus padres se lo habían regalado la tarde anterior. No había sido su cumpleaños, ni una fecha especial. Pero, según papá, era un objeto muy particular que había pasado de generación en generación.

De vez en cuando bajaba el mentón y lo veía danzar sobre su abrigo. Entonces, su sonrisa se ensanchaba todavía más.

Mientras caminaban, su madre hablaba del nuevo cuadro en el que estaba trabajando.

—…Y crearé un arcoíris con muchos colores, ¿te gustaría, Rachel?

La niña no apartaba la vista de su colgante. Le encantaba el árbol grabado.

—Me gustan los arcoíris —respondió ilusionada.

—Pero no será un arcoíris normal…

—Ah, ¿no?

Rachel reía mientras Katty le hacía cosquillas en la mano.

—Ya sabes que mamá siempre dibuja cuadros mágicos, Rachel…

—¡Es verdad! —exclamó ella—. ¿Habrá unicornios escondidos? ¿Hadas? ¿Duendes? ¡Puede que una ninfa! ¡O un dragón! ¡O…!

De pronto, la niña enmudeció.

Se quedó muy quieta, con la vista clavada en el suelo.

—¿Qué ocurre, cariño? —preguntó Katty.

Rachel señaló algo yacente sobre la hierba y se agachó.

—Un pajarito…

El animal se hallaba inmóvil, el pequeño pico abierto, los ojillos cerrados, el plumón teñido por el barro.

—¿Qué le pasa, papá?

Peter acarició el pelo a su hija.

—Es una cría de gorrión… —dijo recordando la tormenta de la noche anterior.

—Pero ¿dónde está su mamá? Es tan pequeñito… ¿Por qué no se mueve?

Katty apoyó una mano sobre su hombro.

—Porque se ha caído de su nido, Rachel…

La niña abrió mucho los ojos.

—¿Y ya no puede volar? ¿Ni cantar?

—No, cariño —respondió su padre—, ya no podrá hacerlo más…

Su padre le dio un beso en la frente mientras secaba sus lágrimas.

—Rachel, todo lo que está vivo… no puede durar para siempre…

—¿Y por qué no? —gimió.

—Porque lo que ves, lo que te rodea, cambia a cada instante, es… un círculo que da vueltas sin parar. ¡Como la serpiente que se muerde la cola que a veces dibuja mamá: es un ciclo infinito! Tal vez en un segundo hayan nacido muchísimos pajarillos como este en todo el mundo… Y al mismo tiempo, otros también habrán muerto. Es difícil de entender, cielo, lo sé, pero así es la magia de la vida.

Rachel no podía controlar la inefable tristeza que se había adueñado de ella.

Le resultaba imposible comprender que un ser vivo pudiera dejar de existir de repente y desaparecer.

Concluir súbitamente una historia que quizá nadie recordaría.

Era demasiado cruel como para ser verdad.

Un sollozo

—Pero… —dijo muy bajito— ¿también os pasará a vosotros? ¡No quiero que os vayáis! ¡No quiero…!

Un sollozo violento

Su madre la abrazó con fuerza.

Un sollozo violento en la oscuridad.

—No debes preocuparte por eso, mi princesa. Siempre estaremos a tu lado.

Un sollozo violento en la oscuridad.

Rachel no había salido de su habitación en todo el día. Aunque la noche ya se había adueñado de la ciudad, las luces de su dormitorio estaban apagadas.

De vez en cuando los relámpagos procedentes de la tormenta exterior silueteaban los contornos de los objetos que ahora le parecían anclados al pasado.

Por esa razón prefería permanecer a salvo en la penumbra.

Hacía tiempo que había dejado de temer a la noche.

Las tinieblas dentro de sí misma eran más poderosas que las que le rodeaban.

Si su vista se posaba en su colección de CDs de música, le era imposible no rememorar que su padre siempre escuchaba una canción concreta o que su madre tarareaba su estribillo favorito; si decidía buscar consuelo en los libros, no podía evitar pensar que muchos de aquellos ejemplares habían sido comprados o aconsejados por ellos; si por un descuido se veía a sí misma en el espejo ovalado cerca de su cama, solo encontraba la imagen de la desolación.

Un nuevo sollozo la convulsionó.

Por algún motivo no quería apartarse de la ventana. Únicamente deseaba oír el grito de la tormenta. Contemplar su furia.

Así se sentía ella. Llena de rabia, tristeza y negritud.

Estaba completamente sola.

Desde aquella fatídica noche en la universidad vivía con ese pensamiento, se sentía helada por su presencia, doblegada bajo su peso. Lo llevaba a cuestas como un espectro de plomo que le obligaba a mirarle cara a cara, que le zarandeaba con violencia cuando trataba de dejar la mente en blanco.

Estaba sola.

Todo lo que había amado, ya no existía. Estaba muerto.

Muerto.

Varios relámpagos estallaron en los confines del horizonte, como si ella misma los hubiera invocado.

Su cerebro recordaba una y otra vez la discusión con su padre, como un enloquecedor cortocircuito mental.

De alguna forma, se sentía culpable, ahogada en un remolino de remordimientos.

Apoyó la frente en el frío cristal y cerró los ojos permitiendo que las lágrimas recorrieran sus mejillas.

Nunca había creído en el destino. Pensaba que de existir, solo sería el desenlace de las elecciones que se hacían en la vida.

Pero ahora comenzaba seriamente a dudar de ese convencimiento. Tal vez ella estuviera atada a un destino predeterminado. Cosida a él con un hilo invisible, pero imposible de romper.

Y ese hado era amargo, cruel e injusto. Se había llevado a las personas que más quería, a una parte de sí misma con ellas… y no las haría volver jamás.

No quería pensar qué más le deparaba el futuro. Sus propias manos desharían ese hilo trenzado y confeccionarían uno nuevo.

"Lawrence de Arabia decía que nada está escrito, Rachel. Hazme caso, eres tú quien toma las riendas de tu vida", las palabras que su padre solía decirle se repetían en su memoria en un tiovivo de recuerdos.

En aquel momento, su móvil sonó rompiendo el rumor de la lluvia.

Lo dejó vibrar sobre la mesilla de noche. Ya sabía quién era. Lo sentía por Andrew, pero si hablaba con él, se desmoronaría de nuevo.

Y necesitaba sentirse fuerte.

Joseph Emery había insistido en reunirse con ella en su despacho al día siguiente. Aquella era su oportunidad. De alguna forma era consciente de que quizá su profesor conocía algunos de los secretos que había albergado su padre.

No conseguiría nada si permanecía encerrada en su habitación como en los últimos tres días, destrozada, muerta por dentro.

Hablaría con él y trataría de esclarecer un poco más la verdad.

Con aquella determinación borboteando en sus venas, abrió los ojos.

Ante ella, la calle solitaria que tan bien conocía desde su infancia estaba siendo sacudida por la tormenta.

Otro relámpago cegó momentáneamente su visión, obligándole a parpadear.

Cuando su mirada volvió a posarse en las aceras bajo su ventana, sintió una estremecedora descarga de adrenalina.

La calle ya no estaba desierta.

Cerca de una farola de luz intermitente, se hallaba, inmóvil, una silueta.

Rachel entornó los ojos, pero no consiguió vislumbrar su rostro. Solo el oscuro contorno propio de un cuerpo masculino.

No hubiera podido asegurarlo, pero tuvo la pulsante sensación de que aquel hombre, impertérrito bajo la lluvia, estaba allí por ella. Observándola.

Una parte de su ser quiso cerrar las cortinas y meterse en la cama.

Y sin embargo... permaneció muy quieta, casi sin respiración.

Una extraña calidez envolvió su cuerpo y de repente se sintió desnuda, expuesta ante aquella figura que se amparaba en la noche.

Conmocionada, creyó distinguir un súbito brillo dorado procedente de su sombrío semblante. Un brillo breve y, sin embargo, de una intensidad abrumadora.

Un nuevo relámpago tiñó de blanco la ciudad durante unos segundos.

Tras su fulgor, la calle recuperó su soledad.

La sombra había desaparecido.

10

Joseph Emery esperaba a Rachel en su casa aquella tarde. Le había citado cuatro días después del terrible incidente. Comprendía que era demasiado pronto, pero el tiempo podía llegar a ser crucial y disponían de muy poco.

Él mismo se había encargado del papeleo, del funeral de su amigo, del proceso policial y de mantener alejada a la prensa, pues sabía que la joven estaría psíquica y físicamente destrozada. No obstante, no quería dilatar más aquel encuentro.

Cuando Rachel llamó a la puerta, puntual, Emery se pasó una mano por la frente como queriendo ahuyentar así a todos los pensamientos dubitativos que pudiera albergar.

Había llegado la hora. Él estaba preparado. ¿Lo estaría ella?

Rachel entró con la apariencia de un autómata.

Tras besarse en las mejillas, Emery la condujo hacia su despacho y la invitó a sentarse.

La joven no se había maquillado y su rostro, limpio y pálido, se asemejaba al de una muñeca de porcelana. Sus ojos grises habían perdido definitivamente aquel brillo que solía refulgir de vez en cuando en sus profundidades. Ahora se hallaban enmarcados en unas negras ojeras, apagados, como dos pozos de agua estancada.

—Supongo que te preguntarás por qué te he hecho venir, Rachel.

El profesor se fijó en las manos inertes de la muchacha sobre su regazo.

Ella asintió muy despacio. Había clavado la vista en la cabeza tallada de Bucéfalo que decoraba la mesa. Emery la compró en un viaje a Grecia junto a su padre. El busto del caballo parecía devolverle una mirada enloquecedora.

—No solo eres la hija de mi mejor amigo y compañero… —inhaló aire y lo contuvo durante unos breves instantes antes de expulsarlo con lentitud—. Siempre te he considerado como de mi familia… Tan inteligente, tan resuelta para tu edad y… entiendo que la vida te ha dado dos golpes muy duros…

Rachel, por primera vez desde su llegada, alzó una mirada que destilaba tristeza en estado puro.

—Dime qué ocurre, Joseph.

Él fue consciente del temor implícito en aquellas palabras. Tomó asiento y se infundió el valor para seguir hablando.

—Lo que le ha sucedido a Peter… —dudó un momento, antes de redondear la frase—. Sabes que… no es una muerte natural.

La joven permaneció en silencio, pero sus pupilas titilaron con el destello del miedo.

Desde hacía cuatro días no podía dormir.

Pensaba que la imagen de su padre con aquel rostro deformado estaría siempre ahí; que si cerraba los párpados volvería a verla en la oscuridad orgánica de sus ojos, en cada pliegue de su cerebro, esperando todas las noches a que el sueño la venciese para volver a brotar.

—¿Qué quieres decir…?

Joseph entrelazó los dedos de sus manos en un gesto solemne.

—Me han comunicado los resultados de la autopsia… —Fue consciente del estremecimiento de Rachel al escuchar esa palabra—. Los forenses han revelado algo inusual…

Rachel sintió unas inusitadas náuseas que le obligaron a aferrarse al asiento.

—Peter murió por una parada cardiorrespiratoria, pero su causa fue el terror, Rachel.

Una arcada le ascendió por la tráquea. Creyó que vomitaría sobre la alfombra a sus pies.

—¿Cómo…?

—El pánico por lo que tu padre vio aquella noche fue la clave… Su cerebro activó las funciones más instintivas que existen: huir o protegerse ante un peligro. La sensación de miedo extremo provocó un violento estímulo en el hipotálamo y éste segregó al organismo una sustancia química que lo llevó a un colapso y… Dios, Rachel. Ni siquiera sé cómo explicarlo. La policía me ha confesado que no logra comprender qué ha pasado. Y yo… no puedo creer que estemos ahora mismo hablando de esto, pero confía en mí, es necesario.

Rachel rompió a llorar.

—¿Necesario? —exclamó con rabia—. ¡Nadie me dice qué ocurre realmente! Por favor, Joseph, ¡me he quedado sola! ¡He perdido a las personas que más quería! ¿Por qué? ¿Por qué mi padre murió así? ¡¿Qué vio?!

El profesor desvió la mirada.

—Solo sé una pequeña parte de todo este asunto, Rachel…

—Por eso me has hecho venir… —musitó ella enjugándose las lágrimas—. Yo… necesito saberlo.

—Sí, es cierto.

Emery se levantó y caminó hasta detenerse en la ventana. Afuera, caía una ligera llovizna y el cielo abigarrado de plomizas nubes invitaba a resguardarse.

—El amor de Peter por el arte no era únicamente parte de su profesión como catedrático… Más bien era su pasión. Un modo de vida. Por esa razón nos hicimos tan buenos amigos… Pero fue esa amistad la que nos desunió.

—No acabo de comprenderlo.

El profesor se pasó un dedo por el arco de la ceja izquierda.

—Tu padre nos ocultaba muchas cosas, Rachel. A ti concretamente, su devoción por un artista que fue repudiado en su tiempo y del que incluso hoy en día poco o nada se sabe.

La joven ladeó la cabeza.

—¿Quién?

—Me refiero a William Blake.

—Mi padre sí me habló de él, de sus grabados, de sus poemas…

Emery seguía observando la ciudad desde la ventana, con aire taciturno.

—¿Y te comentó algo acerca de sus *kennings*? ¿Sus visiones? ¿De los símbolos que contenían sus obras? ¿De cómo murió, o de la concepción que tenía del mundo que le rodeaba?

Rachel se sobrecogió.

—No… Por entonces me pareció que…

—Que era un artista al que no tenía en demasiada estima, ¿me equivoco? —soltó Emery a bocajarro.

El profesor se giró hacia ella y supo de inmediato que la joven estaba presa de la conmoción.

—Durante un tiempo me hizo partícipe de esa obsesión. Juntos visitamos la casa de Londres donde se asegura que Blake falleció, incluso tratamos de ver con nuestros propios ojos su partida de nacimiento y defunción… Pensé que era solo un hobby para tu padre. Había basado su tesis en el arte renacentista, sus trabajos de carrera versaban sobre pintores franceses e italianos… Nada hacía sospechar que realizaba sus propios estudios sobre Blake en secreto, como una meta vital.

—¿Mi madre tampoco lo sabía?

—Lo desconozco. Tal vez hace unos años te hubiera confirmado que Katty estaba al corriente, pero… después del suceso de John Rylands, no podría asegurarlo.

—¿La Biblioteca John Rylands?

La memoria de Rachel se activó de golpe, invadiendo su mente con cientos de recuerdos en los que su padre y ella visitaban aquel lugar como parte de sus juegos de búsqueda infantiles. Rachel debía encontrar entre sus ejemplares una información concreta, tal vez descubrir en la base de alguna columna una nueva pista, o divisar el relieve en piedra que se correspondiera con algún dibujo hecho por su madre.

La joven trató de no volver a llorar a causa de aquellas imágenes de una infancia feliz que no se repetiría jamás.

Emery se apoyó en la mesa.

—La misma. Hace varios años unos estudiantes de la universidad descubrieron allí, en sus fondos, más de trescientas cincuenta obras poéticas y pictóricas de Blake.

—Sí… recuerdo que la noticia se publicó en todos los periódicos.

—Lo que quizá no sepas es que quien dirigía la búsqueda era tu padre y esos estudiantes, sus alumnos. Peter procuró por todos los medios que la prensa no destacara su nombre…

Rachel procuraba encajar las piezas de aquel puzle a toda prisa.

—¿Por qué? —Tras un breve inciso, añadió con cautela—: Encontró algo, ¿verdad? Algo que no quería que saliera a la luz.

—Exacto. Me lo hizo saber al cabo de una semana. Según parecía, entre aquellas poesías y dibujos, se hallaban mezclados algunos *kennings* muy especiales.

La expresión de la joven se tornó interrogante.

—Joseph, ya has mencionado antes los… *kennings*… ¿Qué son?

La vista del profesor se perdió sobre los cientos de libros que decoraban las estanterías de su despacho.

—Proceden de la antigua poesía inglesa. Con ellos, el autor utiliza una metáfora para referirse a lo que él desee: una persona, un objeto, un lugar, tal vez una acción o una idea concreta. —Emery se fijó en el desconcierto impreso en el rostro de la joven y continuó—. Tranquila, no es algo que se pueda aprender fácilmente. Un ejemplo será más efectivo que mil explicaciones. El poeta que conociera el secreto de los *kennings* diría "fuego de la batalla" para referirse a una espada; o "bridón de las olas" como sinónimo de un barco.

—Ahora entiendo. Son… un lenguaje antiguo y misterioso… Pero ¿mi padre podía descodificarlos?

Emery hizo un vago cabeceo afirmativo mientras jugaba nerviosamente con sus tirantes.

—Sabía que Blake los utilizaba en sus escritos y se convirtió en un experto en interpretar sus significados. Por eso, cuando descubrió varias páginas con aquella especie de, digamos, adivinanzas, las apartó inmediatamente de los ojos de sus estudiantes y las analizó con detalle.

—¿Te confió lo que querían decir?

Tras unos instantes de silencio, el profesor respondió por fin, críptico.

—Eran una profecía. El aviso de que el mundo, tal y como lo conocemos, dejaría de existir. Algo así como un Apocalipsis. Blake, desde su niñez, solía tener extrañas visiones relacionadas con el más allá, me dijo tu padre. Era... un discípulo de Nostradamus, Paracelso y Swedenborg... Su hipersensibilidad le hacía ver a personas ya fallecidas o tener contacto con ángeles... y estos, según se cuenta, le daban información de sucesos futuros. Por supuesto, este hecho unido a su arte, por entonces incomprendido, llevaron a Blake al declive personal y profesional. Murió en la más terrible pobreza.

Rachel se mantenía rígida en el borde del asiento.

—¿Y esa profecía...?

Emery hizo un ademán de rendición con las manos.

—Si tu pregunta es si ese presagio de Apocalipsis es cierto, lamento confesar que no lo sé. Pero Peter estaba convencido de ello. Creí que desvariaba cuando me habló de demonología y de la relación de los *kennings* de Blake con el Infierno... Yo... le dije que aquello iba a acabar con su carrera, con su buen juicio. Y eso le llevó a distanciarse de mí y del mundo. Debí hacerle caso. Lo último que recuerdo es que adquirió...

—Un lienzo, ¿verdad? —interrumpió Rachel que ante la mirada inquisitiva de Emery, puntualizó—: Yo tampoco lo he visto... Pero, de alguna forma, todo gira en torno a esa profecía y a ese cuadro, estoy segura.

—Y a un diario.

La joven se retorció las manos con ansiedad.

—¿Qué quieres decir?

Emery arrastró su silla para sentarse frente a ella. Su semblante reflejaba una seria preocupación.

—Rachel, la noche en que tu padre falleció... —comenzó a explicar casi en un susurro—, yo ya intuía que alguien iba a llamarme para comunicármelo. En este caso fue la policía, tú perdiste el conocimiento y Peter no tenía más familiares cercanos... —Su boca se torció en una impronta contradictoria—. Lo siento, estoy divagando... Lo que quiero decir es que tuve un sueño premonitorio antes de que los hechos sucedieran. Soy un hombre realista, lógico, me conoces, y sin embargo... Era tan real y tan explícito... Siento que tengo la obligación de compartirlo contigo.

Tras un suspiro, prosiguió:

—Peter se me apareció y estoy convencido de que lo hizo para darme un mensaje y que yo te lo hiciera llegar.

Rachel tragó saliva. Un escalofrío recorrió su piel, erizando cada uno de sus vellos.

—Me dijo que el dragón rojo lo había encontrado...

La joven se removió en el asiento. Las lágrimas volvían a estar dispuestas a rebasar la prisión de sus ojos.

—Joseph, el dragón rojo es...

—Uno de los cuadros de Blake, lo sé. Pero eso fue solo el comienzo. También me suplicó que debías buscar Arbor Coeli.

—Arbor Coeli... —repitió ella como un eco—. ¿El árbol del cielo...?

Los ojos azules del profesor parecieron tornarse transparentes.

—Era el nombre con el que bautizó a su diario. Allí escribía todo lo relacionado con sus investigaciones sobre este asunto, aunque jamás me dejó verlo. Ya sabes que odiaba los ordenadores. La policía no habrá encontrado ni un solo archivo digital sobre este tema en el portátil de su despacho. Todo su conocimiento lo volcaba en el diario, por escrito. Y según entendí a través del sueño, ahora tú eres su legítima dueña.

Rachel se colocó un mechón de su cabello detrás de la oreja.

—¿Por qué… ese nombre: árbol del cielo?

—Es una hierofanía, seguramente. Una manifestación de lo sagrado aplicada a lo que nos rodea, ya sea una montaña, un cáliz… Y los árboles constituyen el eje del mundo. Son un punto de unión entre la bóveda celeste y la tierra.

—Echan raíces en el Infierno… —murmuró la joven, consciente del simbolismo, mientras se llevaba una mano al pecho, donde dormitaba su medallón—, y sus ramas se extienden hacia el cielo…

Emery frunció los labios antes de asentir.

—Los textos religiosos y mitológicos nos hablan de diferentes interpretaciones: el árbol de la vida, el árbol de la ciencia…

—Yggdrasil… —añadió Rachel.

—Exacto.

La mirada de la muchacha brilló con determinación.

—¿Dónde puedo encontrar el diario de mi padre?

—Eso solo puedes saberlo tú, me temo.

Rachel apretó los puños unos segundos. La extraña información que le había proporcionado Joseph borboteaba en su cerebro sin cesar.

Cuando sus ojos volvieron a encontrarse con los del profesor, le dijo, agradecida:

—Gracias… por todo.

Emery le mostró una expresión de absoluta tristeza.

—De algo sí estoy seguro. Blake es la causa de todo lo ocurrido. Ojalá esa obsesión de Peter por él jamás se hubiera producido… Lo siento tanto, Rachel… No entiendo qué ha podido pasar para terminar así… Nadie sabe por qué murió tu padre o si algún intruso entró en su despacho buscando no solo ese lienzo que ha sido destruido, sino también el diario… Pero está claro que alguien ha decidido entrar en este juego y alterar la partida. Seamos precavidos, ¿de acuerdo?

Ella acarició las manos de Emery antes de levantarse, pero él la detuvo.

—Otra cosa. En el sueño, tu padre mencionó algo más... "La llave", exclamaba… Es lo único que no he logrado contextualizar. Jamás me habló de ello. ¿Te dice algo ese término a ti?

El rictus de Rachel se congeló durante unos instantes.

Negó imperceptiblemente con la cabeza y tras un breve pero cariñoso abrazo, se despidió del profesor.

Sobre Manchester seguía cayendo una lluvia fina e incesante.

Rachel caminaba con paso firme hacia su casa, sin desviar la vista de sus pies.

Su mente evocaba sin cesar el recuerdo de la vieja sala de ordenadores y sus pantallas de cristal que antes de romperse en mil pedazos, repetían sin cesar la misma palabra que su padre había gritado desde el mundo onírico.

"La llave…"

11

—¿Estás segura de que Emery no se ha dejado llevar por ese sueño suyo y no te ha contado un montón de fantasías?

La voz de Andrew sonaba preocupada a través del móvil.

Rachel, sentada en uno de los bancos de Gartside Gardens, tenía la mirada perdida entre los árboles desnudos cuyas ramas esqueléticas se mecían al compás del viento.

Aquella mañana el cielo estaba desprovisto de nubes; sin embargo, su claridad no conseguía que Rachel se sintiera mejor. Nada lo hacía ya.

—No. Esto es muy real… Mi padre murió por ello.

Un inciso de mutismo al otro lado de la línea.

—Si es así —respondió finalmente su amigo—, no me gusta nada. Blake, árboles mágicos, cuadros quemados… Demasiado extraño. Y lo extraño es peligroso. ¿De verdad no quieres que quedemos en algún sitio y lo hablemos tranquilamente?

Rachel seguía hipnotizada por el vaivén de los árboles en el parque desierto.

"Arbor Coeli..."

Andrew suspiró.

—Ese silencio significa "no", ¿eh?

—Lo siento, la verdad es que... No sé qué hacer.

—Lo sabes muy bien. Ese es el problema. Ya has tomado una decisión y no te atreves a confesármelo.

Ella bajó la cabeza.

—Me conoces demasiado. —Sonrió a su pesar—. ¿Tan fácil es adivinar en qué estoy pensando, o puedes leerme la mente a distancia?

—Eres como un libro abierto, Rachel. Un libro lleno de caracteres raros y góticos, escritos con letra muy borrosa, pero abierto al fin y al cabo. No quiero que te ocurra nada malo... —prosiguió—, así que al menos dime qué paso vas a dar ahora.

Los ojos de la joven se volvieron de repente opacos; vagaban lejos, en su propia memoria.

Cuando habló de nuevo, el viento pareció detenerse y el rumor espectral de los árboles silenciarse.

—Debo encontrar ese diario. No me importa perderme las clases, ni me preocupa el instituto. Dentro de unos días seré mayor de edad y... lo único que quiero es saber qué ocurrió. No voy a permanecer quieta viendo cómo ese deseo pasa de largo hasta que solo sienta resentimiento o me pregunte cada día de mi vida por qué no puse todo mi empeño en buscar la verdad. ¡Me volvería loca si lo hiciera...!

—Te comprendo.

Ella continuó, presa de la avidez de sus sentimientos.

—Emery ha mencionado un lugar... que no me es desconocido. El único punto físico más allá de pesadillas y conjeturas. Mis padres solían llevarme allí cuando era pequeña...

En aquel momento creyó escuchar la voz de Peter, nítida y diáfana, resonando en sus recuerdos: "Recuerda. Cuando te sientas perdida, acude siempre a la catedral de los libros".

—¿Cuál? —preguntó Andrew con impaciencia.

—La Biblioteca John Rylands. Fue allí donde mi padre encontró los grabados de Blake que le condujeron a esos juegos de palabras proféticos, los *kennings*... Entre sus muros comenzó todo, quizá también prosiga.

—Rachel... esa biblioteca es... ¡un laberinto de libros!

—La conozco bien, tranquilo.

Escuchó a su amigo chasquear la lengua, sonido característico de que se hallaba en desacuerdo.

—Esa no es la cuestión, sino... ¿por dónde vas a comenzar a buscar?

Rachel trató de serenar los latidos de su corazón.

Luz.

—Por el principio. Tengo... todo el tiempo del mundo.

Luz. Penumbra.

La respuesta de Andrew fue categórica.

Luz. Penumbra. Magia.

—Tal vez no.

Luz. Penumbra. Magia. John Rylands era la unión de estos tres elementos, que le conferían el aspecto de un lugar sacro.

Tras la imponente fachada envuelta por un sombrío tono rojizo, era imposible imaginar el halo de ensueño que se escondía en el interior.

A Rachel siempre le parecía estar traspasando un umbral mágico, donde dejaba la anodina Manchester a sus espaldas para adentrarse en un mundo diferente, onírico, ingrávido.

Para ella no era una biblioteca. Era una catedral. Así la bautizó su padre, la catedral de los libros, un enclave al que debía acudir si se sentía perdida.

La brújula de su vida le volvía a dirigir allí.

Recordó que la antigua entrada se hallaba cerrada tras las reformas del edificio y penetró por el nuevo acceso para desembocar en The Reader Reception.

—Buenos días, Carol —saludó Rachel a una de las bibliotecarias que recibía a los usuarios.

—¡Rachel…! Mi niña… Me alegro de verte por aquí… ¿Cómo estás?

—Bien, yo… Gracias por venir al funeral…

Carol salió de recepción para darle un abrazo.

—Tu padre siempre será parte de esta biblioteca, Rachel. Y tú también. Dios mío, todavía me parece estar viéndoos a los dos investigando o buscando pistas para tus juegos cuando eras pequeña… Él estaba tan orgulloso de ti…

Rachel sintió una chispa de calor en los ojos y apartó la mirada.

—Gracias, Carol, de corazón.

La recepcionista se enjugó una lágrima.

—Anda, pasa. Los libros se han preguntado dónde has estado todo este tiempo.

Aunque conocía como la palma de su mano la Sala Histórica de Lectura, de repente comprendió que no se sentía preparada para entrar en ella de nuevo.

A sus pies, las dos enormes alfombras rojas a sus pies le daban la bienvenida; al fondo, la nívea escultura de John Rylands, el artífice del edificio, observaba con serena complacencia cada uno de sus pasos.

Sin poderlo evitar, se detuvo unos instantes y contempló la maravillosa imagen que se extendía ante ella.

Su padre tenía razón. La sala era como la nave central de una suntuosa catedral llena de claroscuros. Una catedral construida en pleno siglo XIX.

Las arcadas de piedra cambiaban de color, tornándose del gris al rosa cuando el sol hería las vidrieras frontales. Las estatuas de mármol parecían proteger con veneración y respeto los ejemplares allí guardados.

La bóveda sexpartita confería a aquel escenario un aspecto sobrecogedor y sobre ella se reflejaban las luces de los numerosos candelabros en forma de hiedra.

Una sensación de irrealidad se apoderó de la joven. Le pareció que sus pies se alzaban sobre el suelo, que la gravedad no existía, que el dolor que sentía eternamente en el pecho remitía un poco.

El silencio era casi absoluto y Rachel recordó que el arquitecto quiso construir la sala treinta pies por encima del nivel de la calle exterior, para que el molesto sonido de los carruajes de aquella época no invadiera la quietud de su querida biblioteca.

Siempre había pensado que el edificio estaba vivo, respirando con calmada paciencia el devenir de los años. Un coloso atemporal que abrazaba sus tesoros para mostrarlos solo a aquellos que merecieran su sabiduría.

Caminó muy despacio por el pasillo principal, preguntándose si realmente su padre habría ocultado su diario allí y de ser así, dónde.

"Papá…"

Creía verlo ante sí, cogiendo la mano a una niña de abrigo blanco mientras le señalaba las vidrieras o los tomos más antiguos situados en los últimos estantes.

Podía sentir el contacto en su piel, su pulgar haciéndole cosquillas en la palma, como solía hacer…

La niña reía dando saltitos de alegría y exclamaba: "¡quiero verlo todo!".

Peter la tomaba en brazos acariciando su larga melena oscura.

Percibió su calor, su cariño filtrándose a través de su abrazo…

La pequeña, aferrada a la espalda de su padre, le miró un instante. Las dos Rachels, separadas por el tiempo, se sonrieron. Una, con el brillo de la felicidad en sus ojos; otra, con la tristeza dominando su espíritu.

—Adiós… —susurró vencida por las lágrimas, antes de que el recuerdo se desvaneciese entre los rayos de sol que atravesaban la sala.

Fue entonces cuando lo vio.

Cuando ella había entrado, el lugar estaba desierto. Únicamente una pareja había accedido a la planta superior para ver una de las posibles exposiciones.

Había creído que estaba sola, pero descubrió que se equivocaba.

En uno de los arcos de piedra rosada, entre las motas de polvo que gravitaban como diminutos espectros, un joven ojeaba, apoyado en una columna, un libro de tono azulado.

El muchacho no había reparado en su presencia, pero por algún motivo que escapaba a su comprensión, Rachel no podía apartar la mirada de él.

No tendría más de dieciocho o diecinueve años, juzgó, pero su cuerpo era claramente el de un adulto. Vestía unos tejanos, una gabardina negra y un jersey del mismo color cuyo cuello estaba oculto por una bufanda roja donde se adivinaba el bordado de un tigre de oro.

Entonces, el chico alzó la cabeza y sus ojos se cruzaron.

Un hormigueo recorrió todo su cuerpo.

Aquellos ojos verdes poseían, incluso desde la distancia, un poder hipnótico, subyugante.

Se quedó momentáneamente petrificada hasta que él decidió desviar la vista. Cerró el libro y se dirigió al interior de la arcada.

El cerebro de Rachel reaccionó y dio la orden a sus piernas de que caminaran hacia donde le había visto.

Pero para su sorpresa, cuando llegó allí, no había nadie.

Parpadeó, desconcertada.

Tal vez solo estuviera sugestionada por aquel enclave mágico, nada más. La luz había creado una ilusión óptica y aquel chico podía haber salido por el otro extremo del arco…

Se encogió de hombros y subió las escaleras que conducían a la sala de exposiciones.

De niña sentía un miedo delicioso cuando accedía a aquel segundo piso. Su aspecto aristocrático y sombrío parecía haber sido extraído de un relato de fantasmas. Se trataba de un corredor de arcos ojivales con ventanas de estilo románico situadas en su lateral derecho. La luz que penetraba era tan escasa que las lámparas con forma de flores siempre estaban encendidas.

En aquella ocasión, la sala albergaba una exposición muy curiosa.

Un cartel de letras doradas anunciaba:

DARKNESS AND LIGHT: EXPLORING THE GOTHIC

Rachel sabía que pasear entre libros antiguos que trataban sobre la mujer en el movimiento gótico, magia medieval y literatura clásica, o contemplar aquellos maniquíes disfrazados de personajes como El Monje o Jekyll y Hyde, le hubiera apasionado hasta tal punto de perder allí horas y horas.

En lugar de ello, exploró los muros, escudriñó los paneles metálicos que ocultaban los calefactores, palpó los resquicios de cada ventana…

Amagó una mueca de resignación antes de girarse de forma repentina.

Un rosetón de piedra con un dragón grabado había llamado su atención al final del corredor.

"Un dragón… —pensó, esperanzada—. Símbolo de los secretos, del fuego, del mismo Infierno… ¿Podría ser que…?"

Miró a su alrededor para comprobar que nadie reparaba en ella.

Los escasos visitantes de la exposición se hallaban completamente ajenos a la misión que la joven desempeñaba.

Solo uno de ellos, inmóvil junto a la réplica de una gárgola, la observaba de hito en hito.

Rachel mantuvo de nuevo un breve duelo de miradas con aquellos ojos verdes que, desde la distancia, parecían taladrar sus pensamientos.

Al cabo de unos instantes, el chico de la gabardina negra deslizó su vista hacia los expositores, como si hubiera perdido el interés en ella.

La joven retorció su mechón azul antes de proseguir con la búsqueda.

Sin embargo, ésta resultó infructuosa. El rosetón, pese a todos sus intentos, no se movió ni un ápice. El dragón, enroscado en el relieve, mostraba su boca abierta en una sonrisa burlona. Trató de pulsar sus ojos, recorrió cada una de sus escamas… Fue inútil.

Resopló con impaciencia.

Todo estaba tal y como lo recordaba. Nada hacía sospechar que en aquella sala podía esconderse un diario.

—Vamos, papá… —suplicó—, siempre me dejabas una pista…

No se rindió.

Atravesó el atrio con celeridad para dirigirse a la Galería Christie.

Nada.

Ascendió a las cámaras Crawford y Spencer cuyos libros centenarios aguardaban tras enormes cristaleras de seguridad.

Ni rastro.

Visitó la Galería Rylands.

Ninguna señal que evidenciase que allí se encontraba lo que buscaba.

"Piensa… Si papá ocultó algo… seguro que sería en la catedral, es decir, la Sala Histórica, nuestro lugar favorito. No he mirado a fondo, tiene que estar ahí, lo sé…"

Bajó las escaleras de dos en dos apresuradamente.

Sin embargo, al regresar a la nave central, se detuvo de forma abrupta.

Entre las sombras, el joven de ojos verdes estaba sentado en una de las mesas internas. Una vez más, parecía estar ensimismado leyendo un libro. Había dejado la gabardina apoyada en el respaldo, pero mantenía la bufanda anudada al cuello.

Como intuyendo su llegada, levantó la vista y la clavó en ella. Un gesto fugaz. Desapasionado.

Segundos después volvió a sumergirse de nuevo entre las páginas de su ejemplar.

Rachel decidió caminar hacia él.

Procuró que su encuentro fuera casual, pero al instante supo que no lo había conseguido.

—¿Nos conocemos? —preguntó.

Andrew siempre le decía que era demasiado directa. Tal vez fuera cierto.

El joven se giró hacia ella, sin levantarse de su asiento.

Vistos de cerca, sus ojos eran todavía más verdes y claros. Misteriosas gemas líquidas cuyas aguas formaban un cosmos insondable.

Su pelo negro se ondulaba de forma despeinada, enmarcando un rostro de proporciones tan hermosas que bajo la cálida luz procedente de las vidrieras, a Rachel le pareció estar frente a un ser sobrenatural. Los labios bien dibujados, la nariz recta, el óvalo perfecto... configuraban una belleza hiriente. Un ángel de rasgos suaves, casi aniñados, que ahora la miraba con cierta perplejidad, como si hubiera sido sorprendido en plena travesura.

—¿N-nos... conocemos? —repitió Rachel reprochándose mentalmente el temblor de su voz.

El chico, sin apartar sus ojos de ella, inclinó un poco la cabeza.

—No —contestó y aunque el rostro no cambió su expresión neutra, su tono de voz poseía cierta chispa de diversión—. ¿Deberíamos?

Rachel cambio el peso de una pierna a otra.

—He tenido la sensación de que me seguías por toda la biblioteca.

La mirada del muchacho se le antojó como un trazo esmeralda en la penumbra del ábside.

—Pareces buscar algo entre estos muros. Yo también. Las casualidades son muy curiosas.

—Ya. Y ¿lo has encontrado?

Él sonrió por primera vez. Una sonrisa franca, inocente.

—¿Lo has hecho tú?

Rachel optó por responder la verdad, sin precisar nada en concreto.

—Lo cierto es que no.

—Yo tampoco. ¿Lo ves? De nuevo, otra casualidad.

—Alguien me dijo hace tiempo que las casualidades no existen.

El joven negó con la cabeza, sonriendo aún.

—Y probablemente tenía razón.

Quiso protestar, pero guardó silencio. Aquella conversación parecía estar inspirada en los libros de Lewis Carroll. Ese chico estaba jugando con ella y no sabía por qué. No tenía tiempo para averiguarlo.

—Bueno —dijo al fin—, entonces, me habré equivocado. Siento haber interrumpido tu… búsqueda.

Se dio la vuelta dispuesta a irse.

—Espera.

Como obedeciendo una imperiosa orden, se detuvo y se volvió hacia él, descubriendo que se había incorporado.

—¿Puedo echar un vistazo a ese medallón que llevas colgando?

Ella se cruzó de brazos, impaciente.

—¿También tiene algo que ver con las casualidades?

Sin responder a su pregunta, el chico se inclinó hacia ella, tomando el colgante en su mano derecha. Sus rostros estaban tan próximos que Rachel percibió el aroma a manzana madura que emanaba su piel.

—Es solo que… —musitó él— me resulta familiar…

Rachel se mantuvo muy quieta al sentir un oscuro bucle de su cabello rozar sus labios.

—¿Sabías que los árboles son el símbolo más antiguo que existe?

—Ajá —masculló ella simulando desinterés.

Los latidos pulsaban sus sienes en caótico frenesí.

—Para nuestros ancestros eran... como el centro de todo, donde la vida renacía constantemente... Un pequeño mundo que era capaz de unir Cielo e Infierno, nada menos...

—Muy espiritual —respondió Rachel luchando por mantener intacta su postura de indiferencia.

—Y tanto —prosiguió el chico mientras hacía girar la joya entre sus dedos—. Son metáforas místicas y llegar a entenderlas es muy difícil. Por eso, saber lo que representan equivale a una conquista. —Hizo un inciso en el que alzó la vista. Rachel contuvo el aliento al encontrar aquellos ojos infinitamente verdes tan próximos a los suyos—. ¿Y bien? ¿Te he impresionado con mi sabiduría, peregrina?

—¿Peregrina?

—Ambos lo somos, ¿no? Porque los dos buscamos algo y ya sabes lo que se dice: para encontrar lo que se desea solo hay que dar el primer paso...

Cogió su gabardina y se la puso con aire resuelto.

Una última mirada antes de que comenzara a caminar hacia la salida.

—Buena suerte, peregrina.

—Gracias, supongo —murmuró Rachel.

—¡Y por cierto! —exclamó él, ya alejándose—. Las casualidades sí existen. Nosotros hacemos que sucedan.

Tal vez solo fuera una impresión ilusoria, pero Rachel percibió una sutil claridad en la sala que no existía hacía unos minutos. Como si, durante su encuentro con aquel desconocido, en el exterior, unas nubes se hubieran tragado el sol momentáneamente para regurgitarlo justo cuando él decidió irse.

Se sentó en la misma silla donde había descubierto al joven y jugueteó con el medallón, todavía inmersa en la extraña conversación que había mantenido instantes antes.

"Así que... los árboles son un símbolo iniciático... Tengo este medallón desde niña, maldita sea, ¿por qué nunca pregunté si tenía algún significado? Puede que el árbol que está grabado en él y el diario tuvieran algo que ver... O tal vez no... ¿Y si estoy buscando en el lugar equivocado...?"

Frunció el ceño, como si se hubiera dado cuenta de algo.

"El medallón..."

Se lo quitó y lo sostuvo en la palma de la mano antes de cerrarla en un puño.

"Pero ¿qué...?"

Lo que había creído una tenue sensación mientras sus dedos jugaban con la joya, se convirtió en una certeza.

Una suave calidez surgía del colgante y se extendía por su piel. Era una impresión real, innegable.

Volvió a abrir la mano.

El árbol grabado en oro seguía intacto y, aun así, podía percibir unos pequeños impulsos proceder de su mismo centro. Unos latidos rítmicos, tan leves que casi eran imperceptibles.

Suspiró mientras volvía a abrochárselo al cuello.

"Me estoy volviendo loca..."

El cansancio acumulado en los últimos días no jugaba a su favor.

La soledad y la tristeza se unían en un dolor anímico casi insoportable.

Comenzó a pensar que quizá nada tuviera sentido... Se abandonó a la idea de desistir.

Renunciar a aquella búsqueda, a los estudios, a su anhelo de ser arqueóloga o historiadora del arte, como su padre. Olvidarse de todo y de todos. Al diablo con el mundo.

Se reclinó hacia atrás en el asiento y trató de dejar la mente en blanco.

Delicados haces áureos atravesaban las vidrieras. Su luminosidad impactaba contra la bóveda, arrancándole hermosos reflejos.

Rachel contempló embelesada aquel efecto óptico.

Un crisol visual de luces y sombras otorgaba una nueva perspectiva a los arcos de piedra rosada. Parecían danzar sinuosa y lentamente... como una naturaleza viva a merced de un viento inexistente.

Rachel creyó que su corazón había dejado de latir.

Se levantó de repente y sus pupilas se contrajeron hasta reducirse a puntas de alfiler.

Sus padres le enviaban una señal. ¡Tenía que serlo! Y ella había sabido reconocerla a tiempo.

Sin poderlo evitar, sonrió y exclamó en voz alta:

—¡Ya sé dónde está!

12

3 de septiembre, 1765.

Peckham Rye emanaba un aroma embriagador a petricor aquella mañana.

Risas infantiles se mezclaban con el trino de los pájaros bajo un sol resplandeciente.

El verde esmeralda de la hierba se confundía con el color vivo de los árboles en una explosión monocromática realmente hermosa.

Era un lugar apacible, casi paradisíaco.

Y sin embargo, William Blake hubiera deseado estar en cualquier otro punto de Londres. Incluso en los pestilentes muelles. O tal vez en el ruidoso mercado.

Cuando su madre atusó su cabello y volvió a desdoblar por tercera vez la tela de sus puños, el pequeño suspiró de impaciencia.

—William… Ya tienes ocho años. Compórtate. Sabes lo importante que es este día. Mañana entrarás a formar parte de Henry Pars School y…

—Y todo tiene que salir perfecto.

Catherine acarició la mejilla de su hijo.

—Tu padre y yo lo hacemos por ti. Hasta ahora hemos velado por tu educación en nuestra casa, pero... el talento que posees no debe malograrse.

William murmuró un gruñido ininteligible. Las medias de lana blanca que cubrían sus piernas comenzaban a irritar su piel cada vez más y el jubón tampoco conseguía que se sintiera cómodo.

—Ve a jugar con los demás niños. Ahora podrás hacer muchos amigos... Tanta soledad no es sana... —Tras retocar los abalorios con forma de hiedra de su corpiño, su madre miró en dirección a un grupo de damas que parecían debatir soterradamente—. Yo me presentaré a lady Jacobs. Me han dicho que su marido es una persona muy influyente en la escuela...

El pequeño vio alejarse a Catherine con resignación. Él quería seguir dibujando, sí, y perfeccionar su técnica hasta plasmar todo aquello que bullía en su interior. Pero no hacerlo a través de profesores insulsos o de clases magistrales donde únicamente primaba saber copiar a los clásicos y desterrar el arte personal hasta sepultarlo donde nunca pudiera emerger.

Observó de soslayo a los otros niños, también futuros estudiantes, y resopló al verlos perseguir gorrioncillos.

Siempre había pensado que era diferente. Por alguna insólita razón lo sabía y, aunque había procurado disimularlo ante sus padres, intuía que estos también eran conscientes de que su pequeño era más reservado que los demás, tímido y soñador impenitente. Podía permanecer horas contemplando las nubes o releyendo sus poemas favoritos sin decir una sola palabra. Eran sus ojos los que hablaban por él, brillantes, vivaces.

Desobedeciendo a su madre, volvió a doblar los puños de su camisa y se encaminó hacia un roble solitario. No quería jugar. Solo sentarse bajo el árbol y esperar a que Catherine terminara sus obligaciones sociales.

Atravesó taciturno la verde explanada y, de repente, se detuvo de forma abrupta.

Algo inusual ocurría.

El silencio era un súbito estallido.

Miró tras de sí. Los niños que segundos antes jugaban risueños, ahora solo eran sombras inmóviles, al igual que su madre y las damas con quienes hablaba. La oscuridad, como una gran bestia negra, había engullido el parque y el cielo se había transformado en una bóveda de obsidiana.

Blake comenzó a temblar. El miedo había paralizado sus extremidades y le obligaba a permanecer anclado al suelo.

Quizás estuviera soñando. Puede que todavía permaneciera a salvo en la calidez de su cama y que nunca hubiera ido hasta Peckham Rye.

—Tengo que despertar… —balbuceó tiritando.

Un relámpago cegador le obligó a cerrar los ojos y cubrirlos con las manos.

El mutismo seguía siendo perenne. Solo escuchaba su propia respiración agitada y el imperioso latir de su corazón rugiéndole en los oídos.

Poco a poco fue abriendo los párpados y, al hacerlo, sintió un estremecimiento. Fuerte. Brutal.

El roble milenario al que hasta hacía unos instantes se dirigía, refulgía frente a él con una luminosidad deslumbrante.

Su tronco veteado por los años, cada una de sus ramas, sus hojas... Todo era luz. Una luz pura de la que se desprendían diminutas iridiscencias, como estrellas de un firmamento único en un contraste extraño y celestial con la negritud existente.

Lo contempló con la boca abierta, conmovido por aquella imagen. Seguía teniendo miedo y, sin embargo, también era consciente de cómo su cuerpo despertaba ante una realidad diferente, mística.

Podía notar la sangre corriendo por las venas, el aire penetrando en los pulmones, la liviandad de sus músculos. Él, en sí mismo, era un pequeño universo vivo. Jamás se había sentido así.

Definitivamente, aquello tenía que ser un sueño.

Una voz deshizo delicadamente el silencio.

—No temas nada, William. Debes confiar en tus sentidos, pues aunque creas estar dormido, tú eres en este preciso momento y serás, desde ahora, el único mortal *despierto* sobre la faz de la tierra.

El pequeño no podía articular palabra.

Aquella voz de singular belleza había sonado a su alrededor con un eco sobrenatural, envolviendo cada partícula de su ser bajo un invisible manto de serenidad.

—¿Quién... eres? —se atrevió a preguntar.

Las ramas del enorme roble se agitaron a merced de un viento que únicamente afectaba al árbol y Blake descubrió que sobre ellas, iban generándose unas formas traslúcidas.

Primero, vislumbró los ojos. Incoloros y, aun así, expresivos, llenos de una inteligencia que solo podía proceder de la antigüedad más remota. Por su número, William adivinó a tres personas...

"No son personas."

Cuando sus fulgurantes cuerpos fueron tomando forma, unas alas incandescentes nacieron en cada una de sus espaldas y se desplegaron para mostrar un resplandor áureo.

Las lágrimas se agolparon en los ojos del niño. No sabía la razón, pero sentía la necesidad de llorar, de vaciar todas las emociones que de forma repentina habían incendiado su interior.

Nunca había admirado nada tan hermoso.

—Sois… ángeles —musitó con respeto.

Uno de ellos, situado en la rama más próxima a la copa del roble, sonrió y en aquella expresión, William creyó percibir toda la bondad que albergaba el mundo.

—Ha llegado el momento, William Blake —dijo el ser de luz sin mover los labios—. Nuestros mensajes deben tener un receptor o en el futuro será demasiado tarde. Sabemos que eres muy joven, pero las almas de los niños están llenas de luz. Una luz que ellos mismos desconocen poseer y que, en tu caso, es de vital importancia para nosotros.

William se abrazó a sí mismo, repentinamente inseguro.

—¿Por qué yo?

El segundo ángel replegó sus alas al comenzar a hablar.

—Tu luz es distinta. Puedes ver, sentir y comprender el universo de forma única y, por lo tanto, has sido el elegido para discernir y realizar nuestros designios.

—Estás despierto, William —repitió la voz del primer ser—. El mundo duerme a tu alrededor desconocedor de una sabiduría que siempre le será ajena. Unos pocos accederán a ella. Y tú serás uno de ellos. Te necesitamos, pues no podemos interferir en las acciones humanas, pero tal vez sí seamos capaces de que nuestro mensaje sea escuchado y detener lo que ya está escrito.

El niño inspiró con fuerza.

—¿Y qué debo hacer?

La respuesta le desconcertó.

—Cuando sople el viento, adora el sonido.

Tragó saliva, aturdido.

El último ángel posó la mano derecha sobre su propio pecho.

—Cree, pues tu luz hará que lo entiendas.

Entonces, todo cambió.

Un solo parpadeo y el roble volvió a estar desprovisto de luz. Su tronco, sus hojas y ramas eran las mismas que hacía unos minutos.

Se giró sobre sus talones al escuchar unas carcajadas infantiles.

El parque había recuperado su verdor y su normalidad. Los niños seguían jugando en la explanada de hierba, los gorriones trinaban en los árboles y a lo lejos, su madre le hacía un gesto con las manos para que se acercara a ella.

William permaneció inmóvil, con la confusión todavía tatuando sus sentidos.

Catherine se aproximó hacia donde estaba y se arrodilló, poniéndose a su altura.

—Hijo, ¿ocurre algo? Estás pálido… ¡y temblando!

—Ángeles, madre…

—¿Ángeles?

—Los he visto… Estaban en el árbol… Me han hablado…

Ella torció los labios en una mueca de disgusto.

—No digas tonterías. Ya sabes que si le cuentas algo así a tu padre… Ni siquiera quiero pensarlo.

—¡Pero es la verdad!

Catherine se irguió de nuevo y tomó la mano helada del pequeño.

—Aunque fuera cierto, William, ¿por qué el Cielo iba a querer algo de ti?

Él sonrió abiertamente.

—Porque estoy despierto… ¡y tengo luz, madre!

13

"¡Son árboles!"

La respuesta había estado todo el tiempo ante ella y no había sido capaz de ver una nueva realidad con otros ojos, como siempre le había aconsejado su madre.

Cada columna de la Sala Histórica se alzaba hasta alcanzar la bóveda y esta se multiplicaba en numerosos nervios que se cruzaban entre sí como ramas de árboles centenarios. La luz que atravesaba las vidrieras, oscilante como las olas del mar, había creado el efecto de un viento que mecía aquella naturaleza muerta, dándole una inusitada vida.

—Arbor Coeli... —musitó Rachel con esperanza—, ¡el diario tiene que estar oculto en una de estas columnas!

Pensó que, de ser así, debería hallarse a una altura proporcional, por lo que decidió no investigar el triforio y centrarse únicamente en las bases de cada una de ellas.

"¿Por qué lado comienzo a buscar?"

Miró a su alrededor. A excepción de las estatuas que adornaban la delicada columna central, todas las demás era iguales, simétrica y estéticamente.

Para tener una mejor perspectiva, se colocó junto a la nívea escultura de John Rylands y trató de pensar con claridad.

—Podría ir comprobando una por una —se dijo—, o… comenzar por el lateral izquierdo.

Las palabras de su profesor regresaron a su mente: "*Creí que desvariaba cuando me habló de demonología y de la relación de los* kennings *de Blake con el Infierno…*".

Recordó que el hombre, desde tiempos inmemoriales, siempre había asociado el lado izquierdo con la oscuridad, el mal, incluso con la magia negra y el inframundo.

—Esta es la catedral de los libros, decía papá —razonó en voz baja—, y las catedrales han sido consideradas por muchos como una representación del hombre. A ver… La entrada son los pies; la fachada, las piernas… y entonces sus brazos, en este caso pegados al cuerpo, la nave central… Así que el lado izquierdo estaría por aquí…

Echó un último vistazo para asegurarse de que se encontraba a solas y comenzó a analizar la base de cada columna.

Estaban construidas en forma de trébol circular, así que era complicado vislumbrar si albergaban algún distintivo o muesca.

En la sexta base, se detuvo para examinarla más exhaustivamente.

El seis era el número maldito, al menos así lo consideraban muchas religiones, y su relación con el diablo era bien conocida.

Suspiró.

—Nada… ¿Me habré vuelto a equivocar…?

Se apoyó en la nervadura, sin poder extraer aquel número de su pensamiento.

“¿Y si…?”

Avanzó dejando atrás la columna séptima y la octava y se detuvo frente a la novena.

“El seis invertido es nueve. Seis, seis, seis, el número del diablo… si sumo los dígitos, dan dieciocho y si los sumo de nuevo, nueve. También eran nueve los círculos descritos por Dante en el Infierno de su *Divina Comedia*… El árbol de mi colgante tiene nueve ramas…”

Se agachó y, en cuclillas, rodeó la base hasta situarse tras uno de los ábsides.

—Dios mío…

Ahí, frente a ella, se hallaba un pequeño relieve grabado en la piedra.

Rachel sonrió con los ojos humedecidos.

—Lo encontré, papá.

La marca le fue automáticamente reconocible: un círculo dentro del cual se erguía un árbol.

La joven tomó el colgante en sus manos y, con cuidado, lo hizo encajar en el emblema.

Un tímido clic se dejó escuchar de forma casi inaudible antes de que parte de aquella base se desplazara hacia el exterior.

“Un compartimento secreto…”

En su interior, un pequeño libro.

Rachel respiró hondo. Aquella era la primera prueba. La señal de que lo que buscaba su padre no era fruto de ninguna fantasía.

Ese diario… tal vez fuera la única copia de seguridad existente en relación a sus investigaciones y… la razón por la que había sido asesinado.

Lo tomó en sus manos con delicadeza. Era bastante grueso, con un diminuto broche de bronce que lo mantenía cerrado y cubiertas de cuero marrón donde volvía a repetirse, en tono más oscuro, el símbolo de su medallón. Visualmente no parecía antiguo, pero sí muy utilizado.

Tras abrirlo, pasó las páginas con rápido aleteo, como los latidos de su corazón.

Símbolos, fotografías, dibujos, recortes de periódicos…

Contuvo la respiración unos instantes. A primera vista, se trataba de un laberíntico rompecabezas.

No podía leerlo allí. Tendría que hacerlo en la intimidad de su casa.

Cerró el compartimento y se irguió de nuevo, ocultando el diario de su padre en uno de los holgados bolsillos de su abrigo.

Pensó en marcharse de la biblioteca sin demora. La necesidad y urgencia de analizar aquel descubrimiento le instaba a regresar a su habitación y no salir en varios días.

No obstante, todavía tenía algo que hacer.

Dirigió sus pasos de nuevo hacia la entrada del edificio y comprobó con alivio que Carol estaba sola tras el mostrador de información al usuario.

—¿Ya te vas, cariño?

—Sí, al final he encontrado la documentación que buscaba para… un trabajo en el instituto.

Carol asintió mientras se ajustaba sus vistosas gafas de pasta.

—Ya sabes que si necesitas cualquier cosa, me tienes siempre a tu disposición.

Rachel apoyó los brazos sobre la mesa.

—Pues… De hecho, me gustaría preguntarte algo.

—Adelante, cielo.

—Mi padre… ¿sabes si… vino aquí antes de fallecer?

La bibliotecaria entornó los ojos, como si tratara de hacer memoria.

—La verdad es que tras el fabuloso descubrimiento de los fondos de Blake, sus visitas se espaciaron bastante... Pero sí recuerdo haberle visto hace dos semanas. Una visita rápida, incluso se fue sin despedirse. —Carol cabeceó con tristeza—. Me fijé en su cara... Era como si estuviera asustado, pero, claro, no me dio tiempo a preguntarle. Un hombre tan brillante, un ejemplo cultural a seguir... Qué terrible pérdida... La prensa dice que fue un infarto. ¿Es verdad, Rachel?

Todos los músculos de la joven se tensaron.

—Sí... esto... ¿Puedes decirme si esa última vez que estuvo en la biblioteca consultó algún ejemplar en concreto?

Carol tecleó con celeridad y tras comprobar la pantalla de su ordenador, chasqueó la lengua.

—Me temo que no, cariño. El señor White siempre solicitaba signaturas muy especiales que quedaban registradas en nuestra base de datos y... en los últimos meses no aparece ninguna.

Rachel esbozó una sonrisa.

—Gracias. Solo quería saber eso.

—Cuídate mucho y ven cuando quieras, esta es tu casa.

Aunque solo eran las seis de la tarde, la noche ya se cernía sobre Manchester y el frío había incrementado su intensidad.

Rachel observó la calle principal que conectaba la biblioteca con los aledaños de su casa. Un punzante dolor se instaló en su estómago al ver las luces y adornos navideños que decoraban todos los comercios.

Desde pequeña había adorado la Navidad. Pero, tras la muerte de su madre, las fiestas habían perdido toda su magia.

Y ahora… solo le recordaban la ausencia, el vacío.

Aborrecía los villancicos y las figuritas danzarinas de Santa Claus ya no le parecían tan entrañables.

Un espectro de vaho emergió de sus labios antes de encaminarse hacia la callejuela paralela.

No quería ver la alegría propia de las fiestas; ni a familias felices; ni a coros benéficos cantando por unas monedas. Tal vez aquella actitud le convertiría a largo plazo en el Grinch o Mr. Scrooge, pero estaba dispuesta a correr ese riesgo.

Era curioso comprobar cómo su elección había supuesto una variante tan extrema.

La calle cercana estaba a rebosar de luces, guirnaldas, acebo y colores; y sin embargo aquella… únicamente ofrecía soledad y sombras.

Rachel introdujo su mano derecha en el bolsillo de su abrigo y palpó el diario de su padre. Le era imposible dejar de pensar que ahí, entre sus páginas, residía la clave de todo.

¿Por qué Peter ocultó a la prensa su liderazgo en el descubrimiento de las obras de Blake en la biblioteca? ¿Por qué escondió allí Arbor Coeli? ¿Qué contenía en su interior aquel diario para que alguien, al intentar encontrarlo, hubiera acabado con su vida de aquella forma tan atroz?

Y sobre todo, ¿por qué William Blake? ¿Acaso su profecía tenía alguna base verídica?

De pronto, unos pasos se unieron a los suyos.

Rachel agudizó el oído.

El sonido era casi un roce, un suave crujido cuyo eco se aproximaba a sus espaldas.

La joven deslizó la vista al cielo con exasperación.

"Periodistas."

Aquella misma mañana ya se había negado a dar declaraciones a dos reporteros. Uno de ellos pertenecía a una radio nacional y otro a una revista cultural.

La muerte del profesor Peter White había causado gran revuelo en el sector artístico y, aunque Emery se había encargado de aplacar la curiosidad de los medios, ella seguía siendo su hija y el único familiar vivo residente en Manchester. Un filón de oro para cualquier periodista que consiguiera una de sus declaraciones.

Se detuvo dispuesta a negarse a un intento de entrevista.

Cuando se volvió, un grito de horror se le congeló en la garganta.

14

No podía moverse. Ni reaccionar.

Su cerebro se había convertido en un receptáculo de terror absoluto, incapaz de procesar la visión que avanzaba ante sus ojos.

Un pánico glacial creció en su pecho y fue extendiéndose por su cuerpo a través de unos tentáculos de punzante adrenalina.

El mundo parecía haberse congelado a su alrededor. Un juego irreal detenido en el tiempo.

No se percató de que había comenzado a temblar. Sus dientes castañeteaban; sus manos se agitaban presa de espasmódicas convulsiones.

Quiso cerrar los párpados, pero una parte todavía activa de su mente le previno que hacerlo, y tratar así de desterrar lo que estaba viendo, solo sería una sentencia de muerte.

El monstruo caminaba hacia ella con siniestra calma.

En sus movimientos se advertía la amenaza y… cierto deleite. Rachel podía incluso percibir el placer que sentía al tenerla bajo el influjo que ejercía.

Aquello no era humano.

Su marcada musculatura al desnudo; su piel rojiza; la larga cola reptiliana que oscilaba a sus espaldas; las alas membranosas unidas a sus brazos; los cuernos coronando un rostro de facciones espectrales...

¿Por qué no gritaba? ¿Por qué permanecía ahí, inmóvil, bajo una especie de macabro hechizo?

El ser sonrió. Un solo gesto que dejó al descubierto una fila de afilados dientes en una boca de negras profundidades.

Solo entonces Rachel se dio la vuelta y echó a correr poseída por el miedo en estado puro.

Quería pedir auxilio, aporrear las puertas de las casas y que alguien le ayudase. Pero sus cuerdas vocales se habían petrificado y sus piernas únicamente la llevaban a trompicones hacia una huida desesperada.

El pánico estaba devorando todos sus sentidos hasta pulverizarlos y el instinto de supervivencia la guiaba a ciegas en aquella calle desierta que parecía no tener fin.

De repente, un golpe seco, rápido.

Soltó una bocanada de aire al impactar contra el suelo.

Quedó tendida boca arriba, expuesta ante el monstruo que la observaba con avidez mientras balanceaba la escamosa cola que segundos antes la había derribado sin ningún esfuerzo.

Rachel, notando su cuerpo sacudido por los atronadores latidos de su corazón, lo comprendió todo.

Aquel engendro había matado a su padre.

El dragón rojo.

Y ahora que el diario estaba en sus manos, ella sería la siguiente.

El monstruo extendió su brazo alado y aferró el cuello de la joven.

Rachel se debatió con todas sus fuerzas tratando de liberarse de aquella tenaza.

Muy lentamente, el demonio fue alzándola hasta que sus pies dejaron de rozar la calzada.

Angustiada, supo que no era rival para él. Aunque luchase y tratase de apartar aquella garra húmeda y caliente que aprisionaba su cuello, jamás lograría salir con vida.

Ahogó un gemido agónico al sentir el agudo dolor cuya única finalidad era despojarla de oxígeno. Sus huesos no se fracturarían. La presión se realizaba a conciencia para que el aire no penetrase en sus pulmones.

No tendría una muerte rápida.

Una lágrima de terror resbaló por su mejilla al entender que aquellos eran los últimos instantes de su existencia.

Tal vez no hubiese nada al otro lado, como ella siempre había creído. Puede que cuando su cerebro muriese, todos sus recuerdos, sus sueños y el amor hacia sus seres queridos se desvanecerían sin más en un océano de oscuridad eterna.

Fue una sensación devastadora.

"Rachel, todo lo que está vivo... no puede durar para siempre..."

Pugnó por respirar, pero lo que consiguió fue únicamente expulsar los restos viciados de oxígeno.

Notó que el punto crítico se aproximaba y la tristeza más abrumadora invadió su espíritu.

Sus ojos, en un último movimiento, se posaron en el semblante del dragón rojo. Sus cuencas vacías, semejantes a una calavera humana, le devolvieron una mirada desprovista de cualquier emoción.

Y, de pronto, una chispa.

Un destello en el interior de aquellas cavidades negras.

El débil conato se convirtió en fuego.

Un fuego que invadió cada recodo de su mente y la obligó a mantener la vista fija en la intensidad de sus llamas.

Ya no sentía su cuerpo, ni la necesidad de respirar.

Solo la conexión. La inexplicable conexión de dos mundos que chocaban entre sí desgranando imágenes incomprensibles.

Primero, un barco. Entre las lenguas de fuego se distinguía su silueta plateada y su enorme vela en forma de triángulo invertido. El navío se mantuvo unos segundos en su campo de visión hasta que fue sucedido por la brusquedad de un gran cuchillo al desplomarse.

Las llamas se agitaron furiosas al recoger en sus entrañas salpicaduras de sangre.

Un reguero negro comenzó a siluetear el rostro de una joven.

Su melena oscura estaba sujeta por un pañuelo y varios mechones sueltos caían sobre su frente. Los apartó con un gesto tímido. Al alzar la vista, sus ojos grises se encontraron con los de Rachel.

En ese momento, el mundo entero se estremeció con violencia y ella comprendió que su vida se había extinguido ya.

¿De qué otro modo podría haberse contemplado a sí misma en aquel caos de fuego, sangre y muerte?

Solo albergaba un único pensamiento. Un ardiente y violento impulso que ya nada ni nadie podrían frenar.

Su misión era de prioridad máxima. Hacía tiempo que se había preparado para alcanzar su ansiado propósito. Años de resignación, de silencio, de máscaras tras las que ocultar su verdad.

Ahora era invencible.

15

Nunca había visitado Tatton Park y en aquella soleada tarde de mayo creyó estar dentro de una novela de fantasía.

Nicholas, su mejor amigo, le instaba a perseguirle en un laberinto de setos y fuentes mientras los padres de ambos caminaban tomando fotografías de la enorme mansión neoclásica que presidía el parque.

Aquella excursión había sido planeada durante semanas y ambos niños se sentían pletóricos.

Zigzagueaban a los demás turistas, entre risas y exclamaciones retándose para comprobar quién conseguía llegar antes a un lugar o para darse alcance en diferentes versiones del escondite.

—Nick, Rachel, ¡no os separéis demasiado!

La cariñosa advertencia de Joseph Emery, padre de Nicholas, no les hizo detenerse.

Rachel, que trataba de perseguir a su amigo, no podía evitar desviar de vez en cuando la vista hacia los coloridos parterres de flores o hacia los pináculos verdes que parecían haber sido podados de forma estratégica alrededor de una columna de piedra blanca.

Era un paisaje de ensueño.

Anacrónico.

—¡Te he ganado de nuevo, tortuga!

Los ojos azules de su amigo brillaban de júbilo. Le esperaba al límite de unas escaleras revestidas de musgo.

—¡Tienes dos años más que yo y eres más rápido, no es justo! —protestó ella sin dejar de reír.

Nick le sacó la lengua, visiblemente divertido.

—Ya, ya... me suena a excusa, Rachyl...

La pequeña le dio un golpe juguetón en el hombro.

—Dame la revancha.

—¿Otra vez?

—Hasta que te gane.

El cabello rubio de Nicholas refulgía bajo la claridad. Era la viva imagen de su padre; la única diferencia la suponían sus gafas y su cuerpo espigado, propio de un niño de doce años.

—De acuerdo... —respondió él arrastrando las vocales para darle mayor intriga—. ¿Qué tal ir a ese bosque de allá abajo?

Rachel contempló las vistas.

Cientos de árboles se aglutinaban hasta el horizonte formando una vorágine que le devolvió una sensación de amenaza.

—¿Solos? —quiso saber.

—¡Claro! ¿No dices siempre que quieres vivir una aventura como las de tus libros? Además, volveremos antes de que se den cuenta...

—Pero...

Nicholas echó a correr escaleras abajo.

—¡Quien tenga miedo y regrese antes pierde!

La niña no tardó en reaccionar. Bajó a toda prisa, con el corazón martilleándole las costillas y una sonrisa dibujada en el rostro.

No importaba que la mayoría de las ideas de su amigo fueran una locura constante o sencillamente una manera de demostrar quién era más intrépido, más atrevido o más inteligente... Ella siempre accedía con sana competitividad aun sabiendo que algún día les traerían problemas.

Nick era Nick. Especial. Único. Aunque él le ganase a cada instante, solo formaba parte del juego.

Inseparables. Pasase lo que pasase.

Rachel sentía el crujir de agujas de pino a sus pies y la frondosa hierba hacerle cosquillas en las pantorrillas. Los árboles, gigantescos y milenarios, se entremezclaban en su campo de visión en un vertiginoso caos de tonalidades verde oscuro.

Se detuvo uno segundos para tomar aire y miró a su alrededor.

El bosque emanaba un halo de misterio difícil de eludir. El olor a tierra húmeda, a flores silvestres y a hojas en descomposición, la mareó durante unos instantes.

—¿Nicholas?

El silencio fue su respuesta. Un silencio de follaje acunado por la brisa y de lechuzas ululando a lo lejos.

Tras de sí, una amalgama de vegetación. Ni siquiera recordaba cómo había ido a parar allí.

—¡Nick!

Rachel se tensó, a la escucha. Solo el aleteo de un pájaro en las alturas.

De repente, una voz conocida sonó a escasos metros.

—¡Estoy aquí, en el puente!

Rachel torció a la derecha, atravesando un intersticio de vegetación y abrió la boca con estupor al descubrir un pequeño puente de madera en el cual se encontraba su amigo.

El repiqueteo del arroyo se le antojó un cántico protector.

—Es precioso... —murmuró ella observando sus aguas de cristal bajo la sombra de los árboles.

—Sí, pero aquello lo es más.

El dedo índice de Nick apuntó a un sauce cercano.

Los dos amigos se aproximaron hacia él y Rachel se encogió de hombros.

—Solo es un árbol.

Nicholas soltó una carcajada al tiempo que señalaba el suelo. La niña bajó la vista y de sus labios brotó una exclamación de sorpresa.

Ante ambos, a los pies del sauce, se hallaba un círculo perfecto conformado por distintos tipos de setas y hongos. En su interior, la hierba estaba completamente seca en contraste con el verdor exterior.

—¿Qué es eso?

—¡Magia! —anunció su amigo en tono circense—. ¡Estamos ante un anillo de hadas!

—¿De verdad? —preguntó extasiada.

—¡Por supuesto! Se dice que son portales que conducen a su mundo... ¿Te imaginas? ¡Duendes, elfos y hadas haciendo hechizos y bailando sin parar...!

En su mente, Rachel ya fantaseaba con la idea de cientos de diminutos seres rodeándola mientras aleteaban con sus alas irisadas. Tal vez aquellas vistosas setas eran las mesitas donde realizaban sus celebraciones mágicas, e incluso podía tratarse de una señal, una clara invitación a los humanos para unirse a ellos.

Ilusionada con el hallazgo, avanzó un paso.

—¡No entres en el anillo!

La súbita advertencia de Nicholas la sobresaltó.

—¿Por qué no? ¡Podríamos atravesar ese portal y ver lo que hay más allá!

Él le dedicó una mirada maliciosa.

—Lo que no te he contado es que quien ponga sus pies ahí dentro... no saldrá jamás.

El miedo le hizo dar un brinco hacia atrás.

Nick no pudo contener la risa por más tiempo.

—¡Solo son leyendas, Rachyl! ¡Cuentos para asustar a los niños!

Enfadada, se disponía a protestar cuando escucharon a lo lejos la llamada preocupada de sus padres.

Flotaba

—Aunque no se pudiera regresar... —suspiró ella mientras tomaban el camino de vuelta—, sería fantástico que fuera un anillo de hadas de verdad...

Flotaba en un abismo

Sintió la cálida mano de Nick coger la suya.

Flotaba en un abismo ingrávido.

—Algún día viviremos una aventura de verdad, Rachel, y no estas tonterías. Créeme.

Flotaba en un abismo ingrávido.

Oscuridad.

Sin sonidos, sin cambios, sin fisuras. Negrura infinita.

¿Aquello era lo que se sentía al morir?

No estaba segura. En realidad, su mente parecía suspendida en un cosmos gigantesco donde nada importaba. El tiempo y el espacio habían perdido todo su sentido.

Tal vez solo fuera energía. Sin embargo, notaba un dolor intenso que la atenazaba cada vez más. ¿La energía podía ser tan dolorosa como una coraza física?

Intentó percibir sus brazos, sus piernas, mover los dedos, parpadear… Pero no pudo.

No era tangible. Únicamente reminiscencias de pensamientos.

No existía el aquí o el ahora. Ni el frío, o el calor.

Se dejó llevar acunada por aquella oscuridad que poco a poco iba absorbiendo cada partícula de su mente.

Volvía a pertenecer al vientre materno en un estado libre de consciencia sin saber siquiera su propio nombre.

En breve, ya no quedaría nada de ella. De lo que una vez amó. De lo que una vez fue.

Y de pronto…

Luz.

Una luz torrencial que desgarró aquel universo ilimitado.

Se resistió a abandonar su estado de letargo, a arrancarse de ese mundo donde las emociones no tenían demasiado valor. Allí las afiladas imágenes de las muertes de sus padres no tenían cabida. Allí… quizá pudiera descansar…

Comenzó a oír susurros, ecos distantes que reverberaban a través de ninguna parte.

Palabras amortiguadas, exclamaciones ininteligibles.

Entonces, sucedió.

Sus ojos se abrieron de golpe y sus pupilas se contrajeron al sentir lacerantes destellos a su alrededor.

Su cuerpo se materializó poco a poco en torno suyo mientras la oscuridad de su mente se iba desdibujando.

La garganta le quemaba y el dolor en el cuello era insoportable.

—Miren —dijo una de las voces—, ya despierta. Déjenla respirar.

Alguien le sujetaba la cabeza y unas manos extrañas le ofrecieron agua. Agradeció su frescor antes de comenzar a toser.

Junto a ella, cuatro personas. Tres hombres y una mujer cuyos rostros denotaban preocupación.

—Cielo, ¿te encuentras bien? ¿Recuerdas qué te ha ocurrido?

Las imágenes sacudieron sus recuerdos.

"Papá. La biblioteca. Arbor Coeli. El dragón rojo. Ojos de fuego. Mi rostro..."

Tuvo que contener la bilis que ascendía hasta su boca.

—E-estoy bien...

La mujer negó con la cabeza.

—Deberíamos llamar a una ambulancia y avisar a tus padres...

Uno de los hombres interrumpió.

—Puede que haya sido un intento de robo... ¿Qué te ha sucedido? Tal vez tendríamos que llamar mejor a la policía...

Rachel introdujo con cautela su temblorosa mano en el bolsillo de su abrigo.

Un suave alivio se extendió en oleadas por su pecho.

El diario de su padre seguía ahí. Intacto.

Trató de incorporarse y permitió que la ayudaran para después esbozar su mejor sonrisa.

—En serio, no me pasa nada. Creo que me he desmayado, no he comido en todo el día y... solo quiero irme a casa a descansar.

Los cuatro desconocidos se miraron entre sí, no muy convencidos.

—¿Estás segura?

Rachel asintió luchando para que sus piernas recuperaran su fortaleza.

—Sí, además vivo a dos edificios de distancia... Gracias, de verdad.

Cuando se despidió de ellos, avivó el paso. Caminaba dominada por el terror más absoluto. Cada sonido le sobresaltaba. El claxon de un coche, la risa de un niño, la campanilla de una bicicleta... Quería sentir el aire helado penetrar en sus pulmones, saber que el cielo, preñado de estrellas, seguía imperturbable sobre su cabeza.

No reconocía los edificios tantas veces recorridos, ni las calles unidas a su niñez. Todo se le antojaba irreal. Manchester se había transformado en un espectro dispuesto a acuchillarla.

Al llegar, la fachada de su casa, con aquel ladrillo rojo que tan bien conocía, pareció darle la bienvenida en silencio.

Rachel cerró con doble llave los pestillos y, tras depositar el diario sobre la mesa de su dormitorio, se desvistió rápidamente para dirigirse al cuarto de baño.

El gran espejo de cuerpo entero le devolvió la viva impronta del agotamiento personificado.

Desnuda, tuvo la sensación de estar desprotegida, a merced del miedo y la muerte, y se llevó las manos al pecho en un movimiento instintivo.

En aquel momento, algo llamó su atención. O más bien una notable ausencia.

Se palpó el cuello al tiempo que se aproximaba a la superficie del espejo.

Aunque los músculos le dolían y todavía tenía problemas para tragar... no existía el menor indicio de moratones o marcas en su piel.

Se restregó los ojos antes de ingerir un antiinflamatorio y meterse en la ducha.

El agua caliente consiguió relajar paulatinamente su cuerpo contraído.

Sintiendo cómo su piel se erizaba, dejó escapar un suspiro que deseaba convertirse en sollozo.

Agotada, deshecha, dejó que su cuerpo resbalara en los azulejos mojados hasta aovillarse.

Intentó dar un nombre al sentimiento que estaba oprimiendo sus sentidos y que estalló en forma de lágrimas. Se mordió el puño para detener aquella oleada y sustituirla por dolor físico. No sirvió.

Era incapaz de apartar de su mente la imagen de aquel monstruo avanzando con deliberada lentitud hacia ella. Una pesadilla que se había manifestado como prueba indeleble de que Arbor Coeli albergaba todas las claves.

—Sus cuencas en llamas... —musitó de forma ahogada.

La sangre, el barco, la cuchilla... y aquella joven con quien compartía facciones.

Era una locura.

Pero locura o no, formaba parte de una realidad que no se atrevía a negar.

Cubrió su rostro con las manos y se obligó a dejar de llorar.

Dos interrogantes se gestaron de forma fugaz entre la maraña de sus reflexiones...

¿Por qué el dragón rojo había permitido que viviera? ¿Por qué no se había adueñado del diario?

Giró el grifo y tras secarse con una toalla, se vistió de nuevo sin olvidar su colgante. Pantalones ajustados de suave pana negra y un jersey del mismo color. Cualquier cosa menos un pijama.

Con el pelo aún humedecido, fue directa a su habitación y cerró la puerta, aun sabiendo que, a excepción de ella, la casa estaba tristemente vacía.

Arbor Coeli seguía descansando donde lo había dejado minutos antes.

Un diario. Nada más.

Y sin embargo, lo significaba todo.

Se sentó sin dejar de observarlo, como si en cualquier momento fuera a adquirir vida propia.

No le gustaba sentirse asustada. Estar asustada equivalía a ser vulnerable y hacía mucho tiempo que se había prometido a sí misma desterrar aquella sensación.

Escondió el miedo y la tristeza en los rincones más recónditos de su ser.

"Voy a poder con esto. Estoy viva. El dragón me ha dejado vivir... No sé su motivo, pero sí el mío. Viviré para entender por qué murió mi padre."

Inspiró con fuerza y se concentró. Sabía que ahora todo dependía de ella.

Tocó Arbor Coeli con veneración. Sus dedos, temblorosos, parecían acariciar una piel viva.

Se decidió a descubrir sus secretos.

Un helor húmedo cubrió la palma de sus manos al levantar la cubierta de cuero.

Al ver la primera página, se dio cuenta de que ya no existían alternativas.

No había vuelta atrás.

16

Rachel estaba atónita. Quería levantarse, pero no podía. Quería cerrar el diario, pero sus ojos se mantenían fijos en la primera página. Reconoció la letra de su padre, y sin embargo le costó un poco más desentrañar parte del símbolo que se manifestaba ante ella. Sin desanimarse por su complejidad, volvió a leer.

Lenguaje de la naturaleza
La caída del hombre
Capricornio
Cerca trova
Éter
Dos ojos
Solsticio
Paraíso perdido
Las antiguas enseñanzas

—Increíble —murmuró para sí misma—, es... ¡un caligrama!

Recordaba los poemas de Guillaume Apollinaire de sus clases de Literatura francesa. Aquel poeta alineaba algunos de sus versos para conformar dibujos que resultaran atractivos y de fácil comprensión a primera vista.

Según parecía, su padre había realizado el mismo procedimiento.

Rachel pasó las yemas de los dedos por las letras y reparó en la leve profundidad que se había ejercido con el bolígrafo.

—Una clepsidra —sentenció.

No tenía la menor duda. El dibujo que se representaba era un reloj de arena y eso únicamente podía significar una cosa.

—Si la profecía en la que creía papá es cierta, debe quedar poco tiempo. Por eso hizo este símbolo. Quien leyera el diario tendría que comprenderlo… —Tras un breve lapso, prosiguió con sus reflexiones—. Él sabía que yo lo encontraría. Estoy segura. El diario no es solo una recopilación de sus investigaciones sino un legado en caso de que le ocurriera algo…

Hablar en voz alta le ayudaba a concentrarse, a camuflar el terrible silencio que se había adueñado de la casa.

—Y si era un legado que yo recogería… Significa que… ¿¡Papá sabía que alguien quería matarle!? Dios, pero ¿por qué? ¿Qué averiguó? ¿Cuál es exactamente la profecía y cuándo se supone que se llevará a cabo…?

Analizó cada uno de los términos, con especial detenimiento en *Cerca trova*, el consejo que siempre le daba su madre, pero lo críptico de aquellas palabras la abrumó.

Necesitaba más información. Tenía que avanzar.

Pasó la página y encontró unas anotaciones sin fechar. Un nudo se instaló en su garganta al imaginar a su padre escribiendo a solas en su despacho de la universidad.

Nunca podía llegar a sospechar que, tal y como creía desde mi adolescencia, William Blake era la clave de todo.

Lo había pensado, sí, es cierto. Pero descubrirlo finalmente ha supuesto una gran conmoción para mí.

Este hombre, poeta, grabador, filósofo... albergaba en su mente las respuestas que el mundo ignora y que son vitales para su persistencia.

¿Él lo sabría desde que tuvo aquella primera visión siendo niño o alcanzó su conocimiento de forma progresiva hasta llegar a la horrible verdad?

Siento tanto que Katty, mi dulce Katty, no esté conmigo en estos momentos... La extraño tanto que a veces me cuesta respirar. A ella le hubiera emocionado este hallazgo y me hubiera susurrado, mirándome con sus brillantes ojos azules, que siempre había creído en mí... y que siguiera adelante.

Y sin embargo entiendo que es mejor así.

Nadie debe conocer estas investigaciones que ahora cobran una importancia de proporciones inimaginables. Ni siquiera mi hija...

Yo soy y seré el único responsable de esto. Encontraré la llave.

Los ojos de Rachel se enrojecieron.

Lo que Peter había descubierto suponía un peligro tal que no quiso compartirlo ni siquiera con su esposa, Katty.

Y la llave. De nuevo aquella palabra en clave.

—Dice que Blake tuvo una primera visión de niño... ¿Será verdad?

Sin cerrar el diario, colocó el ordenador portátil a su lado y lo encendió.

Tras entrar en Google, tecleó: "William Blake, biografía".

En un momento inicial se asombró por las miles de entradas relacionadas con su búsqueda, pero pronto comprobó que únicamente las siete u ocho primeras webs tenían datos relevantes. Pulsó uno de los links y leyó con una vehemencia casi febril:

Blake, William (Londres, 1757-1827). Pintor, grabador y poeta británico, una de las figuras más singulares del arte y la literatura inglesa. Fue para algunos un místico iluminado, un religioso atrapado en su propio mundo, y para otros, un pobre loco que sobrevivía gracias a los pocos amigos que creían en su arte y le compraban algunos grabados. La posteridad, sin embargo, ha considerado a William Blake como un visionario. Entre sus poemarios se encuentran: Canción de inocencia y experiencia, El matrimonio del Cielo y el Infierno…

—Uau… —musitó de nuevo en voz alta—. No muchas personas pueden presumir de tener una descripción tan extraña como esta…

Se adelantó a su época. Aquella temprana visión crítica del progreso no ayudaba, ni lo hacían las críticas a la represión sexual y moral (¡antes incluso que Freud!). También apoyó la efervescencia de las revoluciones (América y Francia) hasta que llegó el Terror y abjuró del camino que tomaban: el baño de sangre. Durante la primera época de su vida, que llega hasta su matrimonio en 1782 con Catherine Boucher, se dedicó a la poesía y a las artes plásticas; estudió a los artistas griegos, a Rafael, a Durero y sobre todo a Miguel Ángel y a su amigo, H. Fuseli (Füssli).

Rachel se recostó hacia atrás. Recordaba a Füssli, el pintor suizo y su cuadro más famoso: *Pesadilla o El íncubo.*

Sobre el lienzo, una bella mujer vestida de blanco dormía presa de una terrible angustia mientras un horrendo demonio acechaba sobre su pecho. Tal vez lo más aterrador no fuera el diablillo, sino la cabeza de un caballo negro que asomaba por unas cortinas de ajado tono escarlata...

Siguió leyendo con avidez.

La única exposición de sus grabados recibió críticas muy destructivas y nadie compró una sola de sus obras.

Su arte siempre fue repudiado e incomprendido e incluso hoy en día muchos críticos se preguntan por qué es el artista que menos apoyo ha cultivado en su propia tierra.

Comenzó a tener la sensación de que, tal y como afirmaban algunas webs, Blake fue y seguía siendo un artista enigmático, cuyos poemas y grabados contenían tantos mensajes cifrados que ningún estudioso había podido desentrañarlos por completo.

Un pasaje llamó su atención.

Blake fue tomado por loco por la mayoría de sus contemporáneos. Poco o mal comprendido, su carácter extraño y a veces colérico le aisló notablemente. Veía desde niño ángeles en los árboles y se comunicaba con presencias que nadie más podía percibir. Resultaría excéntrico verlo leer bajo una parra, junto a su esposa, ambos desnudos, «El Paraíso perdido» *de Milton, obra que le apasionaba.*

—¿El Paraíso perdido?

Volvió a contemplar la primera página del diario.

Allí estaba. La penúltima frase perteneciente a la clepsidra.

—Así que esta es su relación con Blake... Era un enamorado de los versos de Milton...

No obstante, seguía sin saber muy bien qué quería decir, qué sentido tenía en aquel reloj de arena encriptado. Volvió a revisar el último fragmento de aquella web: "*Veía desde niño ángeles en los árboles y se comunicaba con presencias que nadie más podía percibir*".

Regresó a Google e inició una nueva búsqueda: "William Blake, árbol, ángeles".

Escogió la primera web y descubrió con asombro que se trataba de un artículo digital del periódico *The Guardian* fechado en 2011.

Blake's vision tree returns to Peckham Rye

Un roble ha sido plantado este fin de semana en Peckham Rye en honor a William Blake, quien con tan solo ocho años, afirmó haber visto allí un árbol de la misma especie "lleno de ángeles de alas resplandecientes que brillaban en cada rama como estrellas".

Rachel se mordió de forma nerviosa la uña del pulgar izquierdo.

—¿Por eso papá bautizó su diario como Arbor Coeli?

Dirigió su vista hacia el diario y comprobó que en la tercera página se hallaba el recorte de la fotografía relacionada con el mismo artículo que acababa de leer.

En la instantánea, se apreciaban en primer plano varias manos depositando tierra húmeda sobre las raíces del nuevo roble y al fondo se distinguían numerosos niños y periodistas asistiendo al evento.

—Alucinante.

Pero el misterio de la clepsidra seguía intacto, quemando todavía en sus retinas.

Otra fotografía adherida a la cuarta página del diario le mostró los rostros sonrientes de unos jóvenes. Debajo, un artículo.

Leyó el recorte completo, perteneciente a una noticia del periódico *The Independent:*

Alumnos de la Universidad de Manchester han tropezado con un tesoro de obras del poeta y artista William Blake en la Biblioteca John Rylands. Los estudiantes, supervisados por un experto en Arte, han encontrado más de 350 poemas y grabados de este, todavía hoy, misterioso artista.

No albergaba la menor duda. Su padre era aquel citado supervisor.

Rememoró cómo Emery le había contado que el propio Peter no quiso que la prensa publicara su nombre.

—¿Por qué? ¿Qué encontraste, papá?

Impulsivamente, hojeó algunas de las páginas siguientes, encontrándose con diversos códigos y dibujos tan complejos que estuvo a punto de perder su optimismo inicial.

Estudió las imágenes una por una tomando notas en los archivos personales de su ordenador.

1. Clepsidra formada por nueve términos (de nuevo el número nueve).

2. Cuatro triángulos diferentes. El primero, en posición normal; el segundo, invertido; el tercero con el vértice hacia arriba, y una línea que lo atraviesa; el último, con la misma línea en el vértice, esta vez boca abajo.

3. El dibujo de una carta del Tarot. Es un anciano envuelto en el hábito de un monje, inclinado sobre un bastón. En la parte superior se detalla el nombre: El Ermitaño. Se distingue una cueva al fondo; parece una puerta.

4. Una especie de luna duplicada. En su interior, un dragón.

5. Un unicornio o cabra con cuerpo de pez. ¿Representa al famoso símbolo de Capricornio, como aparece en la clepsidra?

6. Un laberinto de piedra. Su puerta de entrada está cerrada y la de salida abierta.

Se recostó en el asiento y repasó lo escrito.

De alguna manera, presentía que su padre la había preparado toda su vida para aquel momento decisivo.

Tendría que estudiar más pormenorizadamente el resto del diario, donde se mostraban otros escritos de Peter y una serie de citas y poemas a cual más extraño.

Se inclinó sobre el portátil para seguir enumerando sus descubrimientos, y de repente dio un respingo. La pantalla se había teñido de negro y un guion blanco parpadeaba en un lateral. Sin un segundo para procesar aquello, unas palabras aparecieron tras un nick conocido.

HAL9000_ ¡Qué importa la pérdida del campo de batalla! Aún no está perdido todo.

Conservando todavía una voluntad inflexible, una sed insaciable de venganza, un odio inmortal y un valor que no cederá ni se someterá jamás, ¿puede decirse que estamos subyugados?

Rachel sintió el despertar de la rabia en su interior al comprobar que el piloto rojo de su *webcam* estaba encendido.

USUARIO_ ¿Quién diablos eres en realidad?

HAL9000_ Creía que me tenías en más estima. Después de todo, te avisé. ¿O ya no lo recuerdas?

USUARIO_ Lo recuerdo demasiado bien. ¡Por tu culpa sucedió todo!

HAL9000_ No soy yo el insaciable investigador de Blake, sino tu padre. Eligió su camino y perdió la partida.

Estuvo tentada de lanzar un grito y apagar el ordenador. Pero necesitaba respuestas y aquel hacker parecía tenerlas.

USUARIO_ ¿Cómo supiste lo del lienzo? ¡También sabrás entonces dónde lo compró! ¡Suéltalo ya o no vuelvas a molestarme jamás!

Tras una breve pausa, los caracteres blancos de su interlocutor volvieron a surgir en la pantalla como en un silencioso encantamiento.

HAL9000_ Antes de eso, me gustaría que me dijeras a quién pertenecen los versos que he escrito al comenzar nuestra conversación.

Rachel hizo un mohín de disgusto hacia la *webcam.*

USUARIO_ ¿Esto te divierte?

HAL9000_ Al contrario. Solo intento ayudarte.

USUARIO_ Son versos de John Milton, ¿satisfecho? Se encuentran en su obra *El Paraíso perdido.*

HAL9000_ Chica lista. Supongo que a estas alturas ya habrás adivinado la conexión entre Milton y Blake...

Vaciló, y aunque estaba harta de guardar secretos que no sabía si realmente lo eran, decidió arriesgarse.

USUARIO_ Sí. Blake adoraba ese libro.

HAL9000_ ¿Por qué?

USUARIO_ Si mi padre estaba en lo cierto, debe existir una conexión entre el Infierno y una profecía de Blake... *El Paraíso perdido* cuenta cómo fue la caída de Lucifer. Tengo la sensación de que... todo está relacionado.

HAL9000_ Vaya, muy curioso.

Rachel perdió la paciencia y, con ella, toda su calma.

Desde que fue atacada y su vida hubiera pendido de un hilo, era como un nervio al desnudo. Clavó su vista en la *webcam* y espetó:

—¡Ya basta! ¡No te hagas el estúpido! ¡Di lo que sabes!

HAL9000_ Quieres las cartas sobre la mesa y me parece lícito, pero te confieso que en mi poder solo tengo una información muy ínfima. Tú serás quien complete el puzle.

Ella siguió mirando fijamente a la cámara.

—Adelante.

HAL9000_ Peter White adquirió el lienzo en el castillo de Glamis. Por tu cara de estupefacción deduzco que no esperabas algo así. Y sí, el Infierno tiene algo que ver en todo este asunto. Seguramente tu padre dejó más pistas en ese diario que veo sobre tu mesa. Poco o nada puedo decirte más. Mi vida también está en peligro y aunque no lo creas, sigues siendo tú quien tiene los conocimientos necesarios para comprender las reglas de este juego.

Guardó silencio. Al menos, ya contaba con un lugar al que acudir para comenzar a investigar. Si es que aquel misterioso hacker estaba en lo cierto…

HAL9000_ Ah, y una cosa más. Yo no guardaría archivos que albergasen descripciones del diario. Tu padre sabía muy bien lo que hacía. Los ordenadores son portales y no todos conducen a ojos honrados, ¿lo captas?

No supo cómo reaccionar. Una vez más le había dejado sin argumentos.

HAL9000_ Sigue estudiando a Blake. Únicamente los Iniciados en los Misterios tienen las respuestas a todas las preguntas.

La pantalla regresó de forma abrupta al documento que Rachel había estado escribiendo. Todavía en shock, se apresuró a borrarlo. De ahora en adelante, su memoria y Arbor Coeli serían sus mayores aliados.

Apagó el ordenador y se cruzó de brazos, meditabunda. Ahora que aquel extraño chat había concluido, no dejaba de pensar en todas las cosas que debería haber hecho de otro modo. Tendría que haber sido más contundente al sonsacarle más pistas del lienzo que adquirió su padre. Tendría que haber llevado las riendas de la situación y de nuevo ésta se le había escapado de las manos. Tendría que haberle tendido una trampa para averiguar de quién se trataba…

Se esforzó por creer que, en el fondo, había obrado correctamente.

Inquieta, se dio unos golpecitos en los labios con los dedos.

—¿Qué habrá querido decir con "los Iniciados en los Misterios"?

En aquel momento, el timbre de la puerta principal tronó en la casa.

17

24 de diciembre, 1896.

Temblando, se abrazó el cuerpo.

Hacía frío. Mucho frío. Y éste se filtraba a través de su piel hasta helarle la sangre.

Sin embargo, era sabedor de que por mucho que deseara la muerte nunca encontraría reposo entre sus brazos. El sol llegaría tarde o temprano, otra noche se desdibujaría en el cielo a través del ventanuco y sería obligado testigo de un nuevo día.

Un bucle del que no existía escapatoria posible.

Había aprendido a cultivar la paciencia, a cerrar los ojos cuando la ansiedad dominaba su respiración y concentrarse únicamente en sus sentidos. Acariciaba la sábana ya raída de su camastro; sentía cada hebra de hilo y la aspereza de la paja; se abstraía con el olor a madreselva que el escaso viento traía consigo; y sobre todo, escuchaba. Escuchaba sin cesar, como un lobo atento.

Esperó. Vendría. *Él* vendría. Tenía que hacerlo. Siempre acudía en su ayuda cuando más lo necesitaba.

Contuvo el aliento mientras sus dientes castañeteaban y al ver el primer destello de una luz en una esquina, sonrió esperanzado. Jamás había visto una antorcha, un candil o una lámpara. Pero reconocía aquella luminosidad como algo bueno y anhelado.

Se incorporó a duras penas comprobando con placer cómo la pútrida estancia se iluminaba poco a poco. Un tono anaranjado cubrió los muros y sus ojillos brillaron de expectación.

—Thomas, mi querido niño…

Su sonrisa se mantuvo intacta, pero no pudo evitar encoger la cabeza entre los hombros como símbolo de respeto.

Él ya estaba allí. Su sola presencia causaba un pavor reverencial.

Reconoció el semblante que paulatinamente iba generándose ante su vista; aquellas manos portentosas; el cosmos insondable de su mirada; su imagen intangible; el aura de poder que impregnaba todo su cuerpo.

Su guardián, su protector. Su dios.

—¿Mejor así, Thomas? —preguntó mientras extendía los brazos.

El aire se impregnó del olor de la muerte.

—Gracias, maestro.

—Recuerda siempre que la luz más poderosa está en ti. Úsala, combínala con la oscuridad como te he enseñado. El calor que te ofrezco, la llama que enciendo es una nimiedad en comparación con el fuego que arde en tu interior.

Su voz evocaba el eco de las piedras removidas por las olas.

Thomas asintió manteniéndose en silencio y encogiéndose un poco más.

—No eres consciente de tu poder aún. Pero el tiempo no es ningún problema… —apuntó su mentor. Aunque no se había movido de su posición, daba la impresión de hallarse mucho más cerca—. Estarás preparado cuando llegue el momento.

El rumor de unos susurros llegó hasta el niño que contrajo los labios de forma imperceptible.

Por su sonrisa de aviesa complicidad, supo que *él* también los había escuchado.

—¿Puedes oírlos, Thomas?

Tras un tenso inciso, ordenó:

—Contesta.

—S-sí. Yo…

—Los percibes en tu cabeza, ¿no es cierto?

Thomas asintió con rapidez.

Su maestro le miró largamente, reflexivo. Su rostro se mantenía vuelto hacia la penumbra, silueteado por la luz que *él* mismo había creado.

—Extraordinario. —Puso énfasis a su regocijo—. Es un progreso digno de celebración.

El niño pareció concentrarse unos instantes antes de responder.

—Señor…, las voces… hablan de una fiesta… Dicen algo que no entiendo.

Vio cómo su expresión, hasta entonces benevolente, se tornaba severa.

—"Nochebuena" —escupió la palabra como si ésta hubiera sido un improperio.

—Nochebuena… —repitió Thomas extrañado—. ¿Qué es eso, maestro?

—Algo de lo que has de olvidarte. Un triste juego inventado por la humanidad, nada más.

—Pero…

Calló. Existían ciertas cosas que era mejor no conocer. Sabía detectar cuando su protector estaba exultante o molesto. Y evidentemente, en aquella ocasión, hubiera sido imprudente, casi temerario, tentar su impaciencia. Sin embargo, lo que *él* hizo a continuación le desconcertó. Alzó la mano derecha con elegancia y la extendió dejando la palma hacia arriba.

De su mismo centro, unas sombras inquietantes fueron gestándose hasta convertirse en figuras humanas. Thomas abrió la boca con estupor.

—Rebosas demasiada inocencia todavía. —Sus ojos eran puntos fijos en los suyos. Puntos como lagos de aguas turbulentas—. El mundo es cruel, aciago, pervive sediento de mentiras y envidia. Esto es solo un minúsculo ejemplo de lo que hay más allá de estos muros.

En su mano seguían apareciendo siluetas en un vertiginoso caos de claroscuros, como una linterna mágica que solo proyectaba pesadillas.

Hombres luchando entre sí ondeaban con orgullo banderas de guerra, enarbolaban espadas manchadas de sangre, asesinaban sin piedad a sus semejantes, forzaban a mujeres, golpeaban a niños…

Su pequeño cuerpo se estremeció con violencia.

—¿Lo ves? —Sonrió alzando su anguloso mentón—. Tú mismo eres una víctima de su maldad. Te encerraron aquí al nacer. Tu propia madre nunca quiso verte, tu padre te repudió, tus hermanos no supieron jamás de tu existencia. Ya han pasado setenta y cinco años, Thomas. Ninguno de ellos vive ya, ni siquiera ese estúpido criado que amenazaba con dejar de traerte sustento. Yacen bajo tierra, pasto de los gusanos. Y no obstante, sigues igual que entonces.

Tu cuerpo no ha variado, tus huesos no han crecido, no necesitas alimentarte. ¿Lo entiendes ahora?

Thomas tomó aliento y esperó.

—Eres especial, yo obré para que así fuera. Te he enseñado a hablar, a discernir lo que te rodea, a pensar... Eres mío. Y créeme, un día poseerás la fuerza que cambiará todo. Ese es tu destino.

El niño quiso tocarle, besar sus manos, rozar su trémula aureola.

Pero sabía que no podía hacerlo.

—Eres... bueno conmigo, maestro.

—No olvides lo que te he mostrado hoy. Jamás.

Un fulgor dorado restalló en su pupila izquierda antes de desaparecer dejándole de nuevo a merced de la soledad.

18

Cerró la puerta de su habitación tras salir. Supuso que quien llamaba al timbre sería el profesor Emery o Andrew, pero, aun así, toda precaución le parecía poca y el diario debía permanecer a salvo.

Había bajado el primer peldaño de las escaleras que conectaban con el salón cuando se detuvo en seco.

Permaneció inmóvil, de espaldas, escuchando atentamente.

Unos pasos habían surgido en el dormitorio de sus padres, al final del pasillo. Unos pasos susurrantes, suavemente rítmicos, como el morir de las olas en la orilla del mar.

El tiempo se diluyó a su alrededor mientras aquel sonido penetraba en la habitación contigua; la suya.

Contuvo el aliento al comprobar cómo se acercaban a la puerta cerrada.

De repente se hizo el silencio.

Pero Rachel sabía que aquel mutismo no significaba que quien merodeaba de forma espectral en el interior de la casa hubiera desaparecido sin más. Al contrario. Podía sentir sin ningún atisbo de duda que alguien aguardaba en el umbral. Igual de quieto que ella. Esperando. A la expectativa.

Rachel inspiró con cautela y aguzó el oído, albergando la intensa sensación de que el ser tras la puerta también trataba de escucharla a ella.

El timbre sonó de nuevo con apremio. Dos, tres veces.

Cerró los ojos unos instantes percibiendo un alivio balsámico.

Los pasos y el ominoso presentimiento unido a ellos habían desaparecido. La casa recuperaba su quietud.

Sus músculos se destensaron y su respiración recuperó su normalidad.

Se permitió una leve sonrisa antes de abrir la puerta de entrada.

No tuvo tiempo para reaccionar.

Un muchacho alto y espigado se coló en el interior y, sin decir una palabra, volvió a cerrar todos los cerrojos antes de girarse hacia ella.

Rachel se llevó una mano a los labios, desconcertada.

Los ojos garzos que le devolvían la mirada tras unas gafas metálicas, irradiaban un terror casi demencial.

El misterioso visitante jadeaba exhausto, mostrando un rastro de lágrimas en sus mejillas.

Ella avanzó un paso.

—¡¿Nicholas…?!

El joven luchó por sobreponerse. Su vista se desvió de la suya para echar un vistazo nervioso al interior de la vivienda, como si quisiera asegurarse de que estaban a solas.

—Rachel, escúchame —suplicó con voz estrangulada—, tienes que salir de aquí ya.

Al ver que su amiga respondía frunciendo el ceño, aferró impulsivamente sus hombros y gritó:

—¿No lo entiendes? ¡¡Corres peligro si permaneces en esta casa!!

—Pero ¿qué te ha ocurrido? ¿Qué estás haciendo en Manchest…?

Él la condujo hacia el televisor y lo encendió. Ya eran las ocho de la noche y todas las cadenas emitían los telediarios.

La primera imagen de una reportera frente a la vivienda del profesor Emery dejó a Rachel sin respiración.

Nicholas subió el volumen.

—*…Según apunta la policía podría tratarse de un suicidio dado que no existen indicios de violencia en el interior del piso donde vivía. Sin embargo, Joseph Emery no dejó transcrito ningún mensaje como suele suceder en este tipo de casos y por ahora no existe motivo alguno por el que este célebre catedrático de la Universidad de Manchester hubiera decidido quitarse la vida…*

El cámara encuadró la ventana rota para posteriormente hacer un zoom sobre el cuerpo sin vida del profesor. Éste yacía en el suelo, rodeado de cristales que relucían fantasmagóricamente bajo las luces de los coches de policía.

Nicholas pulsó de nuevo un botón y la escena se apagó en el preciso momento en que el rostro desencajado de Emery comenzaba a enfocarse en primer plano.

Rachel se sentó lentamente en el sofá. Su rostro, lívido, no mostraba emoción alguna. No podía llorar, ni hablar. Se sentía pesada, aplastada, incapaz de moverse.

La voz de Nick llegó hasta ella como entre brumas.

—Mi padre me llamó hace unos días… Me lo contó todo… Incluido aquel sueño que tuvo y algún detalle más que deliberadamente olvidó mencionarte.

Ella no dijo nada. Podía percibir los latidos de su corazón en la punta de cada uno de sus dedos. Brutales embestidas de un pulso acelerado.

—Él estaba aterrado, Rachel. Lo noté enseguida. Así que ayer me decidí y reservé el primer vuelo. Quería que me contara lo que sabía con más tranquilidad y poder comprender mejor lo que había ocurrido y el porqué de tanto misterio... Cuando he llegado esta tarde, lo primero que he hecho es acudir a su casa. Pero al acercarme he visto a la policía y... —Un inciso entrecortado—. Maldita sea, ¡sé que no se ha suicidado! ¡Nunca haría algo así!

Palpitaciones de silencio antes de que Rachel se volviera hacia su amigo.

—El dragón rojo...

Los ojos de Nicholas volvieron a enrojecerse.

—Mi padre también lo mencionó cuando habló conmigo... Decía que el dragón rojo había matado a Peter... que tal vez también iría a por él. Y yo... ¡Yo no le entendí! Ahora es demasiado tarde...

Muy despacio, Rachel hundió el rostro en su pecho y le abrazó con fuerza. Tenía miedo. Demasiado. Pero fue como si de pronto se sintiera a salvo, llena de una extraña paz.

Su amigo de la infancia estaba allí, con ella. Después de casi tres años.

Recuerdos de su niñez se agolparon en su mente formando un tiovivo de cálidas sensaciones. Podía verse a sí misma persiguiéndole a través de los jardines de Tatton Park, riéndose a su lado cuando iban juntos al circo que visitaba la ciudad una vez por primavera, enfadándose cada vez que él la retaba a un nuevo juego en el que sabía que tenía todas las de perder...

Cuando sintió los brazos de Nick rodear su cintura, procuró retener el llanto y atesorar aquel momento antes de que el abrazo se deshiciera.

—No estamos seguros aquí… —musitó Nicholas todavía abrumado—, si todo lo que me dijo mi padre es verdad… ese monstruo sabe dónde vives, estoy seguro. Primero Peter, luego él… No… no quiero perderte.

Ella negó con la cabeza.

—Y no lo harás.

Su amigo sonrió amargamente, con profunda tristeza.

—Podemos ir a casa de Andrew —prosiguió Rachel retomando fuerzas.

—¿Andrew?

—Es un buen amigo… Un loco de la informática. Si hay alguien en quien podemos confiar y que nos puede ayudar, es él, créeme.

—¿Ese chico sabe lo que…?

—En parte, sí. Sería buena idea colaborar los tres.

Nick levantó las manos en señal de aceptación.

—Vale. Llévate lo que necesites, me parece que no volveremos a esta casa por un tiempo…

Rachel albergaba la expresión de un náufrago que atisba en la oscuridad la tenue luz de un barco.

—Ahora estamos juntos —dijo esforzándose en disfrazar su terror bajo una sonrisa sosegada—, y todo irá bien.

—Ojalá tengas razón.

Rachel subió a su habitación y comenzó a llenar su mochila: ropa interior, jerséis, pantalones, alguna falda, un peine, cepillo de dientes, su pasaporte… Miró su portátil, dubitativa, pero decidió no incluirlo entre sus cosas. Cuanto menos peso, mucho mejor. Tendría que conformarse con el móvil.

Con veneración, tomó el diario de su padre y lo guardó en un bolsillo interno.

Un último vistazo a lo que había sido su dormitorio desde la niñez. Un último arañazo de nostalgia y felicidad perdidas.

Se vio a sí misma como si mirara desde arriba. Una figura cuyo pasado se licuaba entre recuerdos y cuyo futuro pendía de un hilo. Una muchacha que luchaba por retener la entereza de la que siempre había hecho gala. Un trágico personaje de libro que desconocía qué camino tomar o cuál le depararía un destino fatal... Pero con una determinación fortísima por seguir siempre adelante.

Sintió el deseo infantil de decir "adiós" y sus labios dibujaron la palabra sin llegar a pronunciarla.

Cuando regresó al salón, Nick ya le estaba esperando con su propia bolsa de viaje al hombro.

—No mires atrás —le aconsejó.

Rachel no quiso admitir que estaba asustada.

Inspiró hondo y asintió mientras abría la puerta.

La noche de Manchester extendió ante ellos un firmamento de negras promesas dispuestas a cumplirse.

19

Eligieron el autobús como medio de transporte.

La gente que les rodeaba era su protección; el dragón rojo no cometería el error de atacar en público, de eso estaban seguros.

Rachel, que había dejado la mochila a sus pies, miraba en completa concentración a través de la ventanilla. Las calles iban y venían ante su vista como espectros engalanados de luces navideñas. Observaba a los diferentes viandantes, al tiempo que se preguntaba cómo su propia vida había dado un giro tan radical. Ninguna de aquellas personas podía tan siquiera intuir que existía algo más allá de este mundo dispuesto a vagar por la tierra en busca de un misterio que era mejor no desvelar.

Un misterio por el que morir tal vez fuera solo una salida fácil.

De pronto, sintió un contacto cálido trenzarse en su mano.

Un escalofrío le recorrió la piel transformándose en una oleada de placentera expectación.

Sin apartar la vista del cristal, percibió las pulsaciones de su corazón en la yema de los dedos, justo en el lugar donde reposaban los nudillos de Nicholas, que no soltaba su gesto de cariño.

Cuando él afianzó su mano en la suya, la respiración de Rachel se cortó durante unos instantes.

Se volvió hacia su amigo y descubrió que ambos estaban sonriendo.

Aun a pesar de todo lo ocurrido, de la muerte en cada sombra, del peligro, del miedo, se hallaban sus sonrisas y con ellas entendieron que la soledad era cosa del pasado. Se tenían el uno al otro de nuevo.

—Por favor, dime que no me olvidaste.

Rachel no apagó la alegría de sus labios, pero sus ojos brillaron de añoranza.

Se fijó en Nick, como si aquella noche fuera la primera vez que lo hiciera. Ya no era el adolescente flacucho que se había despedido de ella años atrás. Su cuerpo, sus facciones, incluso su forma de mirarla, habían cambiado.

Sintió otra vez revolotear su corazón en el pecho, inundándolo de recuerdos y felicidad, para después encogerse envuelto en una inesperada timidez.

—Nunca hubiera podido hacer eso... —contestó ella a media voz —Lo sabes... Y aun así...

—Shhh, está bien. Solo quería... Necesitaba oírtelo decir. —Tras un breve silencio, añadió con suavidad—: Necesitaba... creer que nada había cambiado, que estamos juntos en esto hasta el final.

Rachel saboreó aquel plural en secreto.

—Todo ha cambiado —dijo todavía con la sonrisa meciéndose en su rostro—, salvo nosotros.

20

—¿Unos sándwiches de queso fundido, chicos?

La madre de Andrew, ajena a las revelaciones que Nick y Rachel compartían con su hijo, había abierto la puerta con confiada naturalidad para dejar la bandeja sobre el escritorio. Todos guardaron silencio, conscientes de que debían ser prudentes.

—Mamá…

—Lo sé, lo sé. Tengo que llamar antes… Pero ya son las nueve y pensé que os apetecería algo de comer…

Rachel fue la única en sonreír.

—Gracias, señora Owen, la verdad es que nos moríamos de hambre.

—Me alegra que Andrew haya invitado a sus amigos a dormir… no suele tener muchas visitas desde que su hermana se mudó a Londres…

—¡¡Mamá!!

—De acuerdo, os dejo solos —dijo guiñando un ojo mientras volvía a cerrar la puerta.

Nicholas y Rachel estaban sentados en la cama de Andrew. Este había encendido su ordenador, cuya torre mostraba el aspecto de uno de los robots de *Star Wars.* Cables y discos duros revestidos de fuertes colores reflectantes, relucían a través de uno de sus paneles traslúcidos en una maraña fosforescente.

Rachel nunca había visto el dormitorio de su amigo informático y en su imaginación lo había cubierto de aparatos electrónicos y cajones llenos de microchips.

La realidad era bien distinta. Todo se hallaba pulcramente ordenado y Andrew, según parecía, también sentía debilidad por los años ochenta. Pósters de películas como *Willow* y *Tron* decoraban las paredes, discos de vinilo mezclados con CDs en las estanterías y un viejo radiocasete dormitaba cerca del ordenador y del portátil.

Nick, al entrar, le dedicó a su amiga una mirada de sorprendida complicidad antes de pasar a la acción y exponer con todo lujo de detalles lo sucedido hasta aquella noche.

El rostro de Andrew había pasado paulatinamente de la incredulidad al asombro.

Cuando su madre se hubo ido y sus pasos resonaron de nuevo alejándose de la habitación, se rascó la nuca, nervioso, antes de volver a hablar.

—Me estáis diciendo... ¿que el padre de Rachel estaba metido hasta el cuello en una investigación paranoica sobre William Blake? ¿Y que además ha despertado a una especie de monstruo llamado *dragón rojo*?

Nicholas, que daba buena cuenta de uno de los sándwiches, dejó que Rachel respondiera.

—No sabemos si lo ha despertado o no... ¡Y no es ninguna paranoia! Andrew, tienes que creernos. Incluso te he enseñado el diario de mi padre...

Andrew, que todavía tenía Arbor Coeli en sus manos, hojeó sus páginas de nuevo con cierta aprensión.

—Joder... es que... ¡esto es como una película de terror!

—Ya, pero...

—¡Han estado a punto de matarte, Rachel!

Ella señaló el diario con un gesto enérgico.

—¡Por eso quiero saber qué ocurre! Aquí están todas las piezas del rompecabezas, ¡solo hay que comenzar a encajarlas!

Los ojos de su amigo transmitieron un incipiente miedo. Parecía al borde de sus fuerzas, desplomado sobre su silla.

—Rachel me convenció para venir aquí —intervino Nicholas con un tono de voz grave—, pero ya veo que no quieres ayudarnos, así que...

—¡Eh, yo no he dicho eso!

Un tenso halo de silencio bañó la estancia.

Rachel le sostuvo la mirada, intranquila, y en sus pupilas Andrew reconoció su mismo miedo, pero también una firme resolución.

En aquel momento supo con seguridad que no sería capaz de negarse. Suspiró.

—Vale, está bien... Contad conmigo.

Rachel volvió a sonreír y se incorporó para darle un cariñoso abrazo, sin percatarse de que Nicholas había puesto los ojos en blanco ante la escena.

—Si no queremos perder el tiempo —expuso Nick—, podrías buscar los términos que forman el reloj de arena. ¿No tienes un súper buscador o algo así?

Arbor Coeli pasó a manos de Rachel, que lo abrió de forma casi automática para seguir indagando.

—Sí, claro, no me tomes por novato —replicó Andrew arrugando la frente con aire ofendido—. Es solo que...

bueno, el programa que creé hace unos años rastrea cada palabra en toda la red, analizando su posible relación con otras del mismo campo semántico. Twitter, Facebook, páginas webs, otros buscadores... si alguien, digamos, la pasada semana, se ha referido a esos términos, aparecerán sí o sí. ¡Pero tardaría horas en obtener resultados!

—Entonces, podemos buscar otra cosa... —apuntó la joven con expresión decidida.

—¿A qué te refieres? —inquirió Nick.

—Mirad este fragmento que escribió mi padre.

Nick lo leyó con avidez antes de que sus cejas se arquearan.

—Increíble... —musitó.

—¿Un resumen, por favor? —apremió Andrew.

Rachel intentó no traslucir su nerviosismo. Sentía bullir la adrenalina bajo su piel. Todo mínimo descubrimiento era un reto y, al mismo tiempo, una nueva incógnita. Ella misma se dejaba arrastrar por aquella marea de misterios, aun sabiendo que en aquella noche de confesiones, todos estaban en peligro. Se controló antes de hablar, buscando las palabras adecuadas para contar lo que acababa de descubrir.

—Según mi padre, cuando Blake murió muchas de sus profecías fueron cumpliéndose para sorpresa de aquellos que jamás creyeron en él. Al principio todos creían que eran casualidades, pero pronto algunos fueron aceptando que aquel hombre al que habían apodado como "el loco" tal vez no lo estuviera tanto...

Nick tomó el testigo de la conversación.

—Y parece que acabaron formando una sociedad. Un grupo de elegidos que defenderían todo el saber profético de Blake. Estamos hablando de otros artistas como él que siguieron perpetuando sus conocimientos de forma oculta.

La mirada de Andrew estuvo presidida por una gran interrogante.

—¿Una secta?

—No creo —respondió Nick meditabundo—. Más bien... una masonería, algo secreto. Puede que sus integrantes fueran personas reconocidas y al mismo tiempo... escondiesen un misterio que ha perdurado durante siglos...

Rachel leyó directamente del diario:

—"Se la conoció como la Sociedad Órfica, pero su nombre ha ido variando a lo largo de los años. Solo los Iniciados en los Misterios pueden dar con las claves que se han ocultado desde el nacimiento de este grupo de privilegiados."

Andrew se pasó una mano por su pelo revuelto.

—¿Sociedad Órfica? ¿Qué demonios es eso?

Rachel se abstuvo de exponer sus pensamientos. Demasiadas dudas, demasiados enigmas. Ella, cuyo máximo deseo siempre había sido enfrentarse a un desafío como aquel, ahora se sentía doblegada por una doble carga. La responsabilidad para con sus amigos y la ansiedad por llegar al final y comprender aquel extraño arcano.

Toda su vida se había venido debajo de un solo soplo. Y aun así, algo subyugante había abierto las compuertas de par en par a un nuevo mundo en el que anhelaba adentrarse dejando todo atrás.

Nicholas volvió a responder, cada vez más inmerso en sus propias ideas.

—Sociedad Órfica... —reflexionó casi para sí mismo—, ¿y si se tratase de Orfeo?

Rachel sopesó aquella pregunta. Andrew se apresuró a añadir:

—¿Qué tiene que ver un dios mitológico con Blake? No entiendo nada…

La joven se fijó en la sonrisa enigmática de Nicholas. Sabía que uno de los deportes preferidos de su amigo de la infancia eran los juegos intelectuales.

Sin darle tiempo para contestar, se adelantó, exponiendo su teoría.

—Mi padre me lo explicó hace años… Ya sabes que Orfeo, para los griegos, era el hijo del dios de la música, Apolo…

—Sí, sí, eso lo estudiamos el curso pasado en el instituto. Orfeo estaba enamorado de Eurídice, pero ella murió por la picadura de una serpiente. La pobre bajó a los Infiernos, y Hades, apenado por ambos, permitió a Orfeo regresar a por su amada, ¿voy bien, no? Cuando ascendían de nuevo al mundo de los vivos, él tuvo la mala idea de mirar una sola vez atrás, algo que estaba prohibido. Sin que pudiera hacer nada, vio como Eurídice era arrastrada otra vez hacia el Averno de donde nunca más volvería a salir… Orfeo vagó por la tierra como alma en pena hasta que murió. Unos dicen que se suicidó, otros que le atravesó un rayo, que fue descuartizado… Tragedia griega total.

Nick, que no había perdido su sonrisa, se recostó sobre la cama y procedió a limpiarse una pelusa invisible sobre su rodilla. Rachel retomó la conversación con cautela.

—Andrew… ¿Y si… te dijera que ese Orfeo es solo una leyenda para desmitificar al verdadero?

—¿Eh?

—Orfeo existió de verdad. El mito se generó después al confundirse aquel hombre.

—¿Me hablas en serio?

Ella asintió.

—Papá me dijo que el Orfeo real era experto en magia, música, astrología… Su propio nombre, en griego, significa “oculto”. Era un sabio de los enigmas del mundo. Poco a poco, dejó de ser recordado como un hombre y pasó a ser una divinidad. Por eso, las diferentes formas en que los relatos dicen que murió, son solo… en fin, una metáfora que señala los muchos medios que se utilizaron en la Antigüedad para destruir sus enseñanzas secretas… Ya sabes, los humanos, cuanto más ignorantes, mejor.

Nick, cansado de permanecer en silencio, se apresuró a recalcar:

—Tal vez esos adoradores de Blake comenzaran a denominarse entre ellos Sociedad Órfica porque querían que su saber permaneciera oculto salvo para unos pocos. Como los conocimientos de Orfeo. Todo encaja, está claro.

Andrew volvió a rascarse la nuca. A su mente le costaba asimilar lo que acababa de serle confiado.

—Estáis convencidos de que esta locura es cierta… ¿verdad?

El tono de su voz evidenció que lejos de permanecer en la incredulidad, comenzaba a rendirse ante aquellas revelaciones.

—Y eso no es todo —declaró Rachel que seguía pasando las páginas de Arbor Coeli con auténtico frenesí—. En el diario hay escrita una especie de adivinanza… Puede que sea un *kenning* como me explicó el padre de Nicholas…

Nick se irguió de nuevo, como impulsado por un resorte.

—¿Puedes leerla?

—“Y, al fin, así olvidaron los hombres que todas las deidades residen en el corazón.”

—Creo… —farfulló Nick— que me empieza a doler la cabeza. ¡Son demasiadas interrogantes para resolverlas de golpe!

Andrew se dirigió hacia él con una amplia sonrisa de triunfo.

—Me parece que esta vez sí os puedo ser de ayuda.

Rachel levantó la vista del diario y la clavó en su amigo.

—¿Has encontrado algo?

—¡Ya lo creo! —Se animó Andrew señalando la pantalla con un gesto triunfal—. Esa extraña frase es parte de una de las obras más surrealistas de Blake: "Proverbios del Infierno". Son una especie de… poesías, frases inconexas… Una pasada.

—¿Y se sabe lo que significan? —preguntó Nick.

—En realidad, no. Hay muchas opiniones, pero… nadie sabe qué quiso decir Blake con certeza.

—Genial, estamos como al principio.

—Hay más —puntualizó Rachel—. También están esos cuatro triángulos de los que os he hablado. Así que… ¡tendrán algún tipo de relación con lo demás!

—Sí —exhaló Nick—, pero seguimos sin saber cuál.

—Esperad. Aparte del mismo número de triángulos… hay escritas unas palabras extrañísimas junto a ellos.

—Dispara.

Andrew se dispuso a buscar en su ordenador.

—"Urizen", "Tharmas", "Urthona", "Luvah".

—Me tomas el pelo —ironizó Nick mientras se levantaba.

—¡No, échale un vistazo al diario si quieres!

—Esto no tiene ni pies ni cabeza…

Nicholas comenzó a caminar en círculos.

Ella ladeó una sonrisa.

—Siempre eras tú quien lo sabía todo, ¿recuerdas? ¿No te rendirás justo ahora?

Andrew se volvió de nuevo hacia ellos.

—No os lo vais a creer, pero esos términos son… ¡nombres!

—¿¿Qué??

Nick y Rachel se aproximaron hacia la pantalla, atónitos.

—Parece que Blake creó cuatro seres en una mitología un tanto personal. —Andrew quiso argumentarlo resumiendo el contenido de una web—. Todos descienden del mismo dios, algo así como un superhombre. Se llaman *Zoas.* Urizen, el primero de ellos, es la razón; Tharmas, el cuerpo; Urthona es el espíritu; y Luvah representa el amor.

Los ojos azules de Nicholas se posaron en su amiga.

—¿Qué querría decir tu padre con todo esto…?

La joven le miró entristecida.

—No lo sé.

—¿Y qué será esa profecía?

Los tres guardaron silencio, conteniendo sus propios pensamientos.

—Vamos a ver —dijo Andrew—, tenemos a un artista cuanto menos estrambótico, a una sociedad secreta, unas adivinanzas a las que se suman cuatro símbolos y cuatro nombres, y… nos estamos olvidando de una cosa muy importante: el castillo de Glamis que mencionó el misterioso hacker.

—¡Es verdad! —exclamó Rachel dándose una palmada en la frente —¡El cuadro que adquirió mi padre procede de ese lugar…!

Nick posó una mano sobre el hombro de la joven en actitud cariñosa.

—Entonces, ya tenemos un enclave al que dirigirnos, ¿no? Además, los gastos corren de mi cuenta, dejad eso en mis manos.

Ella sonrió luchando por vencer los mordiscos del cansancio.

—Sí. Podemos empezar por ahí.

—¡Está en Escocia, no muy lejos de Manchester! Yo puedo conseguir los billetes para todos y salir mañana mismo —planeó Andrew con satisfacción.

Rachel se mordió el labio inferior.

—Andrew… tengo que pedirte un gran favor.

—Lo que quieras.

—Debes quedarte. Iremos Nicholas y yo.

Su amigo se incorporó de golpe con los ojos desorbitados.

—¡No lo dirás en serio!

La joven cogió su mano y sintió su calidez en contraste con la de su propia piel, helada.

—Tú mismo lo has dicho. Es peligroso. Esta noche he visto al dragón rojo… ¡Existe, no es una fantasía! Ya ha asesinado a dos personas muy queridas para mí… Yo… no sé por qué me ha dejado con vida, pero parece que persigue a todos los implicados en esto y… no me gustaría que te ocurriera nada malo.

—¡Soy yo quien quiere protegerte a ti, Rachel!

—Lo sé…

—Te necesitamos aquí, Andrew —intercedió Nicholas de forma reconciliadora—, no queremos llevar portátiles con nosotros y, desde Manchester, podrías mantenernos informados de todo lo que vayas averiguando…

Andrew se dejó caer en su silla, visiblemente afectado.

—Mierda… ¿Realmente me vais a dejar tirado?

—¡Claro que no! —repuso Rachel serena—. Tú eres quien ha descubierto de dónde proceden los "Proverbios del Infierno" y los Zoas… Sin tu ayuda, estaremos perdidos. Te he metido en este lío porque eres mi mejor amigo y confío no solo en tu prudencia, sino en que sabrás cómo descubrir lo que mi padre quiso decir en su diario. Pero me sentiría mucho más tranquila… si lo hicieras desde Manchester.

Un beso en la mejilla disolvió las quejas de Andrew transformándolas en resignación.

—Deberíais descansar —dijo al fin, entristecido—. El primer tren sale a las ocho de la mañana.

21

No entendía por qué Nicholas había insistido en quedar con ella aquella tarde en Fletcher Moss, su parque favorito. Pero de algo estaba segura y es que, por el tono de voz con el que le había hablado por teléfono, debía tratarse de un asunto importante.

Desde el fallecimiento de su madre, meses atrás, Rachel temía las sorpresas. No obstante, estar con Nick siempre era un buen plan, así que cuando se sentó al borde del río, en aquel rincón que ambos reconocían como suyo, inclinó la cabeza hacia atrás y se permitió sonreír mientras el sol de julio acariciaba su piel.

El sonido musical del agua, corriente abajo, se trenzaba con el susurro de la brisa entre los árboles que la flanqueaban. Rachel había ralentizado el ritmo de su respiración para escuchar aquella cadencia de la naturaleza y tras el reflejo color cereza del sol en sus párpados cerrados, su mente había diluido sus pensamientos hasta mimetizarlos con la tranquilidad de aquel bosque casi embrujado.

—Ey, pequeña Blancanieves, siento haberte hecho esperar.

Rachel entornó levemente los ojos para ver a Nick sentarse a su lado.

Parecía que el tiempo no hubiera pasado. Seguían siendo inseparables. No existía nada que no compartieran, nada que no percibieran igual que cuando eran niños.

Y aun así… algo había cambiado, aunque Rachel no estaba segura de qué.

Sintió un cosquilleo en el codo, justo donde él le había tocado al saludarla.

—"Pequeña Blancanieves" —protestó ella mientras se quitaba las sandalias negras—. No sé si me gusta ese mote.

Nick palmeó el agua y Rachel se rio cuando cientos de gotas salpicaron su cuerpo.

—Ya, bueno —dijo él ajustándose las gafas—, pero tal y como yo lo veo eres como ella: piel tan blanca como la nieve, labios rojos como la sangre, pelo oscuro como las alas de un cuervo…

—Para ya, poeta.

—¿Por qué? Solo digo la verdad.

—Entonces a partir de ahora te llamaré Principito… Eres delgado, rubio…

—Sí, pero él no tenía gafas.

—Eso es porque al autor se le olvidó mencionarlas.

Ambos se echaron a reír.

Rachel dejó que el río besara sus pies desnudos. No supo si el escalofrío que notó fue a causa del frío contacto o de otra sensación que anidaba en su pecho desde hacía algún tiempo.

—Me gusta este lugar —murmuró Nick—. No me refiero al parque en sí, sino… a esta parte del río rodeada por tantos árboles que parecen centinelas a la escucha...

Ella volvió a sentir un leve hormigueo en su estómago.

—¿Recuerdas hace años, cuando éramos niños y veníamos aquí? —siguió su amigo con un toque de nostalgia en la voz —Jugábamos a encontrar pepitas de oro en la orilla...

—A espiar entre las flores por si aparecía un duende...

—O a lanzar agua al cielo y ver si habíamos creado un arcoíris.

Los ojos azules de Nicholas se desviaron de los labios de ella hacia el río. Rachel se sonrojó al descubrirlo, pero se mantuvo en silencio.

Sí. Recordaba todo. La imagen de su niñez estaba ahí, inflándose en su memoria como un globo de helio. Podía revivirlo con total nitidez.

Dedicó un pensamiento fugaz a su madre y suspiró antes de hablar.

—Gracias, Nick.

Él la observó, sorprendido.

—Por estar siempre conmigo. Estos meses no han sido nada fáciles y tú siempre has permanecido a mi lado.

Nicholas se levantó de golpe, como si hubiera recibido una violenta descarga.

—¿Nick...?

—Lo siento mucho, Rachel...

Ella se incorporó también.

—No te entiendo.

Su amigo le dio la espalda y fue entonces cuando la joven supo con certeza que algo no iba bien. Nick nunca le miraba a los ojos cuando tenía que contarle una mala noticia.

—Rachel, yo… Me voy a otra ciudad.

—¿Por qué? ¿Qué ha pasado?

El cuerpo de Nicholas pareció encogerse, como si se avergonzara de lo que tenía que explicar.

—Mis padres se han divorciado… Y, como todavía soy menor de edad… tengo que ir a Bristol con mi madre y su familia. Ella… quiere que siga mis estudios allí, lejos de mi padre.

Rachel se pasó una mano por la frente. Su único amigo, su gran apoyo, la abandonaba para mudarse a cientos de kilómetros de distancia.

—Pero… —musitó—, eso no puede ser. Joseph se lo hubiera dicho a mi padre…

—No querían que nadie supiera que su vida no era tan perfecta como se suponía.

Los sentimientos que ella albergaba en su interior amenazaron con ahogarla. Ya no sentía la calidez del sol de verano. Solo un creciente helor extenderse por sus venas.

Nick, que sabía interpretar cada uno de sus silencios, se volvió hacia su amiga y, en un gesto impulsivo, la abrazó con fuerza.

—Estaremos en contacto, ¿vale? No me separaré de ti, ni siquiera en la distancia. ¿Alguna vez te he prometido algo que no haya cumplido?

Rachel trató de sonreír mientras se limpiaba las lágrimas al recordar cómo años atrás, frente a un anillo de hadas, él le había prometido una gran aventura que jamás se materializó.

—¿Por qué justo ahora? —preguntó Rachel con voz trémula—. No puedes irte sin más y dejarme sola…

Nicholas tomó su rostro entre sus manos con dulzura y la obligó a mirarle.

Una luz

Sus ojos no mentían. Nunca lo habían hecho.

Una luz de plata

—Te esperaré. Y tú a mí.

Una luz de plata en las sombras

Sintió el suave roce de sus labios sobre los suyos y el arrullo del río se desgranó hasta transformarse en la música más maravillosa que ambos hubieran escuchado jamás.

Una luz de plata en las sombras.

La luna se filtraba por la ventana iluminando la cama de la habitación de Andrew. Habían dejado a Rachel dormir allí mientras sus dos amigos descansaban en los sofás del salón.

No obstante, la joven pronto se dio cuenta de que no podía conciliar el sueño.

Notaba los latidos de su corazón a cada instante, como el sonido de un reloj enloquecedor.

Un tictac violento que parecía sacudirla en la cama bajo pequeños seísmos.

Intentó aislarse, no pensar en nada, pero su adrenalina estaba al máximo y su mente bullía llena de imágenes, frases e ideas inconexas.

Su cerebro persistía en reflejar el horrible cuerpo escamado del dragón rojo, su rostro cadavérico, su sonrisa afilada, sus húmedos dedos pulsando su cuello... Supo que jamás podría desterrar algo así de su memoria. Aquel monstruo pululaba en la noche dispuesto a acabar con todos aquellos que, de una forma u otra, estuvieran relacionados con el misterio que ahora les pertenecía a Andrew, Nicholas y ella. No conseguía entender por qué la había dejado con vida, pero no cometería el error de ser de nuevo una presa fácil. Tendría mucho cuidado.

Se dio la vuelta, notando un sudor frío impregnar su espalda.

Arbor Coeli todavía quemaba en sus retinas y el viaje que debían hacer dentro de escasas horas solo conseguía inyectarle más dosis de insomnio.

Se incorporó justo a tiempo para vislumbrar cómo la puerta del dormitorio se abría lentamente. Una sombra se deslizó hasta hacerse sólida.

"Nicholas."

El joven se mantuvo inmóvil unos instantes, cerciorándose de que ella estaba dormida.

—Nick, estoy despierta... Ven, siéntate conmigo, anda.

Él sonrió al tiempo que la miraba de ese modo tan singular que tenía. Una mezcla entre ternura y desafío que le hacía único.

Cuando se sentó en un lado de la cama, Rachel se percató de que no podía apartar sus ojos de él. Estaba... distinto.

Se mantuvieron en silencio durante lo que les pareció una eternidad. El aire entre ellos se hallaba enrarecido. Demasiadas cosas por decir, por explicar; y sin embargo, ninguno de los dos daba el primer paso. Nick la miraba con pensamientos no pronunciados y Rachel tuvo la sensación de que tal vez fuera mejor así. Como si aquel fuera un momento cristalizado en el tiempo.

Fue Nicholas quien finalmente rompió la burbuja de mudos sentimientos.

—Han sido los tres años más largos de toda mi vida.

Inclinó su rostro, cuyas facciones se recortaban bajo el haz de luz.

Ella replegó las piernas y apoyó su mentón en las rodillas.

—Lo han sido para ambos.

—Rachel, lo siento.

—No. No vuelvas a decir eso. La última vez que escuché esas mismas palabras fue cuando te despediste...

Sus susurros se habían teñido de reproches.

—No pude hacer nada para evitarlo.

—Pero sí podrías haber dado señales de vida.

Nicholas permaneció en silencio, sobrecogido.

—Cada noche... —prosiguió Rachel— me preguntaba si estarías pensando en mí. Intentaba adivinar por qué no contestabas a mis llamadas, ni me enviabas ningún email... Ni siquiera hace unos días, cuando papá murió... Nada. Nunca. En tres años.

Notaba la garganta dolorida por tratar de reprimir un sollozo.

—Pensaba también en nuestros juegos infantiles. En lo bien lo que pasábamos juntos. Tú siempre me ganabas en todo, pero yo reía... Reía y me enorgullecía de ti, como si fueras un héroe montado a caballo. ¿Te acuerdas de una vez que tratamos de fundir unos caramelos para mezclar los sabores...?

La sonrisa de Nicholas no llegó a sus ojos.

—Sí. Y no estaba mal... Nos lo comimos creyendo que era lo mejor que habíamos probado en nuestra vida.

Él estaba tan cerca que Rachel podía percibir su antiguo olor a menta fresca. Un aroma que la transportaba a los buenos tiempos donde la muerte era algo imposible y los enigmas solo existían como parte de una inocente diversión.

—Pero desapareciste.

—No fue fácil, Rachel. —Su voz estaba tan llena de urgencia que la sensación de estrangulamiento en su garganta amenazó con convertirse en llanto—. Me parece que nada lo es ya.

Espiró con fuerza antes de volver a hablar.

—Yo... creía que no volvería a Manchester en mucho tiempo. Y pensé que te había perdido. Que era inútil llamarte, seguir en contacto e involucrarte en los problemas de mis padres, que también se hicieron míos... Me convertí en un fantasma. Solo acudía al instituto y a la universidad para aprobar los exámenes. No salía, ni tenía muchas amistades... Un auténtico autómata. Me encerraba en mi habitación para ver pasar las horas. Eso era mi vida hasta esta noche.

Su tono de voz se había quebrado en la última palabra.

—Por favor, no me odies.

Por un momento, Rachel pensó en cerrar los ojos. Le asustaba la idea de ver tristeza o enfado en el semblante de Nicholas.

—No te odio. Te he echado de menos. Mucho.

Los engranajes de su resentimiento se aflojaron un poco.

—Entonces... —continuó ella— ¿me ayudarás hasta el final?

—No volveré a abandonarte. Además, me necesitas para resolver todas las pistas que te dejó tu padre... —Su voz había recuperado su color irónico.

—¿Realmente crees que mi padre escribió el diario para mí?

—Seguro que tú habías llegado a la misma conclusión. Peter, la Sociedad Órfica, incluso ese hacker han nombrado a los Iniciados en los Misterios... ¿No habrás olvidado lo que nuestros padres nos explicaban?

Ella sonrió con cierta timidez, pero complacida.

—Claro que no. Pero no puedo creer que Blake...

—Todos los secretos importantes se codifican, incluso hoy en día. Se ocultan las claves y solo se las enseña a un grupo muy reducido de personas iniciadas especialmente para la misión de protegerlas; esa es la tradición en los Misterios. Y tu padre te preparó para esto… ¡te inició!

—No… Él no compartió su pasión por Blake conmigo. Pasó los últimos días de su vida encerrado en su despacho, ordenándome que no entrara jamás.

—¡Razón de más para creer lo que te estoy diciendo! Peter quería protegerte, pero sabía que estaba en peligro… Por eso escondió el diario en un lugar al que irías casi sin pensar. Y esos juegos que creaba junto a tu madre cuando eras pequeña: los enigmas por resolver, las pistas que seguir… ¡Estoy seguro de que los ideó pensando en este preciso momento!

Rachel suspiró.

—Tal vez tengas razón.

Tras un breve silencio, añadió muy bajito:

—Me alegro de tenerte conmigo otra vez.

Nick no respondió. Tendió su mano y apoyó la palma en su mejilla.

El tiempo se detuvo de nuevo. Segundos que se evaporaban entre dos alientos.

—Me voy a volver loco si no te beso ahora mismo.

Ella se ruborizó en la oscuridad.

—Mi primer y único beso fue hace tres años —respondió risueña—, podré esperar un poco más hasta al siguiente.

Sonrió en las sombras.

No podrían estar preparados. Jamás.

Ni tampoco ser conscientes de que cuánto sabía.

Y eso era algo a su favor. Una ventaja absoluta.

Seguir su pista solo formaría parte de un juego en el que tenía todas las de ganar.

22

—Los enigmas siguen y siguen —dijo Nick a media voz.

Rachel echó la vista atrás comprobando que nadie, en el autobús que les conducía desde Charleston al castillo, reparaba en ellos.

Respiró aliviada al ver a todos los pasajeros, la mayoría turistas, dormidos en sus asientos o revisando sus libros de viaje.

Se volvió de nuevo hacia Nicholas que señalaba un poema en Arbor Coeli.

—¿Un poema de Blake?

—Y no te pierdas el título: "El Tigre".

Rachel lo leyó en silencio.

"Tigre, tigre, que te enciendes en luz/ por los bosques de la noche/ ¿qué mano inmortal, qué ojo/ pudo idear tu terrible simetría?/¿En qué profundidades distantes, /en qué cielos ardió el fuego de tus ojos?/ ¿Con qué alas osó elevarse?/¿Qué mano osó tomar ese fuego?/¿Y qué hombros, y qué arte/ pudo tejer la nervadura de tu corazón?

Y al comenzar los latidos de tu corazón, / ¿qué mano terrible? ¿Qué terribles pies?

¿Qué martillo? ¿Qué cadena?/ ¿En qué horno se templó tu cerebro?/ ¿En qué yunque?

¿Qué tremendas garras osaron/ sus mortales terrores dominar?/ Cuando las estrellas arrojaron sus lanzas/ bañaron el cielo con sus lágrimas/¿sonrió al ver su obra?

¿Quien hizo al cordero fue quien te hizo?/ Tigre, tigre, que te enciendes en luz/ por los bosques de la noche/ ¿qué mano inmortal, qué ojo/ pudo idear tu terrible simetría?"

—¿Alguna idea de su significado? —preguntó Nick.

Ella tensó los labios.

—Creo... que es... un *kenning* de los que él solía utilizar.

—¿Estás segura?

—Piénsalo de otra forma: ¿por qué un tigre y no un león, pantera o cualquier otro animal salvaje? Me parece que está enmascarando algo...

Nicholas indicó un verso con el dedo.

—Además —dijo—, si lo analizamos con detalle, Blake nombra a Dios en todo el poema.

—¡Ah!, ¿sí?

—"¿Quien hizo al cordero fue quien te hizo?" El cordero es Jesucristo, ¿no? Siempre ha sido un símbolo muy utilizado para referirse a él... Así que...

—Nos está hablando de algo o alguien creado directamente por Dios. Ufff..., pero desde el punto de vista cristiano, ¡podría ser cualquier cosa!

Nick resopló.

—Tendría que haberme dado cuenta de este poema cuando íbamos en el tren, aquí no hay cobertura suficiente para enviarle un mensaje a Andrew.

Rachel apoyó la cabeza en el hombro de su amigo, procurando mantenerse relajada.

—Tranquilo, pronto llegaremos al castillo.

—¿Qué debemos buscar allí exactamente?

Ella cerró los ojos sin poder evitarlo.

—Quiero averiguar qué lienzo compró mi padre y a quién. Y… ver si dejó alguna pista. Sé que lo hizo…

—De hecho… —añadió Nicholas—, acabo de encontrar una en su diario. Y le siguen tres más, pero ésta está numerada como la primera.

La joven se irguió de golpe y, junto a Nick, leyó en voz baja el extraño enigma escrito por su padre.

—*"El pescador aguarda paciente a rescatarte en la misma red que Pest y Óbuda emplearon en el Danubio. No olvides jamás las dos mitades de un mismo ser. El visionario que al primero siguió te indicará el camino a través del espejo."*

—Vale —repuso Nick—, ahora sí que no entiendo nada de nada.

Rachel volvió a revisar el texto. Peter solía mostrarle pistas como aquella cuando era pequeña. Solo tenía que estudiarla con atención y emplear todo sus conocimientos.

Su amigo se tensó en su asiento al sentir un traqueteo en una curva.

—¿Qué piensas, Blancanieves intelectual?

Ella se rio bajito.

—Bueno… ¡no puedo saberlo todo! Habrá que pensar…

—¡Mira! —le interrumpió su amigo mientras le instaba a observar por la ventanilla.

Rachel lo había visto también. El castillo de Glamis.

Sus torres se alzaban en la distancia, mostrándose poco a poco, como un tesoro perdido en el tiempo que desplegara por primera vez sus maravillas al mundo.

Todos los pasajeros lo miraban embobados, conscientes de que el edificio les mantenía bajo un influjo difícil de describir.

Conforme el autobús avanzaba a través de una vereda rodeada de frondosos árboles de hoja perenne, el castillo iba conformándose en un coloso revestido de majestuosidad.

Finalmente se apearon frente a la caseta donde se adquirían las entradas para su visita.

Rachel se mantuvo inmóvil unos instantes, arrobada por la belleza oscura de aquel lugar.

Su fachada, repleta de torres y atalayas, se erguía imperiosa bajo un cielo completamente despejado.

El almohadillado antiquísimo de tono rojo confería al edificio un aire de implacable autoridad. Las pequeñas, pero numerosas ventanas de forma cuadrada, acentuaban el efecto de empequeñecimiento al que el castillo sometía a todos los que osaban admirarlo.

El castillo dominaba el terreno, parecía acecharlo con su presencia histórica como una gran bestia.

Era realmente sobrecogedor.

—Vamos —Nick la sacó de su ensimismamiento—, preguntemos en la caseta.

Pero la mujer que les atendió no consiguió iluminar sus dudas.

—¿Peter White, dice? ¿Un lienzo? Lo siento, no dispongo de esa información.

Rachel se atusó su corto pelo intentando parecer despreocupada.

—¿Y quién podría saberlo?

La mujer, de impasibles ojos negros, se encogió de hombros.

—Hablen con Mr. Kerner, el director en ausencia del conde de Strathmore.

—¿Dónde puedo encontrarle?

—A las siete en su despacho del ala oeste, si es que decide atenderles... Oiga, señorita, ¿va a comprar entradas o no?

—Sí, eh... Dos, por favor —intervino Nicholas.

La visita era obligatoriamente guiada.

Nadie debía husmear en zonas no autorizadas, hacer fotografías ni mucho menos separarse del grupo.

—Demasiadas restricciones, ¿eh? —bromeó Nick mientras ascendían por unas escaleras construidas en ornamentada madera de boj.

—Shhh, escuchemos a la guía y mantengamos los ojos bien abiertos.

El interior, ornamentado en exceso, repleto de fotografías y cuadros de otras épocas, salpicado de alfombras con elaborados arabescos, de esculturas femeninas de mármol blanco y jarrones de flores le sumergía a uno poco a poco en un pasado lejano. Un barroco viaje en el tiempo del que no se podía regresar con facilidad.

Pasaron por alto diversas salas para penetrar directamente en un dormitorio.

Haciendo caso al consejo de su amiga, Nick contempló cuanto le rodeaba.

No era una habitación muy amplia, pero sí bastante recargada.

Retratos antiguos abarrotaban las paredes color marfil. Todos sus rostros, macilentos y de aspecto taciturno, parecían observar al unísono la cama central, decorada con un enorme dosel escarlata.

En la esquina derecha, un secreter repleto de retratos y platos decorativos, tenuemente iluminado por la luz anaranjada de la lámpara colgante.

—Nuestra visita comienza justo en este lugar —explicó la sonriente guía pelirroja—, el dormitorio del rey Duncan.

Hubo un murmullo generalizado.

—Así es, lo han adivinado. Aquí Shakespeare ubicó una de las escenas más famosas de su obra *Macbeth*: el asesinato de Duncan a manos del propio protagonista. Se dice que en las noches de luna llena, cuando la luz se filtra a través de la ventana, las manchas de sangre de aquel crimen atroz reaparecen en los muros... Incluso hubo un invitado, hace ya muchos años, que aseguró vislumbrar, a través de los cristales, un rostro cadavérico al que unas manos invisibles arrastraron hacia la oscuridad entre terribles gritos...

Algunas sonrisas incrédulas.

—Intuyo que querrán saber más acerca de otros misterios de este castillo. Cuando pensamos en Escocia, lo hacemos en paisajes verdes, en su historia ancestral... pero también en castillos como este. Qué mejor manera de conocer sus secretos que recorriendo sus pasillos, sus torreones, sus galerías... Así que no tengan miedo de los espíritus y leyendas que circulan entre estas paredes. Síganme, por favor. Les conduciré hasta el comedor donde la Reina Madre de Inglaterra solía almorzar en su infancia y les contaré el misterio de la Dama gris que siglo tras siglo sigue apareciéndose a los más temerosos...

Rachel tiró del anorak de Nicholas.

—¿Te has dado cuenta? —le preguntó entre susurros.

—¿De qué?

—No ha mencionado nada de cómo se construyó el castillo, o de quiénes eran los propietarios. Vamos de sala en sala mientras nos llenan la cabeza con cuentos para no dormir, pero no detalla cuál es la verdadera historia.

—Bueno, tal vez no les interese. Piénsalo bien. Los turistas vienen a esta clase de sitios para divertirse y escuchar relatos de fantasmas. Y los encargados de los castillos lo saben. Todo es puro marketing.

Rachel negó con la cabeza, pero no respondió.

Ella misma había hablado de cientos de leyendas como aquellas en *Lo Inexplicado* y aunque tal vez en otras circunstancias le hubiera encantado hacer miles de preguntas, ahora solo enfocaba sus esfuerzos en tratar de averiguar si alguna vez existió un lienzo extraño que hubiera sido adquirido recientemente…

La guía los condujo hacia la galería de armas, el dormitorio de la Reina Madre y el comedor principal. Todas las estancias guardaban un misterio en su interior que las hacía únicas y arrancaba exclamaciones de admiración entre los visitantes.

Apariciones de una anciana portando un extraño fardo a sus espaldas, un joven esclavo negro con ropajes del siglo XVII, un hombre apodado Jack el corredor… Tal vez nunca hubiera existido un enclave tan rodeado de embrujos y secretos como aquél. Rachel se dejó seducir por aquellos relatos, se impregnó de ellos y se permitió saborearlos con deleite.

"Si Andrew estuviera aquí —pensó— hubiera tomado nota de todo para poder grabar un futuro programa…"

Cuando entraron en un salón de amplios ventanales y sillones orejeros color crema, la guía extendió los brazos dramáticamente.

—Sin duda, este es uno de los aposentos más lúgubres que posee este castillo.

Los turistas la miraron desconcertados. Nadie podía creer que tras aquel mobiliario de lujo, tapices rosados, cojines de encaje y bóveda artesonada, se pudiera ocultar un pasado siniestro.

—No se dejen convencer por las apariencias... Les aseguro que siempre engañan. A los antiguos dueños del castillo les gustaba contar una leyenda muy peculiar: se decía que sir Patrick Lyon, tercer conde de Strathmore, estaba jugando una noche a las cartas con su mejor amigo, el conde Crawford. Uno de sus criados osó advertirles de que fueran respetuosos, pues se acercaba el Sabbath. Furioso por la interrupción, el conde Patrick respondió que seguirían jugando y que si el demonio deseaba unirse a ellos sería bien recibido.

La guía sonrió con teatralidad.

—A medianoche, el diablo en persona se presentó en la sala dispuesto a aceptar la invitación. Tras una larga partida, los condes perdieron su alma, quedando condenados a jugar en aquella habitación desde el día de su muerte hasta el Juicio Final... Queridos visitantes, esta es la sala donde sucedió todo. Incluso hoy en día, a medianoche, se oyen los juramentos producidos por aquellos hombres que permanecen jugando a las cartas por toda la eternidad.

Permitió que los allí presentes admirasen el salón a su antojo para posteriormente conducirles a través de un ornamentado pasillo.

—Y ahora, quiero que descubran la majestuosidad de nuestra magnífica capilla. Pasen, pasen, que nadie se quede atrás.

Lo primero que llamaba la atención era el techo.

Rachel no podía apartar la vista del enorme mosaico de cuadros enmarcados en pan de oro que lo revestía. Parecían colgar ingrávidos sobre sus cabezas, con cientos de ojos dibujados que les devolvían la mirada desde sus escenas bíblicas.

Tres grandes ventanales inundaban de luz la estancia. Los reclinatorios brillaban pulcramente encerados. Todos fueron sentándose en ellos mientras la guía les contaba cómo una elegante mujer se paseaba por allí cada noche intentando balbucear sin éxito palabras de muerte…

—Pero no puede —apuntó con voz teatral—, puesto que no tiene lengua… Y ese supone otro misterio todavía no resuelto dentro de los muros de este castillo… Ahora si se fijan en el altar verán un exquisito lienzo que…

Rachel se irguió instintivamente al escuchar aquellas palabras.

Sin embargo, el lienzo en sí representaba la célebre imagen de la crucifixión de Cristo entre unas tupidas cortinas de terciopelo rojo.

Suspiró.

Sabía que buscaba en vano. El lienzo de su padre había ardido en el interior de su despacho. Ella lo había descubierto aquella fatídica noche. El cuadro parecía haberse consumido desde dentro sin que hubiera quedado ni un solo motivo o dibujo que indicase de qué se trataba.

Pero en su mente, ya había contado con alguna clase de información al respecto, una pista de la que tirar hasta llegar al ovillo.

De pronto ocurrió. Al principio fue un suceso banal, que sin embargo le sumió en un miedo irracional.

Los cortinajes rojos…

Rachel entrecerró los ojos, consciente de que una lacerante sensación se estaba apoderando de sus entrañas.

Una sombra se gestaba paulatinamente en la tela carmesí. Una sombra cuya forma fue delimitándose hasta hacerse reconocible.

La joven ahogó un grito.

—Nicholas…

Su amigo escuchaba con atención las palabras de la guía.

—¡Nicholas…! ¿No lo ves…?

No le escuchaba.

Nadie en la capilla era consciente de la oscura figura de un ángel que había nacido ante sus ojos.

¿Cómo era posible que no lo vieran?

El miedo tiró de Rachel con dedos codiciosos.

El ser sobrenatural extendió sus enormes alas, cuyo contorno abarcó todo el altar. Rachel incluso creyó percibir una leve brisa en su rostro cuando estas temblaron antes de alzar el vuelo.

Miró a su alrededor y sin pensarlo dos veces, se levantó a hurtadillas.

Era más que curiosidad instintiva. Todo su cuerpo se había propuesto seguir a aquella sombra sin conocer muy bien las razones. Solo sabía que debía seguirle y que, de no hacerlo, algo terrible podía suceder.

El ángel de cuerpo pequeño y esbelto volaba dejándose ver en las paredes de cada sala, como si aguardase su presencia para continuar una férrea misión.

Rachel trataba de correr sin hacer ruido. No quería imaginar las consecuencias de ser vista lejos de su grupo.

Atravesó de nuevo el gran comedor, el salón de los reyes, la galería de armas… La sombra proseguía su camino, sabedora de su destino final: el dormitorio principal de la Reina Madre.

La joven entró casi sin aliento.

Ya habían estado antes en aquella estancia de colores claros y damasco dorado.

La oscura figura se había detenido ante ella, expectante. Rachel sintió sus piernas de plomo, su voluntad quebrarse.

El ángel comenzó a retorcerse entre violentos espasmos.

Sus alas, repentinamente torpes, se alzaron trémulas, hasta que la sombra alcanzó el techo, recortándose contra la palidez de la pintura que lo cubría.

Abrió la boca para proferir un grito mudo al tiempo que se contraía de dolor.

Rachel se abrazó el cuerpo y comenzó a tiritar.

Una fuerza invisible fue arrancando cada una de las plumas de sus alas con inusitado frenesí, arrojando diminutas gotas de sangre que se esparcieron, negras y espesas, por toda la cama. El pequeño ángel lloraba en vano mientras era despojado del símbolo de su divinidad. Cuando la última de sus plumas fue sesgada, la sombra se desvaneció dejando en el techo la huella de una mano crispada como única prueba de lo sucedido.

—¡No, no, no…! —gimió Rachel.

No entendía qué era lo que acababa de ocurrir, pero sí que había sido testigo de algo lo suficientemente importante como para que el castillo lo hubiera hecho visible a sus ojos.

—Dios mío… —musitó con un hilo de voz mientras respiraba con ansiedad.

Una respiración a sus espaldas la hizo girar, sobresaltada.

—Nos vemos de nuevo, peregrina.

23

Allí estaba. Con su gabardina negra y la bufanda roja con el símbolo del tigre.

Sus ojos verdes le devolvían una mirada franca, casi curiosa.

El ritmo cardíaco de Rachel no ralentizó sus latidos. Al contrario. El corazón se relanzó a golpear su pecho con rabiosa violencia.

—Otra vez tú...

Notaba que el brillo esmeralda de aquellos iris la succionaba como una trampa de arenas movedizas.

Él se limitó a observarla.

La escena despertaba una tensión electrizante.

—¿Qué haces aquí? No creo que sea otra casualidad, así que dime una excusa creíble.

Le vio alzar la comisura izquierda de la boca. Una leve sonrisa relajada.

—Me gusta viajar.

Rachel se cruzó de brazos.

—Y hoy has elegido el castillo de Glamis al azar, claro —replicó con cierta hostilidad.

—¿Por qué no? Es un lugar tan bueno como cualquier otro. Somos peregrinos, ¿recuerdas?

Se había aproximado a ella mientras hablaba. Despacio, de forma felina.

—Lo que recuerdo es que estabas buscando algo.

—Igual que tú —añadió él con un tono de voz suave.

—Y por lo que veo todavía no lo has encontrado.

El joven la atravesó con la mirada, como si pudiera vislumbrar su mente.

—¿Qué te hace pensar eso?

Rachel se reprendió por bajar los ojos ante la cercanía de los suyos; por sentir la necesidad de hacerlo.

—Encontré lo que quería —siguió él—, pero… digamos que no me pertenece. Y es de muy mala educación robar las cosas… Aunque estarás de acuerdo en que no se puede renunciar a algo sin haberlo intentado. Así que mi peregrinación sigue. Y para ti también, según parece.

Quiso mentirle. Explicar de una forma convincente que ya no estaba buscando nada, que había ido hasta el castillo con un amigo para hacer una mera visita turística.

Pero no fue capaz.

Su sola presencia, de algún modo, se lo impedía.

—Tengo que irme —le invadió una sensación de urgencia, como si sintiera la energía previa a un relámpago.

—No hay prisa. Abajo, todos siguen en la capilla. —Su quietud parecía afectar al aire que la rodeaba, sosegar por un instante el mundo entero y, al mismo tiempo, sumirla en el caos más absoluto—. Los cuadros, la Reina Madre, los cortinajes… bla, bla, bla. Nuestro inesperado encuentro es mucho más atractivo… ¿no crees?

Rachel se estremeció contra su voluntad en un levísimo movimiento casi imperceptible.

Sin embargo, alzó la barbilla, desafiante.

—¿Qué quieres de mí?

Él dejó escapar una serena carcajada.

—Quiero saber qué estás pensando. Y la mejor manera de conseguirlo es romper primero esa coraza que tienes como defensa.

Miles de alarmas sonaron en su cabeza. Y todas le advertían de que hablar con aquel chico suponía un riesgo más que imprudente. Debía mantener el control de la conversación y no desvelar nada.

—Pienso en por qué me encuentro contigo cuando menos me lo espero, en qué puedo tener yo para despertar tanto tu interés y en la razón de tu confianza al hablarme, si ni siquiera nos conocemos.

Parpadeó de pronto, como si no hubiera pretendido decir todo aquello en voz alta.

El joven estaba tan cerca de ella que su perfume a manzanas maduras impregnó todos sus sentidos. La contemplaba con avidez, como si fuera una bella escultura, una obra de arte ejecutada únicamente para sus ojos.

—Bueno, tal vez si nos presentamos como es debido, no seamos unos desconocidos.

—Comienza tú, entonces.

—Me llamo Albion.

—¿Es eso un nombre?

—Tal vez el tuyo me deslumbre tanto que tenga que cerrar los ojos cuando lo oiga —dijo él con risueña ironía.

—Rachel.

—Rachel —repitió Albion en un susurro que a ella le erizó la piel.

Se había abierto una puerta entre ellos. Conocer su nombre había desatado algo extraño en su interior.

—Vale, Albion. Ahora que ya no hay formalidades...

—¿Las ha habido alguna vez? —interrumpió él sonriendo.

—Quiero decir... Me gustaría saber por qué me sigues.

Sus ojos verdes se tornaron opacos. Su sonrisa, enigmática.

—Adivínalo, peregrina.

En aquel momento, ambos escucharon una exclamación en el piso inferior.

—¡Rachel!

La voz preocupada de Nicholas tensó el hilo que la mantenía sujeta a aquel chico, hasta romperlo definitivamente.

Albion no le dio tiempo para contestar. Aproximó su rostro al de ella y sus labios, apenas un suave roce, le susurraron al oído:

—Yo que tú, no me perdería la representación de esta noche.

Rachel no movió un solo músculo.

—¿Qué quieres decir?

—La luna estará preciosa, créeme.

Le vio salir de la estancia como un elegante espectro. Ahora, parecía que nunca hubiera estado allí. Que todo hubiera sido producto de su imaginación.

Volvió a contemplar la marca de la mano del ángel en el techo e inspiró con nerviosismo al comprobar que seguía ahí.

Cerró los ojos un instante antes de bajar y encontrarse con Nick en el vestíbulo principal.

Se sentía todavía confusa y algo aturdida, pero verle supuso un bálsamo, un elixir de bienestar que la tranquilizó rápidamente.

—¡Te he estado buscando! ¡Qué susto me has dado! ¿Dónde estabas? —Su amigo se había apartado del grupo; la visita guiada había terminado.

—Eh… Había creído ver… —¿Por qué no se lo contaba todo, maldita sea? —Pero… al final no fue nada, falsa alarma.

Nick señaló a la guía.

—Ha dicho que esta noche hay una representación a las afueras del castillo, una pequeña obra sobre *Macbeth.* El autobús no volverá a recogernos hasta que finalice… Creo que tendremos que quedarnos a la fuerza y pasar la noche en el pueblo de Glamis…

La sonrisa apresurada de Rachel se congeló.

"Una representación. Justo lo que Albion dijo."

—D-de acuerdo.

Nick chasqueó la lengua.

—Vamos, Blancanieves, son casi las siete y ese tal Mr. Kerner estará en su despacho.

Trató de despejar sus ideas y escabullirse con su amigo hasta el ala oeste.

Una placa dorada con el nombre del director en funciones les indicó que habían hallado el lugar preciso.

Nick dio tres golpes en la puerta.

—¿Preparada?

Ella asintió.

—Siempre.

Sin esperar respuesta, Nicholas abrió lentamente.

Al fondo, tras una mesa de despacho atestada de papeles y portafolios, estaba sentado un hombre enjuto, de aspecto pálido y un tanto severo. A su alrededor, decorando las paredes, diversos animales discados le conferían a la habitación el aspecto de un mausoleo salvaje. Afuera, ya había oscurecido completamente; una lamparilla verde alumbraba el rostro del director convocando siniestras sombras en cada ángulo.

—Creo que se han confundido, jovencitos, si están buscando los servicios, están al otro lado del pasillo.

—¿Señor Kerner?

El director alzó una poblada ceja en señal de reconocimiento.

—Venimos a verle a usted —concluyó Rachel.

Torció el gesto al ver a la joven vestida completamente de negro, con los ojos disfrazados con maquillaje del mismo tono. Después, reparó en Nicholas.

—Lo lamento, no suelo recibir a los turistas.

—Estamos aquí únicamente para saber algo importante que tal vez solo usted sepa. La visita guiada... bueno, entraba en el paquete obligado de dos por uno.

El señor Kerner le dedicó una seca sonrisa.

—Me gusta su agrio sentido del humor, jovencita. Bien, pasad los dos. Pero solo cinco minutos.

Se acomodaron en el par de asientos situados ante el director.

Nick aprovechó para pasear la mirada con disimulo por los estantes llenos de carpetas numeradas.

"Donaciones. Mecenas. Adquisiciones. Ventas... Muy interesante."

—Díganme en qué puedo ayudarles.

—Tengo razones para creer que mi padre, el profesor de Historia del Arte de la Universidad de Manchester Peter White, compró en este castillo un lienzo en concreto. Quisiera saber cuál fue y por qué le interesó.

Kerner contrajo el rictus.

—¿Y lo quiere saber por alguna razón en especial, señorita White?

Ella trató de sonar serena, sin dejar traslucir su esperanza.

—Mi padre falleció hace unos días. Ese lienzo era importante en sus investigaciones y...

El director se incorporó con rapidez, apoyando sus huesudas manos en la mesa.

—Pues me temo que, como le he dicho desde un principio, no puedo ayudarle. No conozco a ningún Peter White, ni por supuesto, hemos cedido o vendido ninguno de nuestros cuadros. Jamás lo hacemos.

—Pero...

Kerner hizo un gesto rotundo con la mano.

—No me hagan perder el tiempo. Regresen con su grupo y cierren la puerta al salir.

Volvió a sentarse, fijando la vista en unos impresos, dando por terminada la conversación.

Rachel se disponía a replicar, pero Nick se levantó esperando que ella hiciera lo mismo.

Al regresar al hall, ella resopló.

—¡Será...! Nos ha echado como si fuéramos dos críos pesados.

—Somos inoportunos para él, eso seguro.

—¿Por qué lo dices?

—He visto carpetas en las que está más que claro que sí venden objetos de este castillo.

—Lo que significa...

—Exacto. Nos ha mentido.

Rachel lanzó un improperio antes de preguntar:

—¿Y qué hacemos ahora?

Nick se ajustó las gafas.

—No podemos registrar su despacho como si fuéramos unos ladrones. Nos quedaremos para ver la representación y luego encontraremos un hotel donde pasar la noche. Allí pensaremos con más calma.

—Además, tenemos que resolver el acertijo de papá.

—Y no será fácil. Pero tú siempre vencías en los juegos de enigmas de tus padres, ¿eh? Estoy convencido de que darás con la solución. Confío en ese cerebro prodigioso tuyo.

Rachel le mostró una sonrisa de gratitud. Volvían a ser los dos niños que una vez fueron. Unidos ante un reto. Esta vez, sin embargo, la aventura era letalmente real.

—¡Vosotros! —El grito de la guía pelirroja les sacó de su aislamiento—. ¡El teatro nocturno va a comenzar! ¡No os rezaguéis!

Al salir al exterior, comprobaron que el resto de visitantes se había congregado alrededor de una gran hoguera. Se colaron entre ellos, con la expectación dominando sus semblantes.

Rachel alzó la cabeza.

En la noche, el castillo se asemejaba a un dragón amenazante. Una gran mole preñada de leyendas cuyas ventanas parecían devolverle una mirada furibunda. A lo lejos, la maraña de árboles parecía haber rodeado el enclave como si de un muro de hormigón se tratase.

Rachel se arrebujó bajo su abrigo, percibiendo el latigazo del frío de diciembre en su cuerpo. Tenía las manos heladas. Las colocó en forma de cuenco y trató de calentarlas con su aliento mientras se recriminaba haber olvidado sus guantes en la mochila, que ahora se encontraba en la panza del autobús.

Nicholas, que la observaba con media sonrisa meciéndose en sus labios, tomó su mano izquierda y, junto a la suya, la introdujo en el bolsillo de su anorak. El tacto cálido de su piel le produjo un dulce escalofrío.

—¿Más calentita? —preguntó él de forma cariñosa.

Ella se sintió ridícula al ruborizarse.

—Sí.

En ese momento cinco actores avanzaron hasta situarse frente a la hoguera.

Por sus atuendos, Rachel reconoció a las tres brujas de la obra de Shakespeare, a Macbeth y un compañero del protagonista.

Los vestidos raídos y cenicientos de las hechiceras, su maquillaje lleno de falsas verrugas y cabellos encrespados, su sola presencia en la oscuridad rasgada por el fuego, provocó en Rachel una súbita angustia. Era como estar ante las tres Parcas de la Antigüedad y la sensación era irreal. Onírica.

Sus sombras se proyectaban en los muros del castillo de forma monstruosamente aumentada y cuando las manecillas del reloj de la torre central señalaron que habían llegado las ocho en punto, las tres mujeres alzaron las manos, como si realizasen un conjuro.

—¡Salud, Macbeth, salud para ti, barón de Glamis! —exclamaron al unísono con voces estridentes—. ¡Salud Macbeth, que serás rey!

Aquel que representaba a Macbeth desvió la vista de ellas y su amigo, Banquo, le interrogó en tono amable:

—¿Qué te causa sobresalto, buen amigo, y por qué parece que temes cosas que tan gratamente suenan? En nombre de la verdad, ¿son creaciones de la fantasía o son acaso lo que su exterior aparenta?

Más allá de los actores, más incluso de las llamas que danzaban en la negritud, entre la gente que asistía al espectáculo, Rachel vislumbró unos ojos conocidos.

—Como el agua tiene burbujas en la tierra, estas figuras lo son. ¿Hacia dónde se desvanecieron?

—Por el aire… —respondió misterioso Macbeth.

Los ojos verdes se dispersaban entre los visitantes, apareciendo y desapareciendo de forma casi espectral.

"Es él."

—Y lo que parecía corpóreo se fundió, como la respiración en el viento.

La representación se desdibujó, el castillo pareció sumirse en la niebla, los asistentes, difuminarse.

Solo existía el crepitar del fuego refulgiendo en aquellos ojos que la miraban directamente a ella.

—Pero ¿es que estaban aquí esos seres de que hablamos? ¿O acaso hemos probado de la raíz de la locura y nos ha trastornado el pensamiento?

Las gemas de un verde cristalino se alzaron al cielo. Rachel las emuló sin ser consciente de lo que hacía.

En la bóveda nocturna, la luna resplandecía en su estado de plenitud.

La joven entornó la vista.

—Rachel, ¿te ocurre algo? —susurró Nicholas notando la súbita presión en la mano de la joven entre la suya.

Ella tardó en reaccionar.

—Es sangre… —balbuceó.

Nick contempló el cielo también, extrañado por la actitud de su amiga.

Ni siquiera fueron conscientes de que la función terminaba y que el público, en torno suyo, aplaudía extasiado.

No podían apartar la vista de una mancha escarlata que se había alojado, como un oscuro arco, en el lateral derecho de la pálida luna de plata.

24

El comedor del Glamis Myst Hostal era una estancia amplia y exquisitamente decorada. Los murales de caballeros medievales, nereidas y castillos que cubrían las paredes, los candelabros y antorchas artificiales, su bóveda de arcos de crucería, junto a los coloridos adornos navideños, le otorgaban cierta atmósfera de magia que contrastaba con la funcionalidad y minimalismo de la recepción.

Nick y Rachel habían tenido suerte al poder reservar dos habitaciones separadas, dada la afluencia de turistas procedentes del castillo y sus alrededores, y ahora cenaban lo poco que los demás huéspedes habían dejado del buffet libre.

Estaban hambrientos, pero curiosamente sus estómagos rechazaban cada bocado.

Rachel jugueteaba con el tenedor, dibujando círculos en su ensalada mientras miraba de reojo a Nicholas. Su amigo no había salido de un extraño mutismo desde que había terminado la obra teatral en el castillo y aunque ella luchaba contra sus propios interrogantes, necesitaba un punto de apoyo. Había aprendido a estar sola, a lidiar con sus pensamientos más oscuros… Pero ahora había hecho partícipe del mismo problema a sus mejores y únicos amigos, y no quería sentir el abrazo de la soledad de nuevo.

—Nick…

Él no respondió, absorto en la hamburguesa de su plato.

—No has dicho ni una palabra en horas.

—Hum.

—¿Qué quieres decir con "hum"? Te conozco, y sé que te pasa algo.

Nicholas cogió el vaso de agua con ambas manos, como si quisiera tener algo a lo que aferrarse.

—Es todo esto, Rachel.

Ella ya sabía a qué se refería, pero insistió.

—¿El qué?

—Demonios, ¿has visto la luna, igual que yo, no? Esa mancha roja… —Arrugó la nariz—. Y es luna llena desde hace tres días, ¡no me digas que no te has fijado!

—Tal vez no tenga nada que ver con…

—Ya, claro —refunfuñó.

—Seguimos inmersos en un misterio que por ahora se nos escapa —expuso Rachel—, pero estamos juntos, y eso me basta.

—Ése es el problema. Perseguimos una sombra, un enigma que no tiene ninguna base sólida excepto la locura de un artista. Y lo más importante, estamos en peligro. Ya te lo dije… No me importa lo que me pase, pero no quiero que te ocurra nada malo a ti, Rachyl.

Escuchar su diminutivo en los labios de Nick le partió el corazón con una súbita pena.

—Nick… Sabemos lo esencial: mi padre lo dejó todo escrito en el diario…

—¿Y esos símbolos? ¿Esos nombres que no sé ni pronunciar?

Ella sonrió con ternura.

Tenía otra vez ante sí al niño con quien jugaba al escondite o a las adivinanzas. Si no conseguía averiguar una de ellas, daba siempre el juego por terminado.

No había cambiado nada.

Impaciente. Testarudo. Protector.

—Los símbolos han sido vitales para el hombre desde que el mundo es mundo. Y mi padre lo sabía, por eso los dibujó. Son… formas de ocultar algo valioso. Lo sabes tan bien como yo y puede que tengas razón; tal vez papá me iniciara ya cuando era pequeña… ¡Pero no hemos tenido ni un respiro para pensar con lógica!

—A veces es mejor pararse a tomar aliento, ¿eh? —respondió Nick tratando de sonreír.

—Vamos a mi habitación —propuso Rachel—, tengo la sensación de que no contamos con todo el tiempo del mundo, pero necesitamos cada minuto que dispongamos para desvelar el código que mi padre nos dejó.

—Eso no te lo voy a discutir. Además, esta hamburguesa sabe a rayos…

No había ascensor así que subieron al tercer piso, el último, por una estrecha escalera de caracol.

Sus habitaciones eran contiguas. Los números 306 y 307.

Entraron en la primera.

Rachel volvió a pensar que para ser un hostal, no estaba nada mal.

Se trataba de un habitáculo pequeño y modesto, pero bien equipado, con baño propio, un set de tetera, tazas y bolsitas de leche para preparar té, una televisión antigua y una mesita de noche al lado de una cama con una colcha color hierba.

Se sentaron en ella mientras Rachel extraía Arbor Coeli de su mochila.

—Una cosa es segura —declaró Nicholas al tiempo que se quitaba las gafas para limpiárselas—, tu padre no explica cuál es la profecía. Así que... debe ser algo muy importante.

—Lo suficiente para no dejarlo transcrito aquí —afirmó ella—. Ese hacker tiene razón: los ordenadores no son de fiar, pero ¡qué diablos!, tampoco lo es un diario. ¿Y si cayera en malas manos? ¿O lo leyera quien no debe?

Nick asintió enérgicamente.

—Vale. La profecía es la pregunta del millón y por ahora no la tenemos. Bien. Sigamos. Están las pistas que dejó Peter. Y los triángulos también.

—Y los Zoas, no lo olvides.

—Cuatro símbolos, cuatro Zoas. Y cuatro pistas numeradas...

—Y yo que pensé que el número nueve era la clave...

—Tal vez lo fuera ¡o lo siga siendo! —puntualizó Nick—. Pero está claro que en este punto todo gira alrededor del cuatro.

La joven pensaba a toda velocidad.

—Los cuatro Evangelios, cuatro estaciones...

—Cuatro elementos...

Rachel dio un respingo.

—¿Qué has dicho?

Nicholas la miró sin comprender.

—Ya sabes, los cuatro elementos: tierra, agua, aire y fuego...

Ella no respondió. Pasó las páginas del diario hasta llegar al inicio.

El simbólico reloj de arena formado por palabras pareció encenderse como en luces de neón.

—Mira esto —dijo y señaló el centro de la clepsidra.

Nick se encogió de hombros.

—*Éter*... ¿Y qué?

—¿No lo ves? ¡El quinto elemento! Aquí, en el dibujo, es el centro de todo, es... como una flecha de la que nacen las demás frases.

—Sigo sin entender qué relación existe con el resto.

Rachel se retorció su mechón de flequillo azul.

—Es solo una suposición, pero... ¿Y si los cuatro elementos fueran el inicio de las otras pistas? ¿Algo así como un conector?

—No sé...

Rachel volvió a buscar en el diario.

—¡Eso es lo que uniría todo, por eso está en mitad del reloj de arena...!

Nicholas la miró fijamente.

—Es... es una de tantas posibilidades, no creo que...

En ese momento, el móvil de Rachel sonó en uno de los bolsillos de la mochila.

La joven miró el nombre que aparecía en la pantalla y pulsó el botón de Altavoz.

—¡Andrew! —exclamó. Estaba contenta de que les hubiera llamado justo cuando más necesitaban noticias.

—¡Rachel! ¡No me habéis llamado, comenzaba a preocuparme!

—La cobertura aquí es casi inexistente, es como estar en la Edad de Piedra —rio Nicholas.

—¿Habéis averiguado algo en Glamis?

Rachel y Nick le pusieron al corriente, aunque ambos sabían que no había muchas novedades.

Ella recordó la sombra del ángel deslizándose sobre los muros y sintió un leve mareo que trató de disimular lo mejor posible.

—Pues yo sí tengo algo interesante que contaros… —anunció con voz entusiasta—. ¿Atentos?

Rachel asintió aun sabiendo que Andrew no podía verla.

—Te escuchamos.

—Los cuatro triángulos que dibujó tu padre… bueno, me ha costado lo suyo encontrarlos, pero mi buscador nunca falla. ¡Son símbolos de los cuatro elementos!

Nick abrió la boca con estupor. Por el contrario, Rachel le miró eufórica.

—Parece ser —prosiguió Andrew —que el vértice hacia arriba es el fuego, hacia abajo, el agua, con la raya dividiéndolo, aire y esa misma raya, inclinada hacia abajo, tierra. Símbolos *cabalísticos*, dicen las fuentes que he consultado. Mirad, os envío una foto.

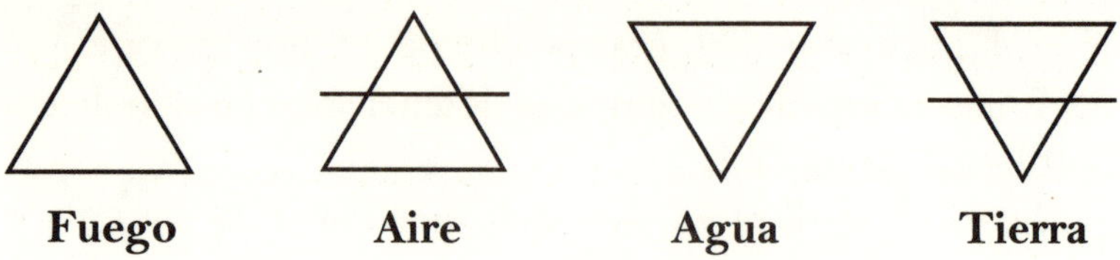

—Pero eso no es todo…

—¿Hay más?

—En realidad, no estoy seguro… He creído mejor compartirlo con vosotros, aunque…

Rachel se removió, inquieta.

—Vamos, Andrew, di qué piensas.

—Es el reloj de arena… Tengo la impresión de que sus componentes están unidos.

—¿Cómo? —preguntó Nick con asombro.

—Veréis... "El lenguaje de la naturaleza" y "Las antiguas enseñanzas", es decir, la primera y última frase... vienen a ser lo mismo. He buscado su significado y es tal y como dijisteis: solo los iniciados pueden tener acceso a una sabiduría llamada así, *antiguas enseñanzas*... y el *lenguaje de la naturaleza* es... el canal que se utiliza para ello. ¡Como los triángulos! Los símbolos, los colores, los números... todo forma un lenguaje que procede de hace siglos.

Rachel se humedeció el labio inferior mientras revisaba la clepsidra.

—Entonces... *La caída del hombre* y *Paraíso perdido* también se corresponden... —Hizo un tenso inciso antes de exclamar—: Dios mío... Es verdad... todo está pensado para coincidir...

—Es como un manual de instrucciones —apuntó Nick.

Ella dio unos leves golpecitos con el dedo en el diario.

—Puede ser. *El Paraíso perdido* es una obra de Milton, el autor favorito de Blake. Es un libro muy famoso. En él se cuenta cómo Lucifer fue vencido junto a sus seguidores. ¡Pero el mismo título también hace referencia al paraíso que perdió el hombre! Ambos, la humanidad y Lucifer, fueron expulsados de un Edén que creían suyo...

La voz de Andrew resonó en el móvil.

—¿Y qué me dices de *Cerca trova* y *Dos ojos*?

Rachel se mordió el carrillo.

—Ni idea, al menos por ahora... Pero ¿os habéis fijado en *Capricornio* y *Solsticio*?

Nick le quitó Arbor Coeli de las manos y lo releyó con avidez.

—Hay dos solsticios —dijo cada vez más intranquilo—. El de Cáncer en verano y el de Capricornio el 23 de diciembre... ¡Solo quedan diez días para que éste se produzca!

—¿Eso quiere decir que la profecía misteriosa tendrá lugar justo dentro de diez días? —preguntó Andrew con evidente ansiedad.

Las manos de Rachel estaban heladas. Comenzó a frotarlas presa de los nervios.

—Un momento… —anunció con inquietud.

—No me ha gustado nada ese "un momento" —suspiró Andrew.

—Capricornio… Es el mismo dibujo que papá copió en el diario, el del unicornio con cola de pez. Mirad.

—La fecha es importante… porque oculta algo más importante aún…

Los ojos de Nicholas brillaron con temor al ser consciente de adónde quería ir a parar su amiga.

—El portal místico… —murmuró.

Rachel asintió. Parecía que Joseph, el padre de Nicholas, también había instruido bien a su hijo y a menudo ambos coincidían en sus hipótesis incluso antes de verbalizarlas.

—Sí, puede ser… Las religiones antiguas relacionaban el solsticio de verano con algo bueno. Un portal hacia el cielo, donde los hombres y… las divinidades podían conectar por un día. Pero el solsticio de Capricornio es otra cosa —prosiguió—. En esa fecha es el inframundo el que viene de visita a la Tierra… Hola, Hades; hasta pronto, dioses de los deseos bonitos…

—¡Esto es demasiado, tíos! —replicó Andrew—. ¡Me da muy mal rollo!

—Me pregunto si todo esto quiere decir que dentro de diez días un portal se abrirá de verdad en algún sitio —dijo Nick y por su tono de voz, Rachel supo que también estaba sobrecogido—. Pero, si esto son teorías que proceden de la Antigüedad... ¿por qué ahora podrían suceder y desde hace siglos no ha ocurrido nada? ¿O sí lo ha hecho? Además, solo son supersticiones de hombres que vivieron hace milenios, ¿no? Por entonces se fijarían en el sol, las estrellas, las cosechas y todas esas tonterías.

—No son tonterías, Nick —replicó Rachel sorprendida de que su amigo opinara así—. Las civilizaciones antiguas eran mucho más sabias que las nuestras. Piénsalo. Ahora... el mundo ha perdido todo lo que una vez supo. ¿Cómo los egipcios levantaron pirámides enormes que, además, coinciden con constelaciones concretas? ¿Por qué en la Edad Media se construían catedrales llenas de símbolos que hoy en día siguen siendo un misterio? Nadie nace sabiendo todo eso... Ellos eran más capaces que nosotros... No sé por qué ni para qué, pero es una realidad. Por eso hubo personas que trataron de salvar esos conocimientos y guardarlos hasta que alguien supiera utilizarlos de nuevo... Personas como Blake, quizás.

Todos guardaron silencio. Rachel les había aplastado con su lógica. En instantes como aquél, dejaba de ser una adolescente para transformarse, gracias a su prodigiosa mente, en una mujer segura de sí misma.

—¿Y qué pensáis hacer ahora? —quiso saber Andrew.

—Mi padre dejó una pista —explicó ella y se la leyó—. Tenemos que resolverla. Es la única salida posible, creo.

—Yo seguiré buscando más información. ¡Llamadme cuando sepáis algo!

Al colgar, Rachel y Nicholas permanecieron mudos.

No podían digerir tanto en tan poco tiempo. Y sin embargo, tenían que hacerlo.

Nick se tumbó en la cama, con las piernas colgando.

—Estoy agotado… Y algo me dice que esto no ha hecho más que empezar.

—¿Crees que lo del portal es posible? —inquirió Rachel, cada vez más afectada por los descubrimientos.

—No lo sé.

Ella volvió a analizar los dibujos creados por su padre. Pasó la yema de los dedos por ellos y cerró los ojos antes de hablar.

—Me parece que algunos símbolos comienzan a tener sentido… Qué ciega he estado.

Nicholas volvió a incorporarse.

—Rachyl… Tendrías que descansar. Tu cabeza debe de ser ahora mismo una granada a punto de explotar.

La joven negó con la cabeza.

—Lo digo en serio, Nick. Escúchame. El laberinto con la puerta de entrada cerrada y la de salida abierta es una metáfora de los antiguos misterios. ¡Existen muchos laberintos en el arte, papá me lo dijo! Y son un símbolo de los secretos ocultos. Por eso la puerta está cerrada: no todos pueden cruzarla. Pero algunos sí llegarán al conocimiento, es decir, la puerta abierta al final del camino…

Nicholas la miraba como si hubiera descubierto los restos de la Atlántida.

—Visto así… —musitó—. Uau, tu padre te enseñó realmente bien, ¿eres consciente ahora, verdad?

Rachel amagó una sonrisa.

—Siempre he sido la rarita de la clase... Incluso el señor Cormac, mi profe de Literatura, insistió hace dos años a todo el claustro para adelantarme un curso... —Rio encogiéndose de hombros—. Gracias a mi padre conocía cosas que el resto de mis compañeros no podían ni imaginar. Y no me importaba, en serio. ¡Al revés, me apasionaba! Ya me conoces.

—Bueno, yo también he influido un poquito en ese afán de zamparte todos los libros que caían en tus manos —bromeó él—. *Mea culpa.*

Rachel se pasó una mano por la nuca y se rio.

—Sí, pero era para vencerte en el Trivial y en todas esas preguntas que solías hacerme para fanfarronear.

Cuando notó la mano de Nick acariciar suavemente su pelo, Rachel sintió que el estómago le daba un vuelco.

—Peter estaría orgulloso de ti —afirmó él con voz cálida—. Yo lo estoy.

Rachel tomó la mano de su amigo entre las suyas y la dejó posada sobre su mejilla.

Necesitaba un abrazo, una caricia. Contacto. Piel con piel.

—No es justo, Nick. ¿Por qué mi padre ha tenido que morir para que yo siga su estela en este lío? —susurró con voz quebrada.

Él se aproximó con delicadeza y besó su frente. Los labios de Rachel temblaron. Tal vez deseaba algo más. Otra clase de beso. O tal vez no. No lo sabía. No quería averiguarlo. Aún no.

—Porque creía en ti. Sabía lo que iba a pasar. Y murió con la confianza de que tú seguirías adelante.

Rachel apretó las mandíbulas. No quería llorar. No iba a llorar.

—¿Seguro?

—Seguro.

La sonrisa de Nick logró derretir sus miedos.

—Tú preocúpate solo de descansar, ya pensaremos mañana el significado de la pista de tu padre… ¿prometido?

Rachel se desplomó en la cama con los brazos abiertos.

—Prometido.

25

El silencio era total. Perfecto.

No oía sus pasos, ni siquiera el sonido de su respiración.

Una parte de ella quiso gritar, deshacer aquella ausencia, aquel vacío, pero un instinto primigenio, casi salvaje, la obligó a permanecer callada.

Aquel lugar le era completamente desconocido. Lo intuía enorme; de hecho, no era capaz de distinguir sus límites.

Todo estaba amparado tras el manto de una luz negra, vibrante y lúgubre al mismo tiempo. Como si los contornos de aquella estancia estuvieran a punto de quebrarse o explotar.

Avanzó un poco más y se detuvo de nuevo, con el cuerpo en estado de alerta.

Si se fijaba bien, podía vislumbrar algunos muebles, cortinas, tal vez alguna columna… Pero sus siluetas estaban tan difuminadas que le parecieron espectros a la espera. Los ojos le dolían al verlos. Sentía pequeñas punzadas en los globos oculares que le hacían parpadear constantemente.

Bajó la cabeza y descubrió el suelo oscuro a sus pies. Un vívido contraste con su piel que le inyectó la perturbadora certeza de que caería en un abismo sin fondo de un momento a otro.

Una sensación nauseabunda deglutió el miedo que había comenzado a extenderse en cada partícula de su ser. Era un malestar físico inexplicable. Un vértigo que crecía en su abdomen hasta robarle el aliento.

—*Tigre, tigre, que te enciendes en luz, por los bosques de la noche... ¿Qué mano inmortal, qué ojo pudo idear tu terrible simetría?*

Una voz se filtró en el aire...

—*¿En qué profundidades distantes, en qué cielos ardió el fuego de tus ojos?*

Se deslizaba entre la negrura...

—*¿Con qué alas osó elevarse? ¿Qué mano osó tomar ese fuego?*

Se arremolinaba en torno suyo... Rápida e imprecisa como una ráfaga de viento.

Rachel contuvo el aliento. Aquel poema le sonaba, estaba segura de haberlo oído antes...

—*¿Y qué hombros, y qué arte pudo tejer la nervadura de tu corazón?*

El verso terminó con el estallido de una risa. Desapasionada. Casi triste.

La carcajada iba y venía, subía y bajaba. Parecía estar en todas partes y al mismo tiempo, no proceder de ninguna.

La joven se giró, intentando seguir a la voz que se agitaba turbulenta en la oscuridad, pero no vio a nadie. Un profundo terror se abrió paso en su interior. Y aun así, existía un extraño influjo que la mantenía unida a aquel lugar.

Aunó todo su valor para gritar:

—¿Quién eres?

La pregunta sonó hueca, fuera de lugar.

La voz no tardó en responder, astillada en ecos.

—Cuando las estrellas arrojaron sus lanzas y bañaron el cielo con sus lágrimas… Cuando el cielo destruyó el mundo para nacer de nuevo… Yo estaba allí.

Ella hizo amago de contestar, pero enmudeció, consciente de pronto de que los versos que aquella voz había recitado de forma terroríficamente melancólica eran los mismos que Blake había creado siglos atrás.

"El Tigre".

Sus ojos registraron de nuevo la estancia ilimitada en busca de algo que no encontraron.

"No termina así —pensó en un frenesí febril—. La voz ha cambiado el poema."

Aguardó muy quieta unos instantes antes de preguntar con cautela:

—¿Eres… eres el Tigre?

En un latido constante, la voz reverberó en sus oídos.

—Soy el Tigre. Soy el Dragón. Soy la Serpiente. Soy lo que una vez fue… Y que existirá por siempre.

Rachel se volvió sobresaltada.

Estaba allí. Una presencia. Junto a ella.

Incluso habría jurado que podía notar el gélido aliento de una respiración en su rostro.

Inspiró con agitación, consciente de que el mareo que sentía no cedía en su deseo de hacerla desfallecer. Se dobló sobre sí misma hasta apoyarse en sus rodillas.

Jadeando, balbuceó en apenas un susurro:

—Qué quieres de mí…

La negrura de la estancia cimbró como si estuviera viva.

Repentinamente dulce, lisonjera, la voz la envolvió como una caricia.

—Todos albergamos un deseo que nos consume y nos arrastra hacia confines que no quisiéramos traspasar.

Un grito

—Tú… Anhelas ver a tus padres… una sola vez más…

Un grito ahogado

El corazón de Rachel hería su pecho con violentas sacudidas.

Un grito ahogado. Un fulgor.

—Y yo… quiero ser. Completamente.

Un grito ahogado. Un fulgor.

La luz del relámpago exterior restalló en la habitación uniéndose a su respiración entrecortada. Había abierto los ojos con violencia, sentía una leve quemazón en los párpados. Miró a su alrededor con desconcierto.

Todo había sido un sueño y, sin embargo…, no conseguía desprenderse de la extraña sensación de sentirse todavía observada.

Se levantó muy despacio, al tiempo que otro relámpago quebraba la oscuridad de la noche, y sin encender la luz de la lámpara, aguardó en silencio.

La misma presencia que habitaba en su subconsciente seguía intacta en la realidad. Era una percepción ilógica y al mismo tiempo innegable.

Rachel recordó el testimonio de una chica en su programa de radio. Cuando la entrevistó, la joven se deshizo en lágrimas al relatar cómo, cada anochecer, notaba que alguien estaba en su habitación, siempre a la misma hora.

Era imposible, decía entre hipos, pero sabía que aquello que sentía no se trataba de un mero presentimiento.

El aliento de Rachel se transformó en un vaho blanquecino y espectral. Fue consciente de que la temperatura bajaba a medida que transcurrían los segundos.

"Tengo que salir de aquí."

Se cambió rápidamente de ropa, se puso el abrigo y cogió las llaves antes de salir a toda prisa y dirigirse de nuevo hacia el comedor.

Aquel lugar le había gustado de una forma especial. Acogedor y tranquilo, libre de comensales a aquellas horas.

El recepcionista dormitaba sentado tras el mostrador. El reloj colgado en un lateral indicaba que eran las tres de la madrugada.

Avanzó por el pasillo y, después de echar un vistazo tras de sí, penetró en el comedor. Pulsó un interruptor y la estancia se iluminó tenuemente gracias a las antorchas artificiales con una luz cálida, apaciguadora.

En la mesa alargada del buffet únicamente quedaba una cesta de mimbre con frutas variadas. Tal vez las hubieran dejado ahí preparadas para el desayuno que tendría lugar por la mañana. Relucían como delicadas figuras de cera.

Tomó una manzana roja y abrió la puerta acristalada que comunicaba con una pequeña terraza exterior. No supo cómo encender las luces, pero no le importó. El lugar así, en penumbra, desprendía serenidad.

El frío aire nocturno actuó como un bálsamo y lo inhaló hasta que sus pulmones, henchidos, lo expulsaron de forma controlada.

"Estoy mejor —se dijo—. Ya me siento bien... Solo ha sido un sueño, un sueño..."

Limpió la manzana con la manga del abrigo y le dio un buen mordisco. Su sabor, dulce y ácido a la vez, consiguió reafirmar la sensación de que el peligro, fuera el que fuese, ya había pasado. Aquella manzana era real, palpable. Al igual que la hiedra que cubría la verja de la terraza, el toldo bajo el que se hallaba, las sombras de la noche y la lluvia que había comenzado a precipitarse sobre las mesitas redondas con un sonido metálico.

De pronto, dejó de masticar.

Abrió la boca, pero no le acudieron las palabras.

Fue la conmoción de verlo allí, en una esquina. La sensación inexplicable, quizás alentada por la pesadilla, de que estaba justo ante sus ojos porque ella lo había invocado. De que aquel encuentro era algo inevitable.

Un nuevo relámpago iluminó su cuerpo en un súbito fogonazo. La lluvia empapaba su gabardina y gruesas gotas se precipitaban desde su pelo, adherido a su rostro, hasta su bufanda roja con aquel tigre rugiente. Sus ojos verdes parecieron encenderse con la repentina luz para después apagarse de nuevo en la oscuridad.

—Albion…

Él no se inmutó.

—¿No es extraño que estalle una tormenta eléctrica en pleno diciembre…?

Rachel, habituada a su voz animada y a su tono irónico, sintió un escalofrío al escucharle hablar con aquella gravedad, como si meditase consigo mismo.

—Mira los relámpagos… No hay casi nubes y en cambio…

La joven no se movió. Su mano se había crispado en torno a la manzana.

Le vio alzar la cabeza.

—Y la luna… Sigue ahí, tan quieta en el mismo punto… Dime, ¿no es extraño, peregrina?

Ella asintió sin saber muy bien por qué.

—Albion, te estás empapando —dijo al fin—. ¿También pasas la noche aquí? Ven, vamos, hablemos bajo el toldo…

El joven permaneció impasible.

—¿Por qué sigues adelante?

Rachel no supo si seguía mirándola. En aquella penumbra, su figura era tan solo una silueta recortada contra los mortecinos restos de luz del comedor.

—¿Qué quieres decir?

—Tu búsqueda. Sea lo que sea. ¿Por qué no desistes?

Le pareció que su aliento se entrecortaba al hablarle de nuevo.

No pudo evitar desviar la vista, apenada. Había sido una buena pregunta. ¿Por qué lo hacía? ¿No era todo una locura, una vorágine en la que también gravitaban Nick y Andrew?

Las gotas de lluvia eran diminutas explosiones a su alrededor. Martillazos en aquel paréntesis de silencio.

¿Seguía adelante por la profecía, quizás? ¿Para salvar al mundo como una superheroína de película que se enfrentaba a sus peores temores? ¿Tal vez para proteger y desvelar el misterio que Blake había encriptado?

Cuando sus ojos volvieron a vislumbrar la sombra de Albion, supo que solo existía una respuesta posible. La única que de verdad importaba.

—Lo hago por mis padres.

Otro relámpago. Esta vez más cerca.

En aquel instante fugaz, sintió la mirada de Albion clavarse en la suya.

Y de nuevo, la penumbra.

—¿Y tú? —preguntó Rachel—. ¿Por qué sigues queriendo encontrar lo que estás buscando?

Latido. Latido. Latido. Ecos que retumbaban en su pecho.

—Ya no estoy tan seguro de querer continuar —dijo con voz apenas audible.

La cabeza del joven se alzó de nuevo, mirando a la luna que permanecía con aquella mancha sanguinolenta en su base. Tenía razón. Casi no había nubes. Pero la lluvia no cesaba. Fina, insistente, cálida. Como una tormenta de primavera.

—No es tan sencillo buscar algo y saber que no deberías hacerlo… —dijo en tono pausado—. Y aun así, entender que no tienes más remedio.

—Entonces tiene que ser algo importante.

—¿No lo es lo que persigues tú? ¿No lo es para… tus padres?

Rachel volvió a dudar.

—Sí. Lo era.

—Hablas en pasado. ¿Ellos…?

—Murieron. Mi búsqueda es su legado. Por esa razón sigo siempre avanzando… y porque, además… me aterroriza pensar lo frágil que soy sin ellos.

—¿Y avanzas aunque tengas todo en contra?

Recordó la imagen del dragón rojo atenazando su cuello. Sus viscosas garras filtrando cada instante de su vida. Aquellas cavidades vacías preñadas de escenas que prefería enterrar en lo más recóndito de su mente.

Había mirado cara a cara a la Muerte y esta había dado un paso atrás.

Por ahora.

—Sí, incluso teniendo todo en contra. Avanzar me hace fuerte y me olvido de lo asustada que estoy en realidad.

Le pareció que Albion hacía ademán de dirigirse hacia ella, pero pareció dudar en el último segundo.

—Debiste quererlos mucho.

Lágrimas sin derramar se anudaron en su garganta.

—Éramos un mundo —explicó—. Nosotros tres, quiero decir. Al morir mi madre hace años, ese mundo se quebró. Pero seguíamos siendo una familia. La muerte de mi padre…

No quería que la viera llorar. Odiaba delatar su debilidad.

Abandonó la seguridad del toldo y entró en la terraza, dirigiéndose hacia Albion.

La lluvia comenzó a filtrarse en su pelo, en los pliegues de su abrigo. Fue una sensación liberadora.

Se detuvo frente a él y dejó que aquella mirada límpida volviera a recorrer cada centímetro de su rostro. Aquellos ojos siempre la contemplaban como si ella fuera algo sagrado, demasiado hermoso para ser real. Y Rachel, sin ser consciente, se entregaba a aquella caricia sin manos que le sumía en la eternidad que ofrece un instante.

—Puedes venir conmigo, si quieres —dijo finalmente—. Dos búsquedas diferentes, misma compañía.

Él, por primera vez en aquella noche, le ofreció media sonrisa.

—Una compañía que me distraería de mi objetivo.

Rachel sintió un inusitado rubor extenderse por sus mejillas hasta los lóbulos de las orejas. El frío de la noche fue reemplazado de pronto por una calidez que la abrasó.

—¿Te estás sonrojando? —Albion rio muy bajito—. Mmmm, nunca hubiera pensado tener este efecto sobre ti, Rachel…

—Te gusta sacarme de mis casillas, admítelo —declaró ella medio en broma, con cierto azoramiento.

Albion emitió una risa silenciosa y contenida que logró que ella sonriera a su vez.

—Dos peregrinos empapados bajo la luna… ¿No es romántico?

Rachel puso los ojos en blanco al tiempo que se volvía para regresar al comedor.

—Ya quisieras —exclamó desde la puerta.

Antes de regresar a su habitación, le miró una última vez.

—¿Nos volveremos a ver? —Su voz sonó más esperanzada de lo que hubiera querido.

Él respondió amparado por la oscuridad.

—Depende de ti, peregrina.

Todo estaba saliendo a pedir de boca.

¿Realmente iba a resultar tan sencillo?

No… Pronto se sucederían las complicaciones, no había duda.

Sin embargo, no debía cavilar ahora.

La rueda del destino siempre había sido muy traicionera. Y no volvería a permitir que girase en su contra.

26

Estaba sentada en el borde de la cama.

Se había secado el pelo con una toalla y cambiado de ropa, volviéndose a poner su pijama azul y gris. El abrigo descansaba sobre una percha en el cuarto de baño, todavía goteando.

Otra noche sin dormir, estaba ya segura de ello.

Pero en aquella ocasión no le importaba demasiado.

Contemplaba la ventana, cuya superficie seguía arañada por la fría lluvia mientras se dejaba llevar por divagaciones que siempre conducían al mismo punto de partida.

"Albion."

Una sonrisa invadió su semblante deshaciendo su habitual tristeza.

Estaba contenta. Tal vez exultante. Y no atinaba a adivinar el porqué.

Una chispa se había prendido en su interior con una intensidad que no conseguía apagar.

Ahora era plenamente consciente de la existencia de aquel chico. Como si hasta momentos antes solo hubiese sido un producto de su imaginación.

Su sonrisa, sus gestos, su respiración… y sus ojos verdes.

Aquellos ojos hablaban con mensajes todavía cifrados en un lenguaje velado para ella, que, sin embargo, creía ser capaz de entender. Contenían un mundo insondable en sus profundidades. O quizás el vacío, la nada.

Su voz, además, tenía música. Y Rachel era la receptora perfecta de su partitura.

Sentía algo electrizante en su presencia, una punzada extraña en lo más hondo de su ser que la desconcertaba y alentaba a partes iguales.

Pero, ¿por qué?

Parecía que aquella sensación había dormitado en ella durante toda su vida y ahora se despertaba con una fuerza desconocida.

Se levantó para dirigirse hacia la ventana.

La calidez de su aliento creó una película húmeda en el cristal.

Albion encarnaba todo lo que Rachel había perseguido desde hacía años. Un sueño inalcanzable hecho persona.

Suponía un desafío. Un misterio.

No sabía nada de él. Era un completo desconocido. Y eso, en cierta forma, contribuía a avivar el fuego de las expectativas.

Un nuevo relámpago iluminó el horizonte, dejando entrever la monstruosa silueta del castillo de Glamis a lo lejos.

Rachel parpadeó vivamente antes de apoyar una mano en la superficie gélida de la ventana.

Un delicado hilo de agua creado por la lluvia se deslizó por el exterior hasta perderse tras los contornos de sus dedos. La joven apartó la mano y con la mirada, recorrió la trayectoria de aquella lágrima que se alargó hasta bifurcarse y desaparecer, absorbida por otras gotas.

El rostro de Rachel se congeló unos instantes. Había contenido el aliento, presa de una vibración interna que multiplicaba la voracidad de sus pensamientos.

Se cubrió la boca con las manos antes de abalanzarse sobre Arbor Coeli, de nuevo oculto en su mochila.

Buscó la página donde su padre había escrito la primera pista y la releyó con ansiedad.

—*"El pescador aguarda paciente a rescatarte en la misma red que Pest y Óbuda emplearon en el Danubio. No olvides jamás las dos mitades de un mismo ser. El visionario que al primero siguió te indicará el camino a través del espejo."*

Se mordió el pulgar mientras caminaba en círculos por la habitación.

—La pista está junto al triángulo invertido, o sea, el Agua —reflexionó en voz alta—, y también junto a Tharmas, el Zoa del cuerpo…

Se paró unos instantes al tiempo que daba pequeños golpes en el suelo con el talón.

—El cuerpo humano es básicamente agua… —Tras un inciso, repitió—. Agua.

Se volvió hacia la ventana, rememorando aquel frágil reguero de lluvia.

—Agua que se divide en dos…

Sintiendo una lucecita de alarma encenderse en su cerebro, cogió el móvil y tecleó en Google: "Danubio".

Buscó lo que necesitaba entre los resultados: era el río más largo de Europa y transcurría por muchos países. Centró su atención en ellos.

Alemania, Austria, Rumanía…

Rachel se estremeció.

—"Pest y Óbuda"... —exclamó con júbilo—. ¡Pest y Óbuda! ¡Eso es!

Salió de la habitación a toda prisa y llamó con los nudillos en la contigua.

—Vamos, Nick... —suplicó—. Despierta...

Cuando Nicholas abrió la puerta, se restregó los ojos con somnolencia.

—Rachel... Te dije que debías descansar...

—¡Nick! ¡Lo tengo!

Él pareció fijarse por primera vez en su pelo húmedo y revuelto, y en el gesto eufórico de su rostro.

—No te entiendo... ¿Qué...?

—¡La pista, Nick! ¡¡Pest y Óbuda!!

—Creo que me he perdido. ¿Sabes quiénes son esos tíos?

Rachel prorrumpió en carcajadas sin importarle estar en mitad del pasillo del hostal a las cinco de la madrugada.

—No son personas... ¡Son ciudades!

—Ni siquiera me suenan.

—¡Porque no existen como tal desde el siglo XIX!

—Vamos, Blancanieves, no me tengas en ascuas. Ven, pasa.

Ella accedió. Con su lívida piel y el pijama enmarcando el contorno de su cuerpo, a Nick le pareció estar ante un espejismo espectral encarnado en su amiga de la niñez.

—Óbuda estaba en la orilla oeste del Danubio y Pest en la otra... —explicó Rachel con nerviosismo—. ¡Y se unieron dando lugar a Budapest! ¡Hungría! ¡Estaba tan ofuscada que he sido incapaz de verlo hasta ahora! ¡Por eso papá lo escribió al lado de los símbolos del Agua! ¡El Danubio era la clave!

Nick cabeceó mostrando una sonrisa de triunfo.

—Eres genial, ¿lo sabías?

Rachel, en respuesta, se echó a sus brazos en un abrazo que les transportó a su infancia y a aquellas promesas que se escabulleron en el tiempo y que ahora podían convertirse en realidad.

27

11 de octubre, 1781.

En el siglo X, la abadía de Westminster era únicamente un monasterio. Sería el rey Eduardo el Confesor quien, sobre aquella base, edificase los muros, por entonces románicos, de una construcción que acabó siendo la más célebre de todo Londres.

Blake sabía que, de hecho, fue construida por los monjes benedictinos; que se reconstruyó siglos más tarde mostrando su estilo gótico tan característico; que Enrique VII añadió una capilla dedicada a la Virgen María en 1503.

También había estudiado de forma autodidacta que desde 1066 la abadía había sido el lugar donde se coronaba a los reyes y se celebraba la mayoría de los entierros reales; y que, en su interior, reposaban losas y estatuas que no solo recordaban a monarcas ingleses, sino, además, a hombres de Estado, poetas y otras personalidades de la historia.

Sabía, así mismo, lo que se sentía al caminar bajo la nave central. Era una de las más estrechas de Europa, pero, gracias a aquel truco arquitectónico, siempre le parecía que la bóveda había sido erigida más alta de lo que en realidad debía medir. La sensación que producía robaba el aliento.

Sus arcos ojivales, sus múltiples vidrieras de vivos colores, las flores con las que el abad superior solía decorar el altar... Todo componía una sinfonía de mármol y piedra, de luces y sombras, de aromas y silencios que le enamoraban. No existía triforio, escultura, mosaico o capilla que Blake no hubiese dibujado y analizado para sus estudios personales. Admiraba aquel edificio más que ningún otro y, al igual que los fieles londinenses, él también percibía cierto halo de espiritualidad que envolvía al lugar como un cálido manto. Pero, a diferencia de los demás ciudadanos, reyes y poetas que habían pasado por aquel sanctasanctórum, Blake podía ver mucho más allá.

Aquella soleada mañana de octubre, paseaba por la nave de la coronación. Le gustaba que el sol refulgiese en el pan de oro y le arrancara súbitos brillos que se mezclaban con el caleidoscopio de los vitrales creando una atmósfera onírica.

Entonces, de forma tranquila, sonriente, hizo una leve inclinación de cabeza. Guillermo el Conquistador volvía a pasar a su lado, en dirección a la sala capitular. Blake admiró su porte al caminar y ese silencio tan hermético que parecía dejar tras de sí una estela de autoridad.

Se encaminó hacia el altar mayor, en dirección a la capilla de Enrique VII y se detuvo frente a las ornamentadas sillas que componían el coro.

Realizaba aquel paseo todas las mañanas, saboreando la soledad de la abadía, regodeándose en sus numerosos atractivos artísticos, como la estatua de Juana de Arco, curioso homenaje a la victoria de Francia sobre Inglaterra.

En un momento dado, extrajo su reloj de bolsillo y comprobó, complacido, que eran las siete en punto.

Como escuchando una petición no pronunciada, un grupo de monjes surgidos del claustro avanzó hacia donde él se encontraba.

Sus voces, en un cántico de arrebatadora espiritualidad, se alzaron al unísono produciendo un eco místico, casi divino.

Blake observó con gesto risueño sus hábitos rojos coronados por las acostumbradas capuchas que ocultaban sus rostros bajo una sombra de misterio.

Los monjes se colocaron ordenadamente en el coro mientras sus pechos se henchían al cantar las alabanzas a la Virgen y la inocencia de la juventud.

Cerró los ojos, dejándose llevar por aquella melodía...

Atrás quedaban los años de estudiante en la Henry Pars School; atrás las lecciones aprendidas de memoria, los castigos, la violenta y rápida vara del profesor Webb; atrás la falta de imaginación, la única clave del arte y de la vida. Ahora, a sus veinticuatro años, podía depender de sí mismo y de sus grabados, y traer de vuelta la siempre olvidada y maltratada fantasía. Solo con ella podía plasmarse el significado de las cosas y de una realidad que iba mucho más allá del mundo físico.

—Ah, mi buen amigo, estáis aquí. —Escuchó una voz a su derecha—. Temía que no vinierais hoy a nuestra cita.

Blake sonrió.

—En realidad, pronto dejaré de venir, John. Westminster ya me ha regalado los conocimientos que necesitaba... Eso, y mucho más...

—¿Queréis decir que nuestras conversaciones habrán de terminar?

William observó a su amigo. Bucles de pelo canoso se arremolinaban sobre sus hombros enmarcando unas facciones suaves, alargadas. Sus ojos, de lechosa mirada, se mostraban ahora taciturnos, rodeados por tenues arrugas.

—Volveré, John. Tantas veces como mi corazón me dicte.

—Vuestro corazón deberá ser fuerte de ahora en adelante. Confiad en mis palabras.

A unos metros de donde se encontraban, los monjes ataviados de rojo continuaban sus cánticos revistiendo la abadía con sus espectrales ecos.

—Nunca os había visto con un humor tan lúgubre —respondió Blake—. ¿Qué os sucede?

John desvió la mirada hasta toparse de forma inconsciente con los ojos sin vida de Juana de Arco.

—Pensé que contaría con más tiempo para... instruiros.

—¿Instruirme? En estas semanas he aprendido más con vos que con todos mis maestros de la infancia.

Su amigo negó tristemente con la cabeza.

—No todo está dicho. Y no lo estará hasta dentro de muchos años... Ahora solo podéis atisbar que algo terrible sucederá, pero no verlo. Verlo... es mucho más complicado. Y creedme, cuando la fecha se aproxime, ni vos ni yo podremos hacer nada.

—¿Tan larga es la espera?

—Demasiada para que nuestras vidas y nuestras muertes signifiquen una mísera luz en el devenir de los acontecimientos.

Blake cabeceó. En el coro, la voz de los monjes se había tornado siniestra, como si adivinasen los derroteros de su conversación.

—Entonces, solo queda confiar y esperar.

El rostro de John dejó traslucir sus dudas.

—Me temo que el Mal no espera, William. Lo sabéis tan bien como yo.

—El Mal es únicamente un estado de la conciencia. Nuestros actos, nuestro interior, lo que pensamos... Los reyes que dejan morir a su pueblo de hambre; eso es el Mal. Los que se burlan de un pobre ciego que pide en las calles; eso es el Mal. La sociedad que permite que unos pobres chiquillos trabajen como deshollinadores, enfermando sin remedio hasta morir sin haber cumplido los trece años... Eso, John, es el Mal.

—No os confundáis, William. Hay oscuridad en todos los corazones. ¡En todos, sin excepción! Y esa oscuridad es la que nutre a quien por ahora no puede dejarse ver. Pero que no os engañe. Existe. El Mal en sí, existe. Solo está esperando el momento propicio para alzarse.

Blake levantó las manos con resignación.

—Los ángeles también me advirtieron en mi niñez, me avisan cada día en mis sueños... Pero ¿qué podría hacer yo?

—Lo sabéis muy bien. —Tras un inciso, John continuó—. La imaginación es vuestra herramienta principal. Usadla. Y el mundo, cuando llegue el momento, tal vez comprenda lo que debe hacer.

—No será sencillo. Sé por experiencia que hoy en día nadie ve más allá, que el mundo físico no les deja vislumbrar otro mundo igual de grande...

—Prometedme una cosa. Decidme que siempre seguiréis adelante. Sé que pasaréis por experiencias tristes, precarias, donde nadie os querrá ayudar. Pero haced caso de mis palabras, pues algún día os servirán de mucho: aunque en el futuro creáis que todo está perdido, persistid, pues habrá otros hombres y mujeres, otros visionarios y artistas que os admirarán, os creerán... ¡os seguirán! Y será en ellos donde repose gran parte de vuestra responsabilidad.

La tez de Blake se tornó pálida. No obstante, asintió.

—De acuerdo. Lo prometo.

—¿Con quien habláis, hijo mío?

William se volvió sobresaltado. El abad superior estaba a su lado, observándole con una expresión de asombro en sus ojillos negros. En el coro, los monjes habían dejado de cantar para dirigirse de nuevo al claustro.

—Solo conversaba con mi buen amigo John Milton, padre. Sus palabras siempre me reconfortan.

—¿Milton, decís? ¿El poeta John Milton? —El abad se santiguó—. William, sabéis que su alma inmortal está con Dios... y que su cuerpo reposa en este santuario desde 1674...

—Tenéis razón, padre —dijo melancólico—. Su alma... es inmortal. Ahora y siempre.

Se despidió con un gesto al tiempo que se dirigía al portón principal.

Antes de salir, sus labios murmuraron con emoción:

—Gracias, amigo mío.

28

Habían pasado los controles de pasaportes, facturado su equipaje y almorzado en uno de los numerosos cafés del aeropuerto de Edimburgo. Ahora, Rachel intentaba seguir investigando Arbor Coeli mientras Nick dormitaba en uno de los asientos de la zona de embarque. Ella sonrió.

"Dormilón, como siempre."

Aunque llevaba dos noches sin pegar ojo, la adrenalina conseguía mantenerla despierta en un estado de alerta continuo. Tenía tantos secretos que descubrir... Como el dibujo de la carta del Tarot o el resto de la pista escrita por su padre. Si la extraña profecía se cumplía realmente el 23 de diciembre, no contaban con mucho tiempo para especular. Debían pensar y actuar con inequívoca rapidez.

Cerró el diario y alzó la vista, posándola en las numerosas personas que, como ellos, esperaban a que el avión correspondiente hiciera su entrada y ser llamados por megafonía.

En un gesto inconsciente, apretó las mandíbulas al tiempo que acariciaba su medallón.

¿Qué les esperaba en Budapest? ¿Adónde tenían que dirigirse? ¿Qué harían al llegar?

Era como tirar los dados en una partida en la que se sabían en desventaja desde el principio. Todo podía pasar. Pero ellos seguían jugando, retando a la muerte. Lo desconocido les aguardaba en cada palabra de Arbor Coeli, en cada paso que daban, en cada resolución que tomaban. Tal vez fuera un suicidio. ¿Quién en su sano juicio perseguiría unos enigmas que a priori conducían a un misterio todavía mayor?

Y, aun así, entendían que ya no había vuelta atrás.

Una voz anunció que el pasaje del vuelo número 0703 podría acceder en breve a la puerta de embarque. Rachel volvió a reclinarse en su asiento. No era el suyo. El número 0702 con destino a Budapest tendría que esperar un poco más.

Observó con ojos distraídos a los distintos pasajeros que hacían fila en la terminal anunciada. Según los carteles digitales, se dirigían a Roma. Niños con mochilas de Disney acompañados por sus padres, jóvenes parejas, ancianos, adolescentes en viaje de estudios... No quería admitir que estaba buscando algo. O mejor dicho, a alguien. Cuando distinguía una gabardina negra, una especie de descarga le sacudía todo el cuerpo para volverlo a sumir en el vacío al descubrir que no era quien ella suponía. Nicholas, a su lado, hizo un ruidito entre sueños. Ella se mordió el labio. Le acarició dulcemente la mejilla y él sonrió de forma inconsciente.

"Dios, Rachel, ¿en qué estás pensando?"

Respiró hondo mientras abría de nuevo el diario. El azar quiso que lo hiciera justo en la carta del Tarot: el Ermitaño. Ahí estaba. El anciano ataviado con un hábito de monje y un bastón que se dirigía hacia una puerta.

"¿Qué tendrá que ver con Blake? Vamos, Rachel, pregúntale al viejo amigo Google."

Cogió el móvil y tecleó: "Anciano, puerta, William Blake".

Los resultados le mostraron una buena cantidad de imágenes relacionadas con la búsqueda. Dejó de respirar por unos instantes al ampliar una de ellas.

"¡No puedo creerlo! ¡Es el mismo!"

En efecto, la escena, en blanco y negro, le mostraba un grabado de Blake en el que aparecía como personaje principal un anciano vestido con una larga túnica y apoyado en un bastón de nudosa madera. Sus blancos cabellos oscilaban en el viento y sus ojos, coronados por un ceño fruncido, miraban hacia una puerta esculpida en piedra.

Era casi una copia perfecta del Tarot clásico. Pero con una salvedad importante, y es que Blake había utilizado aquel simbolismo para crear una de sus obras.

Rachel leyó el título del cuadro: *La puerta de la muerte.*

El violento latir de su corazón apagó momentáneamente los sonidos de la terminal.

"La puerta de la muerte... como el portal místico del solsticio de invierno... Te estás acercando, Rachel, te estás acercando, y mucho."

Se volvió para llamar a Nicholas, pero éste se sobresaltó al escuchar un nuevo anuncio de megafonía.

—Éste es el primer aviso para los pasajeros con destino a Budapest; embarquen por la puerta cuarenta y cinco. Mantengan preparados sus pasaportes y equipaje de mano.

Se ajustó las gafas con una sonrisa.

—Me he quedado dormido como un... —Pero no terminó la frase. La expresión en el rostro de su amiga le transmitió que tenía noticias.

—He encontrado algo, Nick. —Y tras decir esto, le mostró la imagen en el móvil.

—Joder, Rachyl, nunca descansas.

—Pero ¿estábamos en lo cierto, no? —musitó Rachel esperanzada—. Buscamos una puerta. Un portal.

En aquel momento, su mente le devolvió, como una estrella fugaz, la imagen del portátil de Andrew repitiendo aquella extraña psicofonía que el programa *Phantom* había grabado: "*La boca se está abriendo...* ". ¿Se referiría precisamente a eso? ¿Una boca como metáfora de una puerta?

—Puede ser —dijo Nick—. A estas alturas, me lo creo todo.

Se levantaron y él rodeó su cintura mientras se encaminaban hacia la fila.

El frío

—Lo sabremos cuando lleguemos a Budapest.

El frío cuajaba

Ella asintió, pensativa.

El frío cuajaba la noche.

—Eso espero...

El frío cuajaba la noche. Budapest se erguía bajo un manto de estrellas como un bello coloso de luces y sombras. Aquella fue la sensación que tenía Rachel al caminar por sus calles. Nicholas había insistido en que debían reponer fuerzas para continuar con su búsqueda al día siguiente y se había quedado en el Hotel Danubius, seguro de que ella también dormía en la habitación contigua.

La joven, sin embargo, había dejado su mochila sobre la cama y, al comprobar que eran las nueve, se dijo que aún tenía tiempo de sobra para echar un vistazo.

Sonrió al salir a la ciudad. Aquella pequeña travesura le recordaba a sus juegos de la niñez, donde nunca se rendía hasta encontrar la siguiente pista dejada por sus padres.

Extrajo su móvil y buscó el mapa. Tal vez debería comenzar por Pest, la zona Este, y dejar el funicular para llegar a Óbuda cuando fuera de día...

Se arrebujó bajo el abrigo y giró en dirección al Parlamento.

Budapest tenía esa noche un aire misterioso al contraluz de la claridad de la luna sin menguar, con aquella salpicadura escarlata que, lejos de desaparecer, parecía haber engrosado.

No sabía bien hacia dónde ir. ¿Qué estaba buscando exactamente?

Recordó el enigma: *"El pescador aguarda paciente a rescatarte en la misma red que Pest y Óbuda emplearon en el Danubio. No olvides jamás las dos mitades de un mismo ser. El visionario que al primero siguió te indicará el camino a través del espejo"*.

¿Las dos mitades, el pescador y el espejo harían referencia de nuevo al Danubio? ¿O tal vez al famoso Bastión de los Pescadores húngaro? Pero... ¿Y el visionario que siguió al primero, es decir, a Blake? ¿De quién se trataba?

Dejó escapar una exclamación de sorpresa al llegar al Parlamento. Era mágico, casi parecía haber sido extraído de un cuento de hadas. Su cúpula central en tono rojizo, custodiada por numerosos pináculos y torres esbeltas como agujas de cristal, le transportaron en el tiempo sin tan siquiera pretenderlo. Los focos arrancaban al edificio un color amarillento de ensueño, cubriéndolo con un halo de misterio protector.

A sus pies, una sobrecogedora hilera de zapatos de bronce recordaba las espeluznantes ejecuciones de judíos al borde del Danubio en la Segunda Guerra Mundial. Estaban llenos de flores y alguna vela ya consumida.

Varias personas, tal vez también turistas, paseaban en torno a aquella especie de castillo marfileño. El frío no impedía a la gente disfrutar de las maravillas de Budapest.

No obstante, algo no iba bien.

Primero, al mirarles de soslayo, percibió que ellos, así mismo, la observaban. Fue al volverse cuando comprobó que todos los ojos apuntaban efectivamente hacia los suyos.

Una pareja de ancianos cogidos de la mano, un niño pequeño junto a su madre, dos chicos con monopatines, un señor paseando a su perro… Se volvían al pasar por su lado, como si las luces del Parlamento la iluminasen directamente a ella. Sus rostros, inexpresivos, seguían cada uno de sus movimientos con inusitada calma hasta que poco a poco, cada uno fue tomando un camino distinto.

"Pero ¿qué acaba de suceder aquí?"

Se encogió de hombros y, tras echar un nuevo vistazo al mapa de su móvil, se dirigió a la basílica de San Esteban, pasó por el Ayuntamiento y bajó hasta el Museo Nacional. Siguiendo hacia la calle Rákoczi, llegó al barrio judío, al que le daba la bienvenida su imponente sinagoga de aires bizantinos, la más grande de Europa, con sus dos torres rematadas con cúpulas de estilo oriental. Quiso tomar una foto con el móvil, pero una chica de pelo fucsia que se dirigía hacia ella, le dio un fuerte empujón en el hombro al cruzar de acera.

—¡Eh! —protestó Rachel.

"¿Qué le ocurre a la gente...?"

Una música rasgó la quietud de la noche. Rachel aguzó el oído. Parecía proceder de las calles aledañas. Dejándose dominar por la curiosidad, se adentró en ellas, descubriendo unos estrambóticos *bares-ruina*, donde chicos y chicas de su edad bailaban al son de unas canciones machaconas. Eran unos edificios destinados al derribo, decorados con una indescriptible estética alternativa que le resultó anacrónica después de haber recorrido las calles elegantes y señoriales del centro.

Iba a dar media vuelta cuando de repente se quedó muy quieta.

Los jóvenes que hasta hacía unos instantes disfrutaban de la música, charlaban, bebían y bailaban, ahora permanecían inmóviles clavando su mirada directamente en ella, como si fuera una intrusa no deseada en su territorio.

—Esto no me gusta... —susurró, consciente de que aquello traspasaba los límites de la normalidad.

Sin querer, presa de una alarma mental primigenia, dio un precavido paso atrás.

La multitud de jóvenes, activada por una petición silenciosa, avanzó hacia ella con rapidez. Rachel se giró dispuesta a salir corriendo, pero a sus espaldas se encontró otro grupo de mirada furibunda y gesto contraído.

El aleteo del miedo reptó hasta su garganta para transformarse en grito:

—¿¿Qué os pasa??

No tuvo tiempo para reaccionar. Cuatro chicos la retuvieron aferrándola por los brazos e inmovilizándola por los hombros. Rachel se revolvió contra ellos. Comenzó a dar patadas, a cabecear, a forcejear tratando en vano de deshacer el peso opresor que caía sobre ella.

Cinco chicas se agacharon para sujetarle las piernas. El impacto de una patada derribó a una de ellas que cayó de bruces al suelo. Otra la reemplazó. Sus semblantes seguían siendo inexpresivos; sus lenguas, mudas. Siniestros fantasmas humanos movidos por la ira.

—¡¡Dejadme en paz!! —Su gemido se volvió llanto.

Intentaba calmar sus músculos para recuperar fuerzas, cuando ante sí descubrió que todos habían hecho sitio a una joven de rasgos orientales. Tendría unos quince o dieciséis años y llevaba un tatuaje con forma de lágrima en el cuello. Su cabello, largo y lacio, parecía una bandera negra ondeando con el suave viento.

Atónita, vio cómo la chica introducía la mano lentamente en su bolso para extraer unas tijeras. Eran muy pequeñas. Tal vez pertenecieran a un set de manicura.

Rachel ni siquiera parpadeó al verla aproximarse hacia ella.

Nadie dijo nada. Decenas de ojos permanecían clavados en su cuerpo mientras la música seguía sonando a su alrededor.

La joven alzó las tijeras en dirección a los ojos de Rachel.

De repente supo lo que iba a ocurrir.

Luchó por propinar patadas concentrando toda su energía en los talones, pero ninguno de los que la sujetaban mermó su presión sobre ella.

Las tijeras avanzaban inexorables hacia sus córneas al tiempo que otro muchacho la asió del pelo para obligarla a exponer su rostro ante el metal.

Rachel quiso gritar, pero solo consiguió morderse la lengua.

El tiempo pareció congelarse unas milésimas de segundo. El frío se coaguló en torno suyo, Budapest se transformó en un borrón espectral, el destino de su vida se congeló en un paréntesis.

Una sombra negra apareció de la nada y detuvo la mano certera de la oriental. Las tijeras resonaron en el empedrado; un tintineo metálico casi irreal.

Con un rápido movimiento, la sombra la inmovilizó por completo hasta que cayó bajo el peso de su rodilla.

Rachel notó que las fuerzas de sus atacantes remitían y decidió aprovechar aquella ventaja para desasirse de ellos con una fuerte embestida.

La sombra se volvió hacia ella y ordenó:

—Corre.

Abrió la boca con estupor al reconocer a Albion.

—¡Corre! —gritó éste—. ¡Yo te seguiré!

29

Huía con todas sus fuerzas, escuchando los pasos de Albion a su espalda.

—¡¿Adónde vamos?! —chilló, perdida en aquel dédalo de calles.

—¡Al puente!

Rachel distinguió un letrero en la oscuridad: "Puente de la Libertad".

Se dirigió allí sin hacer preguntas, sin cuestionar nada, únicamente dominada por el deseo de escapar de aquella pesadilla que acababa de vivir unos instantes antes.

El puente surgió ante ellos como emergiendo entre la densidad de la noche. Un titán de bronce verde coronado por el legendario Turul, el águila adorada por los magiares. No era peatonal; lo cruzaban las líneas del tranvía. Rachel entendió por qué Albion les había conducido hasta allí: no había nadie. Estaban solos ante el Danubio.

Intentó recuperar el aliento y controlar su respiración, pero se sentía demasiado aturdida y asustada como para tranquilizarse. Sentía el viento de la noche cicatrizando las lágrimas en sus mejillas.

—¿Qué acaba de ocurrir? —inquirió mientras se apoyaba, vencida, en una de las barras protectoras.

Albion se situó a su lado. Su rostro denotaba seriedad, tal vez enfado.

—Es la gente.

—¿Qué… qué quieres decir?

Él desvió la vista hasta perderla en el río.

—Han despertado.

Un atisbo de sollozo emergió de la garganta de la joven.

—No entiendo nada… Además, ¿qué haces aquí?

—Cambié de opinión. He decidido acompañarte.

—¿Así, sin más? ¿Por qué?

El cabello espeso y oscuro de Albion se mecía al compás del gélido viento nocturno, cayéndole de vez en cuando sobre uno de los ojos.

—Porque me necesitas.

—Puedo… —Sabía que de sus labios temblorosos iba a surgir una mentira—. Sé cuidarme sola.

Él sonrió sin volverse para mirarla.

—No lo dudo. Pero créeme cuando te digo que necesitarás mi ayuda a partir de ahora.

—Vale. Está claro que sabes más de lo que hablas. —Hizo un tenso inciso antes de continuar—. Quiero respuestas.

—No estoy seguro de poder…

—¿Quién eres? Por favor, empieza por eso.

Bajo ellos, el Danubio se encrespaba a merced del frío. Sus aguas, destellando por las luces del puente, parecían retener las estrellas del cielo. Sin embargo, a Rachel se le antojaron densas, igual que sangre fresca.

—Si te digo que era uno de los estudiantes de tu padre y que él me confió los pormenores de su búsqueda, ¿estarías satisfecha?

Rachel posó la mano sobre la frente en un gesto que demostraba su estupor.

—¿Qué? ¡Por supuesto que no! ¿Cómo sabes…? —Suspiró con cierto temor, consciente de que las cartas estaban sobre la mesa—. Mi padre… no compartiría sus secretos con uno de sus alumnos. Lo siento, no es una buena excusa; es más, solo me genera más preguntas.

—Es la única que puedo ofrecerte.

—Pues no me sirve.

—Tendrás que confiar en mí.

—A estas alturas, no confío en nadie.

—¿Ni siquiera en ese amigo tuyo que ahora está durmiendo en el hotel?

Una mueca de sorpresa cruzó el rostro de la joven.

Secó sus últimas lágrimas antes de balbucear:

—Él es diferente… Le conozco desde que éramos niños…

—En cambio, a mí no me parece de fiar. Como ves, la confianza es muy subjetiva.

—Y lo dice alguien que ha estado acosándome durante estos últimos cuatro días.

Albion torció su sonrisa. A la luz de aquella luna de sangre, su belleza era más que perturbadora.

—Si esa es tu definición de proteger…

—Ni siquiera me has explicado qué les pasa a las personas ni por qué están reaccionando así —contraatacó—. ¡Y no me digas que no lo sabes!

La expresión de Albion se tornó sombría.

—No lo entenderías...

—Inténtalo. Ha estado a punto de arrancarme los ojos un grupo de chavales que hasta hacía escasos minutos estaba disfrutando de una copa… Ahora podría creer cualquier cosa…

Él le sostuvo la mirada y pronunció cada una de sus palabras como si fueran de cristal.

—Sus corazones han despertado.

—¿Sus... corazones?

—Su alma, si prefieres denominarlo así. Todos tenemos una parte oscura dentro de nosotros. Llámalo envidia, odio, miedo, celos, rencor... Si nos dejáramos dominar por esa oscuridad, acabaríamos como los chicos que has visto. No eran ellos mismos, estaban... obligados a hacerlo.

—¿Cómo?

—Cuando se despierta el alma de una persona... se corre el riesgo de hallar todo tipo de sentimientos. Y hay *alguien* que sabe cómo manejarlos.

No quería preguntar quién era. No quería saberlo. Aún no. Todavía seguía procesando toda aquella información. Le costaba creer que algo intangible como supuestamente era el alma pudiera activarse como una especie de resorte vivo. Ella, que había hablado del más allá en innumerables ocasiones, ahora se veía incapaz de sopesar aquella posibilidad.

—¿Por qué lo hace? ¿Para matarme como a mi padre? ¿Mi muerte significaría algo?

Albion respondió sin titubear, como si hubiera decidido la respuesta incluso antes de que Rachel hiciera la pregunta.

—Sí. Puede significar el principio o el fin... de todo. —Las dudas vibraron entre ellos como una serpiente de cascabel—. La profecía existe. Tu búsqueda, las pistas que dejó tu padre, lo que sabía William Blake. Todo tiene un claro propósito. Se supone que sus conocimientos debían morir con él. Con ambos.

—Me estás asustando todavía más.

—Perfecto. Estando asustada seguirás alerta, y eso será un punto a tu favor.

Rachel trató de mantener sus ojos fijos en los suyos. Una pugna que murió con las palabras.

—La gente..., las personas... no me dejarán continuar..., ¿verdad? —contestó temblando—. Vaya a donde vaya, ese *alguien* activará lo que sea que lleven dentro...

Albion alzó una mano y Rachel contuvo el aliento al percatarse de que se disponía a acariciar su mejilla. Sin embargo, se abstuvo de hacerlo en el último segundo.

—Rachel... tú ya conoces a ese *alguien.*

Ella frunció el ceño, desconcertada.

—Estoy seguro de que ya ha llegado hasta ti de alguna forma. Tal vez incluso sin que fueras consciente de ello.

La joven notó cómo sus pulsaciones redoblaban su ímpetu.

—El sueño de ayer... Esa voz... El dragón rojo...

Rachel buscaba una respuesta en los ojos de Albion. Pero solo vio reflejos: la luna, la luminosidad del puente, su propia imagen distorsionada.

Él hizo ademán de rozar tímidamente su mano.

—Si quieres que me vaya, solo tienes que...

—Quédate.

Por primera vez, Albion dejó traslucir su asombro.

—Quédate —repitió ella sin saber de dónde surgía la urgencia de aquel ruego—. Por favor.

30

Reconocía aquella estancia.

Había estado allí antes. En sus sueños. Estaba segura de ello.

Sin embargo, lo que una vez se había hallado envuelto por las sombras, ahora reaparecía ante ella salpicado por una luz tenue, una luz extraída del albor de los tiempos, tal vez.

Enormes columnas salomónicas cubiertas por densas telas de araña sostenían una cúpula gigantesca de la que colgaba una lámpara de cristal; sus cuentas y adornos ennegrecidos, opacos, algunos de ellos fracturados.

Una alfombra que alguna vez fue roja cubría cada centímetro del suelo, pero estaba llena de huellas de otras pisadas, oscurecida por el polvo, deshilachada en numerosos rotos diseminados aquí y allá.

Velas y candelabros, cortinas rasgadas de color impreciso, y exóticas flores marchitas servían de adorno en cada rincón. Los pétalos secos y arrugados desprendían un aroma dulzón que le resultó desagradable.

Más allá de la gran sala, podía atisbar unas sucias cristaleras que conectaban con un jardín exterior en el que creyó distinguir una gran fuente oxidada. Los parterres y setos se vislumbraban descuidados y a rebosar de maleza.

Un lugar decadente, olvidado en el devenir de los años. O quizá de los siglos.

No pudo evitar sentir un escalofrío al contemplar todo aquello. Tenía la acuciante sensación de que era una trampa y de que ella constituía el cebo perfecto.

Extendió una mano al trasluz de uno de los últimos rayos de un sol débil y ceniciento. Minúsculas motas de polvo en suspensión bailaron entre sus dedos hasta convertirse en diminutos insectos que se alejaron volando.

—*Esta sala no siempre ha sido así, querida.*

Como invocadas por la voz sin cuerpo, las velas que rodeaban el recinto se encendieron a la vez y su luz titilante dibujó nuevas sombras a su alrededor.

Rachel se mantuvo inmóvil. Sabía que quien había hablado era la clave de todo. Percibía su poder en cada bocanada de aire que respiraba.

Una silueta se dejó entrever a través de un haz de luz procedente de las cristaleras.

Ella cerró los puños y esperó.

—*Pero pronto volverá a brillar en todo su esplendor. El solsticio de invierno hará renacer lo que una vez fue. Aunque... eso ya lo sabes, ¿no es cierto, pequeña Rachyl?*

Diversas voces acudieron en respuesta a aquel diminutivo que la joven conocía tan bien.

—*No estás sola, te prometo que siempre me tendrás junto a ti.*

—*Peter y mi hija son lo más preciado que tengo.*

—*...Y crearé un arcoíris con muchos colores, ¿te gustaría, Rachel?*

Los ojos de la joven se anegaron en lágrimas mientras trataba de descubrir la procedencia de aquella alucinación.

—Siempre te he considerado como de mi familia... Tan inteligente, tan resuelta para tu edad...

—Querido diario, ¡le quiero! ¡Y él a mí!

—¡Basta! —gritó.

—Todo muere algún día, pero siempre renace de una forma u otra...

—Siempre estaremos a tu lado...

Rachel se cubrió los oídos con las manos.

—¡¡Basta!!

La voz misteriosa se alzó de nuevo a su lado.

—¿Acaso no te alegra escuchar a tus seres más preciados? Creía que sería un buen regalo de bienvenida...

Se secó las lágrimas con un gesto de rabia.

—Estás jugando conmigo... como lo has hecho con esos chicos que me han atacado. ¡Muéstrate! ¡No me gusta hablar con cobardes!

Una risa sosegada la envolvió como una pesada mortaja.

—Esto se pone interesante. ¿De verdad quieres verme? ¿De verdad quieres saber quién soy?

El sol seguía su curso en aquel atardecer eterno cuando la voz de Rachel resonó con firmeza en la sala:

—Sí.

Un suspiro. Un hálito envuelto en un hastío triste.

—Los hombres me han dado tantos nombres como estrellas hay en vuestro firmamento... Haborym, Seth, Ahrimán, Iblis, Ishtar, Tifón, Ereshkigal... Demasiado malsonantes en mi opinión. Solo existe uno que me hace justicia.

Rachel tragó saliva. Conocía algunos de esos nombres. Procedían de distintas religiones, pero todos poseían un mismo denominador común.

—No te creo. No puedes ser quien dices... —El horror anegaba sus palabras.

Una figura traslúcida volvió a caminar fugazmente junto a ella. En un parpadeo, había desaparecido.

—*Rachel, Rachel... Ese es uno de los problemas de la humanidad. Si algo no se ve, no puede ser real, ¿no es así? Si el Bien existe, también debe tener su equivalente en la balanza... Pero nadie quiere admitir que tal hecho no se trata solo de una mera probabilidad. Los egipcios lo sabían, los griegos, los sumerios, los hebreos...*

Las llamas de las velas se tornaron de un rojo intenso.

—*Es una lástima que la mente acepte únicamente aquello que no suponga una amenaza. Tú eres inteligente. Crees que hay un más allá..., crees que tus padres están allí, protegiéndote, velando por ti. Has deseado durante años tener una prueba de ese universo paralelo. Bien. Yo soy esa prueba.*

En ese preciso momento, las flores secas se desgranaron convirtiéndose en una brizna negruzca, las velas apagaron su fulgor dejando una estela de humo fantasmal, las cristaleras se agrietaron con un sonido estridente, el sol se ocultó definitivamente... y la gran araña de cristal se precipitó al suelo rompiéndose en una lluvia de fragmentos que resonaron en un estruendo sordo, como si se hallaran bajo el océano.

Sin embargo, Rachel no se percató de aquel caos.

Sus ojos no podían apartarse de la imagen que las sombras habían regurgitado. Su corazón se había detenido en su pecho, suspendido como en el momento que precede a la caída libre.

Unas pupilas del grosor de una aguja resplandecían en la penumbra, encendidas por un fuego sobrenatural... y la miraban directamente a ella.

Una sonrisa tenebrosa.

El espejismo de unas alas.

—Los demonios existen más allá del corazón de las personas, Rachel.

La silueta.

El sueño se volatilizaba, herido por las cuchillas de la realidad.

La silueta. Allí.

Rachel, sintiendo cómo el aire abandonaba sus pulmones, solo pudo musitar:

La silueta. Allí. Junto a ella.

—Lucifer…

La silueta. Allí. Junto a ella.

Sabía que estaba inequívocamente despierta. Que aquello no podía tratarse de ninguna alucinación onírica. Se había colado por los resquicios del mundo físico. Y ahora se mostraba con la voraz mirada de un halcón dispuesto a abatirse sobre su presa.

La luz mortecina del amanecer traspasaba su cuerpo etéreo y, aun así, siendo consciente de que tal vez se tratara de una especie de espectro, entendía que no tenía escapatoria. Que si se atrevía a hacer un solo movimiento, estaría perdida.

—Lo que ocurrió hace unas horas con aquellos chicos puede repetirse en cualquier momento, Rachel. Quizás el alma humana tenga algo de bondad…, pero su oscuridad es la energía que forma parte de mí. Y puedo utilizarla a mi antojo.

Rachel, todavía en la cama, contuvo el aliento. Aquella voz grave y gélida conseguía acallar todos sus sentidos. Lo único que podía hacer es permanecer alerta.

—Ni siquiera tu nuevo amigo podrá ayudarte llegado el momento.

"¿Se refiere a Albion?"

—No me desafíes.

Su pupila izquierda refulgió con un destello dorado antes de que su imagen desapareciera gradualmente.

Instantes después, estaba sola en su habitación del hotel. Sola y aterrada.

Expulsó el aire contenido en su pecho y se levantó de un salto para dirigirse al baño. Quería lavarse el rostro, sentir el frescor del agua despertándola de una vez por todas. Al encender la luz, no pudo contener un grito.

El espejo se hallaba roto en diversas fracciones y, en todas ellas, aparecían las huellas de unas manos. Unas manos muy pequeñas. Las de un niño, quizás. Sus dedos no eran simétricos, sino de siluetas retorcidas, casi deformes.

Rachel avanzó con precaución hasta que su reflejo se multiplicó en cada una de las piezas fracturadas. Un caleidoscopio de su propia imagen asustada.

Presionó una de las huellas con el dedo índice y al hacerlo sintió un escalofrío; las marcas de manos infantiles no se borraban.

Habían sido hechas desde el otro lado del espejo.

—El otro lado del espejo… —murmuró con el terror dominando sus palabras.

Se vistió a toda prisa y tras comprobar que Arbor Coeli seguía a salvo, lo cogió y se dirigió al comedor. Necesitaba un buen café. Uno muy cargado.

Pensó en llamar a Nick, pero desestimó la idea. Una parte de ella sabía que su amigo la creería sin dudar y otra… le avisaba de que probablemente, por esa misma razón, Nicholas suspendería aquella búsqueda. Y eso era lo último que quería hacer. Seguiría hasta el final. Siempre.

Se quedó paralizada unos segundos al ver a Albion hojeando de forma despreocupada un folleto mientras desayunaba. Su misterioso aliado había decidido alojarse en el mismo hotel la noche anterior y Rachel volvió a torturarse pensando en cómo podría presentárselo a Nick.

No había nadie más en el comedor. Todavía era muy temprano.

Tras pedir al camarero un café con leche, se sentó a su lado, temblorosa; él alzó la vista.

—Buenos días… ¿No has dormido bien?

Ella procuró relajarse y sonreír. No lo consiguió.

—¿Tanto se me nota?

Albion dejó el folleto sobre la mesa.

—Ha sido *él*. Le has visto. —No era una pregunta.

Rachel no parpadeó.

—Lo sabías, ¿verdad? —inquirió muy bajito—. Lo sabías desde el principio.

—¿Me hubieras creído si te lo hubiera explicado antes?

—Yo… no lo sé —respondió, repentinamente agotada.

Albion jugueteó con la cucharilla de su café, haciéndola girar entre sus dedos como el naipe de un mago.

—Se ha dejado ver… —murmuró pensativo—. ¿Te ha dicho algo… importante?

Ella dio un pequeño sorbo con nerviosismo. La taza temblaba en sus manos. Si cerraba los ojos, volvía a contemplar aquel rostro atemporal, el cabello plateado cayendo sobre una espalda fuerte y ancha, sus manos blanquecinas y poderosas al mismo tiempo, su mirada de oro, los ropajes oscuros, su halo de poder… y aquellas alas de membranas negras que, por su forma, parecían estar heridas, tal vez rotas.

Lucifer.

A él se refería Blake en su poema *El Tigre*. Ahora muchas cosas tenían sentido.

—Lo suficiente para darse a conocer.

—Entiendo.

—¡Pero yo no! ¿Estamos... de verdad estamos enfrentándonos... a Lucifer? ¿Cómo es posible que...?

—¿No eras tú la que creías en estas cosas? —Le interrumpió Albion—. Lo paranormal, los universos paralelos... Tus programas de radio son un buen ejemplo de tus creencias, y me temo que estas te delatan. Claro que no lo entiendes. Nadie ha vuelto de la otra vida para explicar cómo es en realidad. ¿La Iglesia dice que Lucifer existe, o que tal vez no? ¿Por qué habrían de saberlo ellos? La muerte es solo el principio de algo más grande y no estoy hablando de fantasmas errantes con sábanas y cadenas.

—¿Y tú? Parece que sabes de lo que hablas demasiado bien.

Albion le miró sorprendido, como si no comprendiera aquella reflexión.

—*Él*... me avisó de que no podrías ayudarme llegado el momento. Sé que se refería a ti. Tienes razón: no sé cómo es el más allá. Pero no soy tan tonta como para no darme cuenta de que ese monstruo te conoce. Y tú a él.

—¿Saltarás sin red o te atreverás a caminar sobre el vacío? —Hundió la barbilla en su bufanda—. Eso depende de ti. Tendrás que confiar en mí.

Acto seguido tomó de nuevo el folleto y lo abrió.

Rachel terminó su café y rompió el silencio que se había instaurado entre ellos.

—¿Eres... un ángel?

Albion se giró hacia ella, perplejo.

—¿De dónde has sacado esa idea?

—Una profecía, Blake, Lucifer, un protector que no confiesa de dónde viene... —expuso mientras doblaba inconscientemente la punta de la servilleta—; es de locos, pero si es realmente eso, una locura, entonces prefiero pensar que eres un ángel.

Él fundió sus ojos en los suyos y, al hacerlo, Rachel sintió una extraña sensación de desnudez. Se estremeció al desviar la mirada e intentó preguntarse una vez más qué le ocurría en presencia de aquel chico.

Nunca había pensado de sí misma que fuera guapa. Nunca había tenido una relación. En las profundidades de su ser albergaba el pensamiento de que su tristeza perenne la convertiría en una solitaria empedernida a quien pocas personas querrían conocer. Y el abandono de Nicholas años atrás facilitó más si cabe su proceso de aislamiento. Fue como si cortasen una cuerda de un solo tijeretazo: durante tres años solo habían quedado hebras deshilachadas que ahora anhelaba recomponer.

—Mírame. Solo tienes que saber que estaré a tu lado pase lo que pase, ¿me crees? Siempre seré el peregrino que decidió unirse a tu viaje desde el momento en que te vio por primera vez.

Se sintió ingrávida como una semilla de diente de león que volaba a la deriva en el aire.

—¿Y si fracaso? —musitó—. Hay tantas cosas que se me escapan… ¿Por qué *él* no ha acabado conmigo ya? ¿Por qué… utiliza a la gente? Podría haberme matado cuando tuvo la oportunidad.

—Eres fuerte. Y *él* lo sabe. Pero no puede hacer nada. Todavía no.

—En mi sueño dijo que quería *ser* completamente, ¿qué significa?

—Yo no lo sé todo, Rachel…

Ella frunció los labios y lanzó al aire su presentimiento.

—Eres el hacker —declaró convencida.

—¿Qué?

—El misterioso hacker que siempre me pone sobre aviso a través de mi portátil.

Albion rio entre dientes.

—Creo que quieres que sea demasiadas personas a la vez.

Rachel dejó escapar un suspiro decepcionado y apoyó la cabeza sobre los brazos encima de la mesa.

—Lo siento, es que... quieres que confíe en ti sin decirme quién eres. Ahora mismo es como pedirme que confíe en un escorpión a punto de atacar.

Albion negó con la cabeza sin dejar de sonreír.

—Recuerda que el veneno del escorpión también puede convertirse en el antídoto a su picadura.

—Muy gracioso. Por cierto... —dijo mirando al folleto que él había dejado cerca de su taza—, ¿qué estabas hojeando?

—Es un *flyer* publicitario de las actividades que se pueden hacer este mes en Budapest. Estaba en la repisa de la recepción. —Se encogió de hombros—. Soy de lo más curioso.

Rachel se irguió frunciendo el ceño. En la primera página del panfleto se mostraba el autorretrato de un pintor. De barba poblada y cabello castaño semioculto por un pequeño sombrero verde, el artista se había dibujado a sí mismo creando una obra en un lienzo todavía en blanco. Sus ojos muy abiertos, de color azul claro, observaban fijamente a quien le estuviera mirando, como si interrogaran en silencio a un público invisible.

Lo cogió y leyó el título del anuncio turístico: "Exposición temporal de las obras de Tivadar Kosztka Csontváry. ¡Visítala ya en el Museo de Bellas Artes de Budapest!".

Creyó que aquello era un sueño. Que seguía dormida en su habitación. Causalidades así solo existían más allá de la razón humana…

Albion, que se había percatado de la rigidez de sus gestos, le preguntó preocupado:

—Rachel… ¿seguro que estás bien?

Las voces de sus padres se repetían con un dulce eco en su cabeza.

"Cielo, lo has hecho, ¡has descubierto la primera pista del juego!"

—Seguiré caminando sobre el vacío, como tú dices… —Por primera vez en aquella mañana, sonrió con ganas—. Sé adónde tenemos que ir. He resuelto el enigma de mi padre.

31

—¿Qué es eso?

Rachel señaló un punto concreto del cuadro mientras su madre impregnaba su pincel de nuevo en un pigmento color ámbar.

—Es... un truco de magia.

—Venga, mamá, ya no soy una niña, ¡tengo doce años! Ese borrón no es mágico... solo veo una mancha negra alargada con dos rayas amarillas.

—Mmmm, ¿y si te dijera que esto ya se dibujaba en el siglo XVII?

—¿¿De verdad??

Rachel volvió a observar el lienzo. Katty había creado una casita perdida en el bosque. Entre los árboles, si se fijaba bien, podía distinguir pequeñas criaturas: hadas, salamandras, colibríes, faunos... Y justo bajo la base de hierba de la casa, estaba la oscura salpicadura veteada por dos líneas ambarinas. No parecía tener ningún sentido.

—Ve a la cocina y trae una cuchara, cariño.

—Pero...

—Confía en tu madre.

La pequeña hizo lo que le pedía y, al regresar, la interrogó con la mirada.

—Perfecto. Ahora, colócala a modo de espejo justo en lo que a ti te parece una mancha.

Rachel se quedó sin palabras. En el reflejo de la cuchara, aquel borrón negro se transformó en la cabeza de un gato y las rayas conformaron sus ojos amarillos, grandes y penetrantes. Incluso se distinguían los bigotes.

—Es… ¡Realmente es magia! ¡Alucinante!

Katty rio al tiempo que pasaba un brazo por los hombros de su hija.

—El artista Hans Holbein ya utilizó el mismo procedimiento en uno de sus cuadros para crear una calavera en 1533. ¡Nadie la ve nunca a simple vista! Y sin embargo está ahí, ante todo el que sepa descubrirla. Es una anamorfosis.

—¿Ana… qué?

—Una pintura deformada que solo se puede apreciar si la miras desde un solo ángulo o un espejo curvado…

Rachel se balanceó sobre sus talones.

Las dudas

—El arte está lleno de secretos, mamá. Me gustaría saberlos todos.

Las dudas le golpeaban

Katty posó una mano en la mejilla de su hija antes de deslizarla hasta el medallón que le regalaron años atrás y que colgaba de su cuello.

Las dudas le golpeaban sin parar.

—Y lo harás, Rachyl. Y lo harás.

Las dudas le golpeaban sin parar. Definitivamente, Nick no se fiaba de ese chico ni le convencían las explicaciones de Rachel acerca de él. ¿Un alumno de su padre a quien éste le había confiado lo esencial de aquel embrollo? Demasiado extraño. Demasiado casual. Tampoco le gustaba ese aire de misterio que le otorgaba su propia seguridad; parecía querer obnubilarles como un meteorito cuya estela eran ellos mismos. Y a Nick no le apetecía ser la estela de nadie. Sino el cometa en sí. Intentaba convencerse de que aquello era egoísta por su parte, o que quizá solo estuviera siendo protector con Rachel, pero Albion era la pieza de un puzle al que no le quedaba más remedio que jugar a regañadientes.

Conocía a su amiga muy bien y también se percataba de su silencioso recelo. Caminaba junto a él, permitiendo que Albion liderase la marcha hacia el Museo de Bellas Artes y de vez en cuando la sorprendía sonriendo en su dirección. Le asustaba pensar que lo hacía por ese chico y no por haber resuelto la pista de Peter. Por otra parte, ni siquiera les había explicado en qué consistía. Pero cuando insistió en ir al museo, Albion no titubeó, ni siquiera preguntó el porqué. Era… como si se conocieran desde hacía años y, aun así, Rachel se empeñó una y otra vez en negar una amistad. "Solo quiere ayudarnos", decía, y Nick se había visto obligado a creerle.

De repente, aquel beso a la orilla del río se le antojaba tan lejano que se sintió frustrado. Frustrado y en tensión. Si ese chico no era quien decía ser, lo desenmascararía, de eso no albergaba la menor duda.

El aire aquella mañana era muy frío, como si el último hálito de la noche húngara todavía lamiera la ciudad.

Rachel miraba obsesivamente en torno suyo. Temía que los viandantes volvieran a posar sus ojos en ella y rogaba en silencio para que sus corazones permanecieran herméticos. Si el alma existía, si el Cielo y el Infierno eran lugares físicos más allá de toda imaginación, entonces se enfrentaban a algo aterrador. Y sin embargo, era ese mismo miedo el que le hacía avanzar.

El Museo de Bellas Artes se presentó ante ellos bajo la forma de un templo griego, blanco y colosal, que coronaba la enorme Plaza de los Héroes. Las ocho columnas que franqueaban sus puertas, se les antojaron titanes de otra época, dispuestos a ponerles a prueba antes de penetrar en el edificio. Fue Albion quien compró las tres entradas.

—*Három, kérem.*

—¿Sabes hablar húngaro? —preguntó Rachel sorprendida.

Albion sonrió mientras le entregaba un mapa del interior.

—Los peregrinos viajamos mucho... y dominamos muchas lenguas.

Nick frunció el ceño. ¿Aquella frase tenía algún doble sentido? Fue su amiga quien le sacó de su abstracción para indicarle que debían dirigirse a la Galería Moderna.

Atravesaron el pasaje egipcio, la sala de pintura antigua y el pasillo de las artes gráficas, hasta que, finalmente, Rachel señaló un cartel colgante. Bajo las letras en húngaro, leyó una vistosa traducción al inglés: "Tivadar Kosztka Csontváry: disfruta de sus cuadros solo este año, ¡vive el arte en Budapest!".

—Es aquí —dijo admirando la arquitectura de la galería. Sus paredes blancas con tonos azul pálido entre sus columnas romanas, le conferían el aspecto de un museo suspendido en las nubes. Todavía temerosa, buscó a otros visitantes con la mirada. Nadie. Estaban solos. Respiró aliviada

—Rachyl... ¿vas a contarnos ya de qué trata la pista y qué hacemos aquí?

—Estoy buscando a un pescador, tal y como explica el enigma. *El pescador aguarda paciente a rescatarte…* ¿Recuerdas?

—¿Un pescador? ¿En un museo? ¿Te refieres a un cuadro? —Nick se percató de la sonrisa ladeada de Albion y se cruzó de brazos enfadado.

—Exacto. *El visionario que al primero siguió te indicará el camino a través del espejo.* El primer visionario es Blake, eso seguro. Y el segundo es Tivadar, el pintor de esta exposición temporal. Mi padre debía saber que habían trasladado el cuadro que busco desde Miskolc hasta Budapest solo este año. Me refiero a un cuadro muy concreto. Un cuadro que él me enseñó en sus diapositivas siendo yo una niña. ¡Tiene que estar aquí, lo sé!

—Y ¿qué quiso decir con el espejo?

—Es… un truco de magia.

—¿Cómo?

Albion dio un paso hacia Rachel e hizo un movimiento de afirmación con la cabeza.

—Lo mejor será encontrar al pescador. Estoy convencido de que Rachel nos lo explicará todo cuando demos con él.

Nick maldijo en voz baja y se encaminó hacia el ala este de la galería.

Los cuadros de Tivadar eran realmente inquietantes. Nicholas nunca hubiera pensado que los paisajes, animales o los retratos pudieran transmitir, sobre un lienzo, tal sensación de incomodidad. Inconscientemente, su cerebro le gritaba que algo no encajaba en aquel tipo de arte. Su sinuosidad, la gama cromática, la noche prevaleciendo sobre el día…, todo estaba pensado para embelesar de un modo perturbador. Como el extraño ciervo cuyo cuello se alzaba hasta lo imposible; o las calles de una ciudad misteriosa cuyas casas, en penumbras, aguardaban espectrales entre las callejuelas.

Y entonces…

En una esquina, iluminado por un pequeño foco, un anciano le devolvió la mirada. Sus manos, de aspecto calloso y fuerte, estaban entrelazadas sobre una especie de bastón del que poco o nada se apreciaba. Una hinchazón rosácea rodeaba sus ojos de pupilas certeras. Sobre ellos, una frente ancha, cuajada de arrugas. Su cabello blanco, medio oculto por un gorro, se mimetizaba con una barba que recorría sus ajadas mejillas.

Tras él, se divisaba el océano, cuyo lado derecho se perdía en la inmensidad y el izquierdo, rompía con violencia en una playa en la que se distinguían diversas casitas.

Nicholas se había quedado mudo. Aquel pescador, con una capa negra cubriendo sus hombros, parecía analizar cada uno de sus movimientos. Ni siquiera se atrevía a parpadear. El magnetismo era sobrecogedor.

El lienzo le había impresionado de tal forma que tardó unos minutos en reponerse y avisar a Rachel.

—Dios mío… —dijo ella al verlo de cerca—, lo has encontrado… *"El viejo pescador"*…

Nick desvió la vista hasta posarla en Albion. Éste había perdido su sonrisa. Ahora observaba el cuadro con circunspección. Casi se podía notar la tensión de sus mandíbulas. Se preguntó qué demonios le ocurría.

—*"El pescador aguarda paciente a rescatarte en la misma red que Pest y Óbuda emplearon en el Danubio. No olvides jamás las dos mitades de un mismo ser. El visionario que al primero siguió te indicará el camino a través del espejo."* —Rachel recitó el enigma de memoria antes de proseguir—. Tivadar fue también un visionario, por eso lo he recordado. Comenzó a dibujar muy joven tras una visión que le reveló que sería un gran pintor. Su arte empezó a ser reconocido poco a poco, pero... su carácter huraño y su esquizofrenia le llevaron a alejarse del mundo. ¡Es como Blake, por eso papá se refirió a él en su pista!

—Debía pertenecer a la Sociedad Órfica... —apuntó Nicholas—. ¡Eso es! ¡Peter sabía que este pintor era un seguidor de Blake! Pero... ¿Y las dos mitades de un mismo ser?

Rachel no se percató de que Nick y Albion mantenían un duelo de miradas clandestinas.

Su obsesión se concentraba en el cuadro y en su colgante.

El medallón con forma de árbol había comenzado a latir, igual que lo hiciera en la Biblioteca John Rylands, días atrás. Un pulso rítmico y cálido. Un pequeño corazón naciente. Intentó transmitir firmeza en la voz al continuar.

—Este cuadro... Contiene un secreto...

—Un secreto... —repitió Nick sin apartar sus ojos de Albion.

—Sí... Se descubrió años después de que Tivadar muriera y... muy pocos lo saben hoy en día. Este viejo marinero oculta un misterio... —El medallón redobló sus pulsaciones, como golpes en un gran tambor de metal—. En realidad, no es un pescador, son dos...

—¿¿Qué??

Nick no vio que Rachel tragaba saliva; diminutas gotas de sudor perlaban su frente.

—Rachel... —El tono de voz de Albion sonó preocupado, como si deseara que detuviera su argumentación.

Ella siguió hablando en un trance febril.

—Tiene... dos caras... —El calor del árbol de oro colgando en su pecho traspasó su piel e inundó todos sus sentidos—. Si tuviéramos un espejo... y lo pusiéramos en la mitad de su rostro... veríamos a dos hombres muy diferentes.

—¿Es un símbolo?

—La parte izquierda... —comenzaba a ver borroso, a inspirar con dificultad—, mostraría a un anciano terrorífico, con el mar furioso a sus espaldas. —Sus rodillas temblaban, casi no sentía los brazos—. Y la parte derecha, a un... —sus latidos le impedían oír sus propias palabras— a un... viejecito adorable...

—Pero ¿por qué? ¿Qué quería decir el pintor?

—Nick... No lo entiendes... El pescador... es... Dios y Lucifer...

Las piernas le fallaron, su respiración se cortó con un gemido, sus ojos se quedaron en blanco al tiempo que caía al suelo.

La negritud engulló la galería de Tivadar hasta hacerla desaparecer.

32

El anciano la observaba con benevolencia y en silencio. "¿Dónde estoy? ¿Y Nicholas? ¿Y Albion?"

Miró a su alrededor, asustada. Al hacerlo, la pequeña barca sobre la que estaba sentada zozobró levemente, lo que provocó que la sonrisa del viejo pescador se acentuara un poco más.

Rachel acarició de forma inconsciente la áspera madera de la embarcación. Después, aspiró hondo para percibir el aroma a salitre que impregnaba el aire. El mar oscilaba tranquilo bajo ellos y docenas de gaviotas surcaban el cielo soleado para dirigirse a la costa, varios kilómetros más allá. Todo se mecía al compás de un ritmo cadencioso, sereno.

Se quedó muy quieta, a la expectativa, intentando disimular su pánico. Podía recordar su entrada al Museo de Bellas Artes húngaro y cómo trataba de explicar a Nick el cuadro de Tivadar... Y ahora se encontraba allí, en medio del océano, frente al anciano salido del mismísimo lienzo.

O puede que fuera ella la que estuviera dentro...

Su respiración comenzó a acelerarse al sopesar aquella posibilidad y el aire limpio y embriagado de mar se le antojó de repente denso, pastoso.

—Tranquila, niña.

La voz del anciano tuvo un efecto sedante sobre ella. Era la voz de mil vidas, la voz de la eterna espera.

—¿Sabes quién soy, verdad?

Rachel asintió, con los nervios a flor de piel.

—Usted… es el viejo pescador…

Un súbito trueno sonó a lo lejos seguido de una réplica que hizo vibrar la pequeña barca donde se hallaban.

—No tenemos mucho tiempo, me temo…

Rachel pensaba a toda prisa, aunque pensar le pareció inútil en ese momento. No supo si quería gritar o abandonarse a aquella irrealidad. El calor le obligó a quitarse el abrigo. Instintivamente, se llevó una mano al medallón, pero no estaba en su pecho. Había desaparecido. El anciano respondió a su pregunta no verbalizada.

—Si ese medallón te ha traído hasta mí, significa que tu presencia aquí es requerida y, por lo tanto, también lo es mi sabiduría.

Lo miró sin comprender y se percató de que el rostro del pescador no era el mismo que el representado en el cuadro. Algo había cambiado. Solo eran unos suaves, pero inconfundibles matices: la redondez de sus mejillas, su dulzura perenne, su tez más pálida, la confianza de sus ojos…

"¡Es la parte derecha del lienzo! ¡Estoy hablando con la Bondad en estado puro!"

—Pronto despertarás —le comunicó él—, y sé que necesitas respuestas. Blake fue el germen de nuestra sociedad, sus conocimientos no murieron con él, ni lo harán conmigo. Tú eres el siguiente eslabón. El último que queda. Nosotros somos... únicamente los puentes que debes cruzar para llegar hasta lo inevitable.

Se obligó a concentrarse.

—Entonces, dígame qué es lo inevitable. Dígame cuál es la temida profecía.

Un segundo trueno retumbó más cerca y, a su llamada, el mar comenzó a agitarse.

—Blake escribió: "Sucederá que la tierra se precipitará en el abismo". Los ángeles se lo transmitieron, los que vagan más allá de la existencia lo reafirmaron. Sabían que sucedería... Que el Mal se alzaría y querría venir a este mundo... Que la tierra vería su fin muy pronto...

Una ola embistió contra la barquita y Rachel se aferró a ella con fuerza.

—El Mal... —Recordó su pesadilla y una cresta de miedo se enroscó en su estómago—. ¿Se refiere al Infierno?

—Sí, niña.

—¡Pero es imposible!

—Tus mismas dudas fueron las que tiñeron las mentes de aquellos a los que Blake acudió en busca de comprensión. No permitas que los prejuicios te absorban. Tú *le* has visto, *le* has sentido. Sabes que es real. Y *él* también es consciente de su poder. Ha esperado su momento desde el origen de los tiempos. Y ha llegado.

Las gaviotas graznaban sobre ellos, volando despavoridas en dirección contraria.

—Si existen... si de verdad *él* y los suyos existen... ¿no se supone que ya están entre nosotros? ¡Las muertes, asesinatos, guerras, odios... todo debería ser obra suya!

El anciano frunció los labios.

—No es tan sencillo... No supone algo puramente religioso, sino que rompe los muros de nuestras creencias y trasciende lo que creíamos entender. Los demonios no pueden salir de su Averno. Para ellos siempre ha constituido su eterna prisión.

Como si una entidad sobrehumana los hubiera introducido en su cabeza, los versos de John Milton se extendieron en su mente en una restallante onda expansiva:

"La Potestad suprema le arrojó, envuelto en llamas, desde la bóveda etérea; repugnante y ardiendo, cayó en el abismo sin fondo de la perdición para permanecer allí, cargado de cadenas de diamante, en el fuego que castiga; él, que había osado desafiar las armas del Todopoderoso, permaneció tendido y revolcándose en el abismo ardiente, juntamente con su banda infernal, nueve veces el espacio de tiempo que miden el día y la noche entre los mortales, conservando sin embargo su inmortalidad."

—Físicamente están atrapados, ¡aislados! —continuó el pescador—. Pero, hija mía, sí son capaces de interferir en el corazón de las personas. Son entes, espectros, sombras que hacen brotar todo el mal que alguien pueda anidar en su interior y expandirlo como una gangrena.

"Cuando se despierta el alma de una persona... se corre el riesgo de hallar todo tipo de sentimientos. Y hay alguien que sabe cómo manejarlos".

—Quieren salir... —musitó ella con el terror dominando sus músculos—. Quieren salir y existir del todo...

Nubarrones del color de la obsidiana cubrieron el cielo. Un relámpago los cruzó a toda velocidad y su fulgurante descenso estuvo acompañado de un terrible estruendo que resonó en sus oídos como un latigazo.

—Las puertas del Infierno se abren, niña. El tiempo se agota. En el solsticio de invierno, el mundo, tal y como lo conocemos... habrá llegado a su fin. El sello que protege el portal místico se romperá... definitivamente.

"La boca se está abriendo" repetía su cerebro sin cesar *"La boca se está abriendo"*.

Casi no podía sujetarse en la barca. Las olas del mar embravecido la azotaban sin piedad. Todo era oscuridad. La bóveda celeste, las aguas encrespadas, la costa a lo lejos.

—¿Dónde? —gritó Rachel—. ¿Dónde se abrirán las puertas?

En aquel momento, el rostro del anciano sufrió una horrible metamorfosis.

Sus mejillas se ajaron, su tez se vistió de tinieblas, sus ojos destilaron un odio hambriento, su mentón se afiló y su sonrisa se volvió cínica.

—El Infierno sobre la tierra ya es un hecho —espetó—. ¡Y tú no puedes hacer nada por impedir que el destino de la humanidad sea mío!

Una ola gigantesca volcó la embarcación, tragándose una última carcajada siniestra que se perdió en la marea de aguas negras.

33

25 de junio, 1791.

—Lorian, ¿lo has terminado? Déjame echarle un vistazo.

Repasó su escrito antes de dejar la pluma en el tintero y tender la hoja a su interlocutor.

La imprenta del *Journal de Paris* se le antojó lúgubre a aquellas horas de la noche. El despacho de su dueño, Desgas, estaba alfombrado por cientos de sombras que proyectaban las luces de las velas diseminadas por doquier. Tuvo el repentino pensamiento de que sus pequeñas llamas titilantes eran tan etéreas como la vida de un hombre en aquellos tiempos.

Desgas leyó la octavilla y clavó en él sus perspicaces ojos negros.

—"Quien suscribe estas líneas no puede evitar preguntarse si Francia no ha traspasado ya los límites de las tres palabras sagradas que pregona: Libertad, Igualdad, Fraternidad." Vaya, Lorian, por esta frase podría denunciarte directamente ante el Comité revolucionario…

El muchacho palideció.

—Ciudadano Desgas, yo… No pretendía…

—¡Relájate, caray! —Su jefe prorrumpió en carcajadas—. Solo bromeaba. Ya sabes que para mí eres como un hijo. Además, el Comité revolucionario estará ocupado a estas horas con nuestro querido Luis… Pardiez, ¿en qué estarían pensando él y la reina cuando decidieron huir de París?

Lorian acarició su escarapela tricolor.

—Dicen que los encontraron en Varennes; un anciano los reconoció en una posada.

—Los muy bribones se habían disfrazado, ¡por todos los demonios! —Desgas hizo un aspaviento—. No se privaron de llevarse consigo a sus peluqueros y criados… ¡ni de pedir una buena cena antes de intentar llegar a Austria! Mientras tú estabas aquí escribiendo este artículo, he visto pasar a la muchedumbre por la calle Saint Honoré con ellos de vuelta a las Tullerías. Los rodeaban, igual que perros de caza, junto a la Guardia Nacional. María Antonieta miraba al frente con el mentón bien alto, pero la gente seguía escoltándoles como si nada. Ni un solo "¡Viva la nación!". Su silencio lo decía todo, no sé si sabes a qué me refiero.

—Supongo que tal vez todavía muestran algo de respeto, son los reyes al fin y al cabo…

—¡Tonterías! Oye mis palabras porque te aseguro que se cumplirán antes de lo que imaginas: ese silencio era el preludio de la muerte, ¿entiendes? Ya no hacen falta gritos ni consignas. Francia ya sabe que *madame Guillotine* mantiene su hoja afilada solo para ellos y que es cuestión de tiempo que caiga sobre sus cabezas.

Lorian deslizó su vista hasta la ventana. La noche embrujaba la ciudad. Las oscuras casas de París se perdían en un laberinto de callejuelas donde el peligro y la traición rondaban a sus anchas. Sintió un peso congelado en su estómago al recordar que la guillotina esperaba nuevas víctimas por la mañana. La Plaza de Grève, la Plaza de la Revolución, la Plaza de la Bastilla... La muerte en forma de cuchilla podía sobrevenir en cualquier lugar, en cualquier momento. Ya nadie estaba salvo de sí mismo ni de los demás. Robespierre estaba haciendo un trabajo extraordinario: ningún ciudadano confiaba en otro. La ley del miedo se había adueñado de hombres, mujeres y niños.

En aquel momento, la puerta principal del periódico se abrió. Lorian y Desgas se volvieron para ver entrar a una joven ataviada con una falda a rayas rojas y blancas. La camisa azul que ceñía su busto se hallaba salpicada de harina; sobre ella caían delicados bucles rubios que parecían danzar al son de su dueña.

—Buenas noches, ciudadanos —saludó cantarina.

Lorian, incómodo, bajó la cabeza, al tiempo que Desgas se levantaba de su asiento.

—Bueno, bueno, ¿a quién tenemos aquí? ¡Mi querida Lucille nos honra con su visita!

Ella hizo una divertida reverencia antes de mostrarles una cesta llena de panecillos.

—Hemos cerrado la panadería hace poco y pensé que os gustaría comer algo... No es bueno trabajar hasta tan tarde y, como dice mi hermano, ya hemos pasado bastantes años de hambre como para sufrirla ahora. —Miró la cesta y continuó—. Están un poquito quemados, pero... no hay que desaprovechar nada.

Desgas se frotó las manos con satisfacción antes de probar uno.

—¿Qué me dices, Lorian? —preguntó Lucille risueña—. ¿No le agradeces a tu buena amiga que os cuide tan bien?

Él hizo un vago gesto de afirmación con la cabeza y carraspeó.

—Debería irme… Tengo que…

—¿Por qué tanta prisa? ¡Si acabo de llegar! —La joven dibujó un mohín de enfado mientras depositaba la cesta en la mesa de Desgas—. Además, la última vez que nos vimos prometiste llevarme a ver una ejecución… Y no lo has cumplido.

—No… Lucille, ya me conoces, odio asistir a ese… a ese espectáculo del horror. No comprendo cómo os gusta ver la muerte tan de cerca.

Con un gesto distraídamente estudiado, la muchacha dejó su hombro derecho al desnudo al tiempo que sonreía con mirada pícara.

—Vaya, tenemos a un traidor entre nosotros… Pero eres demasiado guapo como para delatarte. —Suspiró con aire teatral—. Incluso en el Infierno de París se necesitan ángeles, ¿no crees?

Desgas se atragantó con una risotada.

—Y vas a decirme que tú eres uno de ellos —dijo Lorian con un tono de voz neutro.

—Cándida y pura como un diablillo, esa soy yo, para serviros, ciudadano… Para serviros en lo que preciséis… y cuando queráis.

—Vamos, Lorian —bromeó Desgas—, no le niegues un beso a la chiquilla, te lo está pidiendo a gritos.

Ella se ruborizó. El lunar junto a su boca pareció danzar en consonancia con su sonrisa.

—Sería una buena forma de darme las gracias…

Lorian, muy serio, avanzó hacia Lucille y posó sus manos en los hombros de la joven.

—Gracias por todo, bella diablesa… Pero no eres para

mí. Incluso los ángeles decidimos a quién ofrecer nuestro corazón. —Apretó los dientes al ver que ella trataba en vano de no llorar y se dirigió a la puerta—. Volveré mañana.

Caminaba con paso vivaz hacia Nôtre Dame, ahora convertida en santuario de la diosa Razón. Era muy consciente del daño que le había inflingido sin querer a Lucille. Procuraba no pensar en ello y, sin embargo, le resultaba imposible. Él también sabía lo que era sufrir por amor y no pretendía que la joven fuera infeliz por su culpa. Llevaba meses insinuándose de manera completamente abierta y Lorian había dejado claros sus sentimientos en tantas ocasiones…

Se detuvo en seco unos instantes al escuchar una algarabía cercana que le erizó el vello.

—*Ah! Ça ira, ça ira! Les aristocrates à la lanterne!* —El canto se unió a las campanas de Notre Dame—. *Ah! Ça ira, ça ira! Les aristocrates on les pendra! Le Français toujours vaincra!*

La turba de voces fue alejándose en un eco siniestro.

El corazón de Lorian volvió a acompasarse poco a poco al ritmo del rumor tranquilo del Sena. No quería cruzarse con nadie y mucho menos con un grupo de revolucionarios ebrios de violencia.

El silencio regresó de nuevo a París. El único sonido era el susurro de los árboles agitados por el viento, que era como el último estertor antes de la muerte, un prolongado aliento agónico.

Al llegar a la catedral, vio una silueta que esperaba tímidamente junto al pórtico central.

La figura albergaba luz propia.

Lorian contuvo el aliento y cerró los ojos para retener la sensación que arremetía contra su pecho. Pasó un minuto, quizá dos, hasta que se decidió ir a su encuentro.

—Agnès… Amor mío…

Ella se volvió con una expresión de trémula felicidad en su rostro. Su cabello negro, cubierto por un pañuelo, caía en cascada por su espalda y su cuerpo, frágil y esbelto, permanecía oculto bajo un ligero vestido gris.

—Dios mío, Lorian...

Se arrojó a sus brazos. Apasionada, temerosa.

Lorian aspiró el aroma que desprendía su piel. Un delicado olor a miel y romero.

Cerró de nuevo los ojos, sintiendo su cuerpo contra el suyo… sus manos, su pecho, su cintura, sus muslos. Ni siquiera se atrevió a moverse. Cuando sus dedos acariciaron la parte desnuda de su nuca, no pudo reprimir un estremecimiento.

Agnès era lo más hermoso que jamás hubiese visto, y en esa noche turbulenta donde cualquier desgracia era posible, aquel abrazo le hablaba de promesas que habían jurado cumplir, de palabras de amor pronunciadas a media voz, de besos robados a la luz de las estrellas, de secretos que algún día dejarían de serlo.

Era suya.

Se pertenecían el uno al otro.

Para siempre.

—Tenía miedo de que mis padres descubrieran que he salido a medianoche para estar contigo… Pero tenía que verte, tenía que verte… Te quiero tanto…

Se habían separado y, en silencio, se contemplaban con avidez, con una sed de ellos mismos que desconocían poseer.

Se oyó un grito a lo lejos y Agnès sintió un fuerte escalofrío recorrer su espina dorsal.

—No tengas miedo. Sabes que estaré a tu lado pase lo que pase. Mi vida es tuya.

Ella sonrió. Parecía atravesarle una luz celestial.

Lorian se acercó despacio, muy despacio, hasta que sus labios rozaron la mejilla de la joven. Descendió en una suave caricia, hasta alcanzar la comisura de su boca color cereza.

Aguardó unos segundos.

Ella entreabrió los labios, ofreciéndose a su amante con una libertad sin fisuras.

Se quedaron así, inmóviles, con la ingravidez que solo producen los sueños, hasta que el roce se intensificó, y con él, la conexión final, el beso pleno y anhelado.

Lorian buscó nuevamente su comisura para recrearse después en su centro, saboreando su aliento, estremeciéndose al mismo tiempo que ella.

La plenitud. El éxtasis.

—¡¡Ahí está!!

Como invocados por el alarido, un grupo de soldados de la Guardia Nacional surgió de entre las sombras y se abalanzó sobre Agnès.

—¡Es una traidora a la patria, una monárquica que ayudó a Luis y a la austríaca a escapar! ¿No lo veis? ¡Ya os lo decía! ¡Ni siquiera lleva consigo los colores de nuestra amada bandera!

La voz de Lucille resonaba en toda la Plaza de Grève, como si quisiera despertar a la guillotina dormida en su centro.

Lorian comprendió el ardid de la joven despechada, que sin duda le había seguido hasta allí. Embistió contra la Guardia con todas sus fuerzas, pero al momento tenía más de diez bayonetas apuntando a su pecho.

—Ciudadano, si ayudas a esta chica, ayudas al rey —dijo uno de los soldados con voz cortante—. Y creo que eres lo bastante inteligente para saber lo que les ocurre a los que van contra nuestra revolución…

—¡Apelo a la justicia! ¡Ni siquiera hay pruebas! ¡Ella es inocente! ¡¡Soltadla!!

Lucille espetó una carcajada seca.

—¡Miente! ¡Solo quiere protegerla! ¡Hoy mismo he escuchado decir a esta zorra que nuestra preciada guillotina es un atroz baño de sangre! ¡Traición! ¡Traición!

Agnès, sujeta contra su voluntad, miró a Lorian sabiendo que sería la última vez.

—Te amo…

Sus ojos grises rebosaron de lágrimas antes de que un soldado le golpeara en la cabeza, haciéndole perder el sentido.

La guillotina pareció sonreír en la oscuridad, conocedora de que pronto tendría a su merced una nueva vida que sesgar.

34

Se despertó con una convulsión.

No tuvo tiempo para abrir los ojos o hablar. Los restos de agua que todavía llenaban su estómago, ascendieron hasta su garganta en un vómito casi agónico.

Cuando finalmente pudo enfocar la vista, reconoció el rostro asustado de Nick. Su amigo estaba sujetando su cuerpo yaciente.

—¡Gracias a Dios, Rachyl…! Dime que estás bien…

Ella se giró para descubrir que Albion permanecía a su lado, observando la escena como un espectador que no sabe si debe interferir o mantenerse al margen.

Sintió la cálida mano de Nicholas acariciar sus mejillas.

—Rachel… ¿esto es… agua salada? ¿Qué ha ocurrido? Debería verte un médico…

Ella negó con la cabeza y trató de incorporarse.

—He hablado con el viejo pescador… Él… me ha explicado todo…

—¿De qué estás hablando? Rachel… —Le obligó a mirarle—. Te has desmayado. Nos has dado un buen susto. Pero solo han sido un par de minutos…

La joven se sentó en el suelo. Algunos visitantes que comenzaban a merodear por la galería les observaban con extrañeza.

—¡Eso es imposible...! ¡He estado con el pescador una hora por lo menos, estoy segura!

Albion le tendió su mano y le ayudó a levantarse.

—Regresemos al hotel —dijo circunspecto—; tienes mucho que contarnos y necesitas reponerte.

Nicholas no discutió aquella sugerencia que parecía una orden.

Compraron unos sándwiches por el camino y una vez en el Danubius, se encerraron en la habitación de Rachel. La joven se quitó el abrigo y comprobó aliviada que el medallón seguía colgando en su pecho. Todavía se sentía aturdida y mareada, pero la necesidad de seguir era su propio valor, la entereza que requería para lograr comprender todo lo que había ocurrido.

—¿Quieres decir que el cuadro estaba vivo o algo así? —preguntó Nick tras volver a escuchar por tercera vez la explicación de su amiga.

—No sabría cómo describirlo... Sencillamente yo estaba allí, con él, en su barca.

Albion le tendió una lata de refresco que ella aceptó agradecida.

—¿Y cómo es posible? ¿Has sufrido una especie de viaje astral, de burbuja espaciotemporal? ¿Y si todo hubiera sido un sueño?

—Ha vomitado agua de mar, en eso no hay dudas. Es imposible que pueda tratarse de un sueño. —Albion miró solamente a Rachel, pero Nicholas sabía que se dirigía a él.

—Yo creo... —expuso ella— que ha sido gracias al medallón.

Nick se ajustó las gafas, reflexivo.

—El que te regalaron tus padres cuando eras pequeña.

—Sí, el pescador dijo que este colgante me había llevado hasta él.

—¿Es mágico?

—No te burles...

—Mágico o no —terció Albion—, está claro que es especial y que tiene o tuvo conexión con Blake.

Nick se apresuró a añadir:

—Él podía ver partes de otra realidad, de un misterioso más allá... Lo mismo puede pasarle a este medallón, tal vez. Puede que sea..., no sé, una clase de catalizador o de conector entre este mundo y otro que desconocemos.

—¿Tu padre escribió algo sobre él en su diario? —preguntó Albion.

—No, ya lo he buscado, pero... no hay nada. A no ser...

—¿El qué? —Nick se mostró impaciente.

—Bueno, el reloj de arena que mi padre escribió utilizando palabras... Tengo la sensación de que esos dos términos que no sabíamos interpretar tienen relación con esto.

—¿Cuáles son? —quiso saber Albion.

Rachel se los señaló en el diario.

—*Cerca trova* y *Dos ojos*. La primera expresión siempre la decía mi madre. Me repetía sin cesar que buscara más allá del mundo que me rodea para encontrar lo que estaba oculto...

—Blake pensaba —terció Albion— que el ojo físico enturbiaba la realidad. Tal y como afirmaba tu madre, no se puede ver demasiado con nuestros ojos... Por eso, Blake prefería desarrollar la óptica de sus visiones... Es decir, el ojo de la imaginación, que lo ve todo.

Entre los tres se instaló un silencio de comprensión y asombro.

—Uau... —exclamó Rachel—, sabes bien de lo que hablas, ¿eh?

—¿Creías que iba a enrolarme en tu causa sin tener ni idea de la vida de Blake? —Albion chasqueó la lengua, divertido—. Qué equivocada estabas, Rachel...

—Una vez más las dos palabras paralelas en el reloj de arena coinciden —añadió Nick, procurando tomar las riendas de la conversación—. *Cerca trova* y *Dos ojos*... Tus padres sabían que llegaría este momento...

—Y que su hija tendría el mismo poder visionario que Blake a través del medallón —concluyó Albion.

Rachel emitió una risa nerviosa.

—No sé si debería estar asustada... Todavía quedan tres pistas más. ¿Volveré a sentir cosas extrañas cuando las resolvamos?

—Déjame leer la siguiente —pidió Nicholas tomando Arbor Coeli en sus manos—. Veamos... El enigma número dos: *"La sin par isis te señala el camino de la luz, donde canta el gallo. No dudes en buscar la oscura puerta que al diablo tienta. Luvah lo sabe"*. Isis... —repitió visiblemente animado—, ¿y si se tratara de Egipto? ¡Se refiere a la diosa Isis, está claro!

—Luvah era el Zoa del amor, ¿no? —intervino Rachel.

—También está dibujado el símbolo de un triángulo con el vértice hacia arriba... —afirmó Albion.

—No tenemos mucho tiempo —suspiró la joven—, ¡quedan muy pocos días para el solsticio de invierno...!

Albion cogió el diario, lo cerró y se lo entregó.

—Si no descansas, no llegarás ni a mañana.

—¡Pero solo son las tres de la tarde! ¡Tenemos que...!

—Cada uno pensaremos por separado, Rachyl —dijo Nick, con una sonrisa casi paternal brillando en sus ojos tras las gafas—, ya se nos ocurrirá algo más.

Rachel asintió. Estaba físicamente agotada.

—Gracias. A los dos.

Vaya, la chica sabía lo que hacía, estaba claro.

Su padre la había instruido demasiado bien para lo que le convenía.

Solo tenía que esperar un poco más...

Un poco más...

Y todo terminaría para ella.

35

Se disponía a cambiarse de ropa cuando escuchó dos golpes en la puerta.

Al abrir, Nick entró en la habitación de nuevo con una rapidez que la dejó perpleja.

—No me apetecía hablar contigo estando *ese* con nosotros —prorrumpió su amigo antes de que ella pudiera hablar.

—¿Ese?

—Albion, ¿quién si no? ¿De verdad te fías de él?

Rachel hizo un gesto para indicarle que se sentara en la cama a su lado.

—Solo quiere ayudar…

—Ya —resopló Nick—. ¿Y lo hace de forma altruista, no? ¿Qué gana con todo esto?

—Escúchame… —dijo al tiempo que posaba la mano en su hombro—. No seas cabezota…

—¿Qué interés tiene? —prosiguió su amigo sin atender sus palabras—. Te lo diré, su interés eres tú.

Rachel enmudeció por unos instantes. Su mente le suplicaba que dijera algo, cualquier cosa. Su lengua, sin embargo, no le obedecía. Estaba bloqueada.

—Sé que… —Nick tomó su mano y besó sus nudillos suavemente, uno por uno, antes de continuar—. Sé que te he fallado. Tus ojos me lo dicen cada vez que te miro.

El corazón de la joven se hundió en su pecho como una pesada piedra.

—Solo te pido que creas en mí.

—Nick, yo… —Tenía que reaccionar, tenía que…—. Nick, ya no tenemos diez años…

Él la rodeó entre sus brazos y su hálito rozó como una cálida mariposa el lóbulo de su oreja.

—Lo sé, y eso es lo que me aterra. Te he perdido, ¿verdad?

—No…

—Entonces, dime de nuevo que seguimos siendo nosotros, que tengo una oportunidad.

—Nicholas…

—Por favor, Rachel. Necesito oírtelo decir —musitó con angustia—, te necesito a ti.

Deslizó los labios hacia su garganta y los posó allí con deliberada lentitud. El corazón de Rachel tomó un ritmo frenético. Aquel beso le hablaba de tiempos felices, del sonido del río, del olor del sol, de una rendición a tiempo.

Nicholas alzó su rostro y, vacilante, buscó sus labios. Creyó que ella le apartaría, pero Rachel tomó su cara entre las manos y le devolvió el beso con la urgencia de una amante que sabe que está haciendo algo prohibido.

Volvía a tener quince años, volvía a pisar tierra firme, volvía a sentirse una niña llena de sueños luminosos, volvía a…

Algo no iba bien.

El beso de Nick ya no le devolvía ternura, sino una completa sensación de conflicto.

Su boca había transformado la necesidad en violencia.

Parecía encendido, y al mismo tiempo furioso consigo mismo.

Rachel abrió los ojos.

Ya no era una niña. Sus sueños habían cambiado. Hacía tiempo que sus pies no caminaban por tierra firme.

Se odió por no sentir lo que se suponía que debía sentir. Entrelazó sus brazos alrededor del cuello de Nicholas y notó su cuerpo contra el suyo.

Pero aquel nuevo beso le supo amargo. Estaba cargado de sentimientos que ya no formaban parte de ella.

Frustrada, vencida por sus propias dudas, le apartó con dulzura.

—¿Qué me ocurre...? —murmuró entre sorprendida y triste.

—¿Rachel...?

—No puedo hacerlo, no puedo... —desvió la vista y bajó la cabeza—. Lo siento, es que...

Nick acarició su mejilla con delicadeza.

—No voy a rendirme, Rachyl...

La joven se volvió hacia él y descubrió una sonrisa apesadumbrada.

—No sé qué siento, Nicholas... Ya no sé nada...

Sin dejar de mirarla, sin que pareciera casi reparar en lo que hacía, volvió a cogerle la mano.

—Ojalá pudiéramos saberlo todo, Rachyl, ojalá.

36

Andrew comprobaba por cuarta vez los resultados obtenidos por su superbuscador.

Aparecían tantas referencias a Blake como diferentes opiniones y lagunas relacionadas con su vida y obra. Nadie, ni críticos, ni bloggers, ni especialistas biográficos, se ponía de acuerdo en qué quiso decir el artista con sus grabados y alucinaciones.

Cada uno explicaba un significado distinto, lo que Andrew interpretó como el más grande de los enigmas nunca visto. ¿Cómo era posible que alguien como William Blake hubiera sido un hombre maltratado en su época e igualmente incomprendido en pleno siglo XXI?

Andrew bebió un sorbo de su bebida isotónica y cambió el campo semántico de la búsqueda: "luna, sangre".

Él también había contemplado aquella luna siempre llena cada noche. Una luna que jamás menguaba y en cuya base crecía y crecía una siniestra mancha sanguinolenta.

"Tal vez no tenga nada que ver con Blake y yo esté alucinando, pero… tengo que comprobarlo. Rachel confía en mí."

Los primeros resultados conducían a los diferentes medios de comunicación que detallaban el fenómeno como algo inusual que tenía desconcertado a los astrólogos.

Tras ver diversos vídeos donde se exponía la noticia, decidió añadir una pequeña variación: "William Blake, luna".

Su ordenador tardó unos minutos en mostrar únicamente diez entradas.

Andrew frunció el ceño y acto seguido sintió un desagradable sudor frío recorrer su espalda y llegar a sus manos.

Cogió su móvil y marcó el número de Rachel. Tras tres tonos, su amiga contestó con voz apresurada:

—¡Andrew! ¡Qué alegría recibir tu llamada!

Andrew tragó saliva, procurando sosegarse antes de lanzar su información.

—Rachel, ¿cómo estáis? ¿Tenéis novedades?

—¡Sí! De hecho, la pista de papá se refería a un cuadro que está justo aquí, en Budapest. Hemos ido esta misma mañana a verlo Nicholas, Albion y yo, y…

—¿Albion?

—Era un estudiante de mi padre, sabe lo mismo que nosotros. Nos está ayudando.

—¿Le habías visto antes? Su nombre me suena…

—La verdad es que no. O al menos no lo recuerdo. Pero parece de fiar… Y además…

En aquel momento, un silencio helado interrumpió la línea.

—¿Rachel?

Nada.

Su mano se crispó en torno al móvil. Al otro lado, alguien escuchaba, como esperando a que él hablara de nuevo. No podía explicarlo, pero estaba seguro de que la conexión con su amiga se había roto intencionadamente.

Y entonces…

Gritos.

Hombres, mujeres y niños.

Cientos. Miles.

Eran alaridos desgarradores, desnudos, lacerantes. Lamentos de miedo, de desesperación.

Andrew se sobrecogió. Un pesado nudo se instaló en su estómago. Le parecía estar escuchando las mismas entrañas del Infierno.

Al cabo de unos segundos, la calma volvió a la línea. Una calma expectante. Eléctrica.

—¿Andrew…? —Rachel le llamó, asustada.

—¿Lo… lo has oído también, verdad?

—Dios… ha sido…

—Horrible.

—Andrew. Es *él.* No quiere que hables conmigo.

—¿A quién te refieres? ¿Quién no quiere que hablemos?

—Mis pesadillas, la visión que he tenido con el cuadro… Andrew, creo que no tenemos mucho tiempo si realmente nos están escuchando, pero confía en mí: el Infierno existe. A eso se refería la profecía.

—¿¿Qué??

—Por favor, créeme. ¿Recuerdas la psicofonía que grabó *Phantom*?

—S-sí, pero…

—"La boca se está abriendo"… Alguien debió de advertirnos ese día. En el solsticio de invierno, el portal del que hablamos se abrirá en algún lugar, Andrew. Y Lucifer saldrá en libertad con todas sus huestes.

Andrew se recostó en su asiento y se pasó la lengua por el labio inferior antes de contestar.

—Te creo. De verdad, te creo… porque yo también he descubierto cosas que… en fin, son como poco increíbles…

—Cuéntame.

—Está bien. Tengo delante, en mi ordenador, los resultados de una búsqueda en la que he incluido a Blake y a la luna.

—La luna… casi me había olvidado…

—¿No has visto las noticias? ¡Todos están como locos intentando entender qué ocurre! Bueno, pues parece que solo a mí se me ha pasado por la cabeza unir a Blake con este fenómeno. Y… en serio, es… asombroso.

—¿Qué has averiguado?

—Blake elaboró su propia teoría de los ciclos de la luna, y los relacionó con los Zoas.

—Vale, esto no me lo esperaba.

Rachel sonaba nerviosa, casi sin aliento.

—Parece ser que dentro de estos ciclos, ya sabes: luna nueva, luna llena, etc., existe uno desconocido por el hombre. Uno que se activará, según Blake, cuando el mundo esté próximo a su fin.

—La luna de sangre…

—O el llamado Dragón lunar, como el dibujo que hizo tu padre en su diario. Dragón… Lucifer… Siempre han sido un símbolo el uno del otro, ¿no? En fin, todo encaja.

—¿Es… como una especie de aviso?

Andrew cerró los ojos antes de contestar.

—No, Rachel. Es una contrarreloj.

37

De alguna forma, intuía que él la esperaba en el jardín más allá de la decadente sala que tan bien conocía. Con cuidado, abrió la polvorienta puerta de cristal que conectaba con el exterior y avanzó sumiéndose poco a poco en la penumbra reinante. El sol se había ocultado por completo, pero todavía agonizaba una melancólica claridad violácea a lo lejos.

Sabía también que debía dirigirse hacia la fuente con forma de estatua que decoraba el centro, pero no apretó el paso. Algo había captado su atención.

La vegetación que la rodeaba, los setos, flores, los árboles… Rachel se detuvo a contemplar un conjunto floral y rozó los pétalos de unas rosas con la yema de los dedos. Eran de cristal.

Todo conformaba un extraño mundo artificial. Bello, pero triste. Muerto.

—Solo mi padre puede crear algo vivo. Yo no poseo tal poder. Mis flores siempre nacen muertas, como habrás podido ver en la sala.

Rachel no se volvió. Sabía quién le estaba hablando.

—Es bonito igualmente.

—Muy curioso que pienses así. —Por el tono de su voz, notó que estaba sorprendido.

—No tengo problemas en admitir que el Infierno no está tan mal.

Una carcajada resonó a sus espaldas obligándole a darse la vuelta.

Lucifer la observaba con aquella mirada de oro que relucía en la semioscuridad. No había rastro de sus alas negras.

—No está en mis intenciones hacerte daño.

Rachel se cruzó de brazos.

—Tampoco creo que quieras regalarme una caja de bombones…

Él sonrió abiertamente.

—Ven —ordenó con suavidad—, acompáñame.

Ella le miró con recelo antes de acceder a su petición.

—Tal vez no entiendas que la humanidad me necesita.

—¿Estás intentando ser irónico?

Lucifer hizo un gesto con su mano enguantada en cuero negro.

—Siempre lo soy. Una eternidad en los recovecos más ocultos del mundo te agria el carácter. Sin embargo, lo que he dicho es cierto.

Rachel se dio cuenta de que caminaban en dirección a la fuente seca. El jardín se retorcía en un sencillo laberinto y todos sus senderos conducían al mismo centro.

—¿Quieres ser libre para ayudar a la humanidad? Creo que no capto cuál sería tu papel en ese acto de bondad.

Él aminoró su paso para caminar junto a la joven.

—Es comprensible. Tantos siglos de engaños, de supercherías... os han hecho pensar de manera errónea.

—Nos han lavado el cerebro, ¿eh?

—Ahora es tuya la ironía, pero no lo hubiera expresado mejor. —Tras un breve inciso, señaló la fuente—. Hemos llegado.

Rachel abrió la boca con estupor. Ante ellos, se alzaba una estatua de bronce verde cuya imagen rebosaba una belleza colosal.

Un ángel.

Alas extendidas en un movimiento de vuelo congelado en el tiempo, manos tratando de rozar el cielo, torso desnudo y esbelto como el de un adolescente, cabello largo, sonrisa perenne, ojos cerrados.

—¿Eres... tú?

Lucifer ladeó la comisura de sus labios, mostrando uno de sus colmillos.

—Lo era.

Rachel tragó saliva.

—El lucero del alba... —musitó.

—Ese es un nombre que ya nadie utiliza.

—Pero te llamabas así, ¿verdad?

—Hace muchos eones de eso. Demasiados.

—Pareces apenado.

—Recordar viejos tiempos siempre entristece.

—Nunca pensé que Lucifer pudiera sentir pena o dolor. Ni siquiera podía creer que realmente existieras.

Él la miró sin cambiar su expresión serena.

—Y ahora estás hablando conmigo. Los hilos del destino son muy caprichosos.

Rachel desvió la vista.

—Hace escasamente una noche me amenazaste. ¿Y hoy quieres que seamos amigos?

—No. Solo pretendo que me comprendas.

La joven permaneció en silencio.

—Mírame —dijo él, señalando la estatua—. Cuando todavía era un ser de luz, solo quería que los mortales también la tuvieran.

—¿Luz?

—Conocimiento.

Rachel parpadeó, confusa.

—"El que hace la luz", eso significa *Lucifer*. ¿No es cierto?

—Eres muy lista, Rachel. —Ella vio cómo sus puños se cerraban luchando por controlar su tensión—. Pensé que para eso había sido creado. Para proporcionar la luz necesaria a los hombres y que su mundo dejara de estar dominado por las tinieblas de la idiotez.

—Como Prometeo.

Él se rio. Una risa triste, apagada.

—Prometeo... Los griegos confundieron mi historia con tantos dioses... Pero, sí, soy una especie de antiguo Prometeo: mi deseo era dar el fuego de la inteligencia y fui condenado al mayor de los castigos por ello. Existir en la oscuridad es un suplicio terrible. —Negó con la cabeza y murmuró—: Supongo que el sol jamás brillará para aquellos que le dieron la espalda.

—Mientes.

Lucifer no dejó de mirar la estatua, como si hubiera previsto aquella reacción.

—Si tu deseo es llenar la tierra de la luz del conocimiento... ¿para qué quieres abrir las puertas del Infierno? ¿Tus diablillos serán profesores de los pobres mortales?

Vaya, lo dudo mucho. Y Blake también tenía sus dudas, tantas, que sus seguidores le dieron la razón uniéndose a su causa para acabar contigo cuando fuera el momento. ¿Y mi padre? ¡Tú le mataste! ¡¡Le mataste!! ¿Qué clase de luz es ésa? Él descubrió lo que iba a ocurrir y quería que yo te detuviera.

Sus ojos encendidos de oro se enfrentaron a los suyos. En ellos se concentraba, como dos llamaradas, el color sanguinolento de un crepúsculo.

Ahí

—¿Y lo harás, querida Rachyl? ¿Te enfrentarás a mí? —preguntó, repentinamente cínico.

Ahí, inmóvil

Rachel alzó el mentón, desafiante.

Ahí, inmóvil, en las sombras.

—No tengo nada que perder... salvo mi vida.

Ahí, inmóvil, en las sombras. Había abierto los ojos a la realidad, pero todavía podía ver, como un espejismo luminiscente, aquellos iris de fuego taladrando su cerebro.

Se incorporó lentamente y espetó un leve juramento; se había quedado dormida sin querer, con la ropa del día anterior todavía puesta.

Bebió un vaso de agua comprobando en su móvil que eran las tres de la madrugada.

Se sentó en el borde de la cama y se cubrió el rostro con las manos. Aquellas no eran simples pesadillas. Lucifer estaba jugando con ella. Pero no entendía con qué fin. ¿Por qué no acabar con su vida como lo hizo con la de su padre y así vencer a la única persona sobre la faz de la tierra que podía hacer peligrar la apertura del portal místico?

Se alisó la falda y se levantó. Tras cerrar con llave la puerta de su habitación, se dirigió a la de Nicholas.

Pero cuando alzó el puño para llamar, lo dejó en el aire, paralizado. Su mano tembló imperceptiblemente unos instantes antes de volver a caer inerte. Dio otro paso adelante, apoyando la frente en la puerta. Sin embargo no se movió.

Tras unos segundos, se alejó y se dirigió al otro extremo del pasillo.

Intentó no pensar demasiado al dar tres golpes en la habitación 405.

Albion abrió casi en el acto, como si la hubiera estado esperando. Ya no llevaba puesta su acostumbrada bufanda roja sino un jersey de cuello alto.

—¿Tampoco puedes dormir? —preguntó ella.

—Llevo despierto toda la noche. —Hizo un gesto—. Ven, pasa.

La habitación estaba a oscuras. La luminosidad de aquella luna maldita impregnaba con su embrujo toda la estancia. Albion no hizo ademán de encender ninguna lámpara. Se sentó en la cama y esperó a que Rachel hiciera lo mismo.

—Has vuelto a soñar con él, ¿verdad?

Ella amagó una mueca de agotamiento.

—Ni siquiera sé qué quiere de mí.

—Intenta convencerte, engañarte. Es lo que mejor sabe hacer.

—Te aseguro que no lo conseguirá.

El rostro de Albion no reflejó emoción alguna. Su voz, sí.

—Tienes tu camino muy claro, peregrina.

—Y a un ángel protegiendo mis pasos.

Albion permaneció con los ojos fijos en los suyos, como si fueran un imán.

—Parece que finalmente me has dado un papel para representar en esta obra. —Mostró una envolvente sonrisa plagada de intenciones.

Ella se retorció su mechón de flequillo azul. Tantas preguntas en la punta de la lengua y tan poco valor para verbalizarlas… Ella, que siempre se había considerado una chica decidida.

—Sigo sin saber quién eres, pero he decidido confiar en ti.

—Qué honor.

—¿Tengo otra elección?

—Podrías ignorarme y poner tu vida en manos de Nicholas, por ejemplo… —La ambigüedad tiñó sus palabras.

—Insisto en que sé cuidarme sola… Y… ¿crees que no me he dado cuenta de esa pelea clandestina que mantenéis desde que os presenté?

—Puede que los ángeles y los demonios no nos llevemos bien.

—Qué divertido.

—No estoy bromeando.

Sin alzar la voz, pero con una intensidad fascinadora, él siguió hablando.

—Créeme. Solo quiero protegerte.

—Y yo a ti.

Ya era demasiado tarde. Estaba dicho. Rachel apretó los dientes y se maldijo por haber respondido con tanta sinceridad.

—Entonces lo haremos juntos. Encontraremos el portal. Cerraremos la puerta.

—¿Y si te ocurre algo malo? —se apresuró a añadir.

"¿Qué estás haciendo, Rachel? ¿Y Nick? ¿Por qué diablos no mencionas a Nick?"

—¿Y este miedo tan repentino?

Albion mantuvo su sonrisa, pero su mirada transmitía cierta tristeza. Rachel suspiró.

—Solo quiero romper la maldición de que todos a quienes quiero acaban desapareciendo.

Albion acercó su rostro al de ella.

El aroma a manzanas maduras pareció invadir de pronto toda la habitación.

—Si cerramos los ojos a nuestras propias heridas —susurró—, éstas seguirán ahí cuando los abramos. Tu padre murió para defender lo que creía. Pero no será un adiós hasta que digas adiós.

Alzó una mano y la llevó hasta la mejilla de Rachel, que sin ser consciente, contuvo el aliento.

Era la primera vez que la tocaba.

La acarició con la delicadeza de un hálito entrecortado. Después, muy lentamente, la besó aún más suave en el mismo lugar en el que la había tocado.

Rachel descubrió que era incapaz de moverse. Recordó las palabras de Nicholas, "su interés eres tú" y no pudo evitar cerrar los ojos.

Ni siquiera sabía qué le atraía de Albion. Era algo más que el físico, que su mera presencia; y por esa razón actuaba movida por la precaución y el temor.

Los labios de él comenzaron a deslizarse hasta los suyos. Rachel sintió cómo su corazón le golpeaba con violencia en el pecho, pero no perdió el dominio de la situación.

Interpuso las palmas de sus manos entre ellos y le detuvo.

Albion, como si comprendiera su negativa, tomó su rostro y le miró sin decir una palabra. Sus ojos hablaban de esperanza contenida, pero también de dolor.

—No lo estropees, por favor —murmuró Rachel, procurando retener en su memoria aquella mirada revestida de emociones.

—No lo haré. Pero sí quiero mostrarte algo.

Rachel le siguió hasta el baño. Él encendió la luz y sujetándola delicadamente por los hombros le obligó a mirarse en el espejo. La joven se sintió inquieta. No había vuelto a ver su reflejo desde que el espejo de su propio lavabo apareciera roto de forma inexplicable.

Ahí estaban ambos. Ella con el rostro más demacrado de lo que podía recordar y él a su espalda, con una leve sonrisa meciéndose en sus labios.

—Coge ese vaso —le pidió—, y llénalo de agua.

Rachel lo hizo sin cuestionarle.

—Ahora arroja el agua contra el espejo.

—Albion…

—Vamos, adelante.

No lo pensó.

—Dime qué ves.

Rachel contempló su imagen distorsionada por las ondas de agua que caían formando un efecto casi hipnótico. De alguna manera, le pareció horrible.

Guardó silencio.

Albion aproximó sus labios a su oído izquierdo y susurró:

—Yo veo a una chica dominada por las dudas. Ella quiere luchar y cumplir una promesa que no pudo hacer cuando tuvo la oportunidad… pero el pánico a fracasar la convierte en vulnerable. Lo que no sabe es que eso solo es un reflejo de sí misma. Lo que ves, Rachel, el agua que deforma tu rostro, son tus propios miedos.

La joven sintió cómo su piel se erizaba.

—¿Y detrás del agua?

El cálido aliento de Albion volvió a acariciar su lóbulo izquierdo.

—Ahí es donde reside la verdadera Rachel. Fuerte, segura, valiente. El agua es lo que tú crees ser. No lo que eres en realidad. No a quien yo veo.

Ella se volvió y sus rostros quedaron a milímetros de distancia.

—¿Y tú? ¿Quién eres?

Albion apoyó su frente en la suya e inspiró hondo.

—Una sombra. Nada más.

De repente, Rachel tuvo ganas de llorar. De vaciar su interior sin arrepentirse más tarde de ello. Una sola lágrima surcó su mejilla antes de preguntar con voz quebrada:

—¿Puedo… quedarme a dormir aquí?

Albion la contempló unos instantes dejando que el mutismo les absorbiera.

Asintió sin decir nada y tomándola de la mano, la condujo hasta la cama. Retiró el edredón y permitió que se tumbase en la intimidad que ofrecía la noche.

Las sábanas desprendían aquel aroma a manzanas que ella conocía tan bien.

Cerró los ojos, vencida por el sueño y el llanto.

No quería dormir, anhelaba ahuyentar la somnolencia, ver el rostro de Albion en la penumbra una vez más, decirle sin timidez que la tocara de nuevo, que necesitaba sentir el tacto de sus manos sobre su piel sabiendo que por la mañana ya no se atrevería a pedírselo…

Entonces, justo en el momento en que se deslizaba a tientas por el aterciopelado sendero que conectaba los sueños con la vigilia, cuando todas sus sensaciones se desvanecían, creyó percibir en sus labios un contacto de fuego, el suave y encendido roce de un beso que jamás llegaría a recordar.

38

Fletcher Moss no había cambiado un año después de que Nicholas se despidiera de ella justo en la orilla del río. Seguía oliendo al perfume dulzón que desprendía el polen veraniego a través del aire.

Rachel recogió una piedrecilla y la tiró con desgana a las aguas cantarinas.

Los gritos de unos niños jugando al otro extremo llamaron su atención. Colocó la palma de la mano a modo de visera y les observó desde la distancia. Rebosaban felicidad. La misma que había perdido ella.

Se sentó con las piernas cruzadas dejando que sus pensamientos la arrastrasen hacia un torbellino de emociones que deseaba hacer estallar.

Trescientos sesenta y cuatro días y ni una sola llamada, un whatsapp o un mensaje.

Aquella misma mañana había intentado hablar con él de nuevo, pero una vocecilla metálica insistía en que aquel número de teléfono ya no existía. Ni siquiera Joseph Emery le facilitaba las cosas. Su mujer y su hijo eran un caso perdido, afirmaba, y ni él mismo tenía demasiadas esperanzas de rehacer lo que una vez fue.

Nicholas…

La había abandonado.

Cuando más le necesitaba.

Tiró otra piedra mientras se fijaba en una niña de largas trenzas que perseguía a su amigo hasta darle alcance.

—¡Has hecho trampa! —le oyó exclamar—. ¡Juguemos otra vez!

Aquellos niños crecerían, pensó. Crecerían e irremediablemente se separarían. ¿No significaba aquello entrar en la madurez: dejar la infancia atrás?

Tal vez fuera eso lo que había llevado a Nick a desaparecer de su vida.

Quizá lo que habían comenzado a sentir el uno por el otro únicamente fuera… el cariño de los buenos amigos que se conocían desde siempre. Solo un artificio. Una ilusión. Maravillosa, pero ilusión al fin y al cabo. Y las ilusiones son efímeras como pompas de jabón. Tiemblan y rápidamente se quiebran. Imposibles de conservar. Y tampoco se puede crear otra igual.

Todavía era capaz de verles, como si hubiese viajado en el tiempo, en aquella misma orilla, abrazados, hablando de promesas que jamás se cumplirían.

Aquel primer beso la transportó a un lugar etéreo, mágico, preñado de sueños adolescentes al que sabía que ya no podría regresar.

Como

Le había perdido.

Como una

Ahora se daba cuenta de ello.

Como una acuarela.

No volvería a sentirse rota.

Como una acuarela. El cielo húngaro amanecía marmolado de azul y rosa. Rachel lo contemplaba desde la ventana de la habitación de Albion, donde hacía escasos minutos acababa de despertarse.

Cuando descubrió que él no estaba allí, una sensación de extraño alivio se extendió en su interior. Pero también germinó la angustia, la incertidumbre.

¿Qué le estaba ocurriendo?

Ella, que siempre había interpuesto el arte y su propio dolor a todo lo demás, ahora sentía que estos se desmoronaban dejando tras de sí un vacío helado. Un vacío que temblaba, trémulo como una flor a punto de abrir sus pétalos.

¿Eso era el amor?

Una emoción palpitante, arrebatadora, turbulenta, un éxtasis casi hiriente…

¿De verdad pensaba en el amor?

Aquella era una palabra peligrosa, un abismo donde temía caer.

¿Y por qué habría de tener miedo a caer?

De repente le pareció que había estado viviendo en la noche. En la sombra de su sombra, en un rumor de cánticos tristes de los que ya estaba cansada.

Y aun así, tenía la temible certeza de no saber darle nombre a lo que se estaba desnudando en su pecho.

Su rostro se reflejó levemente en el cristal de la ventana, a contraluz de los claroscuros del amanecer. En el umbral de su mirada atisbó cosas que hasta ahora habían estado veladas en el misterio de lo que se desconoce; sentimientos ocultos como piedras preciosas que brillaban súbitas bajo una nueva luz.

Amor.

El todo más absoluto.

El miedo más placentero.

Salió de la habitación de Albion y se dirigió a la suya.

Tras una ducha rápida, tomó Arbor Coeli y se decidió a despertar a Nicholas. Sin embargo, nadie contestó.

Bajó al comedor y encontró a Albion y Nick sentados en dos sillones del hall.

—Buenos días, dormilona. He llamado a la puerta de tu habitación, pero debías de dormir como un lirón… ¿Preparada para desayunar y seguir indagando en la pista de tu padre? ¡No podemos perder ni un solo día!

Rachel, muy pálida, miró a Albion que le devolvió un guiño de complicidad.

—Sí, eh… Demasiadas pesadillas —intentó sonreír. Lo ocurrido con Nick y Albion la noche anterior todavía deambulaba en sus interrogantes—. ¿Podemos desayunar en otro lugar? Quiero respirar y despejarme…

—Conozco el sitio perfecto —intervino Albion.

Nicholas se giró hacia él.

—Hablas húngaro y dominas la ciudad, ¿habías estado aquí antes?

Albion se encogió de hombros con naturalidad.

—Soy un peregrino del mundo.

Un estremecimiento surcó la piel de Rachel. Peregrino. Con esa palabra se habían conocido días atrás, cuando toda aquella odisea cobró forma.

No tuvieron que caminar demasiado para llegar al Book Café.

Al entrar, Nicholas emitió un silbido de sorpresa.

—Increíble… —exclamó—. Esto no es una cafetería, es un palacio…

El mostrador, repleto de toda clase de tartas y pasteles, daba paso a una enorme sala, que a aquellas horas estaba únicamente ocupada por cinco comensales.

El techo, cuajado de arcos, dorados luminosos, frescos y apoteosis ojivales, estaba rematado por diversas arañas colgantes, siempre encendidas. Libros, modernos y clásicos, decoraban parte de sus muros, y sus numerosas mesas de oscura madera, se hallaban ornamentadas con vistosas flores frescas.

Olía a bizcocho recién hecho y a leche caliente.

Los tres se sentaron en una esquina, y tras pedir unos cafés y una porción de tiramisú para Rachel, se dispusieron a hablar del segundo enigma.

Nicholas fue el primero en proponer su punto de vista:

—Es Egipto, creedme. "*La sin par isis te señala el camino de la luz, donde canta el gallo*". ¡Sigo pensando que es Isis, la diosa egipcia!

—Sí, pero ¿y el gallo? ¿Y el camino de la luz? —inquirió Albion.

Rachel permanecía en silencio, estudiando aquellas palabras que su padre había escrito no hacía mucho tiempo.

"Rachel", le parecía oír su voz. "Lo sabes. Sé que lo sabes. Solo tienes que pensar y recordar todo lo que te he enseñado."

—¿Os habéis fijado…? —preguntó casi para sí misma—. El nombre de Isis está en minúscula…

—Pero es la diosa, está claro —interrumpió Nick.

—Mi padre nunca haría nada al azar.

—Nadie mejor que tú para descifrar el enigma, Rachel —apuntó Albion con serenidad—. Tómate tu tiempo.

—Es que… es extraño.

—¿El qué exactamente?

—"La sin par isis"… ¿Por qué añadir "la sin par"? Al leerlo suena…

—Demasiado raro, es verdad. —Albion no desviaba su vista de ella.

—¿Y si fuera un anagrama…?

—Un juego de palabras… Podría ser. —Nick dio muestras de comenzar a dudar de sus propias conjeturas.

—¿Probamos a unir todo? —sugirió Rachel.

—"Lasinparisis" —leyó Nicholas—, suena más estrambótico aún.

—Sí, pero… —Albion volvió a leerlo más despacio—, hay algo que es… distinto.

—Parisis —sentenció Rachel y una sonrisa iluminó su rostro—. ¡Parisis!

—Explícanos —Nick dejó traslucir su avidez.

La joven releyó la pista sin poder controlar una exclamación de felicidad.

Todo encajaba, absolutamente todo.

—En la antigüedad se pensaba, y tienes razón Nicholas, que la diosa Isis viajó desde Egipto hasta Francia, llegando a su centro. Por eso se dice que el nombre de París procede de esa deidad: Par-Isis, o lo que es lo mismo: ¡París!

—¿Estás segura?

Nick había abierto la boca con expresión asombrada.

—¡Sí! El camino de la luz y el canto del gallo…

Albion terció:

—París siempre ha sido considerada la Ciudad de la Luz y el gallo es su animal representativo.

—¡Exacto! —Aplaudió Rachel—. Luvah como Zoa del amor…

—Y el triángulo con el vértice hacia arriba es el fuego, es decir, la luz… —Nick iba enlazando cada término.

—¡Impresionante!

Rachel cogió su móvil y marcó el número de Andrew. Sus dedos temblaron al pulsar las teclas. Estaban ya al otro lado del espejo. Cualquier cosa podía ser posible a partir de ahora.

—¿Andrew? ¿Puedes reservar los tres primeros vuelos que salgan hoy de Budapest a París?

París…

Perfecto. La ruta hacia lo inevitable seguía su curso.

Pronto sería el momento de la verdad.

O de perderlo todo.

39

El gélido viento serpenteaba por las calles de París con un sonido perturbador y subyugante al mismo tiempo.

Ya había anochecido cuando Rachel, Nicholas y Albion llegaron al Hotel Bedford. Nick había insistido en reservar en aquel lugar puesto que conocía a uno de los propietarios, Jérôme, muy amigo de su padre desde hacía años.

Tras inscribirse en recepción, Nick mostró evidentes muestras de estar exhausto.

—No sé vosotros, pero yo me voy a descansar. Mañana tenemos que buscar la puerta de un demonio… y no creo que sea fácil.

—Luego me llamas a mí dormilona…

—Al menos no me negarás que tu padre podría haber simplificado sus enigmas…

—¿Creías que señalaría un punto en un mapa y escribiría "aquí, por favor"? No es tan sencillo porque…

—Sí, lo sé. El diario podría caer en malas manos. Y yo voy a caer rendido en la cama.

Rachel se rio mientras los tres subían en el ascensor al tercer piso.

Entró en su habitación y dejó su mochila junto al minibar. También estaba cansada, pero las ganas de echar un vistazo fueron más fuertes que el sueño. Decidió, igual que hiciera en Budapest, salir a dar un corto paseo. Correría ese riesgo. Nick estaba en lo cierto cuando había mencionado la puerta de un demonio... No sabía por dónde empezar a buscar. Necesitaba que la inspiración acudiera a ella. Aquello no era uno de los juegos infantiles que sus padres solían planear. Las pistas conducían a lugares que podrían marcar el destino de la humanidad y acertarlas o no dependía de tres jóvenes que no alcanzaban los veinte años.

Esperó un tiempo prudencial y salió por el pasillo enmoquetado para alcanzar el ascensor que la llevó de nuevo hasta el hall, donde uno de los recepcionistas le dio las buenas noches con un gesto sonriente.

Ya en el exterior, respiró hondo. La noche parecía emitir un tictac casi inaudible, como si fuera el temporizador de una bomba.

Las aceras grises de París estaban salpicadas de oscuros charcos, señal de que aquella tarde había llovido. Bajó la cabeza dejando que su rostro se reflejara en uno de ellos.

Acto seguido, miró la estrecha calle que comunicaba con la iglesia de la Madeleine. Estaba repleta de pequeños comercios cerrados, iluminados por las decoraciones navideñas que ornamentaban su interior.

Un hombre pasó ante ella tirando de un perro. La observó detenidamente durante unos minutos y prosiguió su camino en silencio. Lo mismo ocurrió con una motorista. Aminoró la velocidad, se fijó en ella y aceleró pasados unos instantes.

Rachel tragó saliva. Tal vez explorar París sola a las

nueve de la noche, con los corazones de los viandantes predestinados a abrirse en manos de quien no debían, no había sido tan buena idea después de todo.

Una voz a su espalda la sobresaltó.

—Dónde creías que ibas, Rachel.

Albion esbozó una sonrisa, pero sus ojos transmitían seriedad.

—Necesito pensar.

—No. Lo que realmente quieres es actuar por tu cuenta y riesgo. Una vez más.

No entendió por qué, pero de repente se sintió enfadada.

—Podías haberte quedado en tu habitación. Nadie te obliga a venir conmigo.

Albion se acercó más a ella.

—Ya te lo dije. Cuido de ti.

—Me guste o no, ¿eh?

—Considérame tu escolta personal.

—Mi ángel de la guarda. —El enfado de Rachel se evaporó tan rápido como había surgido.

—¿Adónde te dirigías?

La joven alzó las solapas de su abrigo hasta cubrir parte de sus mejillas.

—No lo sé. Había pensado ir hasta la Madeleine y… seguir un poco más allá…

—Entonces, vamos.

—No me voy a librar de ti.

—Eso me temo, peregrina.

La iglesia de la Madeleine se les antojó como el templo de un dios pagano que se hubiera materializado de pronto entre la oscuridad. Los focos que iluminaban sus numerosas columnas griegas engendraban cientos de extrañas sombras que, lejos de restarle belleza, lograban que el níveo edificio destacase con una luz mágica, casi irreal.

—Es preciosa... —musitó la joven—. No la recordaba apenas... La última vez que estuve en París fue cuando todavía vivía mi madre... Vamos por aquí, quiero ver la Torre Eiffel más de cerca...

Albion no dijo nada y se limitó a caminar a su lado.

Bajaron por la Rue Royale y cruzaron hasta desembocar en la Plaza de la Concordia.

Sus hermosas fuentes, revestidas de oro, seguían activas e iluminadas a aquellas horas de la noche. El sonido del agua, rompiendo el silencio que imperaba, era inquietante.

La Asamblea Nacional se elevaba unos metros más allá y la Torre Eiffel mostraba su colosal figura en la distancia, bañando todo París con el foco situado en su zona más alta.

La luna continuaba llena en lo alto. Su mancha sanguinolenta se había extendido cubriendo la mitad. Era horriblemente hermosa.

Los dientes de Rachel comenzaron a castañetear.

—El aire parece más denso aquí... Y más frío si cabe... Es... como si algo... fuera a hacerse visible de un momento a otro... ¿No lo notas? ¿Albion?

Se giró justo a tiempo para ver cómo el joven se doblaba cayendo al suelo sobre sus rodillas.

—¡¡Albion!!

Se agachó junto a él y, asustada, tomó su rostro entre sus manos.

—¿Qué te ocurre?

Cuando sus miradas se encontraron, ella percibió en sus ojos un dolor inmenso. Sus pupilas, reducidas a puntas de alfiler, transmitían cierto grado de locura, como si hubiera perdido toda consciencia. Mantenía las manos apoyadas en el suelo y un temblor convulso se había apoderado de su cuerpo.

—¡Por favor, no dejes de mirarme! ¡Dime que estás bien…!

Los labios de Albion se entreabrieron, trémulos. Rachel creyó que estaba llorando, pero un quejumbroso murmullo llegó hasta ella.

—Un… dos… tres… Muerto caerás…

Su voz era distinta. Ronca, grave, cavernosa.

—¿Albion…?

—La visión… más sangrienta… que nunca… verás…

Rachel sintió cómo el pánico ascendía en serpenteantes oleadas hasta su garganta.

—Despierta… —gimió—, por favor…

Albion luchó por centrar sus ojos en los de ella. Sus pupilas recuperaron su grosor y sus labios, antes lívidos, volvieron a tornarse rosados.

Sin mediar palabra, la estrechó contra su pecho.

Rachel percibió su cuerpo, todavía tembloroso, contra el suyo y, por un instante, no supo reaccionar. Le pareció que el mundo se detenía. Cerró los párpados y deseó que fuera así. Que todo se hubiera congelado en el tiempo solo para ellos. No habría búsqueda, muertes, pistas, pesadillas. Solo la promesa de una esperanza.

—No me dejes.

Su sencilla petición la atemorizó. Aquel susurro entrecortado denotaba miedo. Un miedo atroz. Él, que siempre se mostraba tan seguro de sí mismo, tan enigmático, con tantas sombras…

—No, claro que no. Estaré siempre aquí, como tú me prometiste a mí, ¿recuerdas? Pase lo que pase… Siempre…

Albion posó su mano helada en la nuca de la joven y acarició su pelo, como queriendo retenerla consigo.

—Cuando llegue el momento… no me dejes.

40

—¿*A**lors*, la puerta de un demonio, dices?

Jérôme, el joven propietario del Hotel Bedford, interrogó con la mirada a Nicholas, que saboreaba un cruasán escamoteado del comedor. Se había enterado del fallecimiento de Joseph por las noticias internacionales y no dudó en ayudar a su hijo en cuanto le fuera posible.

Rachel y Albion contemplaban la escena apoyados en los cristales del hall. No habían hecho ninguna referencia a lo ocurrido la noche anterior. Un ardiente mutismo los amordazaba dejándolos indefensos ante sus propias interrogantes.

Afuera, la lluvia caía pertinazmente sobre un París abovedado por negros nubarrones.

—Sí —insistió Nick—. ¿No te suena? ¿No hay nada parecido en todo París?

Jérôme entornó sus ojos azules y se rascó la coronilla.

—Déjame pensar…

Nick apoyó los brazos en el mostrador.

—Existe una leyenda que tal vez os pudiera interesar…

—Lo que sea —dijo Nicholas ajustándose las gafas con aire decidido.

—¡Siempre tan impaciente, no has cambiado, *mon ami!* —rio Jérôme mientras guardaba las llaves de otros huéspedes—. Me refiero a Notre Dame.

—¿Notre Dame tiene que ver con el demonio?

—*Oui*, ya sabes que está llena de misterios y secretos... Una de las historias más conocidas es la del joven aprendiz de cerrajero a quien se le encargó en el siglo XIII la creación de una puerta lateral de la catedral. Se dice que, abrumado por la tarea, en una noche de desesperación, el joven pactó con el diablo a cambio de conseguir terminar a tiempo y ser ascendido a maestro cerrajero tal y como soñaba.

—Es como un *best seller* de misterio, Jérôme —bromeó Nick.

—¡Pues queda lo mejor! A la mañana siguiente, encontraron al joven dormido bajo la puerta con la obra acabada. El trabajo fue merecedor de todos los elogios del gremio, que le concedió la gran condición de "Maître". ¡Incluso se hallaba esculpida una cabeza de demonio! Pero el cerrajero no consiguió encontrar la paz, atormentado por muchas pesadillas en las que *le diable* insistía en reclamarle el tributo pactado... —Su voz se tornó deliberadamente teatral—. Al final, lo encontraron muerto en extrañas circunstancias. Unos aseguran que se suicidó arrojándose desde una de las torres de la catedral, otros que fue encontrado muerto en su cama al amanecer...

Nicholas intercambió una mirada cómplice con Rachel.

—¿Y qué puerta de Notre Dame era?

Jérôme se acarició el mentón.

—Hum, creo que... la Puerta de Santa Ana, ya sabes, la primera a la izquierda. Es solo una de tantas leyendas,

Nicholas… Hay otra que asegura que el fantasma de un caballero templario cruza el puente cercano a la catedral cada medianoche y…

—¡La tenemos, chicos! —Le interrumpió Nick—. ¡"La puerta que al diablo tienta"! ¡Tiene que ser ésa!

Jérôme sonrió negando con la cabeza antes de atender a unos nuevos clientes.

—Bueno —apuntó Albion—, entonces no tenemos tiempo que perder.

Tomaron la línea 14 del metro que les llevó desde la Madeleine hasta Chatelet. Rachel agradeció salir de nuevo al exterior. El suburbano iba atestado de gente, estudiantes y trabajadores, y cualquier mirada o movimiento extraño, le parecía un conato de ataque.

La lluvia había remitido al llegar a la Plaza de Parvis, donde se erigía, junto a la catedral, un enorme árbol navideño decorado con cientos de bolas rojas.

La visión del conjunto era sobrecogedora.

Notre Dame se alzaba como una arcana custodia de París. Imponente en su belleza, majestuosa en su antigüedad.

En el pórtico derecho, descubrieron una fila ingente de turistas envueltos en chubasqueros dispuestos a entrar sin importarles el tiempo de espera.

—Buscamos la Puerta de Santa Ana —señaló Nick—, debe ser esta.

Albion se giró hacia Rachel.

—¿Sientes algo?

Ella frunció los labios. El medallón permanecía frío en su pecho.

—La verdad es que no…

—Fijémonos bien —insistió Nick—. Según la leyenda, tiene que haber un demonio esculpido.

Un sonido metálico reclamó la atención de la joven que se volvió para observar a una anciana religiosa que hacía vibrar una hucha de latón, pidiendo un donativo para su congregación. Por un instante, sus miradas se entrelazaron. La religiosa le sonrió mientras asentía, como si la conociera.

Una bandada de palomas alzó el vuelo cuando las campanas, en lo alto de la catedral, comenzaron a repicar. Sonaban a melodía del tiempo; vieja, sabia, hechizante. La música incandescente parecía teñir París con un color maravillosamente nuevo y desterrar las sombras de la lluvia.

—¡Ahí está!

Nick señaló el rostro de un ser demoníaco que abría sus fauces de forma grotesca. Sus escamas, colmillos y cuencas oculares estaban tan perfectamente esculpidos que daban la impresión de mimetizarse con la realidad. Como si fuera a salir despedido hacia ellos.

Rachel lo contempló fascinada por un momento.

Aquel era el demonio con quien pactó el pobre aprendiz que soñaba con ser maestro. Era, tal vez, el ser que abriría un intersticio entre este mundo y otro más lejano en el que le serían revelados los secretos que convergían en la profecía. La Sociedad Órfica volvería a poner en sus manos su conocimiento, volvería a…

—Esperad —anunció de repente con gravedad.

—¿El medallón sigue sin actuar? —inquirió Albion.

—No lo hará —aseguró la joven.

—Pero hemos encontrado la puerta del demonio… —puntualizó Nick—. Debería funcionar.

Rachel miró de nuevo hacia la Puerta de Santa Ana.

—Nicholas… Es imposible que esta sea la puerta que buscamos. ¡Y he sido tan tonta que no lo he descubierto hasta ahora…!

—No te entiendo. Es la única puerta en París relacionada de algún modo con el Infierno.

—Tiene que existir otra, créeme. ¿No os dais cuenta? Las pistas de mi padre conducen a obras que en su día crearon miembros de la Sociedad Órfica, que a su vez estaba al servicio de las teorías de Blake.

—Oh, no... —Nicholas se pasó una mano por las mejillas. Lo hizo con tal fuerza que un leve tono rojizo tiñó su piel. Comenzaba a percatarse del error que había cometido.

—Lo que quiere decir... —añadió Albion— que el incauto aprendiz no conoció a Blake ya que éste nació a finales del siglo XVIII y Jérôme nos ha dicho que esta puerta se hizo en el XIII. Hemos seguido una información que nos ha llevado a una vía muerta.

—¡Mierda! Lo siento —se disculpó Nick dando un puntapié en el suelo—. Estaba tan obsesionado con encontrar la siguiente pista, con recuperar el tiempo que siempre perdemos en cada vuelo y en los aeropuertos... que no he pensado con la cabeza y me he dejado guiar por un estúpido impulso.

—Nick... —Rachel le cogió de la mano y sonrió con ternura—. Ha sido culpa de todos. Albion y yo también podíamos haber caído en la cuenta cuando Jérôme nos lo contó.

Los ojos de Nicholas se desviaron de los suyos, incapaz de mantener retenida su tristeza.

—En serio, Rachyl... Lo siento mucho... Yo solo quería...

—Shhh, está bien, no te preocupes. Entre todos pensaremos algo, ya verás.

—Perdonen, jovencitos.

Una voz pausada les hizo volverse. Tras ellos, la anciana religiosa con hábito gris y blanco les sonreía candorosamente. Sus manos seguían sosteniendo la hucha de latón y por unos segundos Rachel creyó que iba a pedirles alguna moneda.

—No he podido evitar escucharles… Una está tan acostumbrada a que los turistas se pregunten dónde están los tesoros que esta ciudad ofrece, que me ha sido imposible no acercarme y ver por qué discutían… ¿Están buscando la puerta del Infierno, verdad?

Los tres se miraron confusos.

—Usted… habla como si la conociera, *madame* —dijo Nick.

—¡Claro que sí, joven! —rio la anciana y sus mejillas se tornaron más sonrosadas—. ¡Solía visitarla en mi juventud, y aun lo sigo haciendo!

—Y… —Nick seguía tomando la iniciativa con cautela—, ¿dónde podemos encontrarla?

—En el Museo Rodin, ¿dónde, si no? —La mirada de la religiosa se volvió evocadora—. La puerta del Infierno está en el jardín, ¡es terrorífica! Pero nos da una buena lección de por qué hay que ser bondadosos en la vida que nos ha tocado vivir… Además, tienen suerte, sí señor: el museo se cerró durante mucho tiempo y ha vuelto a abrir hace pocos años… ¡Podrán disfrutar de su arte y aprender de él! Porque ustedes son estudiantes —les dijo con un guiño—, y deben de estar en viaje de estudios, ¿a que sí?

Rachel asintió.

—Sí, *madame*… por eso… buscábamos la puerta, para… para hacer un trabajo sobre ella.

La religiosa posó una mano en su brazo.

—Pues si quieren que su trabajo sea completo, vayan a ver el molde de la puerta. Está en el Museo d'Orsay, ¡ese dato merece una matrícula de honor por lo menos!

—Gracias, ha sido muy amable en ayudarnos.

—De nada, *ma chérie* —respondió mientras se dirigía a su puesto inicial—, siempre es un placer dar a conocer esta maravillosa ciudad a los visitantes. *À bientôt!*

Nick se bajó la cremallera de su anorak y metió las manos en los bolsillos.

—Así que Rodin perteneció a la Sociedad Órfica... Nunca lo hubiera pensado.

—¡Ni yo! —convino Rachel.

—Ya es mediodía. Propongo comer algo en esos puestos de la esquina e irnos cuanto antes al Museo d'Orsay.

Albion se cruzó de brazos.

—No.

—¿No has oído a la anciana? Ahí es donde están los moldes originales. No meteré la pata de nuevo.

—Hemos perdido un tiempo muy valioso en seguir tus indicaciones. Ahora escucha las mías. ¿Por qué habríamos de ir a d'Orsay cuando la verdadera puerta del Infierno está en el Museo Rodin?

Nicholas hizo un aspaviento con las manos.

—Oh, mil perdones, "señor misterio". El molde es de donde surgió la puerta, su matriz. ¡Es de lógica pensar que hay que ir allí! —Miró a su amiga—. ¿Rachel?

Ella trató de sonar convincente.

—Nicholas, un molde es... bueno, solo un molde...

—Genial. Ahora tú también estás en contra mía.

—¡No estoy en tu contra! Es solo que...

—Vale, de acuerdo. Veo que ya no confías en mí. Yo iré a d'Orsay, vosotros haced lo que queráis.

Acto seguido, se giró en dirección al puente que conectaba con Saint Michel.

Rachel contuvo el aliento unos segundos.

—Qué he hecho…

—Lo correcto —respondió Albion—. Seguir tu instinto.

La joven tuvo la sensación de que algo irreparable se había roto definitivamente entre Nicholas y ella. El último vínculo que la ataba a su niñez desaparecía, se desintegraba hasta volatilizarse entre las plúmbeas nubes parisinas.

Lo siguió con la mirada hasta perderle entre la multitud de turistas.

—Nicholas tiene razón en algo —añadió Albion—: tenemos que comer y reponer fuerzas.

Compraron dos perritos calientes y sin perder un minuto, tomaron el metro en dirección a la calle Varenne. Lo primero que vieron al salir al exterior, fue la inmensa cúpula de Los Inválidos alzarse entre los demás edificios.

—El museo está aquí al lado —dijo Albion—, vamos.

—Albion, mira…

Rachel indicó con el dedo una de las múltiples farolas que adornaban el paseo.

En el centro de su estructura, se hallaba impresa una imagen como emblema de la ciudad: un antiguo barco con una gran vela en forma de triángulo invertido.

—Es el barco donde se dice que viajó la diosa Isis, el barco que…

Rachel detuvo su explicación al tiempo que un escalofrío recorría su espalda.

"Dios mío, es el mismo barco que vi cuando el dragón rojo me atacó… El barco de la visión que tuve al mirar sus cuencas vacías…"

—Rachel, ¿estás bien?

La voz de Albion le devolvió a la realidad.

Asintió muy deprisa, sin poder enmascarar su nerviosismo.

—S-sí…

—Ahí está el museo —señaló él—, y hay una buena fila de turistas en la entrada. Creo que nos va a tocar esperar.

Mientras aguardaban su turno, cada uno inmerso en sus propios pensamientos, el móvil de Rachel sonó en el bolsillo de su abrigo.

—Rachel, soy Andrew.

Ella sonrió.

—¡Andrew!

—¿Sigue Albion con vosotros?

Rachel miró de soslayo a su compañero y bajó la voz.

—Sí, ¿por qué?

—Es muy curioso… ¿Recuerdas que te comenté que su nombre me sonaba de algo? Pues agárrate porque vienen curvas… —Hizo un inciso—. Es el mismo nombre con el que Blake bautizó al padre de todos los Zoas.

—No hablas en serio…

—Lo tengo aquí mismo, en mi ordenador. Blake escribió sobre él en su poema más largo: *"Los cuatro Zoas: la muerte y juicio de Albion, el hombre antiguo"*. No sé muy bien qué clase de mitología es esta, pero parece ser que el tal Albion murió para que los Zoas pudieran existir. Como un sacrificio.

Rachel se pasó la yema de los dedos por los ojos en un intento por asimilar todo aquello. Pero le fue imposible.

—¿Rachel, estás ahí?

—Sigo aquí, Andrew. Ahora no puedo hablar… Mil gracias, no sé qué haría sin ti.

Al colgar y alzar la vista, se encontró con los ojos verdes de Albion fijos en ella.

—¿Todo va bien?

Rachel ladeó su sonrisa, evasiva.

—¡Claro!

Albion hizo un gesto de cansancio.

—Ya llevamos tres cuartos de hora en la fila y el tiempo corre en nuestra contra. No puedo creer que ya sean las cinco de la tarde.

Rachel guardó silencio. Se preguntaba qué estaría haciendo Nicholas en aquel preciso instante y si ellos mismos habrían tomado la decisión correcta.

Tras esperar veinte minutos más hasta que una pareja decidiera qué parte del museo quería visitar y comprara sus tickets, les tocó su turno.

—Dos únicamente para el jardín, por favor —dijo Rachel.

Nunca había estado en aquel museo y le sorprendió que se asemejara más a un palacete renacentista. Ante el edificio, se extendía un colosal jardín tristemente desmerecido por los embates del invierno.

La hierba y los setos con forma de pináculo seguían intactos, alfombrando un enorme parterre que conducía a un lago artificial. En su centro, una figura esculpida en bronce de un hombre agachado tratando de salvar a sus hijos de una muerte invisible.

Sin embargo, los numerosos rosales diseminados por doquier, se hallaban desnudos asemejándose a picudas garras entre los arbustos.

Era extrañamente hermoso. Como extraído de un cuento infantil donde el Bien y el Mal pudieran coexistir en un mismo jardín de ensueño.

Aunque no habían adquirido entradas para una visita guiada, siguieron a un grupo con un guía al frente, tratando de encontrar la puerta del Infierno en aquel dédalo de estatuas, fuentes y caminos de gravilla.

—Han sido un total de tres años de obras para devolver al palacete todo su esplendor —explicaba el joven—. Además, se ha actualizado la seguridad para adecuarse a la era tecnológica. Tenemos más de setecientas mil visitas al año y ¡ah!, miren, aquí pueden contemplar una de las obras más célebres del artista: *Los burgueses de Calais.*

Rachel y Albion contemplaron un conjunto de esculturas que representaban a cuatro hombres semidesnudos que aunaban un mutuo gesto de angustia. Contemplarlos, de alguna forma, encogía el corazón.

—Y aquí, en este rincón rodeado por rosaledas, pueden admirar *La puerta del Infierno*, la obra más ambiciosa de Rodin. ¡Se dice que se obsesionó con ella hasta su muerte!

La joven dio un respingo.

Allí estaba, casi oculta por los setos.

La puerta del Infierno. La oscura puerta que al diablo tienta.

Se acercó hasta ella como en un trance. El medallón con forma de árbol comenzó a emitir unas cálidas pulsaciones y el ritmo cardíaco de Rachel aumentó en un salvaje crescendo.

—Esta enorme puerta de casi seis metros de altura se llama así porque está inspirada en *La Divina Comedia* de Dante. ¿Reconocen aquellas figuras? Son Paolo y Francesca, a los que seguro recuerdan mejor por *El beso*; ¿y qué me dicen de ese hombre el centro del dintel? Sí, ahí donde se adivina un esqueleto… Es la figura sentada del propio Dante, aunque tal vez a ustedes les suene más como *El pensador…* Ya ven la importancia de esta puerta: muchas de sus figuras fueron posteriormente realizadas por Rodin aparte, en tamaño natural. ¿Por qué lo hizo? Es un misterio…

Rachel procuraba seguir escuchando las palabras del guía y, aun así, le resultaba cada vez más difícil. Todo su cuerpo, sus sentidos y emociones se hallaban concentrados en aquella obra escultórica que representaba con todo lujo de detalles el caos y el tormento de los pecadores en un Infierno que surgía de una amalgama de rocas y nubes.

Los hombres, mujeres y niños que gritaban, se retorcían y precipitaban de un vacío a otro, parecían vibrar ante sus ojos en un cimbreante esperpento.

—Ya ven que está claramente inspirada en su antítesis: *Las Puertas del Paraíso* de Ghiberti, en el baptisterio de Florencia, pero a diferencia de esta, Rodin prefirió un espacio sin compartimentar en el que las figuras se funden unas con otras. Los condenados ascienden y caen en un movimiento terrible que nos recuerda *El Juicio Final* de la Capilla Sixtina de Miguel Ángel. También podemos observar la influencia de los grabados de Gustave Doré para la ilustración de *La Divina Comedia* y, por supuesto, la obra de Milton y William Blake…

Los latidos del medallón ardían traspasando el jersey llegando a quemar su piel.

—Albion…

—Déjate llevar. Yo estaré aquí, a tu lado, pase lo que pase…

En aquel momento, Rachel contempló atónita cómo las puertas de bronce se abrían de par en par. Poco a poco, en silencio. La luz que surgió de su interior la cegó momentáneamente.

Miró a su alrededor. Todos se habían congelado en el tiempo.

Albion, con una enigmática sonrisa, seguía junto a ella, paralizado; al igual que el grupo de turistas y su locuaz guía.

Aturdida, comprobó con asombro cómo el medallón se alzaba, gravitando en el aire sobre su pecho y tiraba de ella, como si le invitase a adentrarse en la luz.

Respiró hondo y se preparó para atravesar la puerta…

41

Caminaba a tientas.

La luz lo abarcaba todo.

Extendió una mano, intentando guiarse a través de la nada blanca y descubrió que esta, paulatinamente, iba concentrándose en diversos grupos. Níveos grumos a su alrededor fueron tomando forma, en muchos casos humana.

Rachel tocó uno de ellos.

Era yeso.

El espacio de una estancia se granuló en torno suyo, como una vieja fotografía creándose en un cuarto oscuro.

Al fondo, un hombre vuelto de espaldas.

Estaba maravillada. La luminosidad había dejado paso a…

"¡Es el estudio de un escultor!"

El busto de una mujer desnuda, la figura de un hombre moribundo, otro sujetándose la cabeza preso de la agonía, más allá una mujer esculpida a punto de echarse a correr, otra besando unos labios invisibles, decenas de miembros humanos esparcidos por doquier…

Era un santuario. Un templo dedicado al arte cuando este todavía era solo un embrión de sí mismo.

Anonadada, tropezó con un molde que cayó al suelo.

—Ten cuidado, jovencita.

El hombre al final de aquel almacén se giró hacia ella y sonrió.

Una poblada barba contrastaba con el pelo de su cabeza, cortado casi a ras de cepillo. Sus ojos, brillantes, sagaces y cándidos como los de un niño, la observaban de hito en hito tras unas pequeñas gafas metálicas. Vestía un abrigo marrón manchado de yeso que parecía quedarle dos tallas más grande. Bajo él, un chaleco negro y una camisa arrugada ocultaban una fisonomía fuerte y robusta.

—Te esperaba. Has tardado demasiado en venir.

Rachel se aproximó hacia donde se encontraba.

—Lo siento, señor.

—Puedes llamarme Auguste.

—Es usted… ¿Rodin?

El hombre se echó a reír mientras se quitaba las gafas y las colgaba en su chaleco.

—Pensé que era evidente.

—¿Cómo es posible?

—Preguntas mucho, pero lo haces mal. Ahora no importa cómo estás aquí, conmigo, sino el por qué. Y bien, ¿sabes el por qué, jovencita?

—Supongo que…

—No, no, no. —Rodin se atusó la barba—. Ahora dudas. Dudar en estos momentos es un síntoma de debilidad. ¿Acaso dudé yo cuando me encargaron *La puerta del Infierno* para después cancelar el trabajo? ¡Por supuesto que no! Seguí adelante, sin desear otra cosa que verla finalizada… Y vuelvo a preguntarte, ¿sabes por qué?

Rachel negó con la cabeza.

—Por Blake. Como uno de sus seguidores, entendí que esta puerta era el símbolo perfecto en el que ocultar "la ciencia del cielo", para que el elegido, en este caso tú, pudiera atravesarla y venir a mí cuando fuera necesario. Y como puedes ver, es necesario.

—¿La… ciencia del cielo?

Rodin alzó un enérgico dedo índice.

—¿Piensas que me refiero a la astronomía, jovencita? ¿Las estrellas, los planetas? ¡Bah! Tal vez seas una iniciada, pero te falta mucho por aprender. No. La ciencia del cielo es el conocimiento místico que le fue otorgado a Blake y que ha sido ignorado por la humanidad desde que el mundo es mundo. Muchos lo olvidaron, nosotros bebimos de su sabiduría y, gracias a Blake, supimos qué debíamos hacer.

Rachel asintió.

—¿Y qué es lo que yo debo hacer, Auguste? —preguntó sin más preámbulos—. Sé que el portal místico del solsticio de invierno se abrirá este año y que tengo que cerrarlo, pero no comprendo cómo.

Rodin acarició reflexivo la cabeza de yeso de Balzac, que les miraba inerte sobre una mesa, y respondió:

—De nuevo te equivocas. No es cómo. Es con qué.

—¿Existe algo para cerrarlo?

—Jovencita, ¿qué elemento utilizas para cerrar una puerta?

La joven parpadeó.

—Una llave…

Una nueva sonrisa asomó a los labios de Rodin.

—Exacto.

—Una llave —repitió Rachel, asombrada por la sencillez de la respuesta.

Justo en aquel instante, la estancia vibró en una convulsión sísmica.

Rodin sujetó a la joven por los hombros.

—¡Te estás despertando! —gritó al tiempo que veía cómo sus moldes de yeso comenzaban a derretirse—. ¡Encuentra la llave! ¡Sigue con la búsqueda y sella el portal! ¡No confíes en nadie! ¡Hazlo por Blake, por nosotros, por el mundo!

42

—Tranquila, ya estás de vuelta…

Rachel había abierto los ojos de golpe, casi con violencia. Permanecía de pie, justo en el lugar en el que el guía se había detenido junto al grupo. Ahora ya era de noche y el jardín estaba prácticamente desierto. Solo merodeaba una pareja de ancianos que tras hacer una última foto, se dirigían a la salida.

—¿Te encuentras bien?

La voz de Albion la devolvió por completo a la realidad.

—S-sí, estoy bien, creo.

—Esta vez no te has desmayado, pero ha pasado una hora desde que entraras en trance.

—¿Una hora…? ¡Solo he estado con Rodin apenas diez minutos!

—¿Con Rodin?

—Parece una locura, lo sé.

—Todo es una locura —rio él—. Supongo que el tiempo no corre siempre igual en cada alucinación.

—Me pregunto si son solo eso, alucinaciones…

—¡Claro que no! Son puentes que solo tú puedes cruzar. Como aquel que dibujó tu madre; el que dividía un bosque oscuro para llegar a la orilla de un mar dorado. Esto es lo mismo —dijo señalando *La puerta del Infierno*—: una conexión, un vínculo con fuerzas que desconocemos, pero que nos llevan por buen camino. Y… entonces ¿qué te ha dicho Rodin?

Rachel dio un instintivo paso atrás. Su rostro se había tensionado en un rictus de horror.

—¿Rachel…?

—Nunca te he contado que mi madre dibujara…

—Sí, Rachel, tú…

—Y jamás te he mencionado el cuadro del puente. Solo mi madre y yo lo conocíamos.

Albion avanzó hacia ella, repentinamente serio.

—Peter me lo dijo…

—¡¡No!!

"Si te digo que era uno de los estudiantes de tu padre y que él me confió los pormenores de su búsqueda, ¿estarías satisfecha?"

Una orden se instaló imperiosa en su mente: "*La luna estará preciosa, créeme*".

Rachel, corre.

"Nadie ha vuelto de la otra vida para explicar cómo es en realidad."

¡Corre!

"Albion es el mismo nombre con el que Blake bautizó al padre de todos los Zoas."

¡Ya!

"Las casualidades sí existen. Nosotros hacemos que sucedan."

No supo si él la perseguía de vuelta a la Rue de Varenne. Solo fue consciente de su propio aliento entrecortado y de que había comenzado a llover.

¿Cómo había podido ser tan tonta? ¡Había estado a punto de entregar su corazón y su confianza a alguien que le había mentido desde el principio!

Cuando desembocó en el Boulevard de Los Inválidos, se detuvo y miró con los nervios a flor de piel ambos extremos de la calle. No había nadie. Ni tráfico, turistas, viandantes o clientes en los diversos *bistrots* y tiendas de *souvenirs*. Comprobó la hora en su móvil: las ocho de la noche. Un miedo reptiliano se materializó en sus entrañas.

Permaneció inmóvil, permitiendo que la lluvia empapase su cuerpo.

Tampoco se oía nada. Solo las finas gotas caer sobre el adoquinado.

Rachel conocía muchos tipos de silencio. El de los cementerios, descarnado, crudo; el de los hospitales, angustioso; el de la soledad, tan amargo... El silencio de París aquella noche era el de la muerte. Contenía un matiz depredador que le obligó a mantenerse donde estaba. Sabía que era una imprudencia, una temeridad quedarse allí, al descubierto. Y más con Albion, seguramente siguiendo sus pasos. Pero el terror es poderoso y la joven se había dejado atrapar entre sus fauces.

De repente, las farolas y demás luces del boulevard se apagaron. Todas al mismo tiempo. Ni siquiera brillaba la cúpula de Los Inválidos a escasos metros de ella o el Sagrado Corazón en el horizonte.

París parecía haberse sumido en la oscuridad absoluta. Incluso el viento se había detenido, como si le hubiera sobresaltado el súbito apagón.

Rachel no movió ni un músculo. Contuvo el aliento y esperó.

Entonces, las luces de las tiendas, las casas y las farolas se encendieron y apagaron, se encendieron y apagaron una y otra vez a una velocidad vertiginosa. La joven entrecerró los ojos y ahogó un grito. París aparecía y desaparecía ante sus ojos, parpadeando sin cesar en un efecto estroboscópico enloquecedor. Los edificios parecían saltar hacia su cuerpo para retirarse después con movimientos convulsivos.

La calle frente a ella se había convertido en una amalgama de sombras. Rachel trataba de fijarse en cada recoveco, en cada esquina, pero eran demasiados rincones en penumbra los que vigilar. Si alguien o algo aparecía, no tendría escapatoria.

I spy with my little eyes something beginning with s…

En el aire sonó una canción infantil. Sin duda era la voz de un niño, nítida, dulce.

It's a spider in my bed…

La escuchaba fascinada. No podía articular palabra.

Poco a poco, descubrió aterrada cómo las bocacalles vomitaban decenas de personas que se dirigían hacia ella con paso decidido. Hombres y mujeres de todas las edades caminaban en su dirección. Sus rostros, envueltos en las sombras. Solo se distinguía el brillo avieso de sus ojos cuando las luces parpadeantes se posaban sobre ellos.

I spy with my little eyes something beginning with d…

Parecían espectros, fantasmas hechizados con un firme propósito: avanzar hacia donde se encontraba.

Miró hacia atrás. Estaba rodeada.

It's the darkness around me…

La nana cambió. La voz frágil se tornó en un tono de tétrica burla, de amenaza velada que le erizó la piel.

I spy with my little eyes something beginning with f…

Aunque seguía siendo una voz infantil, contenía algo... que no debería percibirse en la voz de un niño. Una espeluznante falta de inocencia; un siniestro conocimiento de cosas terribles.

It's the fear I feel...

La turba seguía avanzando hacia Rachel, cuyos músculos se habían congelado de pavor.

¿Qué podía hacer? ¿Enfrentarse a cientos de personas? ¿Acaso tenía alguna posibilidad?

Come, come and make me free...

La melodía sonaba con un matiz pulsante, infinitamente perturbador.

Come... and... make me... free...

De repente, dejó de cantar. Se escuchó una última risa que se perdió en la noche.

Después, solo silencio.

Rachel supo que aquella era la señal para que la multitud se abalanzara sobre ella.

Se agachó cubriéndose la cabeza con las manos y se preparó para lo peor.

43

En el jardín del Museo Rodin, Albion rompió a llorar. No le importaba que ya no pudiera hacerlo. Sabía que de sus ojos no brotaría una sola lágrima. Su sollozo era interno. Turbulento. Contenido por un cuerpo que ya no sentía como suyo. El dolor era su constante compañero, pero no podía manifestarlo.

Se pasó una mano crispada por el pelo y lanzó un grito a la noche.

Estaba desconcertado…, acuciado por una terrorífica sensación de ser dos.

Siempre con imágenes en su cabeza. Pesadillas. Perlas negras volando en la oscuridad de su memoria. Y había tratado de hacer a Rachel partícipe en el caos de su vida. De algún modo sabía que era así. No podía negárselo a sí mismo. Aunque, ¿realmente aquello era vivir?

Rachel suponía una amenaza para él. Y él para ella. Parecía tan sencillo pensarlo… Y tan difícil entenderlo.

A veces no sabía lo que sentía hasta que actuaba y para entonces ya era demasiado tarde. Cada palabra suya les hacía caer a ambos en el abismo.

—¿Merecerá la pena arriesgar todo por un sentimiento?

Sus palabras murieron al mezclarse con la lluvia.

Cuando alzó la vista de nuevo descubrió que las luces de la ciudad parpadeaban a una velocidad demencial.

—¡No...!

Sin tiempo que perder, salió corriendo del museo.

Al girar en el Boulevard de Los Inválidos, detuvo abruptamente su carrera y espetó un juramento entre dientes.

Percibiendo su presencia, los hombres, mujeres y niños que se habían congregado allí, se dieron la vuelta muy despacio. Por unos instantes, todas sus miradas convergieron en sus ojos verdes.

Albion cerró los puños y comenzó a caminar hacia el epicentro de aquella multitud. Primero, muy lentamente, pero siempre con firmeza, sin bajar la vista. La turba, con la expresión inalterable de sus rostros, se fue apartando, abriéndole paso, como si fuera un moderno Moisés dividiendo las aguas.

Anduvo por el pasillo que se había creado conforme avanzaba y, entonces, la vio.

Estaba encogida en un trémulo ovillo, con las manos protegiendo su cabeza. En el mutismo reinante pudo incluso percibir su aliento entrecortado.

—Dame la mano.

Rachel tardó unos segundos en reaccionar.

Apoyó las rodillas en el suelo y le miró con el pánico reflejado en sus facciones.

—Por favor, Rachel, dame la mano. Deprisa.

Ella se percató de que la gente seguía congregada en torno suyo. Les observaban a los dos, debatiéndose entre matarles o no.

—¿Por qué debería hacerlo? —preguntó la joven aterrada—. ¿Me entregarás a Lucifer? ¿Al dragón rojo?

—No tenemos tiempo…

—Tal vez no, pero creo que ir contigo no será menos peligroso que estar aquí.

—Rachel, no lo entiendes.

—¿Quién diablos eres, maldita sea?

Los puños de Albion temblaron.

—Yo… soy…

44

28 de junio, 1791.

No podía apartar la vista de los garabatos grabados en la piedra de su celda.

Dibujos grotescos, marcas ininteligibles, fechas pasadas, nombres de presos como él.

Pasó un dedo por uno de ellos y apartó los ojos, súbitamente asqueado.

La humedad del suelo lleno de moho no suponía nada en comparación con las cucarachas y gusanos que se retorcían a sus pies. Sin embargo, no tuvo fuerzas para levantarse.

Quedaban pocas horas para el amanecer. Su tiempo había terminado.

Un alarido cercano le avisó de que tal vez no fuera el primero en caer. No sintió pena, ni angustia. Solo la sensación de que había hecho lo correcto. De que rescatar el libro prohibido de su bisabuelo, que tan celosamente había guardado durante años, no había sido mala idea. Que dibujar con tinta en el suelo de su maltrecha habitación el símbolo que invocaría a fuerzas que era mejor no conocer, había salvado una vida.

Si cerraba los párpados, todavía podía verlo: el círculo mágico, hecho antes de la salida del sol, dividido en cuatro sectores, cada uno de ellos con una estrella y la palabra *Magister* pulcramente escrita; y en torno suyo las cinco palabras que debía pronunciar... Surth, Marcan, Gutriz, Tetragrammaton, Maguth.

Nueve velas encendidas, nueve cruces hechas con espinos, nueve gotas de su sangre.

El pacto estaba hecho.

A la mañana siguiente había despertado en el lugar de otra persona... En el lugar de su amada, hallada culpable injustamente.

Asombroso. Imposible. Pero real.

Sonrió. No le importaba morir por ella. Su existencia no valía gran cosa si Agnès era sacrificada en aras de la venganza de la diosa guillotina.

Una vida por otra. El trato había sido justo.

Ya es la hora.

La voz llegada del más allá resonó en su cerebro.

—Lo sé.

¿Realmente quieres hacerlo?

—No me arrepentiré nunca.

¿Ni siquiera cuando tu alma no te pertenezca y seas... mío?

—No, ni siquiera entonces.

Admiro tu resolución. El corazón humano no deja de sorprenderme.

Uno de los carceleros de la Conciergerie, ataviado con un mugriento gorro frigio, abrió la puerta de su celda y, a modo de saludo, le mostró sus dientes mellados.

—Vamos, traidor, *madame Guillotine* te espera.

Le agarró por las axilas y le levantó del suelo con violencia colocando las manos en su espalda. Lorian sintió en ellas una cuerda anudándose hasta herirle la piel.

Después, el carcelero cortó el cuello de su camisa y unos centímetros de pelo.

De repente, una especie de vibración emborrachó el aire.

Lorian agudizó el oído. Al principio pensó que era el rumor del Sena, pero unas estridentes carcajadas llegaron hasta donde estaba.

No pudo evitar que un escalofrío convulsionara su cuerpo.

—¡Estate quieto, miserable! ¡O te juro que no llegarás ni al patíbulo!

El carcelero se agachó y le ató los pies de tal forma que pudiera caminar sin caerse.

Fuera, el griterío de la muchedumbre era cada vez más fuerte.

¿Aquel terror siseante era lo que se sentía cuando uno se enfrentaba a la muerte?

Reprimió una arcada.

¿Acaso quieres retirar nuestro pacto? Aún estás a tiempo...

—Jamás —murmuró.

—¡Eh! ¿Qué mascullas? ¡Camina de una vez!

En aquel momento la puerta exterior se abrió de par en par y un clamor furibundo irrumpió entre las sombras en las que se hallaba. Desde allí vio de golpe cómo bajo la lluvia, miles de cabezas vociferantes, todas amontonadas en las escaleras del Palacio de Justicia, se agitaban y removían en un siniestro frenesí. Un cuadro espantoso cuyo marco era la puerta de la mismísima prisión.

Cuando salió, la multitud aplaudió entusiasmada, como si estuviera asistiendo a una gran fiesta en la que él fuera el invitado de honor.

Los dientes de Lorian castañetearon.

Una destartalada carreta tirada por un flaco caballo, le esperaba unos escalones más abajo. El carcelero le obligó a mantenerse de pie para avivar el escarnio imperante y, dando un latigazo al animal, se pusieron en marcha hacia la Plaza de la Revolución.

En el instante en el que la carreta giró en el puente, Lorian asistió horrorizado ante una nueva explosión de ruido, gritos e increpaciones del populacho, que, sediento de sangre, no veía la hora de contemplar su ejecución.

Podía distinguir, entre la niebla de su pavor, a la gente sentada en los tejados, en los muelles, los puentes, subidas en mulos, niños sobre los hombros de sus padres…

Los comerciantes dejaban abandonados sus puestos para verle pasar y alzaban banderolas con los nuevos colores de la nación o la imagen del barco egipcio que se decía había llevado a una deidad a París y que ahora era su símbolo.

Se habían alquilado sillas, tablados, mesas, taburetes… cualquier lugar era perfecto para ver al siguiente ajusticiado en nombre de la razón y el hambre.

El patíbulo, cada vez más próximo, se hallaba a rebosar de espectadores. Incluso se distinguía un grupo de ancianas que contemplaban con avidez su llegada haciendo calceta.

La lluvia y el miedo habían empapado su cuerpo y, aun así, procuró mantener la cabeza alzada y firme, con la mirada clavada en aquellas personas anhelantes de sangre humana.

—*Ça ira, ça ira, ça ira!* ¡Vigila lo que dices o la cabeza perderás!

El cántico revolucionario tronó en la plaza.

—¡Un, dos, tres y muerto caerás!

Lorian temblaba de pies a cabeza.

—*Ça ira, ça ira, ça ira!* ¡La visión más sangrienta que nunca verás!

En medio del tumulto ya no era capaz de distinguir los gritos de las exclamaciones de alegría o de los insultos, risas y aplausos. Todo componía un rumor infernal que restallaba en su mente con un eco metálico para deshacerse después en miles de partículas punzantes.

El verdugo le esperaba con el rostro al descubierto; era un héroe, un vengador de la plebe que no precisaba del anonimato.

Al subir por la escalerilla que comunicaba con la guillotina, Lorian no pudo evitar fijarse en la flor de lis grabada entre los adoquines del suelo de París, a sus pies, justo en el centro de la plaza. Un reguero de sangre oscura, seguramente perteneciente al ajusticiado anterior, fue cubriendo el relieve como una mortaja carmesí. Era como vislumbrar el futuro.

Lorian no sentía su cuerpo. Las piernas habían comenzado a flaquearle y sus pulmones pugnaban por conseguir un poco de aire.

Mírala.

La voz volvió a resonar en su cabeza.

Es aquella por quien das tu vida.

Alzó la vista y la descubrió entre el gentío, pálida y hermosa como una escultura del más puro mármol.

—¡Agnès…!

La multitud prorrumpió en carcajadas y cientos de ojos se giraron al unísono para descubrir a quién había dirigido esa exclamación esperanzadora.

Ella, con su acostumbrado pañuelo blanco sujetando su melena, estaba en primera fila. Fijó en Lorian su mirada gris sin dejar de sujetar contra su cadera un cesto lleno de verduras.

—¡Te buscaré desde el otro mundo! —gritó el joven con voz quebrada—. ¡Y aun muerto, te seguiré amando!

La muchacha introdujo la mano en el cesto sin apartar sus ojos de él y, acto seguido, le arrojó un tomate que se estrelló contra su pecho para regocijo de todos los presentes.

Es una pena… Todo pacto tiene un precio, ¿no lo sabías? Yo intercambiaba vuestras vidas, salvando la suya y arrebatando la tuya… a cambio de su olvido. Agnès ya no te recuerda, Lorian. Nunca lo hará.

—¡Nooo!

—¡Cierra la boca y comienza a rezar para que la cuchilla haga un corte limpio en tu asqueroso cuello! —graznó el verdugo—. ¡A fe mía que no querrás seguir consciente en un segundo intento, te lo aseguro!

Lorian contempló la guillotina recortándose contra el cielo preñado de nubes y, cerrando los ojos, murmuró:

—Juro que mi alma no te pertenecerá… jamás.

45

Rompiendo la inmovilidad imperante de cuantos les rodeaban, un hombre pelirrojo sacó una navaja del bolsillo de su cazadora y se abalanzó sobre Rachel.

La joven quiso gritar, pero ningún sonido emergió de su garganta.

El tiempo pareció desgranarse en microsegundos.

Un estallido de fuego se materializó barriendo con su onda expansiva al atacante.

Rachel volvió su rostro hacia Albion y sintió cómo su corazón daba un doloroso golpe en sus costillas.

No había rastro de él.

Todavía quedaban signos de ascuas incandescentes en su cuerpo desnudo que refulgía bajo la lluvia; el tono rojizo impregnaba toda su piel, desde los retorcidos cuernos en su cráneo, hasta la poderosa cola de reptil a su espalda; las membranosas alas adheridas a sus brazos vibraban entre espasmos; su rostro, desprovisto de expresión alguna, se asemejaba a un cadáver cuyas cuencas oculares parecían removerse en su propia negritud.

Rachel supo que iba a morir. Ya había visto a aquel ser antes. El dragón rojo.

Cinco personas más avanzaron hacia la joven con la rabia bullendo en el brillo de sus ojos. El dragón efectuó un rápido giro y su cola impactó en ellos, arrojándolos contra los demás, que no tardaron en reaccionar como activados por un resorte invisible.

Espantada, Rachel vio cómo aquel monstruo de pesadilla iba deshaciéndose, uno por uno, de los anónimos asaltantes, que, lejos de ir a por él, seguían obcecándose en arremeter contra ella. En el fragor de la contienda, vislumbró un estrecho pasillo que aquellas personas habían dejado libre sin ser conscientes.

No lo pensó dos veces; se levantó y corrió con toda la fuerza que le permitía su miedo.

Una joven pecosa, tal vez de su edad, se interpuso en su camino. Rachel aprovechó la velocidad que ya tenía para lanzarse al suelo y pasar a su lado, derribándola con las piernas. Apretó los dientes mientras se incorporaba y siguió avanzando sin mirar atrás.

¿Hacia dónde podía dirigirse desde allí? ¿Podría esconderse en algún lugar que no estuviera infestado por una multitud de corazones al desnudo?

Al llegar al Puente de la Concordia, se detuvo abruptamente. Las luces de la ciudad se habían reestablecido de forma tan espontánea que ahogó un gemido.

Apoyó las manos en sus rodillas y trató de recuperar el aliento.

El rumor del Sena llegó hasta sus oídos como un bálsamo, pero no bastó para tranquilizarle. La Madeleine, a lo lejos, emitía con su luz un candor casi celestial que contrastaba con lo que acababa de vivir.

¿Y si volviera al hotel? ¿Y si Nicholas también estaba bajo el influjo de su propia oscuridad? ¿Y si…?

—Ya estás a salvo.

Se mantuvo muy quieta, sin volverse hacia la voz que le había hablado.

Sus músculos, instintivamente, se tensionaron.

—No trates de correr —le advirtió la voz—. Sabes que te alcanzaría.

—Sí, lo sé muy bien.

Cuando finalmente se volvió, no le sorprendió ver a Albion.

—Lo que me pregunto es por qué sigo viva.

Él se mantuvo en silencio, mirándola bajo la lluvia con aquellos trazos de esmeralda encendida.

—¡Contéstame!

Albion bajó la cabeza.

—¡Eras tú! —continuó gritando ella, presa de la furia—. ¿Cómo he podido confiar en ti? ¡El dragón rojo ha estado a mi lado todo este tiempo, llamándome peregrina, compartiendo mis miedos, dándome consejos!

—Escúchame…

Ella se deshizo en lágrimas cargadas de impotencia. Avanzó hasta él y comenzó a golpearle con los puños.

—¡¡No!! ¡Mataste a mi padre! ¡Mataste a Joseph! ¡Quisiste matarme a mí!

Albion dejó que descargara su ira.

—"¿Tu padre murió para defender lo que creía?" "¿No será un adiós hasta que digas adiós?" ¡Todo era una farsa, un teatro! ¡Por eso Lucifer te conocía! ¡No eres un ángel, eres uno de ellos! —espetó con amargura mientras propinaba un último puñetazo—. Y yo… ¡Yo te seguía como una estúpida cría que todavía cree en los cuentos de hadas!

—Rachel…

—¿Y ahora qué harás? ¿Matarme? ¿Has jugado conmigo solo para eso, para acabar el trabajo que empezaste con mi padre? ¿Te has divertido?

—¡¡Si hubiera querido matarte, podría haberlo hecho aquella noche en John Rylands!!

Su voz, trenzada con el eco de un trueno, resonó en el vacío del puente.

Rachel le miró, inmóvil, dejando que sus lágrimas se deslizaran por sus mejillas para mezclarse con la lluvia.

—¿Por qué no lo hiciste? —preguntó con temor.

Albion dio un paso hacia ella, pero la joven retrocedió.

—Eran mis órdenes —comenzó a explicar apartando la mirada—. Debía acabar con las dos únicas personas que podían impedir que el portal místico se abriera… Tu padre y tú. No tuve nada que ver con la muerte de Joseph Emery, eso te lo aseguro. Él… no sabía gran cosa. Mis superiores no lo consideraron una amenaza.

—Tus superiores —repitió ella.

—Sí. Son una legión, un ejército. Hasta ahora había sido un soldado más, pero me eligieron porque estaba… preparado. Debía pagar mi deuda y el momento había llegado. No me explicaron mucho, ni siquiera sé dónde está el portal ni cómo cerrarlo. Tenía que acatar, regresar y borrar de mi mente todo cuanto había hecho.

Rachel parpadeó y dos lágrimas más irrumpieron en sus ojos.

—Hablas de ellos como si te excluyeras.

—Tal vez posea parte de sus poderes, pero ya no soy uno de sus soldados. Renuncié a ese maldito derecho cuando te conocí hace una semana. Ahora… no formo parte de ningún bando. Soy… —rio agriamente entre dientes—, soy un renegado.

—Y eso qué significa.

—Que cumpliré mi promesa. Te protegeré pase lo que pase.

Ella negó con la cabeza muy despacio.

—Pero ¿por qué…?

Albion alzó una mano hacia ella sin llegar a rozar su piel, como si deseara tocarla y entendiera que no debía hacerlo.

—Ambos tuvimos una conexión. Es cierto, yo me disponía a matarte y así recuperar para los míos el diario de tu padre. Pero cuando nuestros ojos se encontraron, algo pasó. No entiendo exactamente el qué y, sin embargo, conseguiste remover todo cuanto hay en mí.

—Lo que vi: el barco, la sangre, la flor de lis, aquella chica…

—Son mis recuerdos. Mi vida anterior.

Rachel comenzó a tiritar.

—Esa chica… era yo…

—No, Rachel. Sois tan parecidas que, al verte, creí que deliraba. Sin embargo, la última vez que vi a Agnès fue —dejó la trémula frase en el aire, temiendo terminar— en 1791.

La joven guardó silencio, aplastada por el peso de aquella información.

La lluvia parecía de plata ante la luz de las farolas.

—La amaba —siguió explicando él—. La amaba tanto, queríamos prometernos incluso a pesar de la negativa de sus padres…, pero la acusaron injustamente de traición. En aquel año maldito eso era un delito que conllevaba la pena capital… Para salvarla, vendí mi alma… Mi vida por la suya, ese fue el trato.

—Tu bufanda… —musitó Rachel comprendiendo de pronto—, Dios mío, por eso siempre llevas la bufanda…

Albion se quitó la prenda y la dejó caer al suelo. Una nívea cicatriz surcaba de extremo a extremo su cuello.

—Dejé todo lo que me importaba atrás. Mi amada, mi nombre, mi mundo, mi existencia. Me convertí en lo que has visto. Un mercenario que no ha tenido otra opción que obedecer siempre hasta ahora. A veces… el demonio más sanguinario nace del ángel más bondadoso.

Rachel se pasó una mano por la frente.

—¿Por qué? ¿Por qué tú tenías el poder para matar y Lucifer no?

El viento arreció de nuevo silbando sobre el Sena. Sonaba a eternidad.

—Porque solo se permite que en la Tierra se materialice uno de nosotros. Los… —hizo un gesto que denotaba hastío ante la palabra— los demonios no pueden vagar en el plano físico. Aunque creo que eso ya te lo explicó el viejo pescador. Son como fantasmas. Capaces de desdoblarse a voluntad, pero no de existir del todo. Por eso las personas cuyo corazón se abre al mal reconocen mi posición y se apartan con mi presencia. Por eso Lucifer puede hablarte…

—Pero no matarme.

Albion suspiró. La noche, profunda y vigilante, daba la sensación de estar hambrienta.

—Al menos hasta que llegue el 23 de diciembre —dijo volviendo a fijar en ella sus ojos verdes—. Será entonces cuando el portal se abrirá en algún lugar y los de mi estirpe saldrán a su antojo.

—¿Y por qué ahora, justo en este año? ¡Han tenido siglos para hacerlo…!

—Tal vez no te hayas dado cuenta, pero lo que te rodea: la sociedad, los sentimientos, las prioridades… todo está jodidamente podrido. Desde el bebé africano que se muere de hambre, hasta el gobernante que vive a costa de su pueblo; desde el hombre que asesina a su esposa, hasta el desaprensivo que instruye a niños soldado. Siempre elegís, cruel e injustificadamente, pisar al más débil, destrozar todo a vuestro paso en beneficio propio. Seguís caminos que solo conducen a alimentar el odio, el miedo, el rencor y la venganza. ¿Por qué no habría de ser este año el perfecto para que el Infierno prevalezca sobre la humanidad? Según parece, Blake lo sabía y también tu padre. Los humanos han creído tener el poder bajo su control durante una eternidad y han destrozado el mundo. Lucifer piensa que es la hora de que el cetro de mando cambie de manos.

Rachel alzó el rostro permitiendo que la lluvia cayera sobre ella.

—Yo puedo soportar mis propias heridas... —murmuró Albion—. ¿Podrás hacerlo tú? ¿Podrás... perdonarme?

La joven no dijo nada. Sus puños, todavía cerrados, comenzaron a abrirse poco a poco.

No hizo ningún gesto. No le devolvió la mirada. Dio la vuelta y comenzó a caminar hacia la Madeleine, rumbo al hotel.

Albion dio un único paso hacia ella y se detuvo.

—¿¡Qué debo hacer?! —gritó con angustia.

Ella se mantuvo en silencio mientras se alejaba, como un espectro dejándose acunar por el frío de París.

El teatro seguía en pie.

¿O tal vez acababa de comenzar?

Ahora la máscara del drama, la de los sentimientos más inocentes, después, la abnegada sonrisa de quien se siente herido por el amor...

Pronto, las caretas caerían.

Pronto, el teatro, sus vidas, arderían en el Infierno.

46

—¡Rachel! —Nicholas la recibió en el hall del hotel con la expectación cincelada en su semblante. —¿Ha funcionado *La puerta del Infierno* en el Museo Rodin? Dios mío, estás empapada... Ven, siéntate conmigo, cuéntame qué ha pasado.

—Sí... —asintió muy cansada mientras se quitaba el abrigo, empapado por la lluvia.

—Menos mal. El Museo de Orsay estaba cerrado cuando fui...

—¿Por qué no viniste entonces a nuestro encuentro?

—No quería que Albion me restregara mi incompetencia. Ya me había equivocado una vez, y ahora por lo que veo van dos... Por cierto, ¿dónde está él?

Rachel trató de que su voz no le traicionara.

—Ha decidido seguir otro camino. Desiste... Se... se ha ido.

Nick no disimuló su alivio.

—Mejor así, en serio. Ese tipo me ha dado mala espina desde el primer momento.

—Ya…

—¿Y bien? ¿Qué has averiguado? —preguntó haciendo un gesto a Jérôme para que les trajera algo caliente de beber. Rachel se dejó caer en uno de los sofás, visiblemente exhausta.

—Una llave. Buscamos una llave para cerrar el portal. Es increíble. Mi padre la mencionó en su diario, en el sueño de Joseph… —"y también en la psicofonía", pensó. "Ahora sé que era él"—. Debe ser algo especial, muy especial. Lo peor de todo es que habíamos pasado por alto esa palabra todo el tiempo. Estaba delante de nosotros y no la veíamos…

Nick le ofreció la infusión que Jérôme había dejado encima de la mesa.

—Tranquila, a partir de ahora seremos imparables.

—¿A qué te refieres?

Nicholas le sonrió con los ojos centelleantes.

—El otro día…, bueno, copié la siguiente pista de tu padre. Llevo dándole vueltas a la cabeza desde ayer… y ¡bingo! Al regresar al hotel esta tarde, ¡he dado con la solución!

Rachel apoyó la cabeza entre las manos.

—Nick…

—No, de verdad. Déjame explicarte y luego me dices tu opinión. Escucha, tu padre escribió: *"Urithen dice: Dos luceros del alba se enfrentan en la misma tierra. El primero, te ayudará si tu corazón es tan puro como su belleza; el segundo es una trampa que a los fieles alarma"*, y al final el símbolo del aire o el espíritu. Está claro que los luceros del alba se refieren a Lucifer, en eso me das la razón…

La joven levantó el pulgar.

—Vale. Si son obras de arte, se entiende que el mencionado en primer lugar es el que nos interesa… y, además, debió ser el primero en crearse. Pero asegura que hay otro en la misma tierra, es decir, el mismo país o ciudad. Un segundo Lucifer que asusta a los "fieles"... Al principio pensé que hablaba de los creyentes en general, y aquí es donde viene lo bueno: ¡efectivamente hay un Lucifer en una iglesia!

Rachel abrió mucho los ojos.

—¿Dónde?

Su amigo ladeó su sonrisa.

—En Lieja... O sea, ¡Bélgica!

—Lucifer en una iglesia... Cuesta creerlo...

Nick rio con ganas.

—Sí, pues su historia es más curiosa todavía: he leído que se trata de una estatua que encargaron a Joseph Geefs en 1848 para decorar el púlpito de la catedral de Saint Paul en Lieja. Se suponía que debía ser un Lucifer espantoso, feo... En fin, que asustara a los fieles para que continuaran por el camino del bien. Bueno, todo habría salido genial si no fuera porque nuestro amigo Geefs esculpió un Lucifer angelical. Las mujeres suspiraban al verlo... ¡se enamoraban! Y a los sacerdotes no les hizo ninguna gracia. Así que la sustituyeron por otra creada por su hermano mayor, Guillaume. Su Lucifer es más... inquietante, con una mirada furiosa y uñas afiladas...

Rachel se estremeció.

—Así que —continuó Nick exultante— debemos ir a Bélgica. Concretamente a Bruselas.

—¿No hablabas de Lieja?

—Nuestro Lucifer, el primero al que nos dirige la pista de tu padre, se trasladó al Museo Real de Bellas Artes, en Bruselas. ¡Solo está a dos horas de aquí en tren, Rachel! ¡Podemos estar allí mañana por la mañana!

Por primera vez aquella noche, Rachel dibujó una amplia sonrisa en su semblante.

No

—Nick... hemos ganado un tiempo precioso gracias a ti. Pero... ¿qué sentido tiene el Zoa del espíritu y del aire en este enigma?

No pudo

Nick acarició la mano de la joven en un gesto cariñoso.

No pudo dormir.

—Lo sabremos solo en unas horas, Rachel. Ya ves, no siempre meto la pata.

No pudo dormir. Escuchaba desde el silencio el llamamiento de la muerte, su canto, sus palabras. La muerte tenía nombre. La muerte se había hecho persona.

Aquellos pensamientos le torturaron incluso en su viaje en tren. Había estado a punto de entregar su corazón a un demonio. Ni siquiera sabía con certeza si ya lo había hecho; si era demasiado tarde para desterrar sus sentimientos.

Y ahora, frente al Museo de Bellas Artes belga, debía concentrarse únicamente en el enigma de su padre, dejando atrás cualquier otro pensamiento.

El edificio, embellecido por cuatro gigantescas columnas sobre las que reposaban alegres musas, parecía brillar bajo un cielo atípicamente soleado. Rachel agradeció su calidez y deseó poder disfrutar aquella mañana un poco más; sin embargo, Nicholas le instó a entrar en el museo cuanto antes.

—Recuerda el solsticio, Rachel, no nos queda tiempo —le repetía al comprar las entradas.

"Ojalá mi padre nunca hubiera sabido acerca de Blake y sus secretos. Ojalá toda esta siniestra aventura jamás hubiera comenzado..."

El interior del museo estaba a rebosar de esculturas y cuadros de todas las épocas.

Nick preguntó directamente por Lucifer a una de las guías.

—¡Ah! Os referís al Genio del Mal, está justo allí —les indicó la joven.

La nívea escultura, situada en un rincón silueteado por las sombras, consiguió robarles el aliento. Nick estaba en lo cierto al describirla. Era extrañamente hermosa.

Lucifer, tenía el cuerpo desnudo de un adolescente con rostro de niño, y miraba con pena su regazo, donde una de sus manos sostenía un cetro roto y una delicada corona.

En su espalda, unas enormes alas de dragón que lejos de intimidar, lograban embellecer aquella imagen de candor absoluto.

A sus pies, el único símbolo eterno del mal: una serpiente a punto de morder.

El medallón de Rachel inició sus pulsantes vibraciones y un calor abrasador volvió a inundar su piel.

—Pero cómo es posible… —musitó ella, preparándose para lo inevitable— que algo tan malvado… pueda ser tan bello…

Nick, que estaba atento a sus reacciones, sabía que el momento se acercaba.

—Bueno…, ya sabes que el mundo es así. No eres lo que representas, sino lo que sientes de verdad.

La realidad en torno a la joven comenzó a girar sobre sí misma en un tiovivo vertiginoso. Los cuadros, estatuas, incluso los demás visitantes… Todos formaron una amalgama borrosa, distorsionada.

De vez en cuando, sus voces llegaban hasta ella entrecortadamente.

"¿Has visto la luna roja? Ni siquiera la NASA sabe qué ocurre…" "Mamá, ¿podré comprar un gofre luego?" "Cariño, esta

obra es soberbia..." "No he podido dormir esta noche... Hermana, ¿no sientes que algo malo va a pasar?"

Rachel enfocó la vista en la hermosa escultura de Lucifer y avanzó hacia ella.

El Genio del Mal abrió súbitamente los ojos, cuyas pupilas reflectaban una luz pura, tranquilizadora. Su rostro cobró vida y le sonrió con dulzura.

—Posees un corazón bondadoso... Y el medallón te ha traído hasta mí. Precisas de mi ayuda y yo estoy dispuesto a ofrecértela.

Ella asintió en señal de cortesía y preguntó:

—Sé que el portal se abrirá, sé en qué fecha lo hará y que una llave podrá cerrarlo, pero... desconozco dónde tendrá lugar. ¿Puedes decírmelo?

Los ojos del Lucifer de mármol se tornaron rojos, resplandeciendo con el fulgor del fuego.

—Has llegado muy lejos, querida. —Rachel dio un brinco. Aquella voz... era la que le atormentaba todas las noches—. Pero todo esfuerzo es inútil. Una simple cría no puede impedir que mi reino inunde la humanidad.

—¡¡No le escuches!!

Del torbellino creado en torno suyo, surgió una tercera figura que se situó a su lado.

—¡Albion...!

—Por favor, Rachel, te pedí que confiaras en mí llegado el momento. Te ruego que sigas creyendo...

La estatua de Lucifer alargó hacia él una mano imperiosa.

—¡Miserable desertor! ¡Ingrato! Salvé a tu prometida, te di una segunda oportunidad, ¡te convertí en inmortal!

—¡No quiero la inmortalidad que me impusiste! Aquel día, bajo la guillotina, juré que mi alma jamás sería tuya.

¡He estado demasiado tiempo preso en la oscuridad de tus designios!

Lucifer rio entre dientes, como si aquellas palabras hubieran supuesto una broma.

—Mírate. Te has convertido en un renegado. No puedes ser un ángel, ni tampoco regresar con nosotros. Hablas de tu alma, necio, pero nunca podrá descansar, ya ni siquiera pertenece a ninguno de los dos bandos.

Rachel tomó la mano de Albion y entrelazó sus dedos con los suyos. Él la miró con asombro.

—Sí —dijo ella, solemne—, pertenece al mío.

Sintió cómo la mano de Albion transmitía su nueva entereza y la energía que creía perdida regresó a ella.

—¡No puedes hacer nada, aún no! —gritó—. ¡Solo eres un espectro! ¡Ten por seguro que te detendremos!

Un destello áureo brilló en el ojo izquierdo de la escultura.

—Eso está por ver. Recuerda que el lucero del alba no puede morir.

Albion le dedicó una sonrisa irónica.

—Pero sí ser desterrado… por segunda vez.

—¡Malditos…!

En aquel momento, sufrió una convulsión y Rachel supo que en su interior se estaba librando una batalla entre dos oponentes. El Bien y el Mal se disputaban la última palabra. La serpiente a sus pies se irguió y su lengua silbó como si se dispusiera a atacar. Los ojos del Genio del Mal parpadearon tornándose rojos y blancos a una velocidad mareante.

—¡Busca el Bosque de los Monstruos, Rachel! —aulló la primera voz, tratando de hacerse oír—. ¡Ahí reside el portal! ¡Sabemos que lo hallarás…!

Una explosión ultrasónica les hizo caer al suelo. Albion cubrió el cuerpo de Rachel al tiempo que la onda expansiva hacía vibrar con violencia toda la sala.

De pronto, silencio.

Permanecieron inmóviles, mudos, corazón contra corazón.

—¿¿Albion??

La pregunta de Nicholas llegó hasta ellos como en un sueño.

Se separaron muy despacio, todavía aturdidos, pero con sus miradas siempre en conexión.

Nick no supo cómo reaccionar. La sorpresa había teñido sus facciones.

—Vaya —dijo ella, ajena a los susurros de los demás visitantes—. Tal vez seas un ángel después de todo.

Albion le ayudó a incorporarse y suspiró.

—No, solo soy Lorian.

47

26 de mayo, 1552.

El crepúsculo había tendido sobre el horizonte una fina tela de oro encendido.

El príncipe Orsini se hallaba de rodillas ante la ornamentada cama donde reposaba su esposa. Contempló sus cabellos dorados enmarcando delicadamente su lívido rostro y los enredó entre sus dedos, consciente de que ya no lo volvería a hacer nunca más.

Las manos crispadas de ella se cernían en torno a las sábanas y las retorcían en consonancia con un dolor extremo que desgarraba todo su ser.

—Francesco…

Él retuvo un sollozo antes de responder.

—Estoy aquí, mi vida, mi querida Giulia.

—¿No la ves? —murmuró su esposa señalando al techo con su temblorosa mano—. Es una luz tan bella… Todos los que ya no están me esperan en ella… Mi hijo está allí…

Una lágrima surcó la mejilla del príncipe mientras cambiaba el paño húmedo que cubría la frente de su mujer.

—No... No me abandones... Dios mío, ten piedad... Sálvala...

Giulia le miró con los ojos enrojecidos de fiebre. Había una extraña paz en ellos, como si hubiese aceptado su destino.

—Mi Francesco... Te amo, pero...

—¡No! —la interrumpió Orsini—. Vivirás, amada mía, sé que vivirás...

Ella trató de sonreír.

—Cumple lo que me prometiste... Termina el bosque... Hazlo por mí, Francesco... Yo lo veré desde el Paraíso... Y sabré que siempre me amaste...

El príncipe acarició la mano de su esposa, intentando retener el contacto de su piel en la memoria, aquel lunar cerca del pulgar, sus dedos tan sonrosados y suaves...

Giulia, que supo ver más allá de su maltrecho cuerpo al hombre que de verdad era, que se casó con él desoyendo las mofas y escarnios de la sociedad, que le ayudó a sobreponerse tras la muerte de su primogénito... Giulia, la siempre generosa y bella Giulia... Ahora le iba a ser arrebatada por la Muerte.

—Lo juro por mi honor.

La expresión de su esposa se contrajo en un rictus de angustia antes de mirar una postrera vez al cielo.

—Dios me reclama... Francesco... me reuniré contigo... al otro lado...

Sus ojos se cerraron, sus manos cayeron inertes, su boca permaneció abierta como huella de su último suspiro.

El grito de Orsini se escuchó en cada recodo de su palacio. La pena gangrenaba su alma con ardiente virulencia.

Se levantó para dirigirse hacia los ventanales, donde el sol ya estaba dejando paso a las primeras estrellas. Divisó a lo lejos el bosque que había comenzado a crear años atrás y alzó el puño hacia la bóveda celeste.

—Dios, que todo lo ve, lo oye y puede, se ha llevado a mi mujer y a mi hijo, seres inocentes a quien yo quería más que a mi vida. ¡Dios es injusto, cruel, inmisericorde! ¡Un engaño, una estafa que solo sirve para engatusar a ingenuos como lo era yo! ¡Basta! Completaré mi bosque… No habrá ninguno como él, solo podrá compararse consigo mismo, ¡pues ese Dios hecho de aflicciones será testigo de los horrores que se erigirán en esta tierra maldita!

48

—Rachel… Lo siento.

Las palabras de Nick golpearon a la joven con la fuerza que solo producen los recuerdos. Había temido algo así desde que regresaran al hotel y el móvil de su amigo sonara. Su rostro había mudado de expresión al contestar y ahora era consciente de que estaba a punto de explicarle una noticia que podía cambiar el rumbo de los acontecimientos.

—Es mi madre… Ha… ha sufrido un accidente. Debo regresar a Bristol…

Rachel empezó a sentir un punto palpitante de dolor en su cabeza.

—Nicholas… —Quiso decirle que le estaba abandonando de nuevo, que la historia volvía a repetirse—. Solo queda una pista…

Él tomó su semblante entre las manos.

—Lo sé. El mundo depende de nosotros. —Hizo una pausa—. Pero mi madre es la única familia que me queda. Es parte de mi mundo también. Y está muy grave, Rachel. Tú más que nadie puedes comprenderme…

Apretó los dientes.

Le comprendía muy bien. Su mente comenzó a dejar aletear las imágenes de su madre, Katty, agonizando en el hospital, y un estremecimiento sacudió su cuerpo.

—Rachyl…

—No pasa nada —mintió—. Tienes razón… Si estuviera en tu lugar, nunca me perdonaría no haber ido junto a ella…

Nicholas acarició con la yema de los dedos la comisura de sus labios.

—Puedes hacerlo —afirmó con convicción—. Hace unas noches me dijiste que yo te ganaba en todos nuestros juegos cuando éramos niños. Pero, ¿sabes una cosa? Tú eres mejor que yo. Siempre lo has sido. Lo conseguirás.

—Tienes demasiada confianza en mí.

—Porque sé que eres capaz de todo, Blancanieves. Y porque intentaré por cualquier medio estar contigo lo antes posible.

Un

Cuando Nicholas la abrazó, se sintió extrañamente hueca, y ese vacío le asustó de un modo sobrehumano.

Un halo

Su primera despedida supuso un antes y después en su vida.

Un halo rojo.

Estaba tristemente convencida de que la segunda no volvería a romper su corazón.

Un halo rojo. La luna, en su cénit, estaba bañada por su propio fulgor sanguinolento. La mancha que había ido tiñendo su superficie, la cubría casi en su totalidad y proyectaba sobre Bruselas un espeluznante manto lumínico de sangre. Desde el balcón de su habitación, Rachel veía a los viandantes señalarla y murmurar, algunos aterrados, otros con morbosa fascinación.

Se apoyó en la balaustrada y cerró los ojos.

—Así que... estamos solos...

Se irguió de golpe. En el balcón contiguo, Lorian, engarzado en la noche, la miraba de hito en hito. Ya no llevaba su acostumbrada bufanda y, bajo la luz de la luna, la cicatriz de su cuello parecía reciente.

No respondió. Cruzó los brazos para que él no se percatara de que estaba temblando.

—Peregrina... —Existía un poso de aflicción y cansancio en su voz—. Para ti... debo de ser un monstruo.

La joven sintió los violentos latidos de la sangre reverberar en sus oídos. Finalmente, encontró el aliento necesario para responder.

—Lo que eres no me asusta, sino lo que has hecho.

Algo en su mirada logró que el espacio que los separaba cobrara un doloroso significado.

—Cuando frente a Lucifer entrelazaste tu mano en la mía... Cuando dijiste que estaba en tu bando...

Rachel notó las mejillas tan encendidas que comenzaron a arderle.

—Lo dije sin pensar.

—No te creo.

Una punzada de nervios recorrió su estómago.

—Albion, Lorian, demonio, ángel..., no importa. Solo sé que me has mentido en todo.

—Mi corazón no ha mentido.

Rachel volvió a cerrar los ojos para luego desviar su vista hacia la luna. Se sintió febril, extraña, como si no fuera ella quien estuviera en aquel balcón.

—Dime, si Lucifer despertara tu corazón, ¿qué encontraría...? Oscuridad y muerte...

—A ti.

Dentro de la joven se agitó algo que no pudo identificar.

—No existe nada en mí que merezca la pena salvo tú. No tengo alma, tan solo un hálito que bebe del tuyo. Eres lo que me mantiene en pie. Mi energía, mi pulso, esta especie de vida que ya ni siquiera es mía. Todo te pertenece. Únicamente soy el cascarón que ha quedado, la coraza en la que intento cobijarte, nada más. Ahora tú eres mi alma.

Rachel se aferró a la balaustrada como si temiera caer.

—¿Quieres que confíe en ti? ¿Cómo? ¿Cómo se supone que debo hacerlo? ¿Te transformarás en dragón rojo cuando a Lucifer se le antoje? ¿Quieres que olvide el rostro de mi padre al morir de terror? ¿O sencillamente seré yo la siguiente cuando tus superiores chasqueen los dedos?

Con un movimiento ágil y decidido, Lorian saltó de un balcón a otro, tomó la mano de Rachel y, junto a ella, entró en la habitación. A continuación cerró las cortinas y, en la penumbra, susurró:

—No tengas miedo de mí. Nunca.

Sin darle tiempo para responder, tensó los músculos mientras todo su cuerpo comenzaba a iluminarse. Su piel parecía estar compuesta por ascuas incandescentes que se avivaban rápidamente para dejar paso a una epidermis reptiliana de tono rojizo. La lava ardiente ascendió hasta su cráneo, donde afloraron dos cuernos retorcidos. Su rostro se consumió por el fuego hasta transformarse en una faz cadavérica y de su cuerpo, ahora desnudo, surgieron dos alas aferradas a sus brazos y una poderosa cola en su coxis.

Cuando alzó la cabeza, la metamorfosis era completa.

El dragón rojo miró a Rachel con la negritud removiéndose en aquellas cuencas vacías. Ella no se movió. Sabía que bajo aquel engendro se hallaba un hombre. Un hombre que había matado a su padre, pero que en otro tiempo murió por amor. Un hombre que, pese a todo, anhelaba desesperadamente un poco de esperanza.

Entonces, el dragón habló y en su voz se concentró todo el dolor que albergaba.

—No puedo desprenderme de lo que soy... No puedo matar de nuevo al monstruo en el que me han convertido. Pero sí puedo cambiar el curso de tu destino. Puedo ayudarte a completar la misión que inició tu padre... ¿Me crees, Rachel? ¿Me crees cuando te digo que jamás te haría daño?

Él, un asesino, un pobre diablo, acarició los labios de la joven y presionó con suavidad su piel como si quisiera sellar esa unión.

Rachel percibió el calor que emanaba de su contacto y, sin apartar sus ojos de los suyos, asintió muy despacio, en silencio.

Del amplio pecho del dragón brotó un lamento y, de repente, Rachel comprendió algo: para Lorian, llorar, era mirar como él la estaba mirando a ella en aquel preciso momento.

49

Una explosión de luz.

Es lo primero que vio Rachel antes de encontrarse en la gran sala.

El polvo, las telarañas y las vetustas huellas del tiempo habían dejado paso a una visión de ensueño.

Las columnas salomónicas de mármol rosa parecían haberse multiplicado hasta el infinito, sosteniendo sobre ellas unas ornamentadas cúpulas donde colgaban lujosas arañas del más fino cristal. Entre los muros revestidos de pan de oro, se hallaban incrustadas fuentes en las que burbujeaba champaña y en la base de cada columna se veían enormes cornucopias rebosantes de frutas y dulces. En el centro de la sala se alzaba un escenario de cristal de roca donde tocaba sin descanso una orquesta. Las zarabandas, polcas y marchas se sucedían sin descanso mientras miles de invitados bailaban en un rítmico frenesí. Las mujeres lucían vistosos vestidos perlados de piedras preciosas y plumas de colores; los hombres, sus mejores fracs. Todos iban enmascarados convirtiendo el baile en un laberinto de antifaces y miradas ocultas.

Camareros ataviados con turbantes y túnicas de seda iban y venían atendiendo a los comensales, mezclándose entre los contorsionistas, escupefuegos y bailarinas.

Rachel comprobó que ella misma se hallaba engalanada para la ocasión. Un vaporoso vestido de raso rojo se ceñía a su cuerpo. Decenas de rubíes ascendían desde su cintura hasta su busto, donde se engarzaban formando una extraña flor carmesí. Sobre su cabeza, una delicada corona de diamantes en cuyo centro se hallaba el relieve de un tigre.

—Ya estás aquí, querida, te esperábamos.

Lucifer, frente a ella, se inclinó en una cortés reverencia. Su traje negro estaba semioculto bajo una gran capa que rozaba el suelo.

Tras su saludo, todos los asistentes repararon en ella y le sonrieron, visiblemente entusiasmados de que estuviera allí. Cuando él se alzó de nuevo, le ofreció el brazo.

—Vamos, sabes que soy inofensivo.

—Hasta dentro de una noche —respondió la joven aceptando su compañía con cautela.

—Por esa razón estamos aquí... ¡El baile del solsticio de invierno cobra un nuevo significado este año! Y no podíamos prescindir de tu presencia, por supuesto.

—Qué amables —dijo Rachel irónica.

Lucifer sonrió con inusitado orgullo.

—No seas maleducada con mis invitados. Muchos de ellos han venido solo para verte. Mira allí, por ejemplo... Ese hombre del fajín verde... —El aludido les saludó con una mano—. Es mi querido Papavoine... Se vanagloria, y con todo el derecho, de haber apuñalado a dos niños ante la mirada de su madre. Y aquel que bebe en un cáliz —le señaló a un anciano cerca de un escupefuego—, no es sino Heidenberg. ¡Qué alegrías me dio con sus libros de artes negras allá por mi añorada Edad Media! Y por favor, no te olvides de sonreír al director de mi amada orquesta, está deseoso de contar con tu aprobación…

Rachel hizo un gesto con la cabeza a regañadientes.

—¿También es un asesino?

—Querida, ¿acaso no reconoces al gran Giuseppe Tartini?

—¿El compositor de *El Trino del Diablo*?

Lucifer se rio encantado, y sus carcajadas se entrelazaron con los truenos que retumbaban más allá de las cristaleras.

—La historia cuenta que yo le ofrecí mi música en un sueño… ¡Tonterías! Como siempre, la historia miente. Fue él mismo quien me vendió su alma para ser uno de los mejores violinistas de su época…

Tartini se llevó una mano al pecho y se inclinó antes de proseguir con un vals.

—Y allí, la señora Sherman, la reina del veneno… ¡Cómo olvidarme de ella!

Un camarero le ofreció una bebida de color sangriento. Rachel reprimió sus náuseas.

—¿Y esta es la clase de personas a quien quieres entregar la luz del conocimiento en la Tierra?

—A los seres humanos les mueve el propio interés. —Él se encogió elegantemente de hombros—. A todos sin excepción. No hay nada de malo en ello. Está en su naturaleza. Así es como tiene que ser la humanidad… Es la especie más violenta, peligrosa e implacable que existe. Mucho me temo que la mayoría de la gente no puede soportar esta verdad. Siguen soñando con el amor, el honor, la amistad, la sinceridad… Créeme cuando te digo que en el fondo todos saben que son estupideces. Aun así, les resulta más fácil vivir con la hipocresía de esos sentimientos, que lejos de ser nobles, están vacíos. Cada día, frustran sus verdaderos deseos y eso les condena a mí con una fidelidad pasmosa.

Un relámpago blanqueó violentamente su rostro de sonrisa dramática y siniestra. Sus iris dorados, estaban inmersos en los suyos con una intensidad tan terrible que la joven sintió un sudor helado perlar sus manos.

—El mundo ya es mío —dijo con suficiencia—. Blake, tu padre, sus patéticas pistas... No significan nada. Solo constituyen un minúsculo escollo en mis planes.

Dos mujeres pasaron a su lado dedicándole una mirada lasciva. Él continuó hablando sin prestarles atención.

—Rachel, seguramente ya eres consciente de que no puedes ganar. Con o sin ti, pronto ejecutaré mi jaque mate.

En aquel momento, dos niños llegaron corriendo hasta ellos. Sus manitas sostenían dos máscaras que alzaron hasta cubrir sus rostros. En la garganta de Rachel se petrificó un grito de horror. Las máscaras eran los rostros de sus padres. Su piel seca y muerta se hallaba hueca, mostrando, a través de las cuencas vacías de sus ojos, las pupilas de ambos niños, que reían con estridencia.

Lucifer tomó su mano y la besó con deliberada obscenidad.

—Ya lo ves, Rachel... La maldad es inherente al hombre desde su infancia. Yo únicamente acreciento ese apetito... ¿Crees que eres diferente? ¿Que tu corazón es puro? —Lanzó una carcajada—. Qué ingenua, querida mía.

—Entonces, despierta mi corazón como haces con los demás. ¡Ábrelo, si tan confiado estás!

El rostro del lucero del alba se tornó serio.

—No es tan sencillo abrir un corazón compartido... Pero, si ese es tu deseo...

Rachel reaccionó con rapidez. Alargó las manos y aferró el rostro de Lucifer, tirando de su epidermis con rabia. Un alarido inundó la sala, deteniendo a todos los invitados, que, con los rostros desencajados, contemplaron cómo la joven arrancaba el semblante artificial de su anfitrión para desvelar su verdadera forma. En su nueva cara de escamas rojas, numerosos ojos circulares giraban sobre sí mismos alrededor de una boca deforme en la que se agitaban dantescas formas pugnando por salir.

Lucifer agarró la mano de Rachel y ella escuchó, aterrada, el sonido de miles de gritos en torno suyo. La multitud de asistentes comenzó a cambiar de aspecto. Los hombres y mujeres se encogieron sobre sí mismos y se marchitaron convirtiéndose en cadáveres. De las fuentes manó sangre negruzca, las columnas comenzaron a derrumbarse, los camareros, contorsionistas y bailarinas desaparecieron implosionando en una nube de ceniza.

La putrefacción inundó la sala de baile que estalló al son de un último trueno…

50

El sonido de su móvil la despertó entre espasmos.

Al cogerlo, comprobó dos cosas: que eran las seis de la mañana y una marca amoratada de una enorme garra había aparecido en su muñeca derecha. Tragó saliva al recordar su sueño y se dispuso a contestar.

—¿Rachel? ¿Te he despertado? —La voz de Andrew consiguió serenar sus nervios.

—No… estaba… pensando la siguiente pista de mi padre…

—¿Dónde estáis ahora? ¡No podía esperar más tu llamada!

—En Bruselas. Y hay malas noticias, Nicholas ha tenido que irse de nuevo a Bristol.

—¿Por qué?

—Su madre ha sufrido un accidente... Pero también tengo información y me gustaría que la buscaras en tu ordenador.

—¡Dispara!

—El Bosque de los Monstruos.

—Vaya, no suena muy divertido que digamos…

—Se supone que es donde se abrirá el portal.

—Veamos… ¡ya está! Hum, parece que Albion y tú tendréis que viajar a Italia…

—¿Qué es exactamente?

—Un lugar espeluznante. Al menos así lo describe la leyenda… Se dice que en el siglo XVI el príncipe Orsini decidió construir en Bomarzo un bosque lleno de extrañas estatuas, figuras simbólicas… Y al morir su esposa, quiso seguir creándolo en su honor.

Rachel se pasó una mano por la frente.

—No es tan terrible, ¿no? Más bien es… romántico.

—Bueno, lo malo del asunto es que Orsini ideó un bosque de pesadilla. Hay muchas personas que aseguran que Bomarzo está embrujado, que es una tierra maldita desde hace siglos y que aunque ahora lo visiten cientos de turistas al año, sigue siendo un punto neurálgico de malas vibraciones…

—Como un parque temático en Halloween.

—Rachel, en serio, la luna está ya completamente roja y… el solsticio es mañana. Por favor, solo te pido que tengas cuidado…

Ella suspiró.

—Gracias, Andrew…

—Mantenme informado, ¿vale?

Al colgar, se cambió de ropa, buscó Arbor Coeli y se dirigió a la habitación de Lorian. Antes de llamar, él abrió la puerta.

—Sabía que vendrías.

Rachel se avergonzó al ruborizarse. Nunca se había sentido tan asustada, arrebatada, inquieta y azorada en toda su vida. Recordó cómo Lorian se había transformado ante sus ojos en el dragón rojo y un estremecimiento logró que sus manos comenzaran a temblar.

Las emociones burbujeaban en su interior. Su corazón sufría una especie de fuerza anhelante y su mente, un estallido de sensatez. Hacía mucho tiempo que había aprendido a no dejar traslucir lo que pensaba, a confeccionar un escudo de aislamiento; y ahora Lorian lo estaba derribando de tal modo, que los sentimientos se escabullían a través de miles de grietas y la nueva luz que se colaba por ellas, la cegaba por completo.

"No es tan sencillo abrir un corazón compartido…"

Señaló el diario de su padre y dijo:

—El Bosque de los Monstruos está en Italia, en Bomarzo…

— Pero… Nos queda una última pista, ¿verdad? —añadió él—. Ven, entra, la resolveremos juntos.

Lorian encendió la lamparilla de noche y ambos se sentaron en la cama.

—¿Has dormido… sin problemas?

Ella frunció los labios. No sabía si se refería a sus oscuros pasajes oníricos o a su estado mental tras su metamorfosis. Se arremangó su camisa para mostrarle la marca de la garra de Lucifer.

—He asistido a un baile.

—Maldita sea. —Lorian cerró los puños hasta blanquear sus nudillos—. No puedo cuidar de ti en los sueños. Son… su terreno favorito. Perdóname, Rachel.

Ella no conseguía apartar la vista de sus manos. Esas manos que en cuestión de segundos podían transformarse en las de un monstruo y al mismo tiempo robarle el aliento con una sola caricia.

—No te preocupes —respondió al fin—, no creo que vayan a olvidar esta noche.

—No sé qué habrá sucedido, pero… bien hecho. —Sus ojos verdes se cargaron de complicidad.

Rachel carraspeó mientras abría el diario entre ellos.

—Debemos darnos prisa…

—Déjame echar un vistazo. —Lorian leyó el enigma—: "*Tharmas requiere tu presencia donde Albion impera. Dos ángeles, luz y oscuridad, son los mensajeros del maestro*".

—¿Albion? —inquirió Rachel sorprendida.

—Elegí ese nombre por su relación con Blake, pero también significa otra cosa. Un lugar. Por eso tu padre hace referencia a Tharmas, o sea, la Tierra: es nada menos que Inglaterra. "Donde Albion impera" debe significar su punto central.

—¡Londres!

—Y no solo eso. Ya sé de qué obra de arte se trata. —Lorian seguía mirándole con expresión intensa—. Es un cuadro. Lo conozco muy bien. ¿Cómo no hacerlo? *El ángel bueno y el ángel malo.*

El pulso de Rachel se aceleró.

—¿Quién lo pintó?

Él le sonrió triunfal.

—El maestro. William Blake.

Rachel sintió un escalofrío.

—Lo hemos conseguido… —musitó muy despacio—, hemos… resuelto la última pista que nos conduce al final…

Dos gruesas lágrimas se deslizaron por sus mejillas.

Lorian, en trémulo silencio, aproximó su cuerpo al de ella y, sin rozarla, mantuvo su rostro junto al suyo.

—No dudes de ti misma nunca más…

Su voz, profunda y apacible, hizo que contuviera el aliento.

Cuando la joven cerró los ojos, turbada por aquellas palabras, percibió el suave roce de unos labios en la frente. Después se posaron lentamente sobre sus párpados; poco a poco su suave contacto siguió con delicadeza las señales de sus lágrimas dejando un surco estremecido y abrasador sobre su piel.

Sin apenas darse cuenta, Rachel comenzó a temblar.

—Lo siento... —murmuró Lorian, percatándose de ello.

—No... no es lo que crees...

Él sonrió, sus ojos a escasos centímetros de lo suyos.

—¿Qué debo creer?

—Que tengo miedo de ti...

—En mi vida anterior, existía una leyenda que los amantes solían susurrar cuando se encontraban en secreto —dijo Lorian, que seguía sin tocarla—. Hablaba de la existencia de un lazo. Un lazo invisible, pero muy poderoso que mantenía unidas a las personas que se querían o que importaban de veras... Si una de ellas amaba a la otra con sinceridad, entonces...

—¿Entonces...? —preguntó Rachel con voz ronca.

—Entonces el lazo tiraría de su amante y ambos sabrían que, de alguna forma, estarían unidos para siempre.

Lorian le acarició la barbilla con los labios para descender suavemente hasta el pulso de su cuello.

Rachel dejó de sentir los latidos de su corazón, dejó de ver la habitación en la que se encontraban, dejó de notar su propia respiración entrecortada. Solo percibía el calor de aquellos besos incendiar hasta la última fibra de su cuerpo.

Exhaló un suspiro y, sin querer, pronunció su nombre.

—Es un lazo fuerte, por lo que veo —murmuró él mientras ascendía de nuevo hasta detenerse en su boca.

Sus labios jugaban con la posibilidad de unirse a los suyos, pero nunca lo hacían.

Lorian pareció dudar un instante que a ella le supo a tortura. Alejó su rostro y le miró con una súbita tristeza.

—No debo seguir… —Ante la expresión desolada de ella, desvió la vista y aferró la colcha con manos crispadas—. Ni permitirme olvidar lo que soy.

Una nueva lágrima surcó el rostro de Rachel antes de que hablara.

—Un dragón también tiene el derecho de tener un lazo de unión…

Vio tensarse su cuerpo, como si estuviera expuesto ante un inmenso dolor.

—Pero no tiene el derecho de amar.

51

La lluvia se deshacía ante la luz. Esa fue la sensación que tuvieron ambos al entrar en la Tate Gallery de Londres. Sus gigantescos ventanales cenitales proyectaban una neblinosa luminosidad sobre la sala principal que se extendía ante ellos como una gran lengua metálica. Andrew, que una vez más había sido quien les reservó el primer vuelo, también les había ayudado a ubicar el cuadro de Blake. Sin embargo, Rachel nunca hubiera imaginado que el museo poseyera tal sobriedad exterior en contraste con la modernidad de su vientre.

Aquella tarde, las modernas salas de la Tate Gallery rebosaban actividad.

La mente de Rachel saltaba continuamente del presente al pasado. Pensaba en Nicholas, en el cuadro que buscaban, en lo que debían averiguar para llegar a Bomarzo, en Lorian caminando a su lado, en sus besos... Y en sus recuerdos. Veía su antigua vida como si se tratase de una película muda. Su yo de la infancia hablaba, reía, preguntaba..., pero en su memoria ella no podía oír nada. Tal vez porque la voz, la personalidad y los anhelos que por entonces poseía ya no se correspondían con la realidad.

Todo había cambiado. Ahora volvía a estar en su país, en una ciudad que había visitado en infinidad de ocasiones… Y aun así, todo era diferente. El mundo temblaba, se fracturaba sin saberlo. Y solo ellos tenían las claves para impedir que el Apocalipsis fuera un hecho. Lorian puso la mano en su hombro.

—Ahí está. Lo encontramos.

Al aproximarse, la joven tomó el medallón en sus manos. Vibraba con un ímpetu inusitado. Su calor quemó sus dedos.

—Este cuadro…

—Sí, es cuanto menos extraño…

—No, quiero decir… Estoy segura de que significa algo…

—¿Estás preparada?

Rachel se fijó en el dibujo mientras sentía un intenso mareo. Un ángel de rostro maléfico encadenado entre llamas de fuego, intentaba sin éxito alcanzar a un hermoso ser de luz que portaba en sus manos un niño. Cuando el mundo a su alrededor comenzó a difuminarse entre volutas de niebla, solo pudo contestar:

—No me dejes sola…

52

Una inquietante somnolencia adormecía sus sentidos. Rachel procuraba permanecer en tensión y alerta, avanzando entre la densa niebla que se arremolinaba en torno suyo, como si se deslizara a ritmo de una música inaudible.

Poco a poco, comenzó a distinguir los contornos de una pequeña estancia.

Era una habitación.

La niebla se diluyó a través de la ventana permitiéndole ver con más claridad.

Las paredes se hallaban salpicadas de pintura oscura; una silla yacía volcada junto a un viejo camastro; las velas, diseminadas por doquier, estaban a punto de extinguirse y sus llamas engendraban informes sombras que parecían haber cobrado vida; no había ningún tipo de decoración, pero sí una pila de libros olvidada en una esquina. Uno de ellos ocupaba un puesto privilegiado sobre los demás: *El Paraíso perdido*, de Milton.

Afuera, el cielo descargaba su ira contra Londres. Un súbito relámpago iluminó el único elemento central del modesto dormitorio: un bastidor en el que reposaba un lienzo casi finalizado.

Y junto a él, un hombre.

Rachel parpadeó. La habitación cimbreaba ante su vista. Las velas amenazaban con agitarse; los libros, con diluirse en un charco incoloro; la cama, con encogerse; la lluvia exterior, con convertirse en sangre.

Todo era cambiante.

Pero, al mismo tiempo, nada conseguía transformarse completamente.

—Bien hecho, joven. No esperaba menos de ti.

El hombre, de avanzada edad, se mantuvo cerca del bastidor y Rachel atisbó una paleta de colores en su mano izquierda.

Sus cabellos lucían el color de la vejez, pero la expresión de sus ojos era vivaz, penetrante. Como la de un niño.

—Señor...

—Llámame William —sonrió él con afabilidad mientras dejaba la paleta en el suelo, junto al mortero—. No me gustan las formalidades.

Rachel sintió unas imperiosas ganas de llorar.

Estaba hablando con Blake. El maestro. Uno de los pocos conocedores de la ciencia del cielo. El único en vislumbrar el destino al que el mundo estaba abocado. El origen de aquella pesadilla.

Con la ayuda de sus amigos, había resuelto todas y cada una de las pistas de su padre.

Tal vez el juego no hubiera terminado aún, pero ahora se sabía más cerca de la verdad.

William, comprendiendo sus sentimientos, se aproximó hasta ella y sin decir una palabra, la abrazó con fuerza.

Rachel sorbió sus lágrimas antes de que aparecieran y apoyó la mejilla en su pecho. El aroma que desprendía a pintura y diluyentes le trajo, más vivos que nunca, recuerdos de su madre. Por un instante creyó estar abrazándola, haberla traído de vuelta y vencido a la muerte.

—Has sido muy valiente. —La voz de Blake le devolvió a aquella ilusoria realidad—. *Él* te ha tentado, lo sé. Ha luchado por hacerte fracasar. Pero todavía existen corazones incorruptibles…

El hombre deshizo el abrazo y apoyó una mano en el mentón para, con dulzura, obligarle a fijar sus ojos en los suyos.

—Me dijo que un corazón compartido es difícil de abrir… —balbuceó ella.

Blake rio muy bajito.

—Sí, y tiene razón. Porque el amor, el corazón humano, es la gran fuerza por excelencia… Y el tuyo, ahora, ya no te pertenece. Al menos no por completo. Eso te ha convertido en alguien divino.

—Divino…

—Cuando una persona entrega un corazón a otra de forma inocente, pura…, no puede sino compararse a un dios, ¿no crees? El amor es la clave de todo en un mundo que está corroído desde el interior. Pero ¿cómo hacer que esta gran verdad se comprenda? ¡A través de la imaginación! —William hizo una triste pausa—. Cuando la imaginación y todos los dones del espíritu se consideran vanos y a los hombres solo les queda competir entre ellos… entonces comenzará el Juicio Final. Y ya lo ha hecho…

Rachel asintió.

—Su arte transmite esa verdad…

Blake cabeceó con resignación.

—Mi arte... ¡Ojalá hubiera podido hacer más por la humanidad...! Mi vida ha estado al servicio de mis visiones, de la fantasía, de esa otra realidad que el ojo físico no puede entrever... E, iluso de mí, pensé que nadie querría escucharme. Pero tú eres la prueba de mi equivocación. El amor ha actuado una vez más. Tus padres te quisieron y te educaron bajo ese axioma. Por fin el ciclo se une. Por fin, tal vez, mi misión se verá cumplida.

El maestro regresó a su bastidor y lo señaló con energía.

—Quieres respuestas y es preciso que las tengas. Yo soy el último puente que has de cruzar. Pero te advierto que serás tú y solo tú quien impida que el Infierno sacuda la Tierra. Mira bien este cuadro. Dime, ¿te es familiar?

Rachel, acunada por aquel sopor del que no podía desprenderse, entrecerró los ojos. Ante ella, una silueta negra bajo un halo de albayalde.

—Dios mío... Este edificio... Las torres... ¡Es el castillo de Glamis!

—Tu afirmación está incompleta —repuso Blake con suavidad—. Sí, es Glamis. También es el cuadro que tu padre adquirió en ese mismo lugar y que desencadenó su búsqueda y la tuya.

Impactada por la información, la joven se apoyó en el camastro.

—Por eso se fue en septiembre y no me dijo a dónde... Pero, ¿cómo...?

Los ojos del maestro brillaron febriles.

—Él averiguó que yo creé este lienzo, e intuyó el porqué. Sabía acerca de la profecía gracias a mis *kennings* y, sin embargo, no fue hasta ver el cuadro cuando se percató de lo que debía hacer. Todavía desconozco cómo, pero descifró las notas que codifiqué entre cada pincelada.

"La sala de rayos X de la universidad —pensó Rachel aturdida—. Papá... por qué no me lo dijiste..."

—Tu padre fue un elegido, Rachel. Dedicó toda su vida a estudiar mi trabajo. Entendió que algo importante subyacía en mis poemas, en mis grabados... Como tantos integrantes de la Sociedad Órfica antes que él. Consiguió mi medallón y te lo entregó cuando eras una niña con la esperanza de que, en el futuro, tú también vislumbraras mis conocimientos.

Rachel reprimió un nuevo sollozo.

—Ambos habéis visto la verdadera luz del saber. Tu padre no llegó a tiempo para atisbar cuál es la llave que puede dar fin al inminente Apocalipsis. Ningún otro en la sociedad fue conocedor de este enigma, que únicamente le sería transmitido a aquel que llegase hasta mí.

Pero él te enseñó, te inició, compartió contigo el amor por el arte. Comprendió que él mismo se hallaba en peligro y que el momento crucial se aproximaba. No tuvo otra opción. Era consciente de que estabas preparada y te cedió a ti su propia misión.

Rachel, con voz temblorosa, dijo:

—La cumpliré, lo prometo.

—¿Ni siquiera aunque cueste tu vida?

—No importa lo que cueste.

Los labios de Blake esbozaron una sonrisa de satisfacción.

—El destino quiso que este cuadro terminara en el epicentro del caos. La llave, valiente joven, reside allí.

Las rodillas de Rachel temblaban. Aquel lugar estaba consumiendo sus fuerzas.

—No... puede ser —musitó—, estuvimos en Glamis y no vimos nada...

—¿Tan segura estás de esas palabras?

Rachel cerró los ojos y trató de recordar...

Su mente, como un caleidoscopio de neblinosas imágenes, le trajo de vuelta una escena.

—El pequeño ángel... —Abrió los ojos y los clavó en Blake—. El ángel al que le arrancaron las alas... La sombra que vi en el dormitorio del castillo...

—El mundo en sí es solo una sombra de la eternidad... Y ese ángel en verdad existe, solo que ya no recuerda que lo es... o que lo fue hace ya mucho tiempo...

Un trueno sacudió la ciudad y la habitación del maestro pareció temblar durante unos breves instantes.

—Rachel... —la voz de Blake se tornó grave—, pocos años antes de crear este cuadro, una visión me fue desvelada. En el infame castillo de Glamis un niño había nacido. Un niño engendrado bajo el yugo del Infierno y al que Lucifer quiso cobrarse como castigo por una maldición que asolaba a la familia desde hacía generaciones. El ángel que vino al mundo fue despojado de su divinidad, marcado físicamente y encarcelado en una prisión de la que nadie, salvo unos pocos, conocía la existencia.

—¿Marcado...?

—El cuerpo del hombre no se diferencia tanto de su alma... Y Lucifer quiso asegurarse de que la maldad de ese niño imperase en ambos extremos. Su cuerpo sería deforme; también lo estaría su alma.

Una de las velas cercanas a Blake se consumió con un silencioso suspiro. Las volutas de humo ascendieron en un cadencioso vals grisáceo.

—¿Por qué? ¿Por qué transformar a un ángel?

La mirada de Blake brilló en la semipenumbra.

—Porque ese ángel vino al mundo para impedir sus futuros planes. Ese ángel, joven Rachel, es la llave que puede abrir o cerrar las puertas del Infierno.

Sintió un golpe de adrenalina arremolinarse en su estómago y sacudir sus latidos.

—La llave... ¡es un niño!

Blake asintió una sola vez, muy despacio.

El cuadro que Rachel vio en la Tate Gallery cobraba un nuevo sentido.

—Pero... ¡han pasado siglos!

—Aun desfigurado en cuerpo y alma por el Mal, sigue siendo un ángel —explicó el maestro—. Lucifer no es omnipotente como has podido comprobar... No puede materializarse, pero sí tuvo el poder para interferir en el corazón del niño y destrozar su inocencia. Como bien dices, ha tenido siglos para hacerlo... Ahora, la llave, nuestra única salvación, está teñida por el odio, el miedo y el recelo. No ha conocido otros sentimientos. No sabe lo que es amar. Su destino, abrir la boca del Infierno, es inevitable...

—Entonces ¿cómo puedo impedirlo?

Tres velas más se apagaron de forma fantasmal. Blake comenzó a observar cuanto le rodeaba con ojos nerviosos.

—El tiempo se agota, ya vienen.

—¿Quiénes?

Dos llamas más murieron en la noche.

—Te he esperado en este espacio, prisionero entre dos mundos, durante todos estos años, Rachel... La noche de mi fallecimiento se repite constantemente en un bucle de tormento que no podré romper hasta que mi mensaje sea escuchado y el Infierno no vea jamás la luz del sol. Solo así podré descansar al fin...

Una sola vela quedó encendida y al compás de tu titilante luz, pareció unirse una risa entre coágulos.

—Escóndete, rápido.

—¡No! ¡No permitiré que...!

Blake la asió por los hombros.

—Ya nada puedes hacer por mí. Mis conocimientos ahora son tuyos. Tú serás mi voluntad y mi fuerza.

Un siseo en el suelo, unas uñas deslizándose a tientas...

—Ve a Glamis, encuentra al niño.

Un último abrazo.

—Cierra el portal. Confía en tu corazón. Confía en la luz que albergan sus dos mitades. ¡Ahora escóndete!

No podía pensar con claridad.

El mundo se había vuelto borroso.

Sus pensamientos se destilaban por cada rincón de aquella habitación, convertidos en ecos de un caos inefable.

Sus padres dándole la mano

la sombra de su propio cuerpo al ocultarse tras el bastidor

su pequeño dedo al terminar un cuadro de su madre

una serpiente deslizándose hacia Blake

lo siento, Rachel en otros labios

latidos de terrible silencio

¿me crees cuando te digo que jamás te haría daño?

el monstruo enfocando sus ojos informes en el maestro

así que has venido a por mí, dragón rojo

Blake mirándola con una postrera sonrisa

ella

sus párpados cerrándose

una explosión de sangre

niebla

53

Sintió el frío de la noche incluso antes de abrir los ojos. Cuando lo hizo, se mantuvo inmóvil, contemplando la mirada esmeralda de Lorian posada en ella con la expresión que debía de tener Orfeo al volverse para ver a Eurídice por última vez.

Estaba en sus brazos. La portaba en ellos como si fuera una frágil muñeca de porcelana a la que temiera dejar caer.

Ninguno de los dos dijo nada.

Él se sentó en un banco cercano al Támesis. Rachel no escapó de su regazo. Necesitaba su calor, su piel contra la suya. Apoyó una mano en su pecho y percibió los latidos de Lorian en consonancia con su corazón. Después, reclinó la cabeza y la reposó en su hombro. El aroma a manzanas maduras invadió la noche londinense.

Sintió la cautelosa respiración de Lorian antes de alzar la vista hacia su rostro.

—¿Por qué estás tan triste? —le preguntó a media voz.

Él acarició su espalda y se detuvo en su nuca.

—No puedo impedir que sufras... No... tengo medios para evitarlo. —Contuvo el aliento por unos instantes—. No puedo interferir siempre y... frente al cuadro de Blake... pensé que te estaba perdiendo.

Rachel se acurrucó entre sus brazos.

—Sigo aquí...

—Si no fuera lo que soy, daría gracias a Dios por ello.

A su alrededor, los sonidos de la ciudad parecían apagarse y Londres, en la noche invernal, les mostraba su otra cara, aquella que surgía de las sombras, pero también de la calma.

Lorian habría querido ocultar su semblante en los mechones de su pelo, rozar con los labios su esbelto cuello.

La contemplaba como si fuese suya, pero no se atrevía a ir más allá. Él, que había muerto en nombre del amor, que había sufrido la agonía del Infierno, que se sabía vacío de cuerpo y alma... le asustaba demasiado volver a confiar en la bondad de un mundo que solo ofrecía desdichas.

La mano de Rachel aferró su gabardina y Lorian percibió en aquel gesto un dolor semejante al suyo. Un dolor que a pesar de la juventud de ella, era profundo, desgarrador. Aquella mano no mentía. Ni tampoco lo hacían sus ojos grises que le pedían ayuda a gritos.

—Rachel...

La joven asintió imperceptiblemente.

—¿Recuerdas lo que me dijiste en Glamis? Seguiremos siempre adelante.

—Glamis... —Se estremeció ella. A Lorian le pareció más aterrada que nunca—. Debemos regresar allí.

Él afianzó su abrazo.

—Te lo ha dicho Blake.

—Sí. Me lo ha contado todo, pero… yo… he visto… ha sido… —No pudo terminar la frase. No sabía cómo hacerlo.

Lorian apoyó la mejilla en su cabello.

—No llores, peregrina.

—No estoy llorando…

La expresión de Lorian se transformó en una dulce sonrisa. Después de tanto tiempo siendo un monstruo en la oscuridad, volvía a tener a alguien a quien proteger en la luz.

La estrechó con más fuerza, preguntándose quién abrazaba a quién en realidad.

En aquel momento, se sentía extrañamente ebrio de vida.

—Ella… ¿era parecida a mí?

Lorian supo a quién se refería, y por primera vez desde hacía siglos sintió que no sufriría al hablar de su historia.

—En algunas cosas.

—¿Cuáles?

—Era muy sensible… y fuerte a la vez. Cuando me miraba, solo existíamos nosotros, y el mundo, teñido de sangre, desaparecía. Lo di todo por salvarla. Lo daré todo por salvarte a ti.

Rachel cerró los ojos. Hablaba de Agnès, pero también de ella misma.

Recordó las palabras de Blake.

"El amor, el corazón humano, es la gran fuerza por excelencia… Y el tuyo, ahora, ya no te pertenece. Al menos no por completo."

Sonrió, pues por primera vez comprendía su significado y, al hacerlo, se sintió fuerte de nuevo.

Invencible.

—La llave está en Glamis —explicó con voz serena.

Él permaneció en silencio.

—Es un niño, Lorian. La llave es un ángel.

—La sombra…

—¿Tú también la viste?

—Fui tras ella… y te encontré a ti. Creo que quiso que ambos le viéramos.

La luna derramaba su luz escarlata sobre ellos. Un terrible ojo vigilante.

Las arenas del tiempo se agotaban.

—Siempre adelante —repitió ella con convicción—. Pero ahora, los dos juntos.

El devenir de los acontecimientos seguía conforme al plan.

¡Qué sencillo había resultado mentir, hilvanar una tela de araña llena de embustes!

Su misión estaba próxima a su fin.

Su vida, tal y como anhelaba, iniciaría un nuevo comienzo…

54

Rachel nunca pensó que el tiempo pudiera transcurrir tan deprisa. Quería retenerlo, apresarlo entre sus manos. Y sin embargo, por más que lo deseaba, éste seguía su curso imperturbable.

Dos horas en avión hasta llegar a Edimburgo. Otras tres más en tren hasta Charleston y finalmente…

Glamis.

En cambio, solo les llevó diez minutos convencer a la mujer que vendía las entradas para que les hablara del sistema de seguridad del castillo.

Según parecía, durante la jornada diurna, varios vigilantes controlaban el interior del enclave; pero por la noche no eran necesarios. Una empresa privada había conectado un dispositivo en cada acceso para evitar que nadie entrase o, de lo contrario, se activarían las alarmas.

—Es curioso que necesiten esta información para su trabajo de arte… Pero, ya ven, nuevos tiempos, nueva tecnología… Solo queda media hora para cerrar, ¿seguro que quieren las entradas?

Lorian miró a Rachel y ambos asintieron al unísono.

Sabían lo que debían hacer.

El castillo parecía aguardarles desde su última visita. La oscuridad ya no era únicamente oscuridad... La noche poseía matices hambrientos, texturas amenazantes.

La arboleda que lo rodeaba se acurrucaba con las embestidas del viento helador, y Rachel intuyó que, de algún modo, el niño, el ángel, la llave... aguardaba su llegada.

Sintió un escalofrío abrumada por la imagen de la fortaleza y sus espigadas atalayas.

No era la primera vez que estaba allí, pero en aquel instante se le antojó una enorme criatura dispuesta a atacarles, una bestia agazapada que contenía la respiración hasta engullirles para siempre.

Lorian tomó su mano y, en un silencio cargado de secretos, se desviaron de la ruta marcada por los guías. Procurando no ser vistos, subieron las escaleras que conducían al dormitorio de la Reina Madre y se ocultaron en uno de los armarios.

Rachel quiso decir algo, cualquier cosa. Pero el mutismo era ahora su mejor aliado.

No fue consciente del tiempo que transcurría. De nuevo, los relojes del universo conspiraban en su contra.

Los nervios comenzaron a traicionarle. Sentía que le faltaba el aire; el frío se transformaba en un calor angustioso que ascendía desde su vientre hasta su pecho; un hormigueo de inquietud se apoderó de sus piernas.

Lorian se percató de su tensión y aferró con más fuerza su mano.

—Falta poco —dijo en un susurro apenas audible.

Ella le preguntó con la mirada. Un fugaz brillo en la negritud del armario.

—Confía en mí.

Al cabo de unos minutos, Lorian tiró de Rachel.

—Ahora.

Cuando ambos salieron, todo les pareció diferente. Tal vez fuera la oscuridad reinante, el aroma del pasado... o el matiz engañoso de aquel silencio.

—¿Dónde puede estar la prisión de la que me habló Blake...? —preguntó la joven mientras veía cómo la luz roja de la luna bañaba la estancia donde se encontraban.

—Es curioso, pero... Le siento. Ahora que no hay nadie, es como si... le percibiera.

Rachel ahogó un grito.

Lorian se volvió a tiempo para contemplar a una mujer tendida en la cama de la Reina Madre.

Su cuerpo era traslúcido, blanquecino.

De pronto, un alarido rasgó la quietud del castillo. La mujer arqueó la espalda y sujetó su abultado vientre. Estaba dando a luz.

—Lorian...

—Yo también la veo...

Una matrona surgió parpadeante de la nada para asistir en el parto y recibir al bebé.

—*¡Dios nos proteja!* —la oyeron gritar.

La escena se disipó tan rápido como había surgido dejándoles absortos en su propio terror.

—¿Qué... ha ocurrido?

Él le hizo un gesto para salir de allí.

—No estoy seguro, pero creo que hemos visto el nacimiento del ángel.

—La matrona no parecía alegrarse demasiado...

—Recuerda lo que Blake te explicó —dijo Lorian mientras bajaban las escaleras—. Lucifer obró para que el niño naciera con algún tipo de malformación.

—Miserable…

Caminaron a través de la galería de armas. Rachel utilizó su móvil como linterna. Las armaduras parecían cobrar vida, observarles a través de los visores de sus cascos. Rachel contempló aquellos huecos, la negrura que se agitaba en su fondo, y un frío muy distinto al invierno que les rodeaba se instaló en sus huesos.

—Le noto… —murmuró Lorian—. Está arriba, en algún lugar…

—¿Por qué encontramos todas las puertas de las distintas salas abiertas…?

—Me temo que él también nos espera.

El comedor se hallaba sumido en un halo espectral. La vajilla, los cubiertos, los pequeños jarrones… todo destellaba bajo la luz del móvil reflejando sus siluetas al pasar.

—*¡Papá! ¡Papá!*

Rachel y Lorian se quedaron inmóviles, con los músculos en tensión.

Una niña corría hacia ellos. Su larga melena rozaba la falda de su vestido y, en su huida, el lazo anudado en su cintura se desprendió hasta caer al suelo, donde cimbreó unos instantes antes de desaparecer.

La pequeña, de rostro asustado y cuerpo blancuzco, no detuvo su carrera hasta arrojarse en brazos de un hombre.

—*¡Papá, le he vuelto a ver! ¡Es ese niño que llora otra vez!*

—*Cariño…*

La figura paterna titiló como un siniestro holograma.

—*¿Qué hay en este castillo? ¡Dímelo, papá, tengo miedo!*

—*Elizabeth… si te lo dijera, estoy seguro de que no querrías dormir aquí nunca más…*

Padre e hija, fantasmas prisioneros de sí mismos, desaparecieron en la noche.

Rachel procuraba seguir sujetando su móvil, pero su mano derecha temblaba tanto que tuvo que usar ambas para lograrlo.

Afuera, a través de uno de los ventanales, contemplaron boquiabiertos cómo cientos de cuervos volaban en círculos rodeando el castillo en un anillo de alas negras. Sus graznidos invadieron el nuevo silencio.

—Vale —dijo ella—. Ahora sí empiezo a asustarme de verdad.

—Lo que hemos visto son recuerdos del pasado... Reminiscencias de lo que ocurrió. Tengo la sensación de que acabamos de ver la infancia de la Reina Madre...

No pudo continuar. Dos voces emergieron de ninguna parte reverberando en los muros como ecos de un mal sueño.

Quiero... quiero... salir...

Rachel iluminó el pasillo que se abría ante ellos y moría en una compuerta metálica.

Un niño les sonreía de forma aviesa en el umbral.

Un niño...

O tal vez un monstruo.

La joven dio un paso atrás.

Cuando volvió a enfocar con su móvil, no había rastro de él.

Thomas, recuerda siempre que la luz más poderosa está en ti. Úsala, combínala con la oscuridad como te he enseñado.

Lorian hizo un leve gesto con la cabeza. Iban por el camino correcto. Se dirigían directamente a su encuentro.

Gracias, maestro...

El mundo es cruel, aciago, pervive sediento de mentiras y envidia. Tú mismo eres una víctima de su maldad. Te encerraron aquí al nacer. Tu propia madre nunca quiso verte, tu padre te repudió, tus hermanos no supieron jamás de tu existencia.

Rachel sintió un estremecimiento al reconocer la segunda voz, pero ya no había vuelta atrás. La Muerte había tirado los dados en una partida en la que ya no tenían escapatoria.

Tras la compuerta, unos peldaños ascendentes.

El olor a moho y excrementos de rata en aquel pasadizo oculto era amargo e intenso. Tanto como su miedo.

—Por aquí —dijo Lorian eligiendo uno de los diversos corredores en aquel laberinto de piedra.

Rachel no contestó. Iluminaba el camino con toda la seguridad de la que era capaz.

—¿Realmente le sientes? —preguntó pasados unos minutos.

Lorian respondió sin dejar de mirar al frente.

—Es como una oleada que impacta contra mí constantemente. Supongo que ambos nos reconocemos. Ya no pertenecemos a este mundo.

—¿Cómo… cómo conseguiremos llegar a Bomarzo a tiempo? El solsticio es esta medianoche…

Él se abstuvo de verbalizar lo que pensaba y Rachel comprendió que tampoco tenía una solución. Estaban yendo al encuentro de la llave sin saber qué hacer una vez la hallasen.

El sonido de sus propios pasos le resultó angustioso. Un preludio de negros presagios dispuestos a cumplirse.

I spy with my little eyes something beginning with s…

It's a spider in my bed…

De nuevo aquella nana siniestra, de nuevo aquella voz salida de un mal sueño infantil serpenteando hacia ellos.

The fear can't touch me no more…

Rachel percibió el aleteó del pánico arremolinarse en sus entrañas.

I'm free now... I'm free now...

De repente, escucharon el chirrido de unos goznes no muy lejos de donde estaban.

—Rachel.

—Lo sé. Estoy preparada.

Al girar a la izquierda, vislumbraron una tenue luz rojiza filtrarse a través de un enorme portón abierto. La luminosidad había creado el efecto de un cuadro lumínico en la madera llena de arañazos y sangre reseca. Una tosca vidriera carmesí que debían atravesar sin mirar atrás.

Nada podría haberles preparado para lo que contemplaron en el interior de aquella especie de mazmorra.

La llave les esperaba de pie, con los brazos inertes a ambos lados de su pequeño cuerpo cubierto por un sucio camisón.

Habían transcurrido siglos... pero por su tamaño, solo parecía tener siete u ocho años.

Su pecho se unía con su vientre en una hinchazón donde el cuello no tenía cabida. Sus mugrientos dedos se mostraban deformes, retorcidos y Rachel no pudo evitar rememorar las huellas de aquellas manos infantiles en el espejo de su habitación en el hotel de Budapest.

El cabello, lacio y grasiento, caía sobre su rostro, enmarcando su huesudo aspecto y acentuando la mirada de unos ojos donde la oscuridad lo invadía todo. No existía la esclerótica. Ni pupilas. Solo negritud. Salvaje. Maléfica.

—De nada os servirá haber llegado hasta mí —amenazó con voz lúgubre—. No os tengo miedo. Por eso mi maestro ha abierto el portón. Seréis testigos del Fin.

Rachel, que había permanecido tras el brazo protector de Lorian, dio un paso hacia el niño.

—Te llamas Thomas, ¿verdad?

No respondió.

—Tienes razón —continuó ella—. No debes tenernos miedo. Queremos ayudarte, sacarte de aquí…

Thomas cabeceó de forma negativa.

—Mi maestro me advirtió cómo son las personas allá fuera. ¡Son peligrosas, horribles! Mi misión es estar junto a él ahora… El momento ha llegado. Y tú —añadió mirando a Lorian—, tú deberías saber que nada puede pararle. Eres escoria.

Rachel tembló al escuchar tal odio en labios de un niño.

—Thomas, por favor… ¡Él solo está utilizándote…! Quiere la luz que atesoras en tu corazón…

El niño se removió, inquieto.

—¡No! ¡Cállate! Mi corazón es como el suyo. ¡La luz no existe! El mundo me desterró aquí dentro, ¡yo lo desterraré también! ¡El mundo no vale nada en comparación con mi maestro! ¡Yo seré lo que necesita, yo seré la llave!

—Una llave puede abrir muchas clases de puertas, pero… ¿sabes adónde conduce la que desea abrir tu maestro?

Thomas enseñó uno de sus colmillos en una sonrisa ladeada.

—Me tomas por un iluso, ¿verdad? Ya sé lo que pretendes… ¡Quieres confundirme!

Una risa ahogada emergió de su maltrecha garganta.

—¡El amor no existe! Es solo un cuento en el que ya nadie cree. ¿Puede verse, olerse, tocarse? ¡No! —Apretó sus dedos ensangrentados y repitió—. ¡No existe!

—Pero puede sentirse, Thomas… El amor no es físico… Se nota aquí. —Rachel señaló su corazón.

Los ojos negros del niño relampaguearon y, al hacerlo, los cuervos que revoloteaban en el exterior, emitieron un agudo graznido, todos a la vez.

—Mi madre no sintió nada por mí. Ah... ¿No lo sabías? —Rio nuevamente—. Ella me encarceló en este lugar como un desecho. ¡Mi maestro cuidó de mí, me enseñó cuanto necesito saber! No soy como tú, Raaacheeel. —Pronunció su nombre arrastrando cada vocal—. No soy humano... Ni soy un niño. Soy la llave.

—Ante todo eres un ángel.

Thomas la miró con una expresión de asombro revistiendo su semblante. Pero su sorpresa duró poco tiempo.

—Mi maestro también me advirtió de que dirías eso... Si Dios me hizo así, no puedo ser un ángel. Dios me odia.

—Dios, no... Tu maestro.

—¡¡Mientes!!

Thomas.

El niño miró a su alrededor, sumiso.

Ya es la hora.

—Aquí estoy.

Lorian volvió a tomar la mano de Rachel y ella supo que debían estar listos para cualquier imprevisto.

Nuestros... invitados pueden asistir al solsticio más importante que la humanidad va a vivir en toda su historia. Quiero que vean con sus propios ojos cómo mi reino se yergue sobre la Tierra.

Rachel apretó los dientes. Lucifer se regodeaba en su éxito, consciente de que ninguno de los dos sabía cómo detenerle. Habían llegado hasta allí, encontrado la llave... Pero el pequeño ángel estaba consumido por el odio. Nada de lo que dijesen podría cambiar su concepto de los seres humanos.

Entonces, en el aire, ante ellos, se manifestó una forma oscura y neblinosa que se retorcía y ondeaba desde su centro hasta los extremos ovalados.

Olvidad toda esperanza.

Thomas fue el primero en entrar y desaparecer por aquel agujero negro.

Y uníos a mí.

Lorian miró a Rachel y en sus pupilas ella percibió cómo las dudas le asaeteaban.

—No temo nada si estás conmigo —respondió la joven ante su pregunta no pronunciada.

Él asintió brevemente antes de alzar la mano y rozar la densa negritud, que cedió ante su contacto.

Comprendió que Rachel le seguiría hasta el fin del mundo.

Solo esperaba que el fin del mundo no se produjese aquella misma noche.

55

—¿Dónde estamos?

El interrogante de Lorian quedó prendida en la oscuridad.

Rachel avanzó un poco más, percibiendo hierba y gravilla bajo sus pies.

Miró su móvil y comprobó con temor que éste se había quedado sin batería. En el cielo, la luna estaba enmarcada por densos nubarrones que la cercaban asemejándose a unas enormes manos crispadas.

Un susurro de agua llegó hasta ellos en un lejano canto litúrgico.

Todavía confusos, miraron en derredor.

La maleza les rodeaba entre árboles milenarios, raíces gigantescas y hojarasca reseca.

El olor de la vegetación, aun a pesar del frío, les transmitió una sensación mareante, cargada de palabras ominosas.

Sin embargo, todo permanecía en calma.

Caminaron muy despacio, manteniéndose alerta.

Algo chocó contra el hombro de Rachel, quien alzó la vista para acto seguido dar un temeroso paso atrás.

Se había tropezado con una de las dos estatuas gemelas que flanqueaban la entrada a una senda.

Lorian pasó la mano sobre su epidermis de granito.

—Son esfinges…

Rachel recordó lo que su padre le contaba sobre aquellos seres mitológicos, siempre poseedores de impenetrables enigmas y letales secretos.

La luminiscencia escarlata de la luna les permitió contemplar sus rostros desprovistos de rasgos por el paso de los siglos. Sus ojos, hundidos en la roca, parecían mirar al horizonte con la expresión de quien conoce los misterios más recónditos de la humanidad.

Mitad mujeres, mitad bestias, las esfinges atesoraban una filacteria grabada entre sus patas, donde la hiedra sangraba sus hojas color ocre.

—¿Puedes leerlo?

Lorian frunció el ceño.

—"Tú que entras aquí, libera tu mente y dime si puede ser que tanta maravilla esté hecha por engaño o por un arte puro."

—Ahora lo entiendo…

—¿El qué?

—Estamos en el Bosque de los Monstruos… Lucifer nos ha traído a Bomarzo.

Un pulsante silencio antes de que Lorian respondiera.

—Se está dejando llevar por el mismo orgullo que le hizo caer al abismo…

—Tal vez el abismo sea esto…

—¿Qué quieres decir?

—Bomarzo ha sido considerada siempre tierra maldita según me contó Andrew… ¿Por qué? Puede que… cuando

Lucifer fue expulsado del Cielo, sus diablos y él cayeran justo aquí… Es solo una hipótesis, pero…

—Si es así, tendría mucho sentido que la puerta del Infierno se abriera en este lugar.

—Esto debe ser el comienzo del bosque… Y las esfinges lo guardan, son sus… protectoras o algo así.

Lorian y Rachel observaron las estatuas de nuevo.

La joven pensó que incluso a pesar de ser hermosas, existía algo inquietante en ellas, como si a través de sus semblantes inertes y aquellas sonrisas hieráticas, palpitaran corrientes de una fuerza aterradora.

Se adentraron en el sendero con el corazón contrito.

La ausencia de sonidos, más allá del rítmico transcurrir del agua en alguna parte, era antinatural.

Cada rincón, cada parte del agreste camino, se hallaba habitado por esculturas colosales talladas en el mismo vientre de la tierra.

Rachel las contemplaba con fascinante aprensión.

El bosque entero estaba embrujado por el eco de la locura.

La espeluznante cabeza de un animal desconocido, híbrido entre un dragón y un perro, abría sus fauces ante ellos, rodeado de espumeantes olas de mar y llamas de fuego.

Más allá, la gigantesca figura de un Hércules congelado en el tiempo descuartizaba a otro hombre que agonizaba esculpido boca abajo.

Lorian estiró su brazo derecho; ni siquiera así llegó a rozar la rodilla del semidiós.

Un súbito ruido les alcanzó, deshaciendo la inquietante quietud del lugar. Era un siseo, quizás el sonido de alguien arrastrándose.

Fue entonces cuando la vieron.

Una tortuga de dimensiones desproporcionadas avanzaba hacia ellos entre la maleza, abriendo y cerrando sus mandíbulas semejantes a unas potentes tenazas. El animal de piedra no llegaba en solitario. Junto a él, una lamia con rostro femenino y cuerpo reptiliano, serpenteaba su larga cola. Con un solo movimiento, arrancó el tronco abandonado de un árbol que cayó a varios metros de distancia.

A sus espaldas, el coloso Hércules elevó sus piernas hasta desprenderse de la tierra y las enredaderas, y soltando a su víctima, dio un paso hacia ellos. El suelo a sus pies tembló con una violenta sacudida.

—¡Huyamos!

—¡¿No puedes transformarte?!

—¡Mi fuerza sería inútil contra estas criaturas!

Comenzaron a correr, espoleados por un terror que parecía ralentizar sus pasos, haciéndoles tropezar con raíces y perder el equilibrio con súbitos escalones. No sabían cuál era la dirección que les llevaría al portal, pero no se detuvieron. Sentían cómo los engendros de granito les perseguían desde todos los puntos cardinales, cercándolos en su precipitada huida. En la oscuridad, era prácticamente imposible atisbar de dónde emergería el siguiente.

Una sirena de dos colas salió a su encuentro, intentando atraparlos entre sus manos… y habría estado a punto de conseguirlo un segundo antes de que Lorian hubiese empujado a Rachel hacia un nuevo sendero de gravilla.

El sonido de los monstruos al arrastrarse se mezclaba con sus jadeos entrecortados. Mientras corrían, oyeron otro rumor… como de alas al batir. Rachel alzó la vista. Un espeluznante Pegaso de piedra caía en picado hacia ella. Cogiendo impulso, se arrojó contra el suelo y dio una voltereta, esquivando al agresor. El aire quemaba en sus pulmones y por un instante creyó que aquella sería su última bocanada. Lorian aferró su mano y la ayudó a levantarse al tiempo que se percataba de la herida en su rodilla.

—¡Rachel, vamos!

Debían correr más deprisa, más rápido. A ciegas. Cada paso suponía la posibilidad de escapar, la posibilidad de seguir con vida.

Saltaron un riachuelo perdido en la oscuridad, rodearon una enorme casa inclinada, procuraron no mirar las fauces de una máscara tallada en un risco, dejaron atrás una fuente que manaba musgo... Elegían el camino en un azar demencial. Toda decisión podía llevarles a la supervivencia o a la muerte.

Lorian se detuvo abruptamente e hizo un apremiante gesto a Rachel para que mirara en la dirección que apuntaba su dedo.

Ante ellos, una enorme cabeza petrificada en un grito de dolor y espanto. Sus ojos, dos oquedades negras de mirada enloquecedora; su boca, al final de una escalinata, se hallaba grotescamente abierta, coronada por un par de dientes mellados.

Junto a aquel ogro de pesadilla, tres figuras en las sombras parecían haber aguardado su llegada.

Rachel miró atrás, convencida de que los monstruos que les daban caza les habían encontrado. Pero no había rastro de su presencia. El silencio volvía a imperar en el bosque.

—Rachel... —musitó Lorian—. No te separes.

El aire fue invadido por un nauseabundo olor a descomposición y la joven volvió a sentir que sus fuerzas menguaban, como le ocurrió en su primer sueño. Sus músculos cedían, su estómago se agitaba... Pensó que aquel debía ser el perfume que emanaba la muerte y tuvo ganas de vomitar.

Dos de las tres siluetas avanzaron hasta ellos con deliberada parsimonia. A su paso, la vegetación se marchitaba hasta calcinarse formando una aureola de humo ceniciento.

—Os advertí que nada podríais hacer para detener mis designios. —La primera figura se manifestó ante ellos—. La llave está de mi lado, preparada para cumplir con su destino. El tiempo es tan poderoso… He esperado una eternidad y ahora tan solo restan cinco minutos para que la humanidad se doblegue ante mí. Sus guerras, venganzas, violencia… Serán únicamente un mínimo destello comparadas con la luz que quiero otorgarles.

Los iris dorados de Lucifer refulgieron sangrientos al contraluz creado por la luna. Su cabello plateado contrastaba violentamente con sus alas negras replegadas en su espalda. Rachel le miró con desprecio. Todo aquel cuerpo era un disfraz dedicado a ocultar su verdadera naturaleza. Aquella que Blake pintó siglos atrás. Aquella que de algún modo, también compartía Lorian.

—Tu luz no existe —respondió la joven—, solo es un engaño. Como tú.

El pequeño ángel, que seguía de cerca a su maestro, rio entre dientes.

Lucifer alzó el mentón en actitud altiva.

—¿Todavía no lo comprendes? —Inquirió con un tono aterradoramente meloso—. La oscuridad contiene en sí misma todo cuanto la luz, su otra cara, no posee en realidad. Es mi metáfora favorita. La luz es débil, frágil, una triste mariposa cuyas alas duran un suspiro. En cambio, el conocimiento que yo les ofrezco les hará inmortales. Será como comer del árbol prohibido… Les convertirá en… dioses.

—Nada de eso tiene sentido.

—¡Ah!, ¿no, querida? Tal vez debamos consultar otra opinión…

La tercera silueta salió de entre las sombras y cuando lo hizo, Rachel sintió que el aire se replegaba en sus pulmones como si le hubiesen dado un golpe en el pecho.

56

—Lo siento, Rachel… O quizá no.

La voz de Nicholas pareció sacudir el bosque.

Lorian espetó un juramento antes de exclamar:

—¡Tú…!

Nick se encogió de hombros con expresión soberbia.

—Debo confesar que pensé que me descubrirías —sonrió, desdeñoso—, pero te juzgué mal. No fuiste tan inteligente como pensaba.

—Nick… —Rachel luchó para que las palabras acudieran a sus labios—. ¿Qué estás haciendo…?

—Lo que tú jamás te hubieses atrevido a hacer: conseguir el conocimiento absoluto.

Rachel notó una inusitada arcada abrirse paso hasta su garganta.

—Nicholas, ¿de qué estás hablando?

Él se ajustó las gafas sin dejar de mirarla.

—Te lo dije, ojalá pudiéramos saberlo todo… Y lo decía en serio. Siempre fuiste tan infantil… Tan crédula… que ni siquiera te diste cuenta de que ya no era el mismo a quien creías conocer. Cuando mi padre compartió conmigo los estudios de Peter White, las conclusiones a las que había llegado…, lo vi todo muy claro. El lucero del alba, el único ser de luz desterrado del Paraíso, podía resurgir en la Tierra y con él, el poder absoluto. El fruto del árbol del Bien y del Mal sería mío y también el conocimiento pleno y total que me daría la facultad de comprender y dominar junto a su ejército todo este miserable mundo. El poder no lo da la fuerza o el dinero, ¿no lo sabías? Es la mente la que ejerce el mayor dominio sobre los demás. Y la mía está a punto de cambiar.

—Estás loco —escupió Lorian.

—¿En serio? Ni siquiera entendéis qué quiere decir ese medallón que siempre llevas al cuello. Pero yo sí… ¡Blake sabía que el árbol descrito en el Génesis es real, un símbolo de una sabiduría que Dios no quiere que tengamos!

—Entonces, Joseph…

Nick cabeceó, impaciente.

—Acabar con mi padre y simular su suicidio fue pan comido. No me mires así, Rachel, me recuerda demasiado a los ojos de mi querido papaíto antes de que lo arrojara al vacío. —Sonrió—. Pero mi madre fue otra cosa. He necesitado estas últimas horas para deshacerme de ella. Quisieron el divorcio… Yo se lo proporcioné… definitivamente. Hasta que la muerte os separe, ¿no es así?

La rabia burbujeó en el interior de Rachel de forma descontrolada.

—¿Todo este tiempo me has…?

—¿Utilizado? ¿Mentido? Chica lista, no me defraudas. Ha sido complicado engañarte cada uno de estos días... No obstante, olvidas que desde niños yo solía ganarte en todo… Y ya ves, sigo haciéndolo. Necesitaba información, averiguar qué escribió tu padre, saber dónde se encontraba el portal y qué nivel de competencia podría tener contigo llegado este momento. He demostrado ser uno de los suyos, he sido valiente siguiendo sus doctrinas, arriesgando cuanto tenía… y seré recompensado.

—¡Mal nacido! —Rachel quiso abalanzarse sobre él, pero Lorian se lo impidió.

—Como podéis comprobar —interrumpió Lucifer con cruel serenidad—, cualquier intento por impedir la realidad que se avecina es inútil. Mi séquito espera al otro lado, impaciente por invadir este mundo, que en justicia nos ha pertenecido desde que se originó. —Puso una mano blanquecina en el hombro de Thomas y gritó, extasiado—: ¡Que la llave inicie su cometido!

El niño abrió las palmas de sus deformes manos y concentró su mirada en el grotesco rostro esculpido en la piedra.

Una densa niebla oscura cubrió su cuerpo hasta convertirse en siniestros anillos concéntricos que gravitaban en torno suyo.

Un sonido como de rocas al entrechocar llegó hasta ellos, seguido de una especie de zumbido sordo que les obligó a cubrirse los oídos.

De la boca de aquel ser petrificado, surgió un potente rayo que impactó contra el cielo.

Rachel estaba aterrada, pero no podía dejar de mirar. El terror mantenía un extraño influjo sobre ella y la obligaba a ser testigo inamovible de todo cuanto sucedía.

El rayo se extinguió con un siseo eléctrico y el bosque pareció convertirse en una vieja fotografía en blanco y negro. Irreal. Lejano.

En el mismo centro de la boca se originó un vórtice sanguinolento que se expandió hasta transformarse en un ávido agujero negro.

—¡Salid, hijos míos! ¡Liberaos de vuestras ataduras, de las cadenas que os aprisionan! ¡Nuestro es el poder y la gloria ahora!

Unas siluetas borrosas, abstractas, comenzaron a dibujarse en los límites más lejanos del portal, que como un túnel interdimensional, les transportaban de un mundo a otro.

Los hilachos de oscuridad que rodeaban al niño se sacudían y estremecían en un caos horrible mientras él sonreía.

Rachel no se atrevía siquiera a respirar.

Estaba ocurriendo.

Lo que su padre, Blake y los miembros de la Sociedad Órfica temían desde hacía siglos, tenía lugar ante su vista en un espectáculo dantesco.

Seguía sin saber qué hacer. ¿Cómo podría ella, una simple estudiante, una chica desarmada en cuerpo y alma, enfrentarse a Lucifer y sus tropas?

Había fracasado. Se sentía perdida, vencida.

Dolorosamente vacía.

—Me prometiste el conocimiento absoluto —protestó Nick—, te he servido como un maldito perro fiel. Quiero ser uno de los vuestros. ¡Quiero ser omnisciente!

Lucifer se giró lentamente hacia él y torció el gesto.

Con la velocidad de un relámpago, lo asió del anorak y lo alzó sobre su cabeza.

El rostro de Nicholas reflejó un súbito pánico.

—¿Creías que siempre sería inmaterial, inmenso necio? —rio el lucero del alba—. ¿Una sombra, un espectro para toda la eternidad? ¡El portal se ha abierto! ¡Mis fuerzas se reestablecen y con ellas mi poder en el mundo físico!

Nick trató de deshacerse de aquella mano que le tenía preso. Fue en vano.

—¡He demostrado ser como vosotros! —gritó, histérico.

Rachel ahogó un gemido. Su amigo de la infancia pataleaba en vilo frente a ella.

Los ojos de Lucifer refulgieron.

—Y lo serás, una promesa es una promesa… Pero… se me olvidó un pequeño detalle… Para ser uno de nosotros… ¡Primero debes morir!

Acto seguido, le arrojó al epicentro del vórtice. El alarido desgarrador de Nicholas se desgranó entre coágulos cuando su cuerpo comenzó a desmembrarse, atacado por una energía invisible que tiraba y fracturaba sus extremidades como si fuera un muñeco de trapo.

La vista de Rachel se nubló y, por unos instantes, creyó que se desmayaría al ver lo que quedaba de su compañero de la niñez desaparecer entre burbujas de sangre.

En el fondo del portal, los demonios se retorcían y agitaban, avanzando inexorablemente hacia la salida.

Un fulgor relampagueó junto a Rachel que se volvió justo a tiempo para ver cómo Lorian se transformaba dejando atrás su apariencia humana para convertirse en el dragón rojo.

Las carcajadas de Lucifer resonaron tiñendo de maldad el bosque inanimado.

—¿Es una broma, verdad, Lorian?

Rachel se sintió aquejada por un dolor casi insoportable en el pecho.

—Lorian…

—Sé que no tengo la más mínima oportunidad, pero no tengo miedo —dijo él mirando directamente al Mal a los ojos—. Mi alma ya no me importa lo más mínimo. Puedes hacer con ella lo que te plazca.

Lucifer extendió sus alas falsas.

—¿Y a qué se debe esta… estúpida valentía?

Lorian desvió su vista hacia Rachel.

—Tengo a alguien a quien proteger. Su corazón es el mío. Eso es lo único que necesito saber para enfrentarme a ti.

—Muy conmovedor. Tanto como lo fue tu declaración de amor ante la guillotina. Qué pena que nadie pueda amar aquello en lo que te convertí… ¿Serías feliz así, Lorian, un horrible diablillo mendigando comprensión eternamente?

El dragón rojo abrió sus mandíbulas y, tras enseñar sus afilados dientes, se lanzó contra Lucifer.

El lucero del alba permaneció impasible durante unos segundos. Parpadeó una sola vez y sus pupilas se agrandaron hasta ocupar toda la esclerótica.

Alzó la mano. Un movimiento sereno, casi elegante. Un simple gesto que desató una onda expansiva centrada en Lorian.

El dragón rojo salió despedido en el aire hasta impactar contra el suelo.

—¡¡No!!

El terror se apoderó de Rachel al tiempo que se apresuraba a agacharse junto a él. Un terror nuevo, voraz.

—Creo haber dicho que mi fuerza se regenera a cada minuto que pasa —declaró Lucifer con suficiencia—. No siempre miento para conseguir lo que quiero.

Las cuencas del dragón rojo se clavaron en la joven mientras sus labios escamosos pugnaban por hablarle.

Todo su cuerpo se hallaba inmovilizado, poseído por una energía que le impedía moverse y respirar.

Rachel temblaba a su lado.

—Lorian… Dios mío… Lorian…

Haciendo acopio de todas sus fuerzas, el dragón extendió una de sus garras y apoyó su trémula palma en la mejilla de ella.

—No… te… preocupes… por… mí…

Rachel se percató de que el color rojizo de su piel se diluía poco a poco en un tono grisáceo que se extendía como una extraña gangrena.

Se estaba marchitando, comprendió con un mordisco de miedo.

Se estaba muriendo.

Un sollozo brotó de su garganta y estalló en forma de lágrimas que se desprendieron hasta alcanzar el rostro cadavérico del dragón yaciente.

—¡Vive… Lucha…! —musitó Lorian con un hilo de voz—. Sé libre para… amar… como lo he… hecho yo…

Ella negó con la cabeza.

Ya no podía pensar. Solo sentir. Percibir cómo la dentellada del dolor era tan poderosa, tan desgarradora e inmensa que consumía todo su ser.

—Recuerda… Mi… corazón… será siempre… tuyo.

La imagen de una cría de gorrión muerta entre la hierba se instaló en su mente.

¿Y ya no puede volar? ¿Ni cantar?

Su madre apareció junto a ella, arrodillándose para consolarla.

Siempre estaremos a tu lado, mi princesa.

Rachel la miró como si lo hiciera por primera vez. Como si acabara de nacer y sus ojitos cerrados se abrieran para descubrir quién le había dado la vida. La expresión de Katty transmitía un amor puro, incondicional.

Su madre alargó la mano y entrelazó los dedos con los de su padre.

No estás sola, te prometo que siempre me tendrás junto a ti. Lo sabes, ¿verdad, Rachyl, cariño?

Peter sonrió con ternura al darle un beso en la frente. Su camisa blanca estaba impregnada del perfume de Katty; el aroma a flor de Iris se expandió con delicadeza sobre ellos.

La muerte no existe.

¿Aquella afirmación de su padre pertenecía a sus recuerdos?

Es una ilusión, Rachyl…

¿De dónde procedía su voz?

La muerte solo te arrebata un triste cascarón.

Les echaba tanto de menos… Necesitaba desesperadamente verles, abrazarles…

El amor, sin embargo, es eterno.

De pronto… Calidez.

El amor es lo que vence al dolor.

Fue consciente de que algo estaba cambiando. En el interior de sí misma. En todas partes.

El amor… es la gran llave que abre y cierra todas las puertas, Rachyl.

Sonrió aun a pesar de las lágrimas, desterrando el miedo, permitiendo que el vacío, la tristeza y la pena agonizaran hasta extinguirse en un océano interno, ribeteado de esperanza.

Rachel se hizo un ovillo sobre Lorian y tomó su rostro carmesí entre sus manos.

—Estoy contigo… —le susurró, apoyando su frente en la suya—. Cuando te transformaste por primera vez ante mí… —dijo aferrándose a él todavía más—, ya lo sabía. Eras el dragón, eras uno de ellos… Pero yo sabía que te amaría sin importar cualquier oscuridad.

El dragón emitió un sonido estertóreo y entreabrió la boca, pero de su garganta solo emergió un débil gemido.

Rachel acarició su piel de escamas, perlándola con sus lágrimas.

Sus labios temblaron en los de Lorian antes de entregarse a ellos por completo.

Un estallido de latidos.

Intenso, arrebatador, ardiente.

Ondas de luz bullendo y expandiéndose en su pecho hasta llenarlo de una emoción que traspasó los límites físicos para adentrarse en los recodos más profundos de su alma.

Ya no era ella.

Su corazón albergaba dos mundos.

Pero el amor les había convertido en uno.

Antes de separar sus labios, comprendió que era demasiado tarde. Llevó el semblante de Lorian a su seno y, llorando, le abrazó con fuerza.

—Qué romántico… —La ironía de Lucifer se trenzó con el rumor de sus huestes, que ya se hallaban cercanas a los límites del portal—. Mucho me temo que los cuentos de hadas solo existen en la mente de los ilusos.

Extendió sus alas encrespadas y el color áureo de sus ojos se encendió de forma amenazadora.

—¿Quieres sobrevivir, Rachel? —preguntó socarronamente—. Entonces, dame tu alma. Ofréceme tu vida. Muere para resurgir como uno de los míos.

—No.

Aquella negativa poseía un timbre infantil.

Lucifer se volvió para clavar su mirada en el niño, cuyo halo de tentáculos negros había desaparecido.

—No —repitió la llave con convicción—. Tu dragón ha dado su vida para salvarla... y ella... Ella...

De pronto, un punto de luz nació en su pecho. Un minúsculo resplandor naciente situado en su lado izquierdo. Una titilante flor luminiscente que temblaba dispuesta a abrirse.

—Ella le amaba.

Lucifer guardó silencio, inmóvil, al tiempo que los demonios gritaban de júbilo en el vórtice, sabiéndose ya dueños del mundo terreno.

—Me mentiste. —Thomas cerró los puños—. ¡El amor existe! ¡Al verles lo he comprendido... Lo he sentido! ¡Es real!

Un pequeño corazón latiente se hizo visible en su interior y su cuerpo comenzó a iluminarse con un fulgor estrellado de destellos.

—Todos estos años he creído que las personas eran crueles, seres que solo anhelaban matarse unos a otros... ¡Pero no es cierto! ¡No todos son así! ¡Esa chica... le quería a pesar de ser un monstruo! ¡Su amor ha llegado hasta mí y ahora sé que es algo bueno!

Lucifer ladeó la cabeza con desdén.

—Vaya, mi alumno aventajado se ha dado cuenta de que las cosas no son como le prometí... ¿No lo entiendes todavía? ¡Ya no importa! ¡Has abierto el portal, el Infierno es libre!

Rachel se levantó muy despacio y avanzó hacia el niño.

Thomas alzó sus ojos hacia ella con veneración, como si contemplase a una vestal sagrada.

La joven sonrió con ternura al tiempo que extendía su mano. Tras unos instantes de titubeo, el ángel la tomó entre sus dedos deformes.

—¿Sabes lo que hay que hacer... verdad? —preguntó Thomas en un susurro preñado de nueva inocencia.

Cuando una persona entrega un corazón a otra de forma inocente, pura... no puede sino compararse a un dios, ¿no crees?

Rachel asintió.

—Sí.

—¿Realmente pensáis entrar? —bramó Lucifer—. ¿Creéis que sacrificando vuestras vidas y exponiendo vuestras almas podréis detener lo inevitable? ¡Adelante! —rio con orgullo desmedido—. ¡Nicholas, o lo que queda de él, os espera al otro lado!

La muchacha y el ángel no miraron atrás al dar juntos el primer paso.

Tres corazones.

En dos cuerpos.

Tres formas de amar.

En un solo latido.

Y, al fin, así olvidaron los hombres que todas las deidades residen en el corazón.

Cuando atravesaron la boca de piedra, una explosión de luz los absorbió.

Por un instante, el mundo se desnudó de su odio.

Por un instante...

el mundo despertó de entre las sombras

Y el miedo a la muerte del amor

fue solo un sueño remoto

Por un instante...

56

Murmullos desconocidos.

Trinos de pájaros.

Sonidos metálicos seguidos de ruidos de pisadas.

Calor en su piel.

Y entonces, una luz cegadora enfocando directamente su pupila izquierda.

Abrió los ojos concentrando toda su energía en realizar aquella acción. Lo primero que vio fue a un hombre con traje de enfermero frente a ella.

—No te muevas, tranquila —le dijo con un tono de voz amable, aunque no le comprendió. Después añadió para sí mismo—: Buena dilatación de las pupilas, pulso noventa, respiración normalizada, herida en rodilla y…

Rachel, sintiendo los rayos del sol en su rostro, miró a una decena de personas que la rodeaban con expresiones oscilantes entre la curiosidad y la preocupación.

—Apártense, *prego.* —Una segunda voz se coló entre los mirones. La joven se fijó en su indumentaria. Un policía—. ¿Hablas italiano?

Todavía aturdida, se mantuvo en silencio.

—¿Inglés?

Asintió, confusa. El policía se inclinó junto a ella.

—¿Cómo te llamas? ¿Recuerdas cómo has llegado aquí?

Sus ojos volvieron a desviarse hacia el gentío.

—Estamos en el Bosque de Bomarzo —continuó el hombre—. Los primeros visitantes de la mañana te han encontrado inconsciente cerca del Ogro y nos han llamado. Dime, ¿puedes hablar?

Trató de incorporarse a duras penas.

—Me llamo… Rachel… Rachel White…

No pudo continuar. Una sensación de vacío explosionó en su consciencia barriendo cualquier otro pensamiento.

—¿Dónde está Lorian? —preguntó angustiada—. ¿Y Lorian?

—¿Quieres decir que había alguien más contigo?

—¡Lorian! —gritó y la verdad le aplastó contra sus propios temores.

Él no regresaría.

Jamás.

El policía se acercó un *walkie* a los labios.

—Existe la posibilidad de encontrar a otro chico en las proximidades, debemos peinar la zona, ¿entendido? —Después, se dirigió a ella—. No te preocupes, Rachel. Por tu propia seguridad, te llevaremos al hospital más cercano. Te haremos unas pruebas y allí podrás explicarnos por qué estabas en este lugar y qué te ha sucedido, ¿de acuerdo?

Notó una lágrima abrasar su mejilla y deslizarse hasta sus labios.

Cuando el enfermero le ayudó a subir a la camilla, no pudo evitar posar su vista en la boca de piedra, unos metros más allá.

El vórtice había desaparecido. Solo quedaba la enorme cara de aspecto siniestro tallada en la roca. Antes de que cerraran las puertas de la ambulancia, distinguió dos figuras resplandecientes junto a la boca.

Una de ellas, era un niño sonriente de hermosas facciones.

La otra, un anciano que le devolvía la mirada con satisfacción.

Bien hecho, Rachel. El sacrificio de vuestros corazones ha desterrado al Mal de donde no deberá salir jamás. No lo olvides: el sentido del amor es bendito, bendice al que lo entrega y bendice al que lo recibe… Pequeña valiente, fruto de la dicha, ve pues, y esparce amor.

EPÍLOGO

—Deberías compartirlo con el mundo, esa es mi opinión.

Rachel no podía asimilar que semanas después de las vacaciones de Navidad, volvía a estar sentada en la sala de ordenadores del instituto.

Andrew insistía con su acostumbrada perseverancia en la idea de que tenía que contar todo cuanto había vivido a los oyentes de *Lo Inexplicado.*

—Andrew... en serio... No estoy preparada y, además, nadie me creería. ¿Mi padre enviándome mensajes a través de psicofonías? ¿El Infierno a punto a asolar la humanidad? ¿Blake hablándome en visiones ultraterrenas? —Suspiró.

—Un demonio guiando tus pasos...

Rachel se encogió en el asiento, sintiéndose minúscula, tan perdida como en los últimos días.

Todavía seguía viendo aquellos ojos verdes en las estrellas y en la bóveda de la medianoche.

Todavía escuchaba su voz en los sueños.

Todavía lloraba cada atardecer en la fría soledad de su casa.

—Soy un bocazas, como siempre.

—No seas bobo… —Ella sonrió—. Si no llega a ser por ti y tu madre, tal vez estaría ahora mismo en aquel horrible hospital de Italia, respondiendo a miles de preguntas sin sentido.

—Lo difícil fue precisamente convencer a mi madre de que tú estabas de viaje en Viterbo y que te habían robado hasta la documentación… ¿Se puede saber dónde perdiste tu mochila?

—Seguirá en el autobús que nos llevó por última vez a Glamis…

—Menuda Indiana Jones estás hecha.

En aquel instante, la puerta de la sala se abrió y una chica de piel oscura de vistosos ojos ambarinos avanzó con desenvoltura hacia ellos. No tendría más de veinticuatro años.

—¿Rachel?

Ella ladeó la cabeza.

—Sabía que estarías aquí… Me llamo Claudia Harper. Era la becaria de tu padre.

—No me habló nunca de ti…

Claudia hizo un gesto resolutivo.

—A estas alturas podrás entender que el profesor Peter White albergaba muchos secretos, ¿no?

Rachel se levantó, alterada.

—Oh, lo siento —se apresuró a añadir Claudia—. Creo que me he presentado con los términos erróneos. Lo intentaré de nuevo. Soy HAL9000, encantada de conocerte por fin en persona.

Rachel y Andrew la contemplaron boquiabiertos.

—Tú… —dijo ella—. ¿¡Eres el hacker que me previno de todo!?

—Yo no me denominaría hacker…, tal vez un hada madrina informática.

—¿Pero cómo supiste lo que el señor White estaba haciendo? —preguntó Andrew.

Los llamativos ojos de Claudia transmitieron complicidad, pero también cierta tristeza.

—Por supuesto, Peter jamás me confió los pormenores de su investigación. Fue culpa mía. Él no tenía últimamente mucho tiempo para según qué tareas… como informatizar los resultados de los exámenes de sus alumnos, o los seguimientos de las tesis doctorales. Pensé que, en fin, eran el tipo de cosas que yo podría hacer para ayudarle y quitarle trabajo. Claro que tampoco podía imaginar que su ordenador estaría repleto de carpetas referentes a William Blake, sus cuadros y una profecía.

Claudia negó con la cabeza, haciendo tintinear sus pendientes dorados.

—Podéis imaginar lo que sucedió cuando Peter me descubrió. Digamos que dejé de ser su becaria en cuestión de segundos. Al principio me enfadé muchísimo, pero…no podía dejar de pensar en aquellas imágenes y poemas misteriosos que había visto. Así que comencé a investigar por mi cuenta.

—Por eso mi padre borró todo en su ordenador y creó Arbor Coeli… —terció Rachel.

—Cuando descubriste que Peter podría tener razón, le avisaste a ella —prosiguió Andrew.

—Exacto. No quería que me descubrieras, Rachel, porque pensé que quizá tu padre te preguntaría por mí y negaría conocerme... Luego, después de su muerte... Supe que la cosa iba en serio. Tuve miedo, pero lo intenté.

—Y lo conseguiste, me pusiste sobre aviso.

La luna.

—Si hoy estamos aquí... —dijo Claudia— supongo que quiere decir que cumpliste tu misión, que desvelaste el enigma de Blake.

La luna sonreía.

Rachel asintió con melancolía.

La luna sonreía en la noche.

—Tenemos mucho de lo que hablar, Claudia. Y gracias. Sí, tienes razón, has sido mi hada madrina.

La luna sonreía en la noche. Hacía unos días que había comenzado a menguar de forma natural y los noticieros estaban relegando su misterio a unos escuetos minutos finales.

Rachel caminaba hacia la Biblioteca John Rylands después de haberse despedido de Andrew y Claudia.

No quería regresar a casa. Los recuerdos allí se desataban de las cadenas de su mente y vagaban a su antojo.

Entendió que su vida, de nuevo, volvía a estar deshecha, como las piezas sin encajar de una vidriera. Cientos de fragmentos de colores que ahora volvían a recuperar su color ceniciento.

El pasado se obstinaba en regresar. Se colaba en las grietas de sus pensamientos a cada instante y tiraba de ella con sus ávidas manos.

¡Vive... Lucha...! Sé libre para... amar... como lo he... hecho yo...

Escuchaba su voz en todas partes.

En el sonido del viento invernal, en la lluvia, en su propio aliento al respirar.

Algunas mañanas se despertaba con el corazón lleno de felicidad tras haber soñado que estaba entre sus brazos. Después, volvía a marchitarse, a cobijarse en lo vivido como un zombi que únicamente se mantiene en pie por pura fuerza de voluntad.

Anhelaba recordarle.

Necesitaba rememorar su rostro, su piel, aquella sonrisa ladeada, el mechón de cabello negro cayendo sobre aquellos ojos llenos de secretos...

Intentó dibujarle, crear la ilusión ficticia de una evocación que cada día, lejos de morir un poco más, se iba grabando en su interior igual que la marca de un hierro candente.

Pero sabía que se mentía a sí misma.

El mundo seguiría a salvo, ajeno a tantos sacrificios realizados en su nombre.

Pero su propio mundo agonizaba y Rachel tenía la sensación de estar en una delgadísima cuerda floja, a punto de caer hacia ninguna parte.

Cuando entró en John Rylands, lo hizo con un propósito.

Carol, la bibliotecaria, la saludó con una efusiva sonrisa.

—Rachel, cariño, solo quedan unos veinte minutos para cerrar...

—Tranquila, es más tiempo del que necesito.

La catedral de los libros se hallaba vacía a aquellas horas. La luz de las lamparillas creaba un ambiente acogedor, casi onírico.

Rachel buscó la novena columna de la izquierda.

Se agachó en su base y encajó el medallón en el relieve del árbol.

El compartimento se abrió suavemente, en silencio.

La joven extrajo Arbor Coeli del bolsillo de su abrigo y, tras besarlo, lo introdujo de nuevo en su escondite.

—Os quiero —susurró—. A ti y a mamá. Allá donde estéis…, gracias.

Se levantó sintiendo que algo muy pesado despegaba volando de su pecho.

No era un adiós.

Ni tampoco sería su último homenaje.

Al levantarse, no pudo evitar observar el asiento donde lo había visto por primera vez.

Sin saber por qué, se dirigió hacia allí.

Se sentía ingrávida, dolorosamente triste.

Un respingo.

Una oleada inesperada impactando en su corazón.

El asiento no estaba vacío.

La bufanda roja con el bordado del tigre reposaba ante su vista.

Un latido nuevo retumbó en su cuerpo.

Un latido esperado durante eternidades.

—A veces, el Cielo da segundas oportunidades, peregrina…